増補　合本

名句の美学

西郷竹彦 著

黎明書房

再刊によせて

今を去る二十年前、俳人でもあり、評論家でもある黎明書房社長武馬久仁裕氏（当時編集長）の懇切な要請により、同社より『名句の美学』上下二巻を刊行させていただいた。なんと、予想を超えて、たちまち十数の新聞・雑誌の書評欄で、きわめて好意的な批評をいただいた。「美の弁証法的構造」仮説に対して、「今時、弁証法とは……」という戸惑いに近い感想を抱きながら、「逆に弁証法の射程の広さ深さに、改めて感銘した」という所感も見られた。

句一つひねったことのない「ずぶの素人」である小生としては、酷評を覚悟していただけに、驚きもし、また望外の喜びでもあった。さいわい、その後、刷りを重ねて今日に至っている。

振り返って案ずるに、いかなる同人・グループにもかかわりのない、まったくの門外漢であることをいいことに、小生の専攻する文芸学の「美の弁証法的構造」仮説を振りかざし、古今の名句の分析・批評・鑑賞……を歯に衣着せず縦横に論断したことが、これまでにない俳論として新鮮な印象を与えたのであろう。「他山の石」的な役割を果たした、のではあるまいか。

最近、本書再刊の要望がしきりとのことで、この度は、上下巻を合本とし、「補説」を付して、再び上梓の運びとなった。著者としては、身に余る光栄であり、心からお礼を申し上げる次第である。

ところで、旧著刊行直後、半世紀に及ぶ西郷文芸学の著作のすべてが『西郷竹彦・文芸教育全集』全36巻（恒文社刊）にまとめられ、さらに、その後の二十年間において、長年の懸案であった『虚構としての文芸の変幻自在に相変移する入子型重層構造』（西郷模式図・モデル）が完成した。その経緯をふまえ、本書巻末に西郷模式図の簡略な概要を「補説」として添えることにした。

このたびも、読者諸賢の忌憚なきご批評をいただければ、まことに幸いである。

著　者

名句の美学〈上巻〉

はじめに

俳句も〈ことばの芸術〉つまり、文芸のジャンルの一つである。したがって、文芸としての俳句は、当然、真実を美として表現するものである。

とすれば、俳句における美（真）とは何か、が問題となるはずである。ところが、俳句の美というとき、これまでの美学は、美のカテゴリー（範疇）、たとえば蕉風俳諧にあっては「わび・さび・しおり・かるみ」などが論じられるといった具合で、美の本質、ことにその構造をまで論究するといったものではなかった。

ところで、美というとき、それは日常的な低次元の美より、芸術的な高次元の美まで、さまざまなレベルの美がある。たとえば、反復《リフレイン》、対比《コントラスト》など、あれこれの修辞法《レトリック》の効果といったものは低次元の美であるが、世に名句といわれるものの美は、それらをふくみつつ、それらをこえて高次元の美としてある。このような芸術における高次の美は、いわゆる素材の美をもこえた、ゆたかな深い味わいをもっている。

美とは何か――については諸説ある。私は長年文芸学を専攻してきた者として虚構論の立場から、次のように文芸の美を定義している。

〈文芸の美とは、異質な（あるいは異次元の）矛盾するものを止揚・統合する弁証法的構造の体験・認識（発見・創造）である。〉

俗にくだけたいい方をするならば、互いに相反するものを一つにせりあげ、融けあわせた味わい――とでもなろう。

なお、私は、文芸の本質を虚構と規定し、〈虚構とは、現実をふまえ、現実をこえる世界〉と定義している。したがって、文芸の美とは〈虚構された美〉（略して〈虚構の美〉）ということである。

虚構論をはじめ、視点論、形象論、構造論、文体論……などは、西郷文芸学の体系としてまとめられている。（『西郷竹彦文芸教育著作集・全23巻』明治図書出版）

ことわるまでもないが、私は俳句については、まったくの門外漢である。しかし、詩についての私の美の構造仮説はすでに検証ずみであり、すべてそれは前記『著作集』に収録されている。

この度、現代俳句の実作者・評論家である黎明書房編集長・武馬久仁裕氏の度重なる懇請もあって、古今の名句とされているものの美を文芸学の視座より徹底的に究明し、このような形で一書にまとめ上梓の運びとなった。

目次を見ればおわかりの如く、古典俳句も近代俳句も「無造作」に同列に並べられている。私が俳史、俳論に暗いという事情にもよるが、むしろ、これは、芭蕉も龍太も同じ俎上にのせ、西郷文芸学の美の構造仮説という「包丁」で一律に「料理」してみようという「非常識」な了見によるものである。

この「不遜」な試みが、どこまで成功しているものやら、いないものやら、今の私にはとんと見当がつかない。読者諸賢の厳しい裁断を待つばかりである。

一九九一年十月一日

西郷竹彦

目　次

目次

目　次

第3章　矛盾の発見・止揚……161

下巻・目次

第2章　一語のはらむもの

みちのくの伊達の郡の春田かな　富安風生
冬菊のまとふはおのがひかりのみ　水原秋桜子
冬の水一枝の影も欺かず　中村草田男
ちるさくら海あをければ海へちる　高屋窓秋
春の水山なき国を流れけり　蕪村
几巾きのふの空のありどころ　蕪村
海くれて鴨のこゑほのかに白し　芭蕉
涼しさや鐘をはなるゝかねの声　蕪村
虫の声月よりこぼれ地に満ちぬ　富安風生
啄木鳥や落葉をいそぐ牧の木々　水原秋桜子

第3章　季語の可能性、創造性

古郷やよるも障るも茨の花　一茶

一茶の境涯と〈茨の花〉

季題（季語）の力

あをあをと空を残して蝶分れ　大野林火
くろがねの秋の風鈴鳴りにけり　飯田蛇笏
帚木に影といふものありにけり　高浜虚子

目次

凡例

・漢字は、作品、引用文を問わずすべて新字にした。

・作品、引用文の歴史的仮名遣いはそのままにした。ただし、引用文のみ拗音、促音は、現代仮名遣いに従った。

・引用文は、作者名のみ記し、煩を避け一々出典は挙げなかった。

序章

俳句の美とは何か

美とは何か。虚構とは何か。本文においてそのことを具体的に詳細に論ずることになるわけであるが、ひとまず、序章においては、そのことについて読者におおまかなところを理解していただこうと思う。

身近な料理のことや着物のことをたとえに、私の考える美とは何かをまず述べるところから始めた。さらに、絵画や彫刻などの芸術ジャンル、また近代詩や一茶の句などをひきあいにして、虚構としての文芸の本質や美の弁証法的構造ということについて、ごくイロハのことを説明した。俳号についてふれたのは、俳句の性格をあらわすと考えたからである。

風味・醍醐味ということ

たしか五、六歳のころであった。

母が勝手の土間のくどにかけた釜でぜんざいを煮ていた。頃合を見はからって、母は、壁につるした竹かごに手をつっこんだ。

「あ、それは!?」という間もなかった。母は塩をひとつかみすると、いきなり釜の中にぱっと投げ入れた。

呆気にとられている私を振り返って母はいった。

「こげんすっと（こうすると）ふうみが出っとよ（ふうみが出るんだよ）。」

幼い私には〈フウミ〉という言葉の意味がわからなかった。いや、それよりも甘く煮るはずのぜんざいに、塩を投げ入れるということが何とも解せなかった。

後年、私は、それがいわくいいがたい味、つまり風味のことだと知った。醍醐味ということである。風味の〈風〉とは、風流とか風情とかいうときの、あの〈風〉である。まさに風味、醍醐味とは、ただ甘いとか、辛いとか、酸っぱいとかいうのではなく、それらの五味が渾然として一つとなり、無上の味わいとなるをいう。

つまり、甘味と塩味という本来異質なものが一つに融けあい、ぜんざいの美味（うまさ）を生みだすというわけである。

もっとも、異質なものが一つとなれば、いつでも美味（風味）を生みだすとはかぎらない。まかりまちがえば、味わいどころか、とんでもないものになってしまう。いわゆる〈木に竹をつぐ〉ということになりかねない。〈砂を嚙む〉違和感をひきおこすことにもなる。

そこには、異質な、したがって拮抗し、葛藤し、矛盾するものを一つに止揚・統合することで、「美」を生みだす何らかの機微があるにちがいない。その秘密をときあかすことが、いわば料理というものの勘どころといえよう。

ところで異質な、矛盾するものを一つに止揚・統合するところに美を生みだすといえば、日本の着物の美もそうである。一反の布を大小いくつかの長方形に裁って縫い合せた着物は、すべてが直線であり、身体の曲線あるいは曲面にフィットさせた洋服の仕立て方とはちがう。

ということは、ふくよかな女性の胸のふくらみも、しなやかな腰から足への流れるような曲線も、すべてが着物の直線と平面によってつつみこまれる。着物姿の美とは、まさしく曲線が直線によって、つまり異質なものが止揚・統合されたところに生まれた美である。

例を卑近な料理や着物にとったが、芸術における美もまた、異質なものを止揚・統合したところに生まれるということを、芸術の一つのジャンルである墨絵を例にとって見ることにしよう。

墨絵というものは周知の通り、墨一色によって「柳は緑、花は紅」の多彩な色を止揚・統合するところに独自の美の世界を創造するものである。墨絵のおもしろさ、味わいとは色彩を否定することで逆に色彩を活かすところにあるといえよう。

美の弁証法的構造とはもちろん、ひとり美術のみのことではない。演劇においても、同様である。木下順二の民話劇「夕鶴」の女主人公つうを演じた山本安英は、鶴であると同時に人間の女であった。いや、鶴でも女でもない、ほかならぬこの劇のなかにのみ存在する「つう」という人物であるといったほうがいい。

バレー「白鳥の湖」では、現実のステージは湖と化し、バレリーナの現身《うつしみ》は白鳥の化身となる。

動く芸術、演劇・バレーとちがって、「凍れる音楽」といわれる彫刻もまた、たとえば不動の彫像によって、躍動する肉体のドラマを演ずるといえよう。彫刻に言及したついでに、日本の木彫、たとえば高村光太郎のよく知られた木彫「鯰」を例にとろう。

素材としての鯰は、まさにぬらりくらりとした、またぬめっとした肌のウロコのない魚のいわば代表的なものの一つである。その鯰を光太郎は鋭い彫刻刀の冴えた切れ味をもって刻みあげているのであるが、それは、きわめて鋭角的な面と面によって構成され、その面と面は鋭い稜線をかたちづくっている。それこそ触れれば指がすっと切れるのではないか——と、思わせるほどである。

およそ、この鋭く硬質な面と線の構成は、軟体的な鯰のイメージとはまったく異質である。にもかかわらず、鋭く硬い線と面であればこそ、逆に鯰のやわらかくぬめぬめした質感を見事

高村光太郎「鯰」木彫

に表現しえているといえよう。ここに光太郎の木彫「鯰」の美の弁証法的構造がある。

ついでながら、同じ作者の詩「鯰」があるので、この詩の美の構造を先の木彫「鯰」のそれと比べてみていただきたい。

鯰

盥《たらひ》の中でぴしやりとはねる音がする。
夜が更けると小刀の刃が冴える。
木を削るのは冬の夜の北風の為事《しごと》である。
暖炉に入れる石炭が無くなっても、
鯰《なまづ》よ、
お前は氷の下でむしろ莫大な夢を食ふか。
檜《ひのき》の木片《こつぱ》は私の眷族《けんぞく》、
智恵子は貧におどろかない。
鯰よ、
お前の鰭《ひれ》に剣があり、
お前の尻尾に触角があり、

お前の鰓《あぎと》に黒金の覆輪があり、
さうしてお前の楽天にそんな石頭があるといふのは、
何と面白い私の為事への挨拶であろう。
風が落ちて板の間に蘭の香ひがする。
智恵子は寝た。
私は彫りかけの鯰を傍へ押しやり、
研水《とみづ》を新しくして
更に鋭い明日の小刀を瀏《りゆう》々《りゆう》と研ぐ。

〈お前の鰭に剣があり〉〈お前の尻尾に触角があり〉〈お前の鰓に黒金の覆輪があり〉とうたう。まさしく、この比喩は、異質な矛盾するものを止揚するものであり、ここにこの詩の美の構造があり、それは、木彫「鯰」の美の構造そのものであるといえよう。

光太郎の詩「鯰」をひきあいにして述べた美の弁証法的構造ということは、ひとり美術や近代詩のみにあてはまることではない。文芸のすべてのジャンルにわたって共通するものである。すでに、これまでにいくつかの例で述べてきたことで読者は、美というものが、異質異次元の矛盾するものが一つに融けあって生みだす独特な味わい、おもしろさというものであることをおおまかに理解されたであろう。

誤解される向きはないと思うが、素材としての鱠はけっして美しいものではない、むしろグロテスクな代物といえよう。文芸における美とは自然の美とは直接かかわりはないのである。

文芸における美の弁証法的構造

文芸における美も、たとえれば、料理における美味（風味）のそれといえよう。私は、西郷文芸学の立場から〈文芸における美〉とは何かについて次のように定義している。

> 文芸における美とは、異質な、（あるいは異次元の）したがって拮抗し、葛藤し、矛盾するものを概念・形象において一つに止揚・統合する弁証法的構造の発見・認識・体験かつ表現・創造である。

先のぜんざいをたとえにとれば、

風味

甘味　塩味

ということになる。

つまり、文芸の美を図式化すれば、次のようになろう。

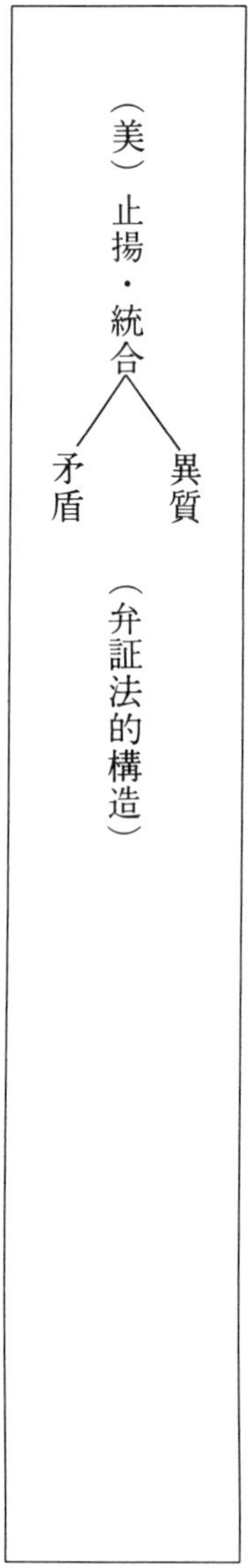

俳句もまた〈ことばの芸術〉としての文芸のジャンルの一つと考える。とすれば、俳句における美もまた、当然、弁証法的な構造をもつはずのものである。

文芸における真と美

ところで〈文芸の美〉というときの〈美〉は、〈自然の美〉とちがって、いわゆる美しいとか、きれいということではない。〈文芸の美〉は、自然の美醜をこえている。ときには自然の醜、グロテスクさえ〈文芸の美〉となりうる。〈文芸の美〉とは、むしろ〈おもしろさ〉〈味わい〉〈趣き〉、あるいは〈妙味〉〈興趣〉という言葉であらわしたほうがいい。

本書は、〈ことばの芸術〉としての文芸、俳句の美（おもしろさ、味わい、趣き）を味わうとは、どういうことか。つまり、俳句の美の弁証法的構造とその認識・体験のありようを、西郷文芸学の〈美〉の定義にもとづいて、具体的にあきらかにしようとするものである。

いうまでもなく、文芸（俳句）は、一つの真実を追及、表現するものである。しかし、〈真〉

を求め〈真〉を表現するものは、ひとり文芸のみではない。哲学も、宗教も、また科学もひとしく〈真〉を追い求めている。

しかし、文芸は〈真〉を〈美〉として表現するところに、哲学や宗教、科学などとちがった独自の役割、独自の性格、独自の世界があるといえよう。

さしづめ、先にあげたぜんざいをたとえにひけば、その栄養としての価値は、文芸においては〈真〉であり、その風味は文芸においては〈美〉ということになろう。

したがって、花（美）も実（真）もある俳句こそが、まさに「名句」と称されるにふさわしいものとなる。

虚構とは

一般に虚構とは、つくり事、つくり話、といったふうに理解されているが、西郷文芸学における虚構とは、〈現実をふまえ現実をこえる世界〉と定義している。

詳しい論述は本文にゆずるが、この序章においておおまかに説明しておきたいと思う。

ここに一茶の句がある。

しづかさや湖水の底の雲のみね　一茶

〈雲のみね〉は入道雲のことで、夏の季語である。

ところで、実は、この句に先立って、蕪村一派の『続明烏』に、霞東の句で、〈しづかさや湖水にうつる雲の峰〉というのがある。丸山一彦は〈もしこれに拠ったとすれば、僅か一語の言い換えに過ぎず、当然この句に対する評価も異なってくる〉という。栗山理一も〈霞東の句がある以上、その模倣とすべきで、一茶の功には帰せられない〉という。いわゆる類想、類句といわれるものであり、したがって文芸創造の観点からは否定的に評価されがちである。

〈僅か一語の言い換えに過ぎず〉というが、〈湖水にうつる雲の峰〉と〈湖水の底の雲のみね〉のちがいは、まさに天地、雲泥の差である。これを〈模倣〉というか否かは評者の芸術観にもよるが、私としては、これは、霞東の句をモチーフとしての一茶による芸術創造であると評価したい。

一茶の〈しづかさや〉の句の虚構の構造を分析するに先立って、日常の生活の中から一つの実例をひいてみたい。読者は果物屋の店頭にたって、果物が店の奥深くまで並べられているのに一瞬驚かれたことがあろう。実は、店の奥に大きな鏡があって、そこに手前の果物が映っているわけなのだが、店のずっと奥まで（鏡のむこうがわにも）同様、果物が並べられていると錯覚するわけである。

〈しづか〉な湖水の水面は、いわば鏡のように、そして水底まで透きとおって見えるほどに清澄なのであろう。だからこそ、水面に映る〈雲のみね〉を見て、それがあたかも深い水底に聳えたっているかのように錯覚させられるにちがいない。なるほど、そうかと思う。

しかし、現実に水底に雲のみねがあるわけではない。つまりは非現実である。にもかかわらず、現に水底にわれわれは雲のみねの聳えるのを見ているのだ。

この句がなるほどとうなずけるのは、このような〈真〉をこの句が表現しているからである。しかも、水底に雲のみねがあるはずもないからこそ、この句はおもしろいのである。

図式化すると、

なるほど――――真

おもしろい――――美

名句といわれるものは、〈なるほど（真）、おもしろい（美）〉ものとしてある。いずれが欠けても、名句たりえない。

真をいいとめていても、美のない句はいくらでもある。霞東の〈しづかさや湖水にうつる雲の峰〉は、たしかに、〈真〉を表現しているといえよう。また、真夏の大空に湧きあがる姿を詠んできたこれまでの俳句の伝統にあって、〈湖水にうつる雲の峰〉は、一つの発見であり、おも

葛飾北斎「甲州三坂水面」(冨嶽三十六景)

しろい趣向である。しかし、やはり〈あるがままを、あるがままに〉という次元にとどまるものであり、意地悪くいえば「それがどうした」と反問したくなる。

〈あるがままを、あるがままに〉というだけの句なら掃いて捨てるほどある。他方、〈美〉らしきものを感じさせても、〈真〉に迫るもののない、いたずらに奇をてらっただけの句もすくなくない。一応、おもしろいとは思いつつも、心の琴線にふれるものがない。

〈真〉が同時に〈美〉であるところの、つまりは、〈花〉も〈実〉もある句こそが名句といわれるものである。

ところで、この句を読んでいて、ふと私は、北斎描くところの「逆さ富士」と俗にいわれる絵を思いだした。湖水に映る富士の姿を描いたものである。

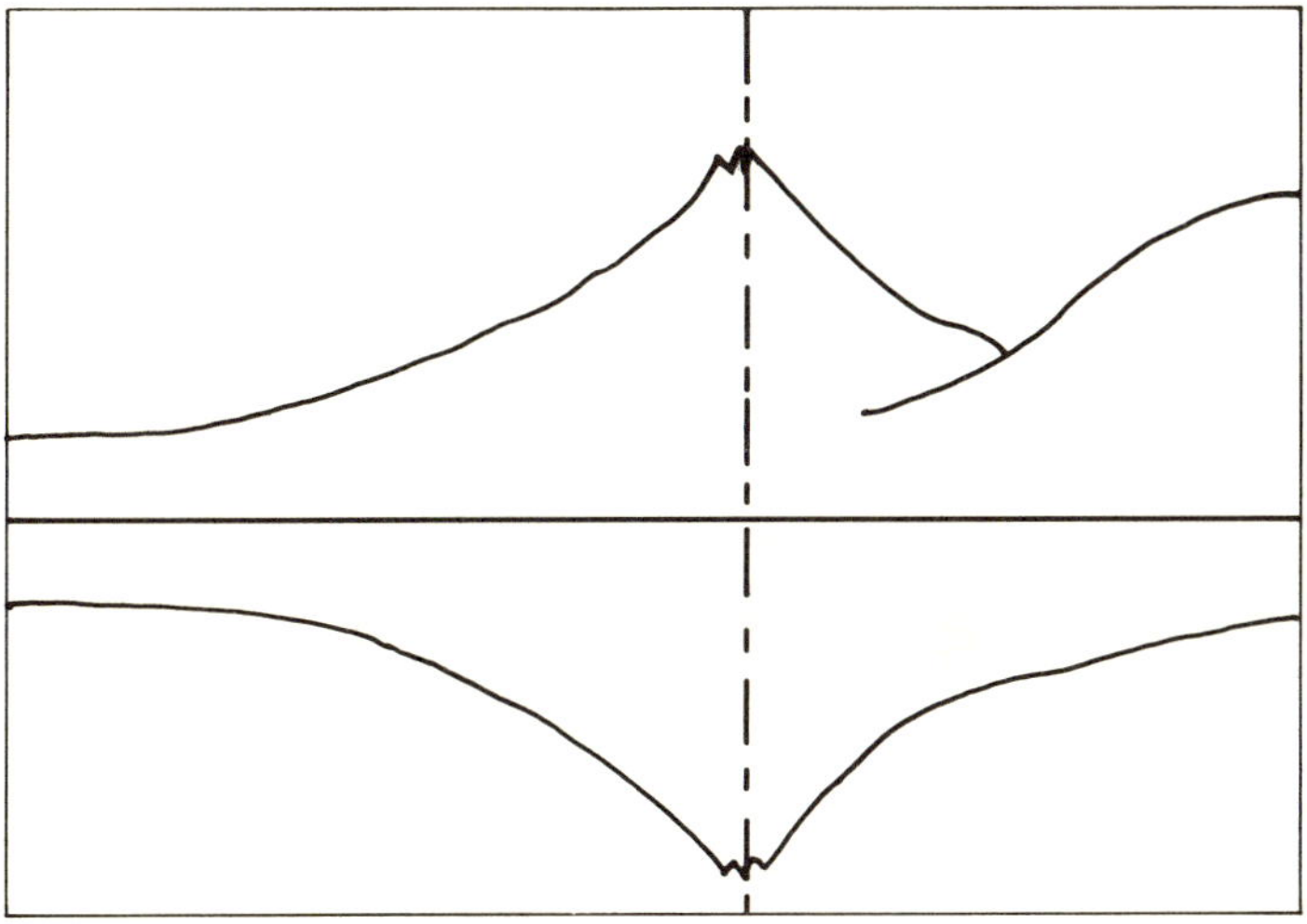

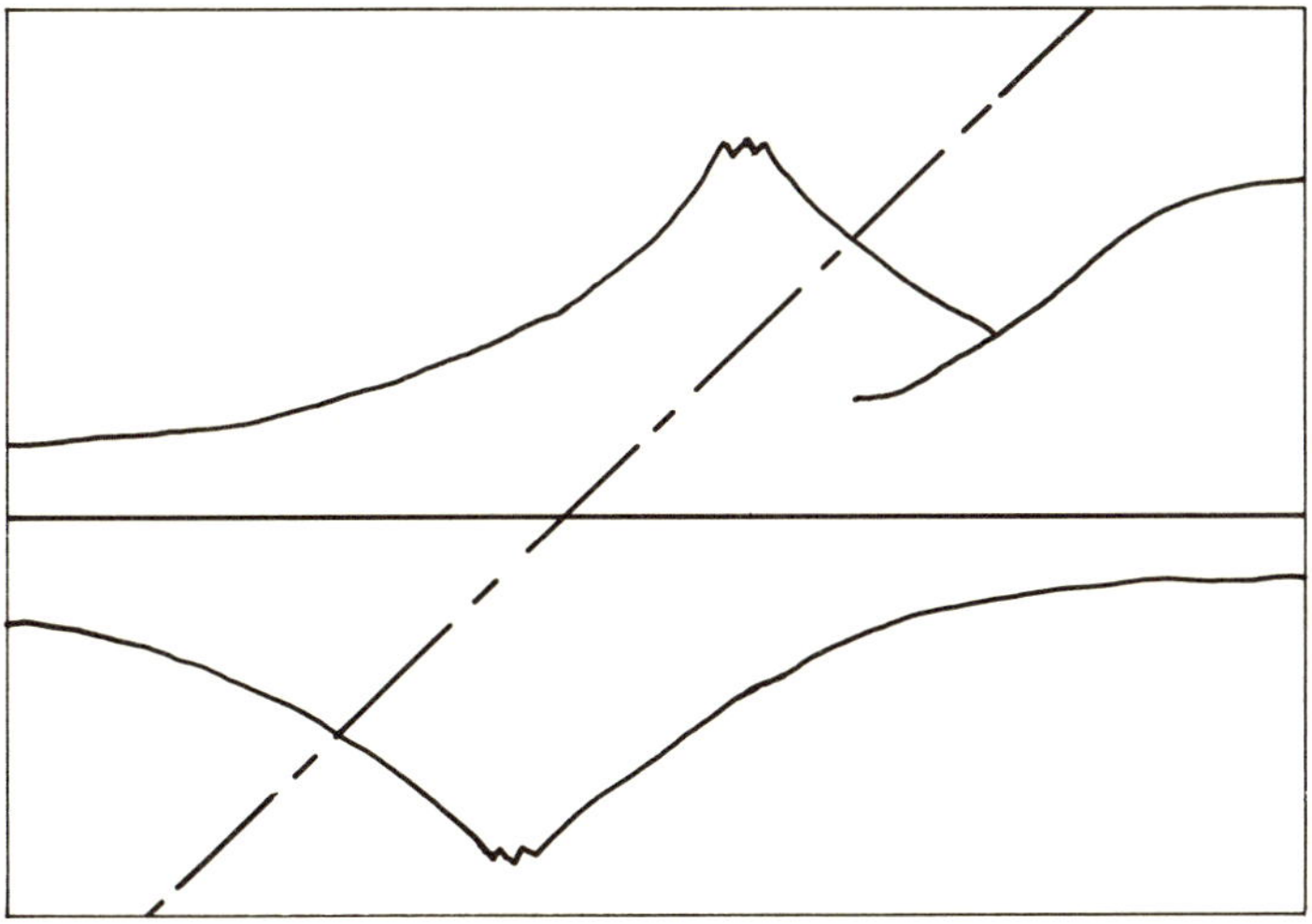

対称軸が斜めにひねられている

モネ「睡蓮」

一般に水面（あるいは鏡面）に映る像は実像に対し線対称である。したがって、図示すると、前頁上図のようになる。

ところが北斎の逆さ富士は、下図のように、視角が斜めにひねってある。

現実にわれわれが肉眼で見ても、カメラで撮っても下図のようには絶対にならない。

まさに北斎の絵は、〈現実をふまえ、現実をこえた世界〉つまり、虚構の世界である。なぜなら、かりにもわれわれが斜めから見たとしたら、このように見えるのではないかとうなずかせるものがあるからなのだ。この絵は文字通り〈ひねり〉の美学の典型といえよう。

北斎の絵をもち出したついでに、近代美術の巨匠モネの連作「睡蓮」の絵についてふれたい。モネの睡蓮の花は、たしかに池の水面に浮いて咲いている。にもかかわらず、その水面には、池畔の柳の緑が映り、また、夕焼け空の紅の雲が浮かんでいる。しかも、蒼暗い水底の色が透けて見える。

かくて、モネの〈睡蓮〉は、夕映えの紅の雲間にただよい、緑の木陰にひそみ、かつ、水底に沈んでいるのである。いわば、天地の間にあって、現実と非現実の〈あはひ〉に浮かぶ。異質・異次元の矛盾を止揚・統合した世界にモネの睡蓮は咲いているのである。虚構の花というべきであろう。

虚構とは、〈現実をふまえ、現実をこえる世界〉と定義したが、そのことを短い詩をとって説明したい。

詩人三好達治の「土」という詩がある。

土

蟻が

蝶の羽をひいて行く
ああ
ヨットのようだ

題名「土」は、詩のいわば0《ゼロ》行である。つまり、〈土〉の上を〈蟻が／蝶の羽をひいて行く〉という日常的な現実の風景がそこにあるわけなのだが、〈ああ／ヨットのようだ〉と比喩表現されたとたんに、〈土〉は白い〈ヨット〉の帆をただよわせる青い海原の世界と化す。日常の現実の〈土〉の上の風景が一瞬にして非日常、非現実の青海原の世界となる。〈土〉は、現実の土であると同時に、土ではなく、非現実の海と化す。現実（土）をふまえ、現実をこえる（つまり海となる）。この矛盾を止揚・統合したところに虚構としてのこの詩が存在する。

そして、この矛盾を止揚する弁証法的な構造の発見、認識、体験が、この詩の美であり、これを私は〈虚構された美〉あるいは略して〈虚構の美〉と名づけているのである。

ところで一般に〈虚構〉とは、どう理解されているか。代表的な辞書の一つ、岩波書店の『広辞苑』を開くと、《虚構　①事実でないことを事実らしく仕組むこと。うそ。いつわり。作りごと。②フィクション》とある。そこで〈フィクション〉の項をあらためて引くと、《フィクション　①実際にないことを頭脳の所産として作り上げること。虚構。②小説。作り話。現実の物語でなく、作者の想像力によって創造した架空の物語》とある。

これが、一般的、常識的な〈虚構〉あるいは〈フィクション〉についての定義、理解ということになろう。〈虚構〉といえば、世間では〈うそ〉〈いつわり〉〈作りごと〉〈作り話〉〈絵そらごと〉〈架空の物語〉……というわけである。

しかし、私は、西郷文芸学の体系の中において〈虚構とは現実をふまえ、現実をこえる世界〉と定義している。

一般の虚構を図式的に示すと、

事　実
—
虚　構

つまり、虚構とは事実の対置概念である。

西郷文芸学においては、

虚構 ← 現実
虚構 ← 非現実

つまり、現実と非現実を止揚《アウフヘーベン》したところに（ともにせりあげたところに）虚構という概念が成立する。

先ほどの詩「土」を例にとれば、〈土〉の世界は土でありながら、同時に土ではない（つまり海）虚構の世界ということになる。日常の非日常化といってもいい。

虚構ということについては本書本文のいたるところにおいて、それぞれの句をもとに具体的に論ずるはずであるから、ここでは、このくらいにとどめておきたい。

仮面の文芸——ひねりの美学

俳号という仮面　俳句（俳諧）といえば芭蕉。俳聖と尊称をたてまつられている。芭蕉の本名は松尾宗房《むねふさ》。はじめの俳号は本名を音読みして〈宗房《そうぼう》〉とし、のちに〈桃青〉と改めた。唐の詩人李白を「白き李」に見立て、自分は「青き桃」をもって対するというところから名づけたものである。

本名の宗房の訓読みを音読みに「もじり」、また李白を桃青と「ひねり」というところに、俳諧というものの「ひねり」「もじり」「みたて」の本質がはしなくも現れているといえよう。また和漢の学に通じた教養人としての俳諧の宗匠たらんとした若き日の芭蕉の気負いのようなものも感じられる。

のちに桃青を芭蕉（はせを）に改めたのは、江戸深川に移り住み、門弟の李下から芭蕉の一株を贈られ庭に植えたところ、門弟たちがその住まいを〈芭蕉庵〉と呼ぶようになったことにちなんで〈芭蕉〉と俳号を改めたという。〈芭蕉植えてまづにくむ荻の二葉かな〉〈芭蕉野分けして盥《たらい》に雨を聞夜哉《きくよかな》〉の句がある。〈その性風雨に傷みやすきとて愛す〉と書いているところに、芭蕉の美意識の一端がうかがわれる。

当時、芭蕉という植物は、舶来のものであり、今日風の感覚でいえば、さしづめ椰子かサボテンといったところか。とても、花鳥風月をうたう歌人の趣味にあう代物ではない。

蕪村の俳号は有名な陶淵明「帰去来の辞」の〈帰去来兮田園将蕪胡不帰（帰りなんいざ、田園まさに荒れんとすの意）〉にちなんだもの。これまた、中国古典を教養とした江戸期の俳人の姿が偲ばれるではないか。

一茶はといえば、三十歳のとき当時の己れの浮き草のような生活を思い〈しら波のよるべをしらず、たつ泡のきえやすき物から名を一茶坊という〉と記している。生涯で二万句といわれる境涯の句をものした一茶らしい俳号ではある。己れを茶の泡の如きものと「みたて」、一茶と号したところに、俳諧の「みたて」の美学をみるのは僻目か。

明治にはいり、俳句の革新者となった子規は、本名を正岡常規。俳号の〈子規〉は、二十二歳の五月九日の夜、肺結核で突然喀血に見舞われたことに由来する。その夜、子規は〈卯の花をめがけてきたか時鳥〉〈卯の花の散るまで鳴くか子規〉など、時鳥〈子規〉の句を四、五十句つくったという。鳴いて血を吐くといわれる「ほととぎす」に己れを「みたて」ての命名であり、いかにもこの人らしい。悲劇的な運命に陥った己れの姿をも戯画化（カリカチュアライズ）するところに俳句革新をおしすすめたこの人の本領をみる思いがする。

〈散るまで鳴くか〉と詠んだ子規は、三十五歳、肺結核で死亡。己れを「ホトトギス」に「みたて」た子規は死に臨んだ己れの姿を〈仏〉と「みたて」て〈糸瓜咲いて痰の詰まりし仏かな〉を含む絶唱三句を残す。法名もまた子規居士であった。

子規の高弟虚子《きよし》は、本名高浜清。師である子規が本名の〈清〉を「もじり」、虚子と命名。虚子、伊予中学の学生のときであった。

ところで俳号には虚子をはじめ、誓子、秋桜子《しゅうおうし》、零余子《れいよし》など「〇子」と女性の名前のような号が多く見られる。これは、孔子、孟子、荘子……といった中国の諸子百家の命名法にあやかるものか。それにしても一読その意を解しかねる「ひねり」方は俳人特有のものであろう。

誓子は、本名山口新比古《ちかひこ》。〈誓子〉という俳号は本名を二分し、「チカヒ」に「誓」、「コ」に「子」という字をあててできた。つまり本名を「もじり」俳号としたものである。ところが、「ホトトギス」の句会の席上、初対面の宗匠、高浜虚子に「セイシ君」と呼ばれ、以来「せいし」と名乗ったという。いうなれば大先生に命名されたようなものである。それにしても、これまた、「もじり」の精神のあらわれというべきか。

季題趣味を打破しようとした新傾向俳句の指導者碧梧桐は本名河東秉五郎。俳号は本名の「へいごろう」を「もじり」、「へきごとう」としたものである。伝統に反旗をひるがえし、五、七、五の定型を否定し自由律俳句を作った碧梧桐や井泉水《せいせんすい》、一碧楼《いっぺきろう》、山頭火《さんとうか》といった面々の俳号が伝統的な〇〇という二文字の定型に対して〇〇〇という三文字が多いのも、偶然のことであろうか。

山頭火とならんで放浪の俳人と称される放哉は本名を尾崎秀雄。一高句会に入会するにあたり、恋人の名〈芳衛〉にちなんでその一字〈芳〉をとって〈芳哉〉と名乗った。が、後に、恋愛に破れ、〈執心を放つ〉という意味で〈放哉〉に改めたという。以後、放浪生活をつづけながら、自由律俳句にすぐれた句を残すことになる。

ここで、突然話がとぶが、わが畏友坪内稔典は、現代俳句の鬼才かつ異色の評論家として知られた人物であるが、彼の語るところによれば、本名も稔典。ただし訓読みで「トシノリ」という。しかし、人は「ネンテン」と音読みで呼ぶ。近ごろの人は稔典を「トシノリ」と訓読みできる「教養」がないということか。それはともかく、一般に何故か俳号は、漢文化への傾斜からか音読みが多いようであり、その慣習にならってのことであろうか。もちろん、本人は「ネンテン」と呼ばれることに抵抗を感じてきたにちがいない。「腸捻転」を連想させる語呂が悪い。

それが、いつの頃からか、本人自らが、「ネンテン」と称するに至る。衆寡敵せずアキラメたか、メンドウクサクなったのか、それとも居直ったのか。俳号「ネンテン」は「トシノリ」の「もじり」であって、これは若き日の芭蕉が本名「ムネフサ」を「もじり」、俳号「ソウボウ」と名乗った故事にあやかるものといえば、いえよう。

と、こんな調子で書きはじめると、きりがない。俳号の由来についてはこの辺で筆をおくが、興味のある方には、佐川章『作家のペンネーム辞典』をおすすめする。

ところで俳号の由来について縷々書きつらねたのは、ほかでもない。俳句というものが、その本質において、歌の伝統に対する「もじり」であり、また、「ひねり」であり「みたて」であることを、俳号の面からも見てみたかっただけのことである。

古来、和歌の世界では雅号というものは、ほとんどない、といっていい。みな実名によった。万葉集、古今集、新古今集、その他もろもろの歌集をひもといても、そこに見られるのは、ほとんど、本名である。たとえば鎌倉期の『金槐集』も右大臣源朝臣実朝といった肩書付きのいかめしい実名で詠まれているといった具合である。

江戸中期になり俳人は俳号を用いて句作するようになった。いわば、俳号という「仮面」をつけて句をひねったといえよう。たとえるならば、謹厳寡黙な人柄の〈トシノリ〉氏が、〈ネンテン〉なる俳号の仮面をつけて、〈三月の甘納豆のうふふふふ〉〈桜散るあなたも河馬になりなさい〉といった、およそ〈トシノリ〉氏の風貌からは想像もつかぬ〈とんでもない〉〈連作俳句を延々と書いてブツギをかもした〉（小林恭二）ということにもなるわけである。

〈ネンテン〉ひねるところの句々は、一読、腸捻転をひきおこさずば止まぬ態のおそるべき笑いを秘めている。まさしく、ひねりに、ひねった（いや、ひねりに、ひねくれた、というべきか）俳句の「ひねり」（〈ネンテン〉・捻転）の笑殺力といえよう。

能の演者は面（仮面）をつけることによって役を生きる。作者〈トシノリ〉は話者〈ネンテン〉という仮面をつけて虚構の世界を構築するというわけである。

もっとも仮面をつける、つけないは演劇において本質的なことではない。歌舞伎は隈取りはするが仮面をつけることはない。しかし、役者・俳優は生身でありながら、実は役に化身して舞台に登場しているのだ。仮面をつけずとも役者の顔は「仮面」である。現代俳人たちが、「本名」のままで句作したとしても、それは、新劇の俳優がたとえ素顔のままで舞台に立ったとしても役に化身しているのと本質において変わらない。

ひねりの美学　歌は詠む、歌う、作る、書く、……などという。それが句になると詠む、書く、作る、案ずるなどともいうが、手っ取り早いところ「一句ひねる」という。だが、歌をひねる、というい方は聞いたことがない。

近ごろ、聞くところによると現代俳句の連中は「句をひねる」といういい方に違和感を感ずるらしい。

しかし、戦前私どもが少年時代、まわりの大人たちは、自他ともに俳人をもって任ずる者まで「句をひねる」といってはばからなかった。年少の頃から私などは、句というものは〈ひねる〉ものと思いこんでいた。おそらく、首をひねって一句を案ずるという、その様子を〈句をひねる〉と思いこんだものらしい。

それは、さておき、〈句をひねる〉とは、よくぞいったものである。ここには歌のあり方とちがって、俳句というものが、相手どるすべての「ものごと」（もちろん自分自身をふくめて）を〈ひねって〉みるという本質をみごとにいいあてているように思われる。

たとえば近世・近代の俳人たちは、己れ自身の悲劇的な境遇さえ、歌のように、その悲しみなり、嘆きなり、痛みなり、辛さなり、悔しさなり、恨みなりを、そのままに詠むことはなかった。むしろ悲劇さえも、ひとひねりもふたひねりもして戯画化（喜劇化）するところがあった。したたかな俳諧精神のしからしむるところであろう。だが、これは一つまちがえば俗に堕してしまうという危険をつねに孕んでいた。

〈ひねり〉とは古代・中世のものではなく、まさしく近世・近代・現代のものである。〈ひねり〉の美学こそが俳諧、俳句の美のありようの中核であると思う。本書は一言でいえば、俳句というものの、〈ひねり〉具合を見てみようではないか、ということである。

といっても、〈ひねり〉の美というい方になじまない当世の論客には、次のように文芸学の虚構論、あるいは美学の用語によって、しかつめらしく定義してごらんにいれた方がよかろうと思う。これは美の定義というより、いまのところ西郷文芸学における美の仮説として受けとっていただければ、と思う。（先に提示したが、あらためて、もう一度定義を示す。）

> 文芸（俳句）における美とは、異質な（あるいは異次元の）拮抗し矛盾するものを概念・形象において止揚・統合する弁証法的構造を認識（表現）、体験することである。

もっとも、この抽象的な定義（仮説）の文章だけでは、大方の読者にはちんぷんかんぷんであろう。といって、これを具体的、説得的に述べるとなれば本書一冊を必要とするというわけなのである。

第1章

俳句は一人称の文芸か

俳句は一人称の文芸といわれるが、はたしてそうか。人物その人になっての〈内の目〉による同化と、人物をわきから見る〈外の目〉による異化という西郷文芸学の視点論の立場から、この問題を理論的かつ具体的に明らかにする。このことは、同化と、異化という互いに異質なイメージ・体験をともにせりあげ、融けあわせることで、そこに俳句独自の美のありようを探ることになる。

また、そのことは、〈見る我と見られる我〉という互いに異次元なものをともにせりあげ融けあわせる（止揚・統合する）弁証法的な美の構造をとらえることにもなる。

〈内の目〉〈外の目〉——共体験のドラマ

俳句は一人称の文芸といわれるが、はたしてそうか。

いくつかの句をとりあげて、西郷文芸学における視点論・虚構論の立場から、この問題を究明する。これは、俳句の文芸としての本質にかかわる問題であると考えるからである。

まず、橋本多佳子《たかこ》のよく知られた〈いなびかり〉の句をあげる。

いなびかり北よりすれば北を見る　　橋本多佳子

季語は〈いなびかり〉夏。

この句の〈北を見る〉について上田五千石がユニーク（？）な説を出している。（『生きることをうたう』）

「いなびかり」に間髪を入れずに応じています。打てば響くということです。しかし「いなびかり」が「北より」しないで、他の方向から光っても、その方を向いたかといえば、それはなかったはずです。

磁石の針が常に「北」を指すように、人間の内部に潜む「北」という方角への無意識裡の関心が、「いなびかり」の一閃を受けて、ハッと覚醒されたから、「北を見」たのです。〝北枕〟（死者を安置するとき、北を頭にして寝かせる）の不吉な方角としての「北」。

〝北上〟という言葉がもつ暗く寒い極限状況へのイメージなどを考えてみても、さこそと思われます。リクツはともあれ「いなびかり」に即応して、作者の「いのち」が際やかに「いま」「ここ」にしかととらえられています。

〈人間の内部に潜む「北」という方角への無意識裡の関心〉。〈不吉な方角としての「北」〉〈暗く寒い極限状況〉といった上田の解釈は読みすぎ、深読み、あるいはこじつけに類するものではないかと思われてならない。

たまたま、平井照敏・川崎展宏・鷲谷七菜子編『現代の秀句』のなかの編者による鼎談を読んでいて、上田のこの発言にかかわるところを発見したので引用する。

平井　いろいろの解釈を見ると、この「北」というのは、暗い閉ざされたところなどとわけありげに説明していて、そっちを見るということに感傷的な意味をかぶせているのですが、そんな過剰な解釈はいやだな。

川崎　誓子の「北」というのも入って来ますしね。

平井　ただ北でいいんじゃないですか。やっぱりそういう北を考えなきゃいけないのですか。

川崎　東西南北で北よりほかに、ここには置きようがないでしょう。

平井はここで〈わけありげに説明〉〈過剰な解釈〉と批判しているが、同感である。川崎のいうように〈東西南北で北よりほかに、ここには置きようがない〉というところであろうか。それは、ともかく、〈この句は一般に、非常に評価の高い、代表作中の代表作〉（平井）といわれているようである。

俗に、〈地震・雷・火事・親父〉という。落雷（いなびかり）は怖いものの代表格といえよう。すさまじい閃光、そして轟く雷鳴。「怖いもの見たさ」とあるとおり、恐怖の一瞬、身を震わせながらも、思わず〈いなびかり〉のする方を〈見る〉。だれもが経験するであろう、これは人間というものの一つの〈真実〉である。

ところで〈見る〉という動作（述語）の主体（主語）は誰か。

この句を散文化（パラフレイズ）してみると、（人間というものは〈いなびかり〉が〈北よりすれば北を見る〉ものだなあ）と、三人称の文章にすることもできる。

逆に、これを一人称「私」の文章として、（〈いなびかり〉が〈北よりすれば〉思わず私は〈北を見る〉のだ〉と、することもできよう。

一般に俳句の世界では、「常識」として〈俳句は一人称の文学である〉とされているようである。

石田波郷の〈俳句は「私」の詩〉という主張をはじめ多くの論者が〈俳句を一人称の文学〉と見ている。「俳句は一人称の文学である」という書名の本（前島白㒵『俳句は一人称の文学である』）さえある。

たとえば石田波郷、清水杏芽、平井洋城、上田五千石らは、次のように主張する。

・俳句は普通の場合、一句の主人公はつねに作者であるといってよいと思います。全くの自然描写の句であっても、「われ斯く見たり」としてその句があるわけです。生活句となりますと、「われ」とか「わが」と作者自身をあらわす語は当然のごとく省略されます。（石田波郷）

・私は一句の主人公は常に「われ」でなければならないと考えている。もちろんこの考え方は少し極端かもしれない。古今の俳句のなかには、そうでないものもある。しかし、このように考えるところに基礎をおかなければ、俳句の方法は確立されないのではないかと思うのである。（清水杏芽）

・作品中の動詞には必ず主語が存在することを失念してはならない。自動詞には、主語、他動詞には主語と目的語があり、その主語が作品の中に容易に発見できるときは簡単だが、作品中になく作品外にあることが多い。この場合は、主語は私＝作者自身であることを知っていなければならないだろう。（清水杏芽）

・俳句は主観的立場から詠む短詩であり、川柳は傍観的立場から詠む短詩です。俳句は〝われ〟を基底とする一人称の詩です。詩はどんな立場から書いてもいいのですから、他人の立場から詠んだものは、俳句ではなく短詩というべきでしょう。（平井洋城）

・俳句は、「いま・われ」をベースにした一人称の詩でなければならない。他人の立場、生きている今の自分以外からの立場から傍観的に詠まれた句は、川柳へその市民権をひきわたさなければならない。（平井洋城）

・作者自身が、俳句の主人公として句中に立っている、ということが何より素敵なことです。

俳句はいつの場合でも自分が主役であります。一人称の文学であります。したがって、俳句を作るということは「わたくし」の自覚をいやおうなく要請されてくるのであります。（上田五千石）

・俳句は自分が主役の文学、「わたくし」が主役の短詩である以上、すべて「われ」の省略という黙契の上に成り立っているものといえます。（上田五千石）

・俳句は十七音だけという短い詩であります。この詩型を生かすには、その短さを生かすことです。他の詩型にはない、その特殊性に生きることです。それは「いま」という、最も短い時制で、対象をつかまえる、芭蕉の言葉を借りれば、「物の見へたるひかり」が「心にきえざる中《うち》にいひとゞめる」ということです。「いま」という時間を空間に置き換えますと、それは「ここ」という場所になります。そして「いま」という時、「ここ」という場所に立ち会っているものは、とりも直さず、自分でありますから、「いま」を証《あか》し、「ここ」を証せるものは、たったひとりの「われ」にほかならないということになります。「いま」「ここ」「われ」は一つのものであり、それは「いのち」ということになります。「いのち」が際やかに自覚されるとき、それが感動というものであります。

感動とは「いま」「ここ」に「われ」をゆさぶり、生きて在ることを確認させるものであります。（上田五千石）

これだけ引用すれば十分であろう。〈俳句は一人称「私」の文学〉であるというのは、いわば常識、定説といっていい。

先に引用した上田五千石の解釈のなかにも〈「いなびかり」に即応して、作者の「いのち」が際やかに「いま」「ここ」にしかととらえられています〉と、この句の〈見る〉主体を〈作者〉と断定している。

ついでながら、この句を一人称（作者）と特定する立場からの解を二、三参考までに引用しておく。

「いなびかり」は多佳子好みの素材である。「寝られねば野のいなづまを顔にする」（昭15）「走り出て湖《うみ》汲む少女いなびかり」（昭18）「いなびかり医師の背よりわがあびぬ」（昭21）等、一瞬の閃光に浮び上る「吾」や「少女」は、清潔で激しいものを好む彼女にとって好箇の材料となった。しかし「北よりすれば北を見る」の感覚は従来とは異質のものである。北は寒冷の方向であり、また冥さと寂寥を感じさせる語である。その北を二度くり返し、いなずまの光り去った闇に向き合う自己を描いた。こうしたリフレインは、当時の誓子・三鬼の句を見ると、意外に多く10％弱、多佳子は12％強であるから、彼らよりなお多いとしても、両者間の影響は考えられよう。もともとこの技法は短歌的なものであり、上掲句の場合も内容そのものは酷烈だが、声調には詠歎性が濃い。（沢木欣一）

沢木は〈いなずまの光り去った闇に向き合う自己を描いた〉という。〈自己〉とは作者の〈私〉であり、この句を一人称と特定している。

次の解も多佳子その人を〈見る〉主体ととらえている。

前掲句には孤りの場の多佳子がいる。

東は日出づるところで活力の源泉、西は日の沈むところで、また西方浄土、南は明るくひらけ希望の住むところ、そして北はつねに暗く、閉ざされたところだ。このいなびかりはその北よりする。暗く閉ざされた北に身も心も引き込まれる寂寥感がこの句の読後に残る。（大野林火）

〈孤りの場の多佳子がいる。〉として大野林火は作者多佳子の〈身も心も引き込まれる寂寥感〉をこの句にみている。

次の解も同様である。

この句は第三句集「紅絲」（昭和26・6・1、目黒書店）に収録されているが、「北を見る」という題名で一〇句記載されているうちの一句である。そのうちの数句をあげると、「いなびかり遅れて沼の光りけり」「わが行方いなづましては闢きけり」「いなづまの触れざりしかば覚めまじを」「双の掌をこぼれて了ふいなびかり」などがある。いなびかりにきっと眉を上げてその方を見た多佳子のきびしい顔をここでは想像することが出来る。（安東・大岡編『現代俳句』）

評者は〈いなびかりにきっと眉を上げてその方を見た多佳子のきびしい顔をここでは想像することが出来る〉とまで断言する。

これらの諸家の解がすべて、〈見る〉主体を作者・多佳子自身、つまり一人称として特定していることが理解されよう。

これは、「北を見る」という題名で一〇句記載されているうちの一句であったという事情にとらわれての解であろうと思う。

しかし、そういい切っていいかどうか。私は、俳句の〈美〉と〈真〉を追及する文芸学の立場から、これらの主張に対する疑問を提示したいと思う。

ところで、この句を一人称の文章として見るか、三人称の文章として見るか、という問題はかならずしも自明のことではない。この句に一人称の人称代名詞が省略されているのか、それとも三人称の人称代名詞が省略されているのか、と考えてもらってもいい。ということは、それが〈文法的・人称的視点〉の問題であるということなのだ。

西欧諸国の文芸理論（また、それにしたがうわが国の文芸理論、たとえば、小西甚一・井関義久の分析批評などをふくめて）は、〈見る〉の主体（主語）を誰にするかを決めるにあたって、つまりこの文章（句）の視点を特定するにあたって、次のような視点の類別を前提とする。

一人称
二人称
三人称 ┬ 三人称客観
　　　 ├ 三人称限定
　　　 └ 三人称全知

つまり、視点を五つに類別しており、この句は一人称「私」の視点の文章か、それとも三人称の視点の文章かを特定しようということになる。

このような視点の考え方と類別の仕方を私は〈文法的・人称的視点論〉と呼んでいる。そして、この視点論にもとづくかぎり、この〈いなびかり〉の句の視点は一人称か三人称か、決め手がない。ただ、これまでの常識にしたがって一人称「私」（作者）の視点であるとみなしているにすぎない。

しかし、異をたてる論者は、この句を三人称の句として、解釈することを主張するであろう。そして、それはもちろん可能であり、それはそれなりに一理ある。

このような問題は、この句一つにとどまらない。多くの句、いや物語、小説においてさえひきおこされる問題である。かかる「混乱」は、結局日本文芸というものの特質からして避けられない。

とすれば、これまでの文法的・人称的視点論そのものを棄てるか、修正するか、いずれにしても別箇の原理にもとづく視点論を必要とする。

私は、日本文芸における右のような「混乱」を避けるため、すべての文芸作品（日本のみならず西欧諸国の文芸すべて）の視点を単純明確に類別できる視点論を考え出した。

西郷文芸学における視点論は文法的・人称論的な原理を棄て

（外の目
（内の目

という二つの視点に類別した。（以後、「西郷文芸学における視点論」は「視点論」とのみ略記する。）

そして、あらゆる文芸作品をこの二つの視点の多様な組み合せによって分析できると考えた。たとえば〈いなびかり〉の句は、〈内の目〉からとらえると同時に〈外の目〉からもおさえる——というふうに、である。

つまり、〈内の目〉とは、〈北を見る〉その人物自身の目と心になって読むことであり、それを、その人物に同化体験するという。（ここでその人物が「私」であるか否かは問わない。）同時に、〈北を見る〉人物を〈外の目〉から、ということはその人物の様子を外から、わきから、横からみるという異化体験をすることである。

この〈外の目〉の異化体験と〈内の目〉の同化体験を同時に、ないまぜに表裏一体のものとして体験することを共体験と名づけている。

〈外の目〉異化体験
〈内の目〉同化体験　}　共体験

したがって、この句を、その人物の〈内の目〉になって、〈その人物の身になり、目と心になって〉みれば、〈いなびかり〉する度におそれおびえるその人物の心情を同化体験することになろう。たとえば先にあげた諸家の解や次の鷹羽狩行の〈この句は、稲妻のもつ力のようなもの——音がなくても人間を圧倒するもの——を感じさせます。その強いものとの対比で、人間のはかなさ、無力感を象徴しているかのようです〉という同化体験がなされる。

同時に、その人物を〈外の目〉でつきはなしてみれば、〈いなびかり〉する度に、まるで操り人形のように首をひねる動作が何とも笑いをさそうという異化体験をすることになろう。

この「おそれ、おののき、おびえる」という同化体験と、「おかしみ、笑う」という異化体験は互いに異質であり、同時に、この異質な感情を体験することは、矛盾である。このように異質な拮抗し、葛藤し、矛盾する異化、同化を同時にひきおこすことを「共体験のドラマ」と呼んでいる。

そして、この共体験のドラマこそは、実は私のいう美の弁証法的構造なのだ。

つまり、「怖いもの見たさ」と諺にもあるような人間の〈真実〉が、〈おそれ〉と〈おかしみ〉という異質な矛盾するものを弁証法的に止揚・統合した〈美〉として表現され、認識体験されるということになる。つまり、ゆたかな深い奥行のある、厚みのある味わい方ということである。

あらためてくり返すが、〈見る〉人物が「私」であるか否か、この主語が一人称であるか三人称であるかを問う必要はない。〈見る〉人物そのものが誰にせよ、〈内の目〉と〈外の目〉の両面からはさみうちしてとらえればいいのである。

この句を前出の諸家の解のように一面的にただ、おそれ、おびえる「私」の心情としてのみとらえたり、反面三人称としてその姿のおかしみのみをとらえるというのも浅く貧しく平板な読みになるであろう。

わざわざ言及するまでもないことであるが、すべてすぐれた理論というものは、他の理論より、どれだけ単純であるかということである。複雑であることは、わかりにくく、しかも、その理論の適用が厄介である。わかりやすく、適用しやすい理論がいいにきまっている。

その意味において、西欧諸国の文芸理論における文法的・人称的視点論は五つに類別されていて、しかも、たとえば、〈いなびかり〉の句を一人称か三人称か特定する決め手がなく、あいまいなままにする以外にない。しかし西郷文芸学の視点論は実に簡単にこの句を分析解釈することができる。しかも、何らのあいまいさも残さずすっきりと解明できるのではないか。

また、すぐれた理論は、すべての例に適用できるものでなければならない。文法的・人称的視点論はヨーロッパ諸国の文芸、およびある種の日本文芸においては適用可能であるが、ある種の日本文芸には（たとえば、この〈いなびかり〉の句には）適用できない。しかし、私の視点論はすべての文芸作品において適用可能である。

さらに、すぐれた理論は、体系的であるべきだ。ということは、視点をあきらかにすることが、たとえば、そのままその作品の美を解明することに直結するものでなければならない。すでに読まれたとおり、〈外の目〉〈内の目〉による共体験のドラマこそが、この句の美の弁証法的構造をあきらかにすることであった。

西郷文芸学における視点論は他の各論（形象論、構造論、文体論、主題論、美論……など）に直接にむすびつくところの体系性をもっている。いずれ、このことも、おいおい章を追って、それぞれの句の分析・解釈をすすめるなかで実証されるはずである。

〈見る〉の主語が省略されていることについてそれを一般に日本文芸における主語のあいまいさと考える論者が多い。それは同時に日本人の主体のあいまいさとしても考えられているようである。

主語のあいまいさということに関して、きわめて興味ぶかいエピソードを谷崎潤一郎が『文章読本』のなかに書いている。文中に〈戯曲を翻訳している者〉として登場するのは、実は有名なソ連の日本文学研究者の、コンラド博士のことである。

数年前に、或る時私は、日本文学を研究している二、三の露西亜人と会食したことがありました。その席上の話に、近年露西亜で私の「愛すればこそ」という戯曲を翻訳している者があるが、第一の標題の記し方に困っている。と申すのは、「愛すればこそ」は一体誰が愛するのであろうか、「私」が「愛すればこそ」なのか「彼女」がなのか、或は、「世間一般の人」がなのか、要するに主格を誰にしてよいかが明瞭でないというのでありました。（西郷注、——ロシア語では「愛する」という動詞は人称によってちがう。たとえば、私《イヤ》が愛する《リュブリュー》、彼女《アナー》が愛する《リュービト》、世間一般の人《アニー》が愛する《リュービャト》……というぐあいである。したがって主格の人称が不明であるとロシア語に訳せないということになる）そこで私が答えましたのに「愛すればこそ」の主格は此の戯曲の筋からいえば「私」とするのが正しいかも知れない。だから仏訳の標題には「私」という字が入れてある。しかし、本当のことをいうと、「私」と限定してしまっては、少しく意味が狭められる。「私」ではあるけれども、同時に「彼女」であってもよいし、「世間一般の人々」でも、その他の何人であってもよい、それだけの幅と抽象的な感じとを持たせるために、此の句には主格を置かないのである、それが日本文の特長であって、曖昧といえば曖昧だけれども具体的である半面に一般性を含み、或る特定な物事に関していわれた言葉がそのまま格言や諺のような広さと重みと深さとを持つ、それ故出来るならば露西亜語に訳するにも主格を入れない方がよいと、そう申したのでありました。

谷崎のこの文章をひきあいにして、私は次のように述べたことがある。

ここで谷崎が〈具体的である半面に一般性を含み〉〈広さと重みと深さ〉をもつといっているところのものは、わたしの考えによれば、自と他を弁証法的に統合する日本人の主体性のありかた、世界観のありかたから帰納されてくる日本文芸の一つの特長ということになる。〈曖昧といえば曖昧だけれども〉この日本文芸の主体のありかたを明確に把握した上で、あえてこのありかたを積極的に生かすならば、独自な文芸の世界が創造されるのではないか、とわたしは考えている。日本文芸における主語の不在、あるいは曖昧さということは、すでに諸氏によって指摘されているところである。たとえば、漱石の有名な「草枕」の冒頭の一節、〈山道を登りながらふと考えた。〉の〈考えた〉主体はいったい誰か？　あとあとまで読んでみないとわからない。にもかかわらず外国語に訳す以外には、読者（日本の）は、すこしも不便を感じないし、第一、主語が不在であること自体意識もされていない。石川淳の「焼けあとのイエス」では〈私〉が作品の中頃になって、やっと登場するといったぐあいである。

言語学者や、外国文学者のある者は、これらのことを日本語における主語の曖昧さとして批判する（たしかにそのような一面もあるのだが）。そして、主語の曖昧さはとりもなおさず主体の曖昧さとして問題にされる。しかし、「愛すればこそ」などの例についていえば、自と他とをたがいに内包し外延とする日本人の思想の構造の問題と考え、これは主体の曖昧さを意味するのではなく、日本人の主体のありかたが、ヨーロッパ人のそれと相違するものとしてとらえたい。したがって、日本文芸にたいして、ヨーロッパの言語学や文芸学をそのまま規範として、尺度として持ってくることは考えものである。

いまもこの考えは変わってはいない。いやむしろ俳句というものをこの度私なりに分析解釈してみて、あらためて、この考えを再確認した。

見る我と見られる我

たとえ一人称の〈我〉という人称代名詞をふくむ句といえども、その分析・批評・鑑賞にあたっては、先に述べた〈内の目〉の同化と〈外の目〉の異化という二重の読みをかさねることが、その句の美の構造をあきらかにすることになる。

次に芭蕉の〈馬ほく〳〵〉の句を引いて、〈見る我〉と〈見られる我〉という観点から、再度、同化・異化（共体験）のドラマについて考察することとする。

馬ほく〳〵我を絵に見る夏野哉　芭蕉

〈ほく〳〵〉は「ぼくぼく」と読みたい。日本古典において、濁音は表記において清音化するのがならわしでもあった。

ところで、この句の前書きに〈甲斐の郡内《ぐんない》といふ処に至る途中の苦吟〉とある。山本健吉はこの〈苦吟〉の一語をとりあげて次のようにいう。

詞書の「苦吟」は発句を作る苦心ではなく、馬上に苦しみながら吟じ出したという意味であろう。「苦吟」には、やや自嘲的な響きさえある。太陽の直射する暑い野道を、草を食んだりしながらのろのろ歩く田舎馬の愚かさへの鬱憤が、流離する自分の馬上姿のぎごちなさへの自嘲となって、はねかえってくるのである。馬上の自分を、画中の人物として客観化しているのであるが、それは同時に滑稽化でもあり、馬の愚かさは、同時に自分の愚かさでもある。「ぼく〳〵」とは馬のさまであるとともに、自分のさがでもあるだろう。

と〈見られる我〉という考え方に近い。（このことは後に詳説する。）
山本は先の文章につづけて、声喩〈ぼく〳〵〉をとりあげて、次のようにいう。

完璧な表現の句とは思えないが、私は元から何となく心の惹かれる句であって、この句の表現のぎこちなさも、かえってユーモアの感じを深めているのではなかろうか。「ぼく〳〵」という擬声語も、この句に一種の童話的な感じを添えている。憂い顔の騎士ドン・キホーテ、駄馬にまたがるの図といったところである。日は強く照りわたり、馬の脚はのろく、馬上の人の姿も愚かしいが、その胸中に抱く思いだけがあたりののんびりした風景から浮き上がって、苛立たしく、不調和であり、不条理なのである。そしてこの不条理を意識することがなかったら、芭蕉はこのような表現の契機を発見することができただろうか。

声喩〈ぼく〳〵〉はこの句の眼目ともいえよう。上田真もこの声喩にふれながら、〈自己を他化〉するという。〈見る我〉と〈見られる我〉という私の考え方に近い。

「ぼくぼく」は、馬がのろりのろりと歩いていくさまを、幾分飄逸なリズム感をもったことばで表現したもので、それはまた馬上の旅人がゆらゆら揺られて乗っていく様子をも想起させる。季節は夏で、それも日蔭のない野中であるから、馬上の芭蕉も楽なはずがない。しかし、そんな自分も、客観化して眺めると、きっと一幅の絵になるに違いない、と思ったのである。自己を他化して観察することによって、心にゆとりをもたせたところ、いかにも俳諧的な味がある。「ぼくぼく」という、ちょっととぼけた感じのことばがよく利いている。

また、声喩〈ぼく〱〉にかかわって、井本農一は〈ぼく〱〉の〈一種飄逸な味わいに俳諧性がある〉として、次のように述べている。

芭蕉のこの俳諧的要素も、この「ぼく〱」にあるとみたい。もちろん、季吟の句は語呂を合わせたというだけの低級な興味であり、芭蕉の句と比肩できるものではないが、芭蕉の句も季吟と違った意味ながら、やはり「ぼく〱」の一種飄逸な味わいに俳諧性がある。なるほどこの句は、現実には暑い夏野を馬にゆられながら、そういう自分を客観して、画中の人物として観じたところに発想の契機がある。それが句意であることも明らかである。しかし、それだけではしょせん理屈の句であって、句としての感銘は浅い。「ぼく〱」と歩く馬であってこそ俳諧になる。「馬のろ〱」でも、「馬ぱか〱」でもいけない。「ぼく〱」の語を得てはじめて、飄逸な俳諧的味わいが生まれるのだ。

これらの諸家の評は声喩〈ぼく〳〵〉がこの句において占める位置、その役割、効果をみごとに説いてくれていて、私がこれ以上つけ加えるところはない。（声喩の機能については下巻で詳細に論じた。）

また、〈自分の姿を、一幅の絵として眺めて見る〉という頴原退蔵の言をはじめ、前述の山本の〈馬上の自分を、画中の人物として客観化〉するというのも、上田の〈自己を他化〉するというのも、井本の〈自分を客観して、画中の人物として観じた〉というのも、すべて、私流にいいなおせば、〈見る我〉と〈見られる我〉ということである。

この句は、文法的、人称的視点論によれば、一人称〈我〉の視点ということになろう。しかし、だからといって、一人称視点として読むというだけではごく平板な味気ないものになって、およそ、この句の〈真〉も〈美〉もあきらかにならない。

この句そのものが〈我を絵に見る〉と〈我〉を対象化しているではないか。〈見る我〉と〈見られる我〉が二重に形象化されているのである。つまり視点論にいうところの〈我〉という人物の目と心になる〈内の目〉と、その人物をわきから横から外から見る〈外の目〉との二重の表象化（イメージ）をかさねて読むことがのぞましい。〈内の目〉による同化と〈外の目〉による異化とないまぜにする共体験をめざす読みをすべきである。（前述の橋本多佳子の〈いなびかり〉の句の項を参照されたい。）

先の潁原、山本、その他の諸家のいう自己の〈客観化〉〈対象化〉〈他化〉というのは、すべて〈内の目〉〈外の目〉を二重にかさねる〈同化・異化の共体験〉ということである。

ここで私自身の解釈を述べながら、この句の美の弁証法的構造をあきらかにしたいと思う。（以後、〈美の弁証法的構造〉を〈美の構造〉と略記する。）

炎天下の夏野を〈ぼく〱〉と重苦しい足取りで馬がいく。草いきれにむせ、夏の陽にじりじりと照らしつけられる暑苦しさ。しかも〈ぼく〱〉という馬の足ののろさ。これは想像するだにやりきれぬ――と読むことは〈我〉という人物の目と心によりそい、かさなっての〈内の目〉の同化体験である。

だが一方、そのような馬上の〈我〉の姿は何ともおかしみを誘う。〈ぼく〱〉と歩く〈馬〉までが愚鈍に見える。また、この声喩は、どこかのどかなひびきもあるように思える。〈外の目〉で見れば、まさしく一幅の戯画《カリカチャ》である。

この句の美の構造を大ざっぱにまとめていえば、「やりきれなさ」と「おかしみ」といった〈内の目〉と〈外の目〉の同化・異化の異質な矛盾するイメージ・体験が止揚・統合されるところにあるとみる。

ところで、〈見る我〉と〈見られる我〉、つまり〈内の目〉と〈外の目〉による美の構造を考える上で格好の例がある。

それは『去来抄』のなかの周知の去来と師芭蕉の次の句をめぐる問答である。

岩鼻やこゝにもひとり月の客　　去来

〈月〉とだけいえば、もちろん秋の明月のことである。『去来抄』の一節を引用する。

先師上洛《じょうらく》の時、去来曰《いわく》「洒堂《しゃどう》は此《この》句ヲ月の猿と申《もうし》侍れど、予は客勝《まさり》なんと申《もうす》。いかゞ侍るや」。先師曰《いわく》、「猿とは何事ぞ。汝、此《この》句をいかにおもひて作せるや」。去来曰《いわく》「明月に乗じ山野吟歩《さんやぎんぽ》し侍るに、岩頭一人の騒客《そうかく》を見付《みつけ》たる」と申《もうす》。先師曰《いわく》、「こゝにもひとり月の客ト、己《おのれ》と名乗《なのり》出《いづ》らんこそ、幾ばくの風流ならん。たゞ自称の句となすべし。此句は我も珍重して、笈《おい》の小文《こぶみ》に書入ける」となん。予が趣向は猶《なお》二三等もくだり侍りなん。先師の意を以て見れば、少《すこし》狂者の感も有《ある》にや。

去来と同じ弟子の洒堂は、〈月の客〉より〈月の猿〉がいいという。山月の下に孤猿啼くという、漢詩の趣向を俤《おもかげ》としての意見であろう。しかし、去来は、明月に浮かれて山野をそぞろ歩きしているとき、岩鼻にもうひとりの風流人をみつけた、それを月を賞でている人〈月の客〉としたのであり、自分は、〈客〉の方が勝っていると考えるが、〈いかゞ侍るや〉と師に問うたのである。
芭蕉は洒堂の〈月の猿〉を否定し、なお、〈月の客〉を他人ではなく、自分のこととして〈ここにもひとり月の客〉と自ら名乗り出たほうがどれほど風流であろうか、〈たゞ自称の句となすべし〉と教える。

芭蕉もこの句を〈珍重して、笈の小文に書入ける〉ほどであった。が、それはあくまでも〈自称の句〉という観点からの評価をもとにしてのことであった。

この師弟の問答について詩人大岡信は、次のように述べている。

俳句というもののおもしろさのひとつ、しかもかなり本質的と思われるおもしろさのひとつは、それがしばしば多様な解釈の余地を残しており、また、その多様な解釈のあれこれを通じて——しかもしばしば矛盾し合う解釈を通じてさえ——一句の世界がますます深味・奥行きを増しつつ、動かしがたいひとつの姿にきわまってゆくところにあると思う。

『去来抄』のような書物を読んでいて感嘆させられることは、芭蕉がある句をとらえて示す解釈・批評、あるいは添削の、小気味よいばかりの鋭い冴えである。ある句の姿が、芭蕉の解釈ひとつを得ることによって、作者の意図をはるかにこえて定着されるということがしばしばあった。

〈岩鼻や〉の句は作者去来の意図どおりに読むこともでき、また読者芭蕉のように解釈することもできる。もちろん、さらにちがった解もありうるだろう。いわば「あいまい」な句ともいえよう。

このような「十人十色」の解釈が許されるというのは文芸の虚構としての本質から出てくることであり、これを「解釈の多様性」という。

しかし、いろいろな解釈のうち、いずれがよりゆたかで深いかという「解釈の相対性」ということが問題となる。たとえ作者の意図が何であれ、おもしろい、味わい深い、趣ある解をとればいい。作者去来も〈自称の句〉ととれば、〈狂者の様（風狂者の趣）も、うかびて、はじめの句の（趣）向にまされる事十倍せり〉という。

では、何故に作者の意図を否定しても〈自称の句〉ととることのほうが〈はじめの句の（趣）向にまされる事十倍せり〉ということになるのか。実はそこが、肝心の見どころではないか。

〈俳句は一人称の文学である〉と主張する上田五千石は、

俳句の立脚点は常に「わたくし」であって、いつの場合でも、自分が主役であります。一人称の文学といってもいいでしょう。俳句をこれから始めようとされる方は、俳句を「わたくし」に執着する短詩、「わたくし」にこだわる短詩、「わたくし」の生活と人生に密着する短詩であると、観念して出発されればいいと思います。

といい、〈岩鼻や〉の句をひきあいにして、芭蕉のいう〈自称〉を、〈他人のことでなく、自分のことを言うこと〉ととらえ、〈この教えは俳句の立脚点を証している〉という。

「月の客」を他人ではなく自分のこととして、とらえなくては、まったく面白くないものになってしまう、と言って、「ただ自称の句となすべし」と断じています。

「自称」――他人のことでなく、自分のことを言うこと。この教えは俳句の立脚点を証《あか》しているもの、と私には思われます。

事実、たった十七音しかない短い言葉数の中から、貴重な二音を割いてまで、「われ」という主体を打ち出す俳句がいかに多いか、ということに気づかれる方もおられると思います。自称の強調です。

〈自称の強調〉とか〈自分のことをいう〉とは、つまり俳句は文法的・人称的視点論における一人称視点の文学であると上田は主張しているのである。しかし、芭蕉の〈自称の句となすべし〉というのは、はたして、上田のいうとおり〈一人称視点の句となすべし〉いや、俳句とは〈一人称視点の文学なのだ〉ということを意味しているのであろうか。

芭蕉が〈自称の句となすべし〉といったのは、まさにこの〈岩鼻や〉の句であったればこそであり、すべての（あるいは、ほとんどの）句にそのまま適用していいものではあるまい。

では、いったい芭蕉の〈自称の句となすべし〉とは、この句において、いかなる意味をもつのか。そのことを私は視点論・虚構論を用いつつ、この句の美の構造を明らかにしてみようと思う。

芭蕉の〈自称の句〉とは、俳句は一人称視点で書けということを主張したものではない。西郷文芸学の概念用語を用いて翻訳するならば、次のようになるだろう。

〈自称〉とは、話者（去来）が己れ自身を対象化することである。ここには〈見る我〉（話者）と〈見られる我〉（〈客〉＝人物）という関係が生まれる。つまり、話者としての「我」の〈外の目〉と人物としての「我」（〈客〉）の〈内の目〉のかさなりを生みだすということである。

見る「我」である話者の〈外の目〉になっての異化体験
見られる「我」である人物の〈内の目〉になっての同化体験
→ 共体験

私の視点論は、文法的・人称的視点論とちがって、たとえばこの句の場合一人称か否か、二者択一的な考え方をしない。〈外の目〉と〈内の目〉の両面からこの句を解釈する。

〈月の客〉それ自身の〈内の目〉になってこの心情を同化体験すると同時に、〈月の客〉を〈外の目〉から対象化・客体化し、異化体験するのである。その人物〈月の客〉の身になる、目と心になるという同化体験と、その人物をわきから外から見るという異化体験を同時におこなうことを共体験というが、〈外の目〉〈内の目〉をかさね読むときに、この句の味わいは重層的なものとなり、よりゆたかな深い味わいを生みだすであろう。

実際にこの句を〈内の目〉と〈外の目〉から重層的にとらえて解釈するとどうなるか。

明月にうかれ、明月を賞でている人物〈月の客〉（「我」）の〈内の目〉になれば、おそらく明月の美しさに酔いしれ「ここにもひとり月の客がおるぞ」とつぶやきつつ亡我の境をさまようその心情を同化体験できよう。一方、その〈月の客〉（我）の姿を〈外の目〉で見れば、何という風狂ぞと「我」自身をつきはなして酔狂と見、戯画化して見ることにもなろう。

この〈内の目〉と〈外の目〉のたがいに異質な表象化、体験がひとつの深い味わいとして止揚・統合されるところに、この句の美の構造があるのだ。

この句を一人称か否か、そのいずれかに二者択一的に特定しようとする文法的・人称的視点論は、句の読み、味わいを薄い平板なものとしてしまう。

人称的視点論を棄て、〈内の目〉と〈外の目〉の共体験のドラマとしてとらえることこそが俳句をよりゆたかに深く奥行あるものとして味わうことになるのではないか。

ところで西郷文芸学における〈内の目〉〈外の目〉（共体験）という考え方は、能における世阿弥の〈我見の見〉〈離見の見〉に近い。〈我見の見〉とは私のいう〈内の目〉であり、〈離見の見〉とは〈外の目〉に相当する。世阿弥は役をつくるときに、その役を生きること、つまり、その役になりきることを〈我見の見〉という。役（人物）に同化せよということである。しかし、同時に役（人物）を異化せよ、つまり自分の役づくりが観客席から見てどう見えるのか、〈外の目〉になって自分を対象化せよ、つまり〈離見の見〉をもてというのである。

〈我見の見〉〈離見の見〉のいずれが欠けても芸術的な役づくりはできない、というわけである。

私は芭蕉の〈自称の句となすべし〉という指摘には、いわば世阿弥における〈我見の見〉〈離見の見〉に共通するものがあると考える。

まわり道してしまったが、〈岩鼻や〉の句における芭蕉の〈自称〉論は、芭蕉自身の句作の上に移してみれば、たとえば先の〈馬ほく〳〵我を絵に見る夏野哉〉であり、あるいは〈朝顔に我は飯食ふ男かな〉であり、あるいは〈憂き我をうれしがらせよ閑古鳥〉などであろう。

先に、私は〈馬ほく〳〵〉の句の分析において〈見る我〉と〈見られる我〉、つまり〈内の目〉と〈外の目〉という分析を試みたが、それは〈岩鼻や〉の句における分析とおなじ原理にもとづくものである。

芭蕉の〈自称〉説は、結局〈見る我〉と〈見られる我〉（〈内の目〉と〈外の目〉）による美の構造を生みだすものであるが、俳句における美の構造は、もちろん〈自称〉説によってすべて裏づけられるものではない。

すでに、これまでにもいくつかの句を例としてそれぞれの美の構造のありようについて述べてきたが、これも、さまざまな美の構造のありようのなかの、ほんの一端を示したにすぎない。

先に私が上田の俳句一人称文学説を批判してすべての句を一人称視点においてとらえることを否定したのは、このような理由からである。

念のためにいいそえるならば、芭蕉がすべての俳句において〈自称〉を主張しているのではないように私もまた、すべての俳句を〈内の目〉と〈外の目〉の共体験としてみているわけではない。

芭蕉が〈岩鼻や〉の句にかかわってわざわざ作者去来に〈自称の句となすべし〉といったのは、ほかならぬこの句だからこそという条件つきである。

そもそも去来自身、師の芭蕉が日頃俳句は〈自称の句となすべし〉ということを力説していたとすれば、〈岩鼻や〉の句もはじめから〈自称の句〉として発想していたはずである。

芭蕉のいう〈自称〉ということを上田は誤って文法的・人称的視点論でいうところの一人称と即断してしまった。自説にひきつけての強弁というほかない。

なお、ここであえて付け加えておきたいことは、文芸における美とは、作品そのものに客観的に内在するものではないということである。しかし、また、読者のがわに主観的にあるものでもない。読者の主体が客体としての作品にいかにかかわるかという主体的・能動的なはたらきかけによって生みだされるものである。その意味において私の文芸学は、美の主観説をも、美の客観説をも、ともに止揚する美の相関説に立つものである。

芭蕉は〈自称の句となすべし〉という主体的な読みをとることで、この句の美を発見した、あるいは創造したといえよう。

文芸における美とは、読者の主体的参加によって発見・創造されるものである。それが虚構というものの本質でもある。

うしろすがたのしぐれてゆくか　　種田山頭火《さんとうか》

〈昭和六年、熊本に落ちつくべく努めたけれど、どうしても落ちつけなかった。またもや旅から旅へ旅しつづけるばかり〉と短文があり、さらに、〈自嘲〉の前書きを付している。小室善弘は〈うしろすがた〉を〈自分で自分を客観的に眺める思いがある〉と注し、次のような解を与えている。

これより前にも、

どうしやうもないわたしが歩いてゐる

という自画像があるが、これも、どうしようもなく歩きつづける自分をうしろから自画像として描いている。うしろ姿というやつは、ときとして正面から見たよりもかえってあざやかにその人を描き出してしまう。ひとがおのれを省るときは、自分を離れた所に意識を置いて、もうひとりの自分に自分を眺めさせる、という操作をする。このうしろ姿は、そうした山頭火の意識のなかに映っている自己の姿である。「ゆくか」という疑問の置きかたにその呼吸が出ている。

〈自分で自分を客観的に眺める〉〈自分をうしろから自画像として描いている〉〈もうひとりの自分に自分を眺めさせる〉という小室のとらえ方は、他の評者にも共通のものである。たとえば、松井利彦は次のようにいう。

自分の生涯は矢張り、放浪の中で、旅の中で送るより他はないのか。このように思い至ったとき、それまでの心のわだかまりが、一度だけは自分からはなれた　そして、自己を他者として観照する眼をもつことが出来た。とぼとぼと人生を歩む自分のうしろすがた、それは淋しさからいえば、時雨の中を歩みつづけて、旅に生涯を終えた宗祇・芭蕉らにつながるものではないか。

〈一度だけは自分からはなれた〉〈自己を他者として観照する眼をもつ〉という見方は、小室のそれと共通のものである。

ほかにも、たとえば、〈自分の姿を、いま一人の自分が見ていた〉（安東次男、大岡信）とか、〈宿命をただ噛みしめているだけの男のように、くたびれた心身をゆっくり運んでいる姿が見えてくる〉（金子兜太）という表現もある。

すべて、これらの見方は、自己の客観化、あるいは対象化、あるいは他者の眼で見る――ということであり、視点論の用語でいいかえるならば、〈外の目〉による異化ということである。

作者自身の前書の〈自嘲〉も自らを嘲るという意味で自己の対象化、つまり〈外の目〉の異化といえよう。

しかし、たとえ、この句のような場合にあっても、同時に〈内の目〉による同化という見方を欠いてはならない。いや、いかなる句であろうと、この〈内の目〉と〈外の目〉の両面が必要である。そのことが同化・異化の異質・異次元のイメージと体験（共体験と名づける）を一つに止揚・統合する美の構造を生みだすものとなる。（このことを共体験のドラマとも呼ぶ。）

実際に、多くの解釈に眼をとおすと、〈外の目〉による異化だけでなく、〈内の目〉による同化の面をもとらえているのに気づく。ただ、評者自身がそのような読みのメカニズムを自覚していないだけのことである。

視点のことは、あとで再度ふれることとして、この句の〈しぐれてゆくか〉にかかわって、二、三の解釈を引用する。

しぐれは、いくたび日本の詩歌の歴史のなかに降ったかしれないが、ものみな寂び枯れていく季節の風雅でもあり、またうすら寒くもある情感は、この句にも浸透している。落寞としたおのれのうしろ姿を人生の敗残者よと自嘲しながらも、「しぐれ」は俳諧師の風雅につながるものとして、いく分なりとこの人の心を潤すものがあったのではなかろうか。しぐれは、落寞と風雅の交錯する山頭火の句境を代表する美目で、初期から晩年に至るまで繰り返しよまれている。（小室善弘）

後ろ姿にはその人の過去から現在がある。いかにもお前の後ろ姿は時雨そのもののようだな。いつも時雨れているような後ろ姿の男よ。——時雨には漂泊を喩えるものとしての伝統があって、旅を生きた中世の連歌師宗祇は、「世にふるも更に時雨のやどり哉」とうたった。宗祇を敬愛する芭蕉は、「世にふるもさらに宗祇のやどり哉」とこれをもじった（本歌取）。しかし、宗祇や芭蕉ほどの〈心意の確かさ〉が、山頭火の時雨にはないのだ。覚束ないのだ。自分自身がまこと頼りなく、暗いのだ。（安東・大岡）

日本古典、ことに俳諧の歴史にうとい私としては、なるほどと、これらの解釈に学ぶばかりであるが、虚構論、視点論、美論の観点から、この句の解釈を私なりに試みてみようと思う。〈しぐれてゆく〉なかに、ひとり歩きつづけるその身の心中を〈内の目〉で同化してみれば、孤独の思いにみたされていよう。わびしくもあろう。〈自分自身がまことに頼りなく、暗い〉（安東・大岡）思いに閉ざされてもいよう。〈どうしようもない〉（小室）思いといってもいいだろう。

しかし、反面、そのような己れの〈うしろすがたのしぐれてゆく〉姿を〈外の目〉で異化してみれば、先に列挙した諸家の解にあるように〈くたびれた心身をゆっくり運んでいる姿〉（金子）にもみえ、〈自分の姿を自らあはれむ〉（井泉水）、〈いつも時雨れているような後ろ姿の男よ〉（安東・大岡）といったことにもなろう。作者の前書にもあるとおり、〈自嘲〉といった苦く渋い笑いも口辺にかすかに浮かんでこよう。

〈外の目〉と〈内の目〉の異質なイメージと感情が微妙に交錯し、止揚・統合されたところにこの句の美の構造がある。

さらに、自由律としての、この句の文芸性を考えてみたいと思う。

一般に俳句とは、と聞かれたとき、ほとんどの論者は有季（季題）定型（五・七・五）を基本的条件としてあげ、切れ字などの俳句特有の表現法にふれる。

掲句は、〈しぐれ〉という季語はあっても、定型ではない。いわゆる自由律といわれるものである。韻律（句調・リズム）の上からこの句を分析すれば、（七・七）となる。

うしろすがたの 7　しぐれてゆくか 7

さらに細分して、次のように見ることもできよう。

うしろ 3　すがたの 4　しぐれて 4　ゆくか 3

いずれにせよ、この句は五・七・五の定型を捨てている。自由律ということについて、放哉の〈せきをしてもひとり〉の句解で述べた小室善弘の見解をひいておく。

自由律は定型を捨てたが、かならずしも俳句特有の詩法を捨ててしまったわけではない。五・七・五以外にも俳句の本質を求め得るとすれば、この作品にも俳句の詩法に通底するいくつかの特色を指摘することができる。かりに俳句を三句の屈折を持つ詩ととらえなおすと、句は「せきを・しても・ひとり」となり読み手は、無意識にそこに俳句的なリズムをかさねて読むのではなかろうか。あるいは、表そうとする内容の頂点の部分だけを言葉として投げ出し、残余は背後に沈めて読者の想像に俟つ、という省略暗示の詩法も俳句が培ったものである。

三語三節のいわゆる短律のこの句の俳句としての文芸性をあきらかにしようとしたものであり、なかなかユニークな見解である。

一般に俳句の世界では〈二句一章〉ということをいう。あるいは〈二物衝撃〉という考え方もある。小室は、〈俳句を三句の屈折を持つ詩〉と仮説する。なるほど、〈せきを・しても・ひとり〉を三句と見なすこともできよう。

小室の〈三句の屈折〉という仮説によれば、掲出句は〈うしろすがたの・しぐれて・ゆくか〉とでもなるのであろうか。しかし、いくら、三句に分節できたとしても、それだけでは〈詩〉であることの存在証明にはならない。

文芸（詩）としての俳句は、虚構の世界である。虚構とは私の定義によれば、〈現実をふまえ現実をこえる世界〉である。ということは、虚構が矛盾を止揚・統合した世界であることを意味している。これまで矛盾を止揚・統合されたところに文芸の美があるとくりかえし述べてきたが、結局、文芸の美とは〈虚構された美〉〈虚構の美〉ということである。

〈うしろすがたのしぐれてゆくか〉の句は、うしろ姿がしぐれてゆく、という現実をふまえてはいるが、しかし、現実には己れ自身のしぐれてゆくうしろ姿を見ることは不可能である。非現実である。この句が〈現実をふまえ現実をこえる世界〉つまり虚構であることが理解できよう。

この〈見る我〉と〈見られる我〉、〈内の目〉と〈外の目〉の矛盾を止揚するところにこの句の美の構造があるとすれば、それが、〈虚構された美〉であることもまた理解されよう。

俳句の本質は、五・七・五の定型そのものにあるというよりも、ある韻律（リズム）によって構成された一文が異質なものを止揚・統合する美の構造によって、一つの真実が表現されているというところにある。

とすれば、有季・無季は本質的なことではない。定型（五・七・五）もまた本質的なことではない。異質・異次元の矛盾するものを止揚・統合する弁証法的な構造を読者が発見することが可能か否かにかかっている。そして、その美の構造がいかなる真実を表現しえているかにある。しかも、それが、あるリズム、調べというものによってひとつに秩序だてられているということである。

定型も季語も右の俳句の文芸性を生みだすための、もっとも有効な形式であり、方法であるということである。定型に言葉を屈折させて押しこめる結果、それがはしなくも異質・異次元の矛盾するものを止揚・統合する構造を生みだすとき、人はそれを〈定型の恩寵〉と称しているのである。

しかし、他方、定型（五・七・五）は口にとなえやすく、耳にもなじみやすい。日本語の生理にもとづく大衆的なリズムを有しているため、その形式にうまくはめこむだけの作句がなされるのもやむをえない。著名な俳人といえども、幾千幾百の駄句の山をきずくのも故なしとしない。

以上のような私の文芸としての俳句観にもとづけば、〈うしろすがたのしぐれてゆくか〉は、たとえ（五・七・五）の定型ではなくとも、（七・七）という口にとなえやすく、耳になじみやすい音数律（韻律・リズム）をもち、しかも、人間の一つの真実が美として表現されているという点において、自由律もまた俳句と称するにたる。

第2章

虚構としての俳句

虚構とは〈現実をふまえ現実をこえる世界〉である。虚構としての俳句がどのように現実をふまえ、どのように現実をこえるものとしてあるか――そのことを具体的に明らかにすることで、この矛盾する構造のありように俳句の美というものを探ろうというのである。

現実をふまえ現実をこえる――ということは、言葉を換えていえば、卑小・卑近・卑俗な現実をふまえながら、超俗のものとなる、つまり現実をこえるものとなる、ということである。このことは、日常の非日常化ということでもある。日常がそのまま非日常となる。卑俗なものの超俗化といってもいい。

ことばの芸術（文芸）としての俳句は、その本質において虚構である。したがって、その美は〈虚構された美〉であることを先に説いた。

虚構とは、俳句にあっては、言葉をかえていえば卑俗・卑小・卑近なるものの超俗化といってもいい。また、日常の非日常化といい換えてもいい。一般的ないい方をすれば、現実をふまえて現実をこえる世界ということである。

以上のことを、いくつかの句をひきあいにして詳しく論述しようと思う。

その前に、駆け足ではあるが芭蕉以降の俳諧、俳句の歴史にざっと眼をとおしてみたいと思う。

風雅なものの卑俗化によって

歌の伝統にあって〈蛙〉（かわず）は風雅なものとしてあった。といっても蛙の姿ではなく、その鳴く声が風雅なものとして古来歌に詠まれてきた。

だからこそ、芭蕉は〈蛙〉の声ではなく〈蛙〉が古池にとびこんだその水の音を句として詠んだのである。

古池や蛙とびこむ水の音　　　芭蕉

この句が蕉風開眼の名句として喧伝されてきたのは、いわば風雅なものの卑俗化という形をとることで逆にそこに閑寂の境地を生みだすという、まさしく俳諧というもののありようを確立したからであった。

のちに一茶は、芭蕉が「古池や」の句で〈蛙〉(かわず)と詠ったところのものを〈蛙〉(かえる)として、さらにいっそうの卑俗化を試み、

痩蛙負けるな一茶是に有り　　一茶

と詠んだ。とりようによっては、この〈痩蛙〉は、芭蕉の〈蛙〉に対して〈負けるな一茶是にあり〉ととれる。

それはともかく、芭蕉、蕪村、一茶とつづく近世俳諧の歴史は、歌の世界において風雅なものとされてきたところの伝統を、いわば、卑小、卑近、卑俗なものとしてとらえなおしてきた歴史といえそうである。もちろん、しかし、それは卑俗化という形をとって、逆に新しい風雅を見出そうとする試みであったということではなかったか。

逆にいえば、卑小・卑近・卑俗なものに、新しい風雅を発見創造してきた歴史と考えていいだろう。

近代に至って川端茅舎《ぼうしゃ》は、

蛙の目越えて漣又さざなみ　　茅舎

と〈蛙〉の姿を〈蛙の目〉の一点においてとらえて、〈漣《さざなみ》又さざなみ〉という新しい風雅を発

見創造しえた。

このことは、〈鶯〉についても同じことがいえると思う。〈鶯〉は文字通り花鳥風月を詠む歌の世界にあって駒鳥・大瑠璃とならんで三鳴鳥と呼ばれた。

その〈鶯〉はこれも姿でなくて、その鳴き声が風雅なものとされた。芭蕉はそれを、

鶯や餅に糞する縁のさき　芭蕉

と詠んだ。〈縁のさき〉といい〈餅〉といい、庶民の生活のまっただなかに〈鶯〉を連れ来たり、しかも〈声〉にはあらず〈糞する〉卑俗な姿を詠んだのである。もちろん、それはしかし、句の卑俗化ではない。歌の風雅を否定することで俳句としての新しい風雅を見出したのであった。

「和歌優美」の世界の鶯は、梅の小枝にあって美しい声で囀った。しかし、芭蕉は鶯に縁先の餅に糞をさせたのである。芭蕉は「卑俗」から出発して「俗を正す」ことを主張したが、これは「和歌優美」より「俳諧自由」の世界へぬけることを意味していたのであった。

このことは、いまや伝統として今日の現代俳句にも受けつがれ、たとえば、

ぽっと出の藪鶯の朝の色　坂本桜処

といったものとなる。〈ぽっと出の〉という声喩によって、藪鶯がいかにも〈ぽっと出の〉田舎者めいたものとして戯画化されている。（この声喩は〈ぽっと〉陽のさした藪鶯色の〈朝の色〉にもかかるいわばかけことば的な役割もはたしている。）

さらに花鳥風月の月といえば、まずは仲秋の名月もまことに風雅なものとされてきた。芭蕉

に〈名月や池をめぐりて夜もすがら〉という句がある。近世の俳諧は名月を卑近な卑俗な世界へと「ひきおろした」。

嵐雪《らんせつ》は

名月や煙はひ行く水の上　　嵐雪

と詠み、其角《きかく》は、

名月や畳の上に松の影　　其角

と詠んだ。

いずれも〈名月〉を人間の生活臭をもった夕餉の〈煙はひ行く水の上〉や〈畳の上〉に、〈影〉としてとらえた。これは、いわば風雅なものとしてあった〈月〉というものの卑俗化といえよう。

一茶になるとさらに、

名月をとつてくれろと泣く子かな　　一茶

となる。

〈名月〉もいまや〈泣く子〉の手の内にとらえられた感がないではない。

かくて、歌の伝統において風雅なものとしてあったこれらの題材を卑近な卑小なものへと卑俗化したところに近世・近代の俳諧・俳句の歴史があった。しかし、これは決して俳句そのものの卑俗化ではない。卑俗化という試みをとおしての新しい俳句の美の発見創造の歴史であったといえよう。

しかし一方、俳諧、俳句の歴史は、同時に、卑俗・卑小・卑近・日常のものを逆に超俗化するという試みをもはたしてきた。

この矛盾する両様の摸索が俳句の歴史と考えられよう。

本書は、この両面のありようを美の観点から究明することになる。

卑俗・卑小・卑近なるものの超俗化

金亀虫擲つ闇の深さかな

高浜虚子

夏の夜、灯に誘われて飛びこんできて、ぶんぶんとやかましく飛びまわるこがね虫は、まことにわずらわしい。〈寝ぐるしき夜や金亀虫《こがねむし》かけめぐり〉（中尾白雨）とある。ひっ掴むや否や、窓の外の〈闇〉へ〈擲《なげう》つ〉ということにもなる。きわめて日常的な些事にすぎない。この句についていて、次のような解がある。

〈窓外は真の闇である。その中へ小さいこがね虫が吸いこまれていく。その闇は深く深く底なしに続き、こがね虫をのみこんでいく。こがね虫の動と、闇の静のきわだった対照を描き、作者がこがね虫を「投げうつ」動作が、わずかに人間的な匂いを漂わせたのみで、すぐに闇の深さがすべてを包みこんで全世界を支配していく。〉（松尾靖秋他編『俳句辞典・鑑賞』）

ここには、〈こがね虫の動と、闇の静のきわだった対照〉という対比（コントラスト）の表現効果がとらえられている。また、〈「投げうつ」動作が、わずかに人間的な匂いを漂わせ〉と〈全世界を支配〉する〈闇の深さ〉が、対比されている。これは、これで首肯できる解である。また、次のような解もある。

〈投げつけた虫の行方も知れぬ手ごたえのなさ、それを漠々たる闇が押しつつむ。激しい動作がやんだあとに、やわらかい闇の沈黙がくる気配が、「深さかな」と言いおさめた句作りに、趣深くとらえられている。〉（小室善弘）

この解も〈激しい動作〉と〈やわらかい闇の沈黙〉という〈動〉と〈静〉の対比の効果を見ていることにおいて、前出の解と同工異曲といえよう。たしかに〈動〉と〈静〉のコントラストをこの句においてとらえることは、それはそれとしていい。しかし、私のいう美の弁証法的構造の発見にはほど遠いものといえよう。

なかには、次のような解もある。

〈金亀虫なら石の礫も同じ、一句の直線的な詠法が闇に投げつけられた金亀虫の行方を直線

的に伝え、闇の深さとともに、力ある句となっている。〉（大野林火）
〈石の礫も同じ〉と断じているが、この句はまさに〈金亀虫〉であるからこそ成立するものである。礫であれば、どこか草木に触れて「カサ」とか「カチン」とかそよぎを伝えるであろう。あるいは地に落ちて、「コト」と音をたてるにちがいない。しかし、金亀虫だからこそ、そのまま闇の彼方に飛び去ってしまって、いくら耳をすましても音を聞きつけることはなかろう。だからこそ、闇の中に吸いこまれてしまったような状態となり、〈闇の深さかな〉となるのである。この句において〈金亀虫〉は動かない。〈金亀虫なら石の礫も同じ〉と断じてはならない。

ところで、こがね虫なるものはとるにたらぬ、卑小なものである。しかし、この卑小な卑近、卑俗な題材が、〈擲つ闇の深さかな〉と詠まれたとき、この日常の世界は一瞬にして深遠なる非日常の超俗の世界と化す。この〈闇〉は、夜の闇であるばかりではない。人間存在の無明の闇を垣間見せるものとなった。

同時にこがね虫もほかならぬ〈金亀虫〉と表記されるにふさわしい存在と化すのだ。俗にその羽音から「ぶんぶん」とか「かなぶん」と称されるが、この句にあっては絶対に「ぶんぶん」や「かなぶん」であってはならない。やはり〈闇〉にきらめく黄金の虫、〈金亀虫〉であるべきなのだ。

この句の美とは、卑小・卑近・卑俗な題材である金亀虫が、そのまま一瞬にして超俗、深遠なる存在と化すという弁証法的な構造を発見するところにある。

おそらく金亀虫は歌の世界はもちろん芭蕉や蕪村、一茶の時代にあっても句の題材とされたことはなかったのではないか。私は寡聞にして知らない。「かなぶん」のようなまことに卑小・卑近・卑俗な題材によって、哲学的ともいえる主題を発見し創造しえたことに私は俳句という短詩形のジャンルのうかがい知ることのできぬ奥行の深さを思い知らされる。

〈金亀虫〉の句は、卑俗なるものの超俗化、つまりは、日常の非日常化でもある。日常茶飯の卑近な題材をとりあげ、しかも、かかる超俗の、近代的な風雅を生みだしえたところに私は俳句の無限の可能性を信じたくもなる。

実は告白すると、私は、これまで俳句というものにそれほど興味を感じてはいなかった。日頃新聞・雑誌などで眼にする俳句なるものがあまりにも卑俗・卑近・卑小のままに詠みすてられてある感じで、近代詩のもつ深さに比して、私の興味を惹くところがなかった。

もっとも子規山脈の巨峰ともいわれる虚子にしてからが何千とある句のそのほとんどは、私の目から見て、「駄句」に類するものでしかない。幾千の句数も死屍累々と形容したくなる。にもかかわらず、たとえば〈金亀虫〉のような句に出会うと、私は、ただ脱帽するしかない。おびただしく詠まれた幾千の句は、このような名句を生みだすためのいわば堆肥となる落葉のようなものであるのか。無数といっていい落葉がこのような句をはぐくみ育てたのであろうか。

名句は作るというより、むしろ生まれるといったらいいのであろうか。それとも、五・七・五という定型のもたらす恩寵とでもいったらいいのであろうか。いまの私には、まだ、この「謎」

は解けそうもない。

さて、卑俗なものをとおして超俗化へ——という観点で、近代俳句を見まわしてみると、この観点でとらえられる句がきわめて多いことに気づかされる。

俳史にもうとい私としては、句の年代にもかまわず、手近な眼につく句から、この観点によって、一応の私なりの解釈を試してみようと思う。

もちろん、俳句については素人の私であるから、作者についても、それぞれの句の発想された状況や動機などについてもまったく不案内である。伝記的なことがらをふくめて一切それらは、巷間おびただしく刊行されている俳書にゆだねて、私のほうは一句一句の美そのもの、（とくに美の弁証法的構造）について述べようと思う。

芋の露連山影を正しうす

飯田蛇笏

手もとにある鑑賞事典の一つをひくと、〈近景と遠景をみごとに呼応させて、秋空の下の山国の景観を格調高く詠った蛇笏《だこつ》の代表作中の代表作〉とある。〈近景の芋の葉の大小の露と、遠景の山姿と呼吸をぴったり合わせている〉（大野林火）という解もある。

〈近景と遠景をみごとに呼応〉といった類の解釈がほとんどである。近景としてある〈芋の露〉と〈遠景〉としての〈連山〉の対比、あるいは遠近法は、この句をいわば絵画的な構図とみなしての解釈である。同様の解として次のようなものがある。

朝の日の光を浴びている露と山脈との関係は、一方は広い眺望の効く高原の里芋畑の景で、平面の拡がりであるのに対するに、一方は巍然として、それを圧するかのように聳え立つ山脈を配し、立体的であり、その交叉は構図的にも効果をあげている。（『俳句辞典・鑑賞』）

〈平面の拡がり〉と〈立体的〉の〈交叉〉に筆者は〈構図的にも効果〉があるととらえている。しかし、この句を一幅の絵になぞらえ、その絵画的な構図をとらえてもただちにそれがこの句の文芸としての美の構造をあきらかにしたことにはならない。

また対比の表現効果について、次のような解釈もある。

この句の面白みは、「芋の露」だ。どの芋の広葉にも、一つずつ大きな露をやどして、旭のひかりに、きらきら光っている。それがすこし風でも吹けばころころころがる。その不安定さと、「連山影を正しうす」の重厚さとが対比されていて面白い。

このほうは、〈芋の露〉の不安定さと、〈連山影を正しうす〉の重厚さという非視覚的なイメージの対比をとりあげている。おそらく茅舎の〈芋の露直径二寸あぶなしや〉という句などにみられる、ころころと転がる〈芋の露〉の不安定さをひきあいにしてのものであろう。

いずれにせよ、これらの解釈は対比という表現効果のおもしろさをとりあげたものである。このような対比のおもしろさを私としても否定するつもりは毛頭ないが、私の美の構造仮説にもとづいて、この句をみるとすればどのようなおもしろさ、味わいが発見されるか。この句の美について語るとすれば、まず、これが〈芋の露〉であって、たとえば蓮の露などではないというところからはじめねばなるまい。

蓮といえば、あるいは蓮の露といえば、それ自体が風雅なものであり、題材として格調あるものとなる可能性を秘めている。仏教では、西方浄土は神聖な蓮の池とされ、わが国でも仏教伝来とともに各地で栽培されてきた。蓮の台《うてな》という言葉さえある。蓮の露ともなれば、それ自体がある浄らかさをもっていて、超俗のものとしてイメージされる。

しかし〈芋〉ともなると、ちがう。単に〈芋〉といえば俳句では里芋を指す。蓮に比して、これほど卑近・卑俗な題材はなかろう。にもかかわらず、たとえ〈芋〉でもその〈露〉ともなれば、それ自体は浄らかなイメージをもっている。ましてや、〈連山〉が〈芋の露〉に対して〈影を正しうす〉とみたときに、いや、そうもとれることによって逆に〈芋の露〉のイメージが〈連山〉との相関・ひびきあいによって超俗のものとなる。

〈芋の露〉と〈連山〉を単に対比的なものとしてとらえるよりも、両者を相関的なもの（つまり、つれあってせりあがるもの〉としてとらえることのほうが、そこに弁証法的な構造がうかびあがり、この句の味わいを深いものとするであろう。

ところで〈影〉についてであるが、〈影〉が「姿」「山容」をあらわすことは諸説一致している。問題はこの〈影〉が〈露〉に映じたものととるか否かである。

小室善弘は、〈「影」については、連山の落す倒影とも考えられるが、自注で見るかぎり、山の姿そのものとみていい。〉と〈倒影〉ととることを否定する。

一方、たとえば鷹羽狩行は〈山の影が芋の葉にたまった露に映っているかのように表現しているので、山の身づくろいが、細部をもゆるがせにしない、端然とした姿であることまでわかってきます〉と〈山の影〉が〈芋の露に映っている〉としている。

草田男は〈この芋の葉の上の露の玉にも、近よってみれば、現在唯今の天地間の一切のものの姿がそのままでクッキリとうつっていそうです。〉という。〈……うつっていそうです〉と断定を避けたいい方ではあるが、〈連山の影〉を〈芋の露〉が映している解とみてよかろう。

露が影を映しているか否か、二者択一的に解すべき問題ではないと思う。そもそも五・七・五の十七音の短詩形にあっては委曲を尽くしがたい。したがって、このように解の上であいまいとなることは常に起こりうることである。

私はといえば、文芸の解釈というものの多様性、多義性の原理から、このような場合、いずれにもとっていいと考える。〈影〉を連山の姿そのものととりながら同時に〈露〉に映るものとしてとって何ら差し支えない。むしろ、両様にとってこそ句のおもしろさも深まろうというものである。

なお、〈連山影を正しうす〉を擬人的表現とみる解も多い。

・一峯一嶺ことごとく、その姿を正しく示している擬人化表現。（大野林火）

・この表現は、山を擬人化して主格にしたものであって、山が自ら非常に厳粛な緊張した気持ちになって、そんな際に人間が自然と襟元をかきあわすように自分の格好を引きしめた。（草田男）

ここで小室善弘は、〈作者自身の憧憬が反映している〉という。また、尾形仂編の『俳句の解釈と鑑賞事典』には〈あたかも山自身が姿勢を整えるかのようにいい取ったために、山容の偉大さと作者自身の心のたたずまいとが、鮮やかに描き出された〉とある。これまた、擬人化表現からひきだせるものとして、ともに首肯できる解である。

以上、諸家の解をとりあげてきたが、すべて対比の表現効果と擬人化表現の効果の説明に尽きているといえよう。

しかし、この句の美は、前述したとおり、〈芋の露〉と〈連山の影〉がひびきあうことによって卑俗・卑小な〈芋〉が超俗のものと化すという弁証法的な構造のとらえ方にある。

ここで〈連山〉は〈芋の露〉によって〈影を正しうす〉となり、逆に〈芋の露〉は〈連山影を正しうす〉によって、超俗のものに昇華する――このことを形象相関の原理と名づけている。

くだけていえば、〈ひびきあうことによって、共にせりあがる〉ということである。
この形象相関の原理はいわゆる対比という表現効果とはちがう。〈ともにせりあがる〉というところに異質なものをともに止揚・統合する美の弁証法的構造があるのだ。

ちなみに〈芋〉といえば、許六にこんな句があった。

芋を煮る鍋の中まで月夜かな　許六《きょろく》

〈月〉が〈芋を煮る鍋の中〉にひきこまれることで、〈鍋の中〉で煮られている〈芋〉が〈月〉によって浄化され超俗のものと化したとみるべきであろう。

この道の富士になり行く芒かな　河東碧梧桐《へきごとう》

この句の解釈の多くはこの句の文章を散文的にパラフレイズするだけのものである。たとえば、次のような解釈も、結局、この句の情景を眼に見えるように詳しくいい換えているにすぎない。絵解きしているだけでしかない。

広いすそ野に一面に群がり生える芒、折しも尾花をつけて、美しくも可愛らしくもある。その間の道を富士山に向って歩いて行く。風にゆれる尾花は、よく人を手招くようだといわれるが、何となく足を運ぶ気持は軽く、快くさそわれて行くようでもあり、芒のかなたにそびえる富士の山頂を思うと、思わず胸も張る思いである。「この道の」と直接体験を思わせる語でよみ起し、「富士になり行く」と遠く高きを望んで、広々とした野の中の「この道」を行く、進行的な動きを含め、明朗健康な気分を展開し、その展開の気分が「芒かな」で一層と広がり、季節の美しい景をあらわして、一句の場面が言い止められ、感懐と情趣がみなぎる。

属目の句としてとらえ、作者が見たてであろう「実景」をあれこれと想像し、再現し、そのときの作者の気分にいい及ぶ――この類いの解釈がふつうである。

〈富士になり行く〉について、たとえば『俳句辞典・鑑賞』は、〈自分の歩きつつある道は、やがて富士にまで達する道である。〉といい、〈歩きつつある道が、秋晴のなか、雄々しいまでにそびえ立っている富士につながっていることの感動である。〉という。〈歩きつつある道〉が〈富士にまで達する道〉であり、〈富士につながっている〉というのである。

しかし、私が、この句について解釈するとすれば、次のようになるだろう。

風にそよぐ芒の穂波にさそわれ、まねかれて、〈この道〉を行く。〈この道〉のかなたに富士がそびえている。芒というありふれた秋の野の風物が、そのまま秀麗な富士そのものとなる。

〈この道〉が〈富士〉へ〈つながっている〉というのではない。〈達する〉のでもない。事実としては、また理屈としてはそうであるが、この句は、〈富士になり行く〉のである。まさに〈富士〉となる、〈富士〉と化す、というところに、卑俗なものが、そのまま超俗なものとして止揚される美の弁証法的構造があるのだ。

それは〈この道〉という日常がそのまま〈富士になり行く〉、つまり非日常に化すといってもいい。

これは、私のいう虚構ということである。現実の対置概念としての虚構ではなく、現実と非現実をともに止揚・統合するところに成立するのが虚構である。この句は、その意味において、〈この道〉が〈富士になり行く〉という形で虚構の世界を形成しているのである。

だからこそ、私は文芸における美を虚構された美（あるいは略して虚構の美）と名付けているのである。

一茶に、同じ趣向と目される句がある。

蟻の道雲の峰よりつづきけん　　一茶

丸山一彦は、〈雲の峰は小さく遠景に押しやられて、その画面の一番奥からわいてきた蟻の列が、次第にクローズ・アップされて、全面に大きくせり上がってくる。シネマスコープの一画面でも観るような立体感がある。いわば大を小に小を大に、対象の尺度を強烈に逆転させたところに、思い切ったデフォルメが施されているわけだが、この対象の不調和から、人を食った一種の諧謔味も生まれている〉という。

宮坂静生は、丸山一彦の〈逆転〉というとらえ方を〈日常の次元での大小・強弱という定まった価値を逆転させて描くことで、俳諧味を出す手法は『七番日記』文化年間の常套であった〉とし、次のようにこの句のなかに一つの〈大胆な構図〉を見出している。

無限級数のような蟻の道が雲の峰まで続くというのではない。雲の峰より、、と帰着点からの把握の仕方は、単なる矚目や常套手段ではいたり得ない大胆な構図である。炎昼の下、土に縋ってえいえいと働き続ける蟻のはるかな意志に、おのれを超えた、〈幻想的な恍惚〉(加藤楸邨『一茶秀句』)を感じ取った一茶の率直な表現であろう。雲の峰よりも蟻の道がはるかに大きく強靱なものに描かれている。

丸山の〈逆転〉〈デフォルメ〉も、宮坂の〈大胆な構図〉も、なかなかにたくみな、かつ説得的な解釈である。

しかし、私はこの句に、先の〈富士〉の句とは逆に〈蟻の道〉という卑近・卑小・卑俗なるものへ〈つづきけん〉となる、ととる。むしろ〈蟻の道〉という卑近・卑俗なものが〈雲の峰よりつづきけん〉となることによって、超俗化するという弁証法的構造を見るべきであろう。

井泉水のように〈蟻という小さなものと、雲の峰という大きなものとがコントラストの調和をする〉とだけとってはならない。

〈逆転〉も〈デフォルメ〉も〈構図〉も、また〈コントラストの調和〉も、それが矛盾するものを止揚する弁証法的構造――つまり卑俗のものの超俗化――としてとらえなおしたとき、それはこの句の美の発見・創造ということになるのである。

同じく一茶に、やはり同じ趣向の次のような句がある。

有明や浅間の霧が膳をはふ　一茶

〈軽井沢〉と前書がある。江戸と郷里信濃との往復に幾度かこの宿場を通った一茶には見馴れた風景であったろう。丸山一彦は、この句に次のように注釈する。

浅間の山裾から湧く霧が、明け放した窓から煙のように舞いこんできて、膳のあたりに低くまといつく。膳のわきには、既に用意されてある振分け荷物や笠。爽やかな朝立ちの気分である。「有明」と言って時間を表わし、「浅間」で背景を「膳」で場所を示し、「はふ」という一語で情景を躍如とさせている所は、寸分の隙もない叙法である。特に「はふ」の一語は、霧の動態を的確にとらえている。同じく霧を詠んだ句に「山霧のさっさと抜ける座敷哉」（文化10）があり、叙法は粗いが、これも山霧の早い動きを軽妙に活写している。

もちろん異論はないが、これは一句の分析をしてみせただけで、この句の美の構造についての言及はまったく見られない。

栗山理一はいう。〈心の重い案件を胸にいだきながら、独りわびしい食膳に向かう彼（一茶）の旅情をかすめるように流れ去る山霧である〉つまり、〈一茶の心情を反映〉した句ととらえる。もちろん、一句に作者の心情の反映を見ることを否定するものではない。しかし、ただそれだけではこれまたこの句の美の構造をあきらかにしたことにはならぬだろう。

私の美の定義（仮説）にもとづくならば、この句も〈浅間の霧〉が〈膳をはふ〉ことによって、〈膳〉という日常性が新たな風趣を帯び超俗化したといえよう。

なお、次の井泉水の句など、どうであろうか。

我が家までの月のみちひとすじ　　荻原井泉水

〈我が家まで〉の〈みちひとすじ〉は、ありふれた日常の道にすぎない。しかし、それが、この句にあっては〈月のみちひとすじ〉と化す。天（月）と地（みち）が、一つのものとなる。いや、人（我家）もまたそのなかに溶けこんでしまう。天地人、三位一体の妙境といえよう。

さて、〈天〉といえば、

土用波天うつ舟にわが乗りし

山口青邨《せいそん》

土用の高波に、ゆり上げゆり下げ、もまれる舟。

〈天打つ舟〉という形容はけっして単に比喩でもなければ、誇張でもない。

〈天うつ舟に〉〈わが乗りし〉とき、日常の世界はそのまま非日常の世界となる。

〈土用波〉も〈わが乗りし〉〈舟〉もすべてが〈天〉の世界に属するものとなるのだ。日常の世界がそのまま非日常の世界となる。

つきぬけて天上の紺曼珠沙華

山口誓子《せいし》

曼珠沙華は彼岸花、また死人花ともいわれ、庭などに植えることは嫌われる。江戸時代にも詠まれているが、美しい花としてではなく妖しい毒々しい花としてであった。

許六の句に〈弁柄の毒々しさよ曼珠沙華〉とある。〈弁柄〉とは真紅という意。

大野林火はいう。

> 「つきぬけて」とは思い切っていったものだと思う。底抜けのような青天井の澄明さなのである。そのもとにまんじゅさげが真紅を誇るのだ。（中略）
> この句は直接は紺と赤という色彩の対象《ママ》のあざやかさであるが、「つきぬけて」というとき、作者の中で二つの色彩は別の次元で一つに溶けあい、色彩感を超えた清浄感をもたらしている。「七月の青嶺まぢかく熔鉱炉（前出）が、二物の力と力の衝撃のもたらした陶酔境ならば、これは極彩の衝撃の生んだ陶酔境である。

明るく、強く、豊かな句である。

〈紺と赤という色彩の対象〉〈極彩の衝撃の生んだ陶酔境〉ととらえている。いわば一句を絵画的な色彩の生みだす世界に翻訳してみせたといえよう。

山下一海も、〈紺の空と赤の花〉の対照ととらえ、次のように注釈する。

突き抜けたような秋空の下、曼珠沙華《まんじゅしゃげ》を見つめている作者の眼には、花の姿が大きくクローズ・アップされ、深い秋空に伸び、突き刺さり、突き抜けるようにも見える。〈つきぬけて〉によって、紺の空と赤の花が、中天に大きく重なって見える。

作者の自注に〈「つきぬけて天上の紺」は、くっつけて読む。つきぬけるような青天とは、昔から云う。それを私は「つきぬけて天上の紺」と云ったのだ。／そんな青天に、まんじゅしゃげは、紅い蘂を張って、すっくと立っている〉とある。色彩の対照を述べた言葉といえよう。作者をふくめ諸家の解はほとんど紺と紅のコントラストをとりあげているだけである。

しかし、何よりも卑近・卑小・卑俗な草花にすぎぬものが、まるで〈つきぬけて天上の紺〉と一つとなるがごとき錯覚を与えているところがおもしろい。ここで〈天上の紺〉は決していわゆる「秋の青空」ではない。両者は次元のちがいがある。ここでの曼珠沙華は〈天上〉天下唯我独尊の姿といえよう。幻想のキャンバスに一気に力強く描きあげた、しかし、どこか仏画のような静寂さをも感じさせる句である。ところで、次の句など、いかがであろう。

倒れたる案山子の顔の上に天

西東三鬼《さんき》

朽ち果てたような案山子が、仰むけざまに横たわっていてその上にまっ青な秋の空が広がってい
る。構図の非常におもいきった句で、うまくとらえられた写真のカメラアングルのような句である。

という解釈がある。

しかし、〈倒れたる案山子の顔の上〉にあるのは、ほかならぬ〈天〉であって、〈空〉ではない。

〈天〉であるとすれば、その下にある〈案山子の顔〉もまた、〈天〉に属するものである。〈倒れたる〉とはいっても、この〈案山子の顔〉は〈天〉を向いているのである。

〈天〉といい切った瞬間、この日常世界の〈案山子〉が非日常の、異次元のものと化す。このことにかかわって、誓子は、〈「顔の上に天」は、天を仰いで臥している顔の上に天が俯向き、のぞき込み、顔と天とが相対しているのである。この案山子と天とが相対していることに詩趣があるのである〉という。

〈天〉の一語の重きを思い知るべきであろう。

この句の美の構造にふれて、小室善弘は、〈現実を悲劇的な目でとらえる作者の作風をよく表す句。よい喜劇は悲劇よりも更に悲劇的であるとも言われるように、この句における喜劇も悲劇と表裏の関係にある〉といい、〈滑稽でありながら、妙に空漠とした印象があるのは、この句が、そうした敗戦の虚脱した空気を反映しているためかもしれない〉という。さすがである。

小室のいう〈喜劇も悲劇と表裏〉〈滑稽でありながら、妙に空漠〉というのは、私のいう美の弁証法的構造を見事にとらえているものといえよう。

まさをなる空よりしだれざくらかな　富安風生《ふうせい》

周囲の風景、雑物一切を擲却して一面に青く塗りつぶされた生地に、目的の糸桜だけを大うつしにした構図、上五、中七、下五と流暢な調べにととのえた——糸桜の条《えだ》のように詠い流した句法に成功があったと見えて、人にもよろこばれたようだと自分でも愛好している。（作者自注）

作者のいうとおりであって、つけ加えるところは特にない。

ただ、ひとつだけ、この句の美の構造にかかわっていわせてもらえば、この句の構成は、〈まさをなる空よりしだれ〉とあり、さらに、〈よりしだれ〉と打ちかさなる形で〈しだれざくらかな〉とある。〈しだれ〉は、糸桜の〈しだれ〉るさまを形容すると同時に〈しだれざくら〉という名称をもあらわす、かけことば的な働きをもたせているところが心憎い。作者のいう〈流暢な調べ〉〈糸桜の条のように詠い流した句法〉の秘密は〈しだれ〉のかけことば的働きによるものである。

したがって、この句を句意と句調の上でみると、

まさをなる空よりしだれざくらかな

5　7　5

5　4　8

のように、句の調べと句の意味の切れ目の上でのずれが微妙な味わいを生むものとなっている。

前述したとおり〈しだれ〉が上五・中七と下五の両方にかかる働きをすることで、この〈しだれざくら〉はあたかも〈まさをなる空〉そのものが大地にむけて花咲かせたかのごとき幻想を読者に与えるものとなる。逆にいえば、日常の現実の〈しだれざくら〉が〈まさをなる空〉と一つとなって非現実の幻想の世界を虚構するということである。つまり〈まさをなる空〉から淡紅色の〈しだれざくら〉が咲き出ずる如き幻想をこの句は生みだしているのである。

空の青とさくらの花の白の色彩的対比の効果もさることながら、表記の表現性も問題となろう。〈この句には「空」という漢字が一つあるだけで、あとは全部かなで書かれています。しだれ桜の美しさに対する作者の綿密な配慮が、これによってもしのばれます〉（鷲谷七菜子）とあるように、字面の視覚から、やわらかい仮名文字の中に一字の漢字が効果的である。

日常の非日常化

俳句は日常の世界の茶飯事をとらえて詠む。とるにたらぬ些事にすぎない。にもかかわらず、それが一瞬にして非日常のものと化す。そこに矛盾を止揚する美の弁証法的構造を発見する。

土堤《どて》を外《そ》れ枯野の犬となりゆけり

山口誓子

土堤を歩いていた犬も、ひとたび枯野に入ると、枯野に風情をそえる犬となる。犬もまた枯野の一点景となる。〈枯野の犬〉は、枯野の一点景であって、枯野そのものとなる。とすれば、犬そのものというものはない。すべて存在するものは、他との関係においてのみ存在する。仏教は「一切の諸法因縁によって生ずる」と教える。

この句は存在のたしかさと不たしかさ、あいまいさ、はかなさを表裏一体のものとして見事にいいとめている。枯野の犬の輪郭の何というくっきりとしたたしかさ。にもかかわらず、また何というあいまいさ。日常が一瞬に非日常と化すときのありようがこれである。現実と非現実が止揚された世界といってもいい。いわば、「哲学的」な句とでもいっておこう。
ところで、作者誓子の自注がある。

犬の道は、はじめは堤の道だった。だから、犬は堤の犬だった。
犬の道は、堤の道から枯野の道に切り替えられた。だから、犬は枯野の犬となった。
堤の犬が枯野の犬になったのだ。作者の私も、犬とともに走っているから、川沿いの堤を眼にし、急転換して枯野を眼にしているのだ。

非礼を省みず一言すれば、「何とも味気ない」。これはただ、情景を散文化してみせただけである。

もっとも作者にとっては作品がすべてであって、それ以上、自作について解説することもないのであるが、この句を私は名句と高く評価するだけに、作者の言葉に失望を禁じえない。作品は作者の手をはなれたとき、読者によっていかように読まれようと致しかたない。それにしても、作者の意図（この自解の文章にうかがわれる形での）と読者の解釈との間のひらきについて考えこまされる。

この句について秋元不死男に次のような解がある。

土手を歩いていた犬が枯野の方へそれて行ったという句である。どこに面白さがあるのかと問うひとがあろう。しかし土手にいた犬が枯野の犬になったというのは、性格をかえ、感情をかえ、顔つきをかえた犬になったことではなかろうか。だが、それに何の意味があるのかと、さらにまた問うひともあろう。が、じつはそこが問題なので、ひとことでいえばそこが詩の問題なのだ。詩は、ものに新しい感情と性格を生みつけることである。それはことばに新しい意味をあたえることだともいえる。

〈土手にいた犬が枯野の犬になったというのは、性格をかえ、感情をかえ、顔つきをかえた犬になったこと〉であるという解は、私のいう〈すべて存在するものは、他との関係においてのみ存在する〉ということに通ずる。

また、山本健吉は、このことを〈「土堤の犬」から「枯野の犬」に変貌したというように、概念規定の転化として捕えている〉といい、〈走っている犬の概念転換として作者に認識された〉という。

〈概念転換〉と山本はいうが、これは正しくは存在の意味、あるいは存在そのものの〈転換〉というべきところである。

この句は〈犬〉そのものの変身を詠んだものであるが、同時にそれは枯野それ自身の変貌をも意味している。日常現実の犬や枯野が、そのままで非日常のもの非現実のものとなる――そここにこの句の弁証法があり、美がある。
日常のすぐむこうが、非日常となる世界のありようをまざまざと示した詩人村野四郎の詩がある。

塀のむこう

さよならあ　と手を振り
すぐそこの塀の角を曲って
彼は見えなくなったが、
もう　二度と帰ってくることはあるまい

塀のむこうに何があるか
どんな世界がはじまるのか
それを知っているものは誰もないだろう

言葉もなければ　要塞もなく
墓もない
ぞっとするような　その他国の谷間から

這い上ってきたものなど誰もいない
地球はそこから
深あく虧けているのだ

日常（塀のこちら）のむこうにたちどころに非日常の世界がはじまる。短詩形の俳句にあっては、日常がそのまま非日常の世界と化す。この句は作者自注が示すとおり、まったく散文的、つまり日常的な世界である。しかし、それがそのまま非日常の世界に転化するところに俳句の美のありようを見るべきであろう。

頭の中で白い夏野となつてゐる

高屋窓秋《そうしゅう》

この句「ズノナカデ」と読むのか「アタマノナカデ」と読むのか説のわかれるところであるが、作者は、〈《夏野》は必然的に《白い夏野》でなければならなかった。《頭》を五・七・五に則って読めば〝ヅ〟であるが、作者のぼくの中では〝アタマ〟としていた〉という。ここでは〈アタマ〉と読むことにする。

また、この句は〈中で〉〈白い〉〈なつてゐる〉と口語であり、いわば散文的な表現といえよう。

この句の解釈に次のようなものがある。

・夏の野を通ってきたのである。夏野は「白い夏野」となって頭の中で光っているのである。遠ざかって思い出すと、真っ青な野であったが、太陽が照って白く光っていた。

・現実世界の夏野は青々とした夏野であるはずなのに、なぜか頭の中の意識の世界では白い夏野となって広がっている。そこには内面心理としての不安感や潤いを欠いた精神の渇きのようなものが投影されていよう。

これらの解釈は現実の〈夏野〉は〈青々とした夏野〉〈真っ青な夏野〉であったが、〈頭の中の意識の世界〉〈遠ざかって思い出す〉と〈頭の中〉では〈白い夏野〉となっている、ととらえている。

しかし、これは、正しくない。〈頭の中だけ〉で〈白い夏野となつてゐる〉のではない。この句の世界そのものが〈白い夏野〉なのだ。日常の意識の次元では〈頭の中だけ〉ということになろう。しかし、非日常、非現実の次元では、世界すべてが〈白い夏野となつてゐる〉のである。

石田波郷《はきょう》はいう。〈この句の《白い夏野》は現実の夏野ではない。抽象風景である〉〈《白》を詠もうとしているのだ。写生俳句とは全く別である。〉

波郷は〈現実の夏野ではない。抽象風景である〉というが、これは「現実の夏野であ、、、りなが、、、ら、、、同時に非現実の夏野である」というべきなのだ。つまり、虚構としての文芸は、現実をふまえ、現実をこえるところに成立する世界である。（虚構の定義）

この〈夏野〉が実景としてあろうと、〈頭の中で〉想像した〈抽象風景〉であろうと、それは本質的なことではない。〈夏野〉はすでに作者によって表現の対象とされたとき、それは現実にあるはずの〈夏野〉であると同時に現実にはそこにない非現実の〈夏野〉をともに止揚したところのものである。

清水基吉は、同じ作者、窓秋の〈春愁の白きおもひと花に満つ〉をともに並べて次のようにいう。

窓秋の「白い夏野」にしても、「春愁の花」にしても、見られるものとしての「景物」は、作者にながめられているわけではない。「こころ」を詠うために「規範」としての「景物」が利用されているのにすぎない。

作者は後年、句作仲間に「ぼくは吟行を経験して、嘱目即吟はつくづく性に合わぬものと覚悟した」と述懐しているが、「夏野」や「花」が写生の対象となっていないことは、作者自身が「頭の中で」とか「こころに満つ」と詠っているとおりである。

もちろん作者のいうとおり〈夏野〉は〈写生の対象〉ではないであろう。しかし、〈夏野〉が現実の〈夏野〉であること、しかも、同時に非現実の〈白い夏野〉であることはいうまでもない。この句は現実の〈夏野〉と非現実の〈夏野〉を止揚・統合したところにある虚構の〈夏野〉である。

妹尾健が〈夏野は季語としての限度をこえ、むしろ詩的空間の成立として見ることができる〉〈この夏野は季語にあらざる季語である〉といっているのは、私のいう〈現実をふまえ、現実をこえる〉という虚構の本質に迫るとらえ方といえよう。

作者の自注に〈白い色が好きだった。絵でもなんでも「白」に関心をもっていた。そして「白」の追及……「夏野」は必然的に「白い夏野」でなければならなかった〉とあるが、〈「夏野」は必然的に「白い夏野」でなければならなかった〉は、これまた私の虚構の定義を作者自身の言葉で述べたものと受けとるのである。

さて、諸家の解を列挙してきたが、ここで私自身のこの句の美についての解釈を述べたい。

〈白い夏野〉のイメージは、しんしんと白炎のもえたつ、白熱化した〈夏野〉ともとれる。しかし、同時に一方では、夏野のすべての色彩が一瞬に失われた、いわば虚無の〈白〉、むなしさの〈白〉と化した夏の野ともとれよう。この互いに異質なイメージをともに止揚するところに、私はこの句の美の構造を発見するのである。

もっとも、これは作者の意図に沿うものではないかもしれない。あるいは、かえってその意図を裏切るものであるかもしれない。しかし、それは虚構というものの本質にかかわるものである。一句の美とは、所詮、読者が、一句にどうかかわるかという姿勢によって、見出され、いや正しくは生みだされるものである。

坪内稔典が、この句を引き合いにしながら、私のいう虚構ということについて彼の立場から述べている文章がある。

書かれていることは、「頭の中で白い夏野となつてゐる」という、ただそれだけのことである。なにやら意味不明の片言的なそのことばは、しかし、読者のうちに何ものかを喚起するだろう。たとえば、なぜとも知れない不安な思いを。そして、以後は、そういう不安な感情に襲われたとき、この句を思い出すことになるだろう。このように、この一句は、何ものかを喚起することばとして存在している。その喚起力に一句の価値があるのであり、ここに書かれていること、あるいはこの句が象徴していることなどに意味があるのではない。

坪内は、〈この一句は、何ものかを喚起することばとして存在している〉〈その喚起力に一句の価値がある〉と断言する。つづいて、坪内は、〈一句の完結性と同時に、未完結性をも視野に入れるべき〉といい、〈完結している一句が何ごとかを喚起する。その喚起力を発見するものが未完結性である〉という。そして、こう結論する。

常識的には、表現は何かを表出する。しかし、俳句は、何かを表出する表現ではなく、一句として存在することばが、何かを喚起し指示する、そういう表現なのではないだろうか。つまり、一句のうちで完結しているものにはさして意味がなく、一句が喚起し指示する、その働きに俳句という表現の特殊性があるということだ。

もちろん、一句が喚起するものは、それぞれの読者において微妙に違うだろう。そういう意味では、きわめて恣意的だが、しかし、その恣意性は、関係性の持つ曖昧さという活力を湛えている。つまり、未完結性を意識することは、なによりもことばの現実に密着することであり、日本語の現実において改めて俳句を捉え直すことになるだろう。

俳句が虚構であるという観点から、私は、〈読者も創造する〉といい、また、〈名句を名句たらしめるのは読者である〉とまでいい切るのである。もちろんこれは、作者の功績をないがしろにするものではない。むしろ、逆にいえば、〈読者も創造する〉ことを可能ならしめるのは他ならぬその一句を創造した作者だからである。

仰向きに椿の下を通りけり　池内たけし

ただ、それだけのことである。そこから、いったい何がはじまるというのだろう。

いや、〈仰向きに〉と読んだとき、読者はすでに非日常の世界へつれこまれたのだ。なぜなら、それを読者が望んでいるからである。この句の文章のなかに虚構の世界があるのではない。この句の言葉によって読者が紡ぎだした想像空間こそが虚構の世界である。作品の内がわに閉じこめられてあると錯覚して、作品の中を探しても徒労に終わるだろう。

この句の文章を一つの散文的な説明として読むか、あるいは現実をふまえ、現実をこえる虚構の世界としてとらえるかは読者の「自由」である。

もっとも「自由」とはいっても、試みに読者自身、「自由」にこの句の美の構造をとらえてみてほしい。つまり、この句の「現実」を虚構としてとらえなおしてもらいたい。「自由」というものが如何なるものか実感されるはずである。

大空に又わき出でし小鳥かな　　高浜虚子

突然大空に小鳥の群が〈わき出〉たのではない。ねぐらに帰ってきた小鳥の群は大空を幾度か旋回するが、薄暮の光のなかに、消え入るように「見えなく」なったかと思うと、次の瞬間、まるで投げ網を打ったようにぱあっと宙にひろがる。その様子を、〈又わき出でし小鳥かな〉と表現した。

まるで光の魔術でも見ているようだ。そうなる理由は先刻承知でいながら、すっと消え入るようになったかと思うとぱっと〈又わき出でし〉ごとく宙にひろがる。時ならず大空にくりひろげられるイベントにすっかり心をとらわれてしまう。

日常が非日常の世界、非現実の世界、幻覚の世界に変貌する。〈わき出でし〉とは、無から有を生ずる奇跡を言葉にすると、こうなるわけである。

日のあたる石にさはればつめたさよ　正岡子規

〈日のあたる石〉が多分暖かいだろうと思うのは、常識である。常識とはもちろん日常性のもたらしたものであって、だからこそ、その石の〈つめたさ〉に驚くことになる。

〈日のあたる石〉の暖かさという日常性（常識）は実は〈つめたさ〉という非日常性（非常識）をはらんでいるといえよう。そこが実はこの句の美の構造ということなのだ。

また一人遠くの芦を刈りはじむ　高野素十《すじゆう》

〈刈りはじ〉めたそこから非日常の世界が、こちらがわにはじまる。

現代の物理学（一般相対性理論と量子力学）は物質の世界と等価の反物質の世界が存在するという。作品の世界が一つの現実であるとすれば、それと等価の反現実がこちらがわ（もしかするとむこうがわ）にある。

現実に対して、通常は非現実というが、正しくは反現実というべきかもしれない。

一つの現実として作品をとらえるとすれば、同様に、そこに等価相似の反現実を見ることができるのは、まさしくこれまでの世界観を逆転・否定する世界観といえよう。

朝がほや一輪深き淵のいろ　　蕪村

前書に〈潤水湛ヘテ如シレ藍ノ〉と禅語を置いている。その〈藍〉の色を〈淵のいろ〉とした。

清水孝之は〈「藍のいろ」では平凡だから、「淵のいろ」↓「潤水」↓「藍」と関連せしめて、具象的方法をとったのだ。／朝顔のような小花について、「淵のいろ」と仰山な形容をしたところに面白さがあり、前書を必要としたゆえんであろう。一句には禅的内容はほとんどないが、破天荒な比喩法の妙味が一種の禅的方法であるかもしれない。「……や一輪……」が非常に印象的効果を持つ表現である。その一輪のみが、他の多くと異なって、素晴らしい藍色をたたえているさまが、強く訴えてくる〉という。

清水は〈「藍のいろ」では平凡だから〉〈「淵のいろ」〉という〈具象的方法をとった〉というのであるが、これは〈具象的方法をとった〉のではない。

こころみに「藍」「紺」あるいは「青」……といくらいいかえてみても、この句の虚構の世界を再現することはできない。なぜなら、一輪の朝がおをのぞきこみ、そこに、まさに〈深き淵のいろ〉をまざまざと見たのである。そこは日常の現実からそのまま深淵なる非日常、非現実の世界へつながっているのである。日常が非日常であり、現実が非現実である奇跡がはじまるのである。

この〈朝がほ〉はこの世のものでありながら、この世のものではない。まさしく言葉の芸術（文芸）の世界に咲いた虚構の花である。

清水は、〈その一輪のみが、他の多くと異なって、素晴らしい藍色をたたえている〉という。数あるなかの〈一輪〉のみに眼を向けたというのは、日常の次元にひきもどしての「事柄」的解釈である。むしろ、これは「多」がかえって個別をあらわし、「一」が逆に普遍を示すと理解すべきであろう。これは〈淵のいろ〉をした朝がおがたまたま一輪であったとか、数あるなかの一輪のみをことさらに取りあげた、というのではない。

その〈一輪〉に〈朝がほ〉というもののむしろ普遍（本性）を見たのである。

蕭《しよう》条《じよう》として石に日の入《いる》枯野かな　　蕪村

この句の解釈を二、三あげておく。

・見渡すかぎり草は枯れ果て石のみそばだつ広々とした枯野である。冬の夕日はあたりを染めながら早くも傾いて大きな石の重なり見えるあたりに落ち入ろうとしている。風も寒さを加えた。あたりはにわかに蒼然として光を失おうとしている。ものさびしさが心に食い込む。「蕭条として」の字余りの漢語的表現が、ものさびしさを時間的に印象づける。（大磯義雄）

・この句は空想の景であることはほぼ確かであろう。秋桜子は「蕭条として」は「説明で、なくもがなと思われる」と評した。しかし「蕭条として」という漢語が、さびしさの意味のみならず、擬音的な風の音をも現し、しかも字余りに時間的な長さを感じさせる使い方は巧妙だ。「石に日の入る」は文人画趣であろう。その焦点的把握も、黒い岩を中心としてひろがる野面の明暗が、ひとしお印象的である。（清水孝之）

・「蕭条として」はものさびしいさまをいう。漢詩によく用いられる語で、蕪村の好んだ王維にも「泱漭《おうもう》タリ寒郊ノ外、蕭条トシテ哭声ヲ聞ク」（殷遙ヲ哭ス）とある。果てしなくひろがり、さむざむとした郊外で、死者をいたむ嘆きの声が蕭条としてきこえてくる、という意味だから、蕪村のこの句の「枯野」は当然に王維の「寒郊」を下敷にしているものであろうし、この句の奥には王維の「哭声」がきこえているはずである。「蕭条として」という字余りには、枯野の広さを眺めやり、感慨にふける時間がこめられており、さらにそこに、王維の詩をよびおこし、耳をすましまして哭声に聞き入るスペースが用意されているように思われる。（山下一海）

他の解も、おおむね右の諸家のそれと同趣といえよう。多くが〈蕭条〉という漢語表現の効果をとりあげている。

しかし、私はむしろ〈石に日の入枯野〉の措辞を問題にしたいと思う。日常性の、常識の世界にあっては、〈日の入枯野〉はあっても〈石に日の入〉奇跡はありえない。しかし、この句の世界はといえば、〈石に日の入〉非現実（奇跡）と〈日の入枯野〉という現実とがまさに〈蕭条として〉一つに止揚・統合されている世界なのである。

斧入れて香におどろくや冬木立　蕪村

李御寧のユニークな解があるので紹介する。

それに斧を入れた瞬間、香りがプーンと立ちのぼる。枯死したと思った木の奥底には、生々しい生命が息づいていたのである。冬木立を生命なきものと眺めてきた意識はその香りを嗅いだ嗅覚によって打ちのめされる。そして氷柱のように立った冬木立の木一本一本がその斧のこだまに目覚め、生命の香りをもって起ち上がってくる。冬木立に対する前と後の意識のズレの間隙、それが驚きである。意識の空洞であるのだ。

実用的な道具である斧の刃が、いまは慣習化した観念を截ち切る新しい認識の道具に変わっているのだ。斧は感覚になり、ことばになったのである。寂寞たる枯死の観念はもう香りある生命の空間に甦っている。

李はつづけて〈過てる印象、慣習化された観念を払いのけることによって、これまで埋もれていた生の実相に触れることができるのである〉という。

〈実用的な道具〉である〈斧〉が〈認識の道具〉に変わるという李のとらえ方は、実にユニークで説得的である。このような見方こそが私のいう美の弁証法的構造への迫り方なのだ。

〈冬木立〉という日常の世界に〈斧入れ〉たとき、突然、そこに非日常の世界が現出する。それが、〈香におどろくや〉ということになる。

日常と非日常は表裏一体のものとしてある。次の句もまた、そのような境地を詠んだものであろう。

蔓踏んで一山の露動きけり　　原　石鼎《せきてい》

露が散ったのではない。落ちたのでもない。〈蔓踏んで〉〈一山の露〉の生命が〈動きけり〉なのだ。こちらの生命と〈一山の露〉の生命が相呼応している世界。

これまた、日常の世界がそのまま非日常の世界と背中あわせになっていることを示している。〈冬木立〉の世界にせよ、〈一山の露〉の世界にせよ、〈斧入れて〉〈蔓踏んで〉という一瞬のきっかけで、その日常の裏がわに非日常の世界をのぞかせるのである。日常とは、現実とは、まさにそのようなものであろう。

ひく波の跡美しや桜貝

橋本多佳子

〈美しや〉とは、〈ひく波の跡〉の美しさであり、また、〈桜貝〉の美しさでもある。〈美しや〉は〈ひく波の跡〉と〈桜貝〉の両者にかかる働きをするとみてよい。

いや、むしろ、〈ひく波の跡〉を〈美し〉と見るのは、そこに〈桜貝〉があってのことであり、逆にいえば〈桜貝〉が〈美し〉となるのも、〈ひく波の跡〉によってひきたてられるからこそである。

互いに相手をひきたて生かすことで自己も生きる。美しくなる。〈ともにひびきあい、せりあがる〉という、この相関的なありようが、人間というものの真実を象徴しており、またこの句の美を生みだすものとなっている。

あえていえば〈ひく波の跡〉や〈桜貝〉のそれぞれが美しいのではない。この両者の相関関係こそが〈美〉といわねばならない。

〈ひく波の跡〉と〈桜貝〉のそれぞれの現実の美しさ（つまり素材の美しさ、自然の美）をふまえながらそれをこえて両者の関係を〈美〉と見る、そこにある美（現実）をふまえて、そこにはない美（虚構）を見出すといってもいい。

眼あてて海が透くなり桜貝

松本たかし

桜貝は、その名のとおり、乙女の小指の爪のような桜色の美しい可憐な二枚貝である。春先、波に洗われ透きとおるほど薄くなって浜辺に打ちあげられている。まるで桜の花びらの散りしくようである。〈ひく波の跡美しや桜貝〉（橋本多佳子）の句などがある。

先に〈透きとおるほど薄くなって〉と書いたが、実際、〈眼あてて〉〈透く〉わけのものではない。〈眼あてて〉見るまでもないことである。したがって、この句の〈眼あてて〉は想像の中でのこととして読むべきであろう。

鷹羽狩行は、ジャン・コクトーの有名な詩「耳」になぞらえて、次のようにいう。

桜貝を「眼にあてて海が透く」ということは、写生ではありえません。海の営みを最も美しい形に要約したものを桜貝に見てとった句です。眼に当てれば海が透いて見えるのではないかと思い、桜貝を通じて浮かび出る海の幻影に、春の美しい浜辺の象徴を感じたのでしょう。——ここにはジャン・コクトーの詩「耳」の「私の耳は貝のから海の響きをなつかしむ」に似た近代感覚があります。

この句に〈近代感覚〉をとらえた鷹羽の解は興味深い。しかし、上五の〈眼あてて〉を〈眼にあてて〉とするのはいかがか。巷間の歳時記などにも〈眼にあてて〉とあるが、原句は〈眼あてて〉である。ところで〈眼あてて〉といいとったところが即物的で〈眼にあてて〉といえば事柄的になると秋元不死男は評したが、うなずけない。

〈眼あてて〉という語法は「眼をあてて」ととることも、「眼にあてて」ととることも可能である。〈眼あてて〉はあいまいといえばいえるが、逆にそのことによって、この句が「眼を」海にあてて、あるいは「眼に」桜貝をあてて両意にとるおもしろさが、出てくるといえよう。

ところで、この句の美とは何か。もちろん文芸の美は桜貝という素材そのものの美しさではない。表現のありようのおもしろさ、味わいのことである。

女の爪のような桜貝は〈眼あてて〉みたい誘惑に抗しがたいものとしてある。もちろん〈眼あてて〉〈透く〉わけのものではないが、ロマンティックな空想のなかで〈眼あてて〉みたとき、そこに蒼い蒼い海の底まで桜色に〈透くなり〉という現実と非現実を止揚する虚構世界が夢現一如のものとして現出する。そのおもしろさ、味わいこそが、この句の美であろう。大野林火は、〈ロマンに満ちた句〉と評した。

菜の花や月は東に日は西に　蕪村

正岡子規は〈巧みという点を除いては、余り面白い句では無い〉という。〈作り事のように思われて面白くない〉(内藤鳴雪)の意見のように評価が低かったが、水原秋桜子は〈この景の美しさは、誰にもわかりやすく、而も微塵も通俗的なところがない。表現もまた堂々と明快で、気品も高く、朗々と詠ずべき調べをもっている〉と格調の高さを評価し、〈俳句の見本〉という。

〈月は東に日は西に〉という対句仕立の表現は、其角の〈稲妻やきのふは東けふは西〉をはじめ、東西対比の発句は少なくない。

この句は柿本人麻呂の歌〈東の野にかぎろひの立つ見えてかへりみすれば月かたぶきぬ〉(万葉集)が連想されるが、陶淵明の〈白日西阿に淪《しず》み、素月東嶺に出づ、蕩蕩たり空中の景〉の詩句もひきあいにされる。しかし、私としては、むしろ、蕪村にゆかり深い丹後地方の民謡〈月は東に、すばるは西に、いとし殿御は真中に〉(山家鳥虫歌)との関連がおもしろいと思う。

この一句は万葉の調べと漢詩の格調、そして俚謡調という互いに異質・異次元の調べが、なんの違和感もなく一つに止揚・統合されて独特の味わいを生みだしているととるべきであろう。画人蕪村の絵画的色彩感と構図に擬えてこの句を鑑賞するむきが多いが、それもさることながら、私は、前述した互いに異質な調べを俤として成立しているこの句のいわば音楽的美の構造に照明をあてたいと思う。

中村草田男は〈月は東に日は西に〉という月の方を先にした叙述順序が、五・七・五の形式に制約されてのことではなく、〈一種の同時性の利用〉であるとして注目すべき説を提示している。やや長文にわたるが、引用する。

> 「月は東に」とまで読んできた時、読者の脳裏には「夕」の観念が浮かび「夜」を期待する気持ちが強くなる。ところが、その直後へ、「日は西に」という言葉が出てくると、にわかに「昼」の観念へ引き戻される。夜と昼の観念が同時に成立しようとする。時間の観念の上に眩暈に似た一種のとまどいが生じる。この奇妙なとまどいの世界の中に菜の花が際限なく金色に照り映えているのである。(これを、「日は西に月は東に」とでもすれば、ただ「昼去って夕来らんとす」というごく平坦な事実の叙述となって、かかる妖しい美しさは消失する。)

草田男は〈眩暈に似た一種のとまどい〉〈奇妙なとまどいの世界〉といい、〈妖しい美しさ〉

という。まさに私のいう美の定義――異質な矛盾するものを止揚・統合するという美の弁証法的構造――について草田男独特の言葉で語ったものといえよう。

一般に印象批評の多いなかに草田男のこの解釈は表現そのもののありように即しての分析で、説得的である。

現実（事実）としての時間の経過を非現実としての叙述の展開過程において逆転させたこの表現のありようは、これまた、虚構としての文芸の世界の本質にかかわるものである。

草田男はそのことを〈実景でありながら、直ちに蕪村独自の夢幻境の顕現となっている〉という。卓見というべきか。

滝の上に水現はれて落ちにけり　後藤夜半《やはん》

昭和六年、虚子選「新日本名勝俳句」に入選、箕面の滝を詠み、客観写生俳句の真骨頂といわれたもの。夜半はこの句だけでも後世にのこる俳人となった。爾来、滝の名句として喧伝されている。

しかし、この句については、たとえば青畝のように、〈ぼくは正直に告白すると、水現れて落ちるのは当然である、どこに夜半さんの秀れた詩がひそんでいるのか、と戸惑いしてずいぶん考えさせられたが、やがて一つのエポックメーキングの句であると首肯したのであった〉という受けとり方もあった。
そのことは、誓子の次の言葉からもうかがわれる。

落下して来る水はみな見えるが、落下するまでのことは皆目わからない。見えないからだ。わかることは滝口に水が現れて来ては落ち、水が現れて来ては落ちることだ。
作者後藤夜半は自然法爾《じねんほうに》派であるから、それを「滝の上に」「水現はれて」「落ちにけり」と詠ったのだ。

それだから、作者の感じたあるがままがあるがままに私たちの心の中に沁みこんで来る。あるがままをあるがままに——これがわからないと「それがどうした」ということになる。俳句というみずからを語ることのすくないこの短い詩はよく「それがどうした」といわれ勝ちであるが、その中でも、あるがままをあるがままに詠った句はそんなことあたりまえじゃないかといわれやすい。現にこの句をからかって「滝の上に人現れて落ちにけり」ならおもしろいといった人があった。

〈あるがままをあるがままに詠った〉ということは、えてして、〈それがどうした〉ということになりかねない。後藤比奈夫は父夜半のこの句について、この辺の消息に言及して、次のように述べている。

「滝の上に」の句は、虚子先生のお賞めに与り、当時写生句の典型のように騒がれた句であり、今も父の句としては最も人に知られている句である。が、たいへん難しい句で、或いは易しすぎる句で、その佳さを本当に理解するには、相当な作句上の経験と力倆を必要とすると思う。もし当時この作品を虚子先生が取り上げられていなかったならば、この句は永久に世に出なかったかも知れない危険を孕んでいた。作者の側でも、このような姿で目に見えて来た滝を、そのままずばりと詠むことが出来たというのは、全ての条件が完全に整っていたからであろう。繊細な目に映じたものを大胆な表現でずばりと纏め上げたという感じがする。（後藤比奈夫）

比奈夫も虚子の評価がなければ〈この句は永久に世に出なかったかも知れない危険を孕んでいた〉という。それは彼の言葉どおり〈たいへん難しい句で、或いは易しすぎる句〉であるからであろう。

ところで〈あるがままをあるがままに〉とは、どういうことか。秋桜子はそのことにかかわって、次のようにこの句のリアリティについて語る。

これは純写生的のものであり、錯覚に似た感じをとらえている。滝の前に立って、その水の落下するさまを眺めていると、はじめはただ水が何の不思議もなく落ちているように見えるが、そのうちに滝口のところに一団の水が現われ、それが一つのものとなって落ちると、あとからまた同じ一団が現われて、一つになって落ちてゆく。そういうことをくり返しくり返しているのが、妙に不思議な気がして、滝というものはこんなものであったかと思うようになる。まずまず一種の錯覚というべきものであろうか。

このような感じは、たいていの人におこるものだろうけれど、さてそれを詠んでみようとする人もいなかった。おそらく詠んだところで、うまくも言えないし、読者にもわからぬだろうとあきらめていたわけである。ところがこの作者は敢然としてそれを試み、うまく成功したのだからおもしろい。しかも句の表面は実に淡々としていて、あたり前のことのように述べているのもよいと思う。

秋桜子は、この句が〈純写生的〉なものであり、〈錯覚に似た感じ〉をリアルにとらえているという。〈あるがままをあるがままに〉詠んだということをいっているのであろう。

秋桜子は別なところで、同じ趣旨のことを、

水煙の立ちのぼる上の落口を仰ぐと、真白に泡立つ水が押し出されるごとく現われ、しばし其処に静止した後に落下するような感じがする。見ているうちにおなじことが幾度も繰り返され、落口に現われた水が、一瞬静止するような感じがますますはっきりする。そう思うと、滝の響きはすっかり耳からはなれ、不思議な水の動きだけが、目をはなれないのである。

と述べている。

たとえ〈錯覚〉にせよ、これは滝を見るもの誰もが同じような〈錯覚〉におちいるであろうところの、いわば〈あるがまま〉の実感である。そして、この句は、この〈錯覚〉（実感）を〈あるがままに〉表現しているというわけである。

ある評者は、いう。（『俳句辞典・鑑賞』）

滝の流動感をそのものずばりによんだ句。

一種の錯覚をよんだものだが、「滝の上に水現はれて落ちにけり」と、句の調べに休止点があり、加速部があって、句の調子が滝の調子まで写しとっているのである。

作者夜半は「自然法爾派」といわれている。滝の下に立って滝を仰いだことのあるひとなら、この句の持つ実感がよく分るはずである。滝口に水が現われて来ては落ち、それの繰り返しが滝である。

〈錯覚〉〈実感〉〈滝の流動感そのものずばりによんだ句〉という。〈自然法爾派〉の真骨頂を示す句というわけである。

一方、そのような〈錯覚〉〈実感〉をふまえながら、この句が〈あるがままに〉ではなく、独自の表現の工夫がこらされていることをとらえた鷹羽狩行の次のような解釈もある。

これは、〝滝はなるほど、やっぱり滝だナ〟と眺め入っている句です。しかし滝は滝であるというだけでは身も蓋もないので、滝の一部始終を、滝以外のことを言わずに、季題だけを十七音にたっぷり引き延ばしたのです。まるで高速度撮影の映像みたいに表現されて、一語一音が滝のありようを強調し、滝そのものが呪文のような働きで訴えかけてくるではありませんか。

狩行は〈滝は滝である〉つまり〈あるがままをあるがままに〉というだけでは〈身も蓋もない〉とする。そして〈季題だけを十七音にたっぷり引き延ばし〉〈まるで高速度撮影の映像みたい〉に表現した〈呪文〉の如き働きを強調する。

狩行は、いわゆる〈スローモーション撮影手法〉というほかならぬ表現のありようそのものに目を向けているのである。

また藤田湘子は上五の字余りの表現効果について触れ、

人事ばかりでなく風景を詠うにも描写は欠かせません。夜半はこの一句だけでも後世に遺る俳人になった、それくらいの句です。上五（たきのうえに）と六音に読ませる字余りが、今まさに落ちようとする水の動きをとらえ、あとはどうと落ちる水勢を感じさせます。一句十七音すべて描写と言っていい句ですが、一句から享《う》けるものは描写そのものでないことは、言うまでもないでしょう。

と、〈描写〉でありながら、〈描写そのものでない〉ことを主張する。湘子のいう〈描写〉でありながら〈描写そのものでない〉とは、いかなることか。その論証が欲しいところである。湘子がなすべきはずのいわば「論証」を第三者である者が行ったとみなせる文章がある。

永田耕衣のこの句についての分析である。

無限に連続する「動」の世界を一瞬「静」の世界に停止させて、滝の永遠性を不連続の連続の形でとらえているのである。このあたりの技巧には、現代の科学性すなわち理性にして初めて成しうる色彩が感じられる。屁理屈といえばその通りにちがいないが、滝のようにとどこおりなく「滝の上に水現はれて落ちにけり」と一本にドッと言い下ろした一句の量感と速度は、全く水力学的美学の創造を成しえているといっても過言ではない。まず「滝の上に」という漠然とした指示が、「水現はれて」と即刻口を継いで読まれることによってその「滝の上」の「上」が単に天空的な空間を指すのではなく、滝そのものの上端つまり流水が滝となる瞬間、その落下の初発点を指示していることが無気味に感知されるのである。若しこの「滝の上」に一瞬でも水が現われなかったら、滝の上端部は一瞬断水して背後の岩が露わとなるであろうというような想像まで誘い起す。無気味というのは、こういう一応不健康な想像的イメージをも含めて、現に「滝の上」に滂湃として現われくる一瞬々々の水嵩のその悪霊的な切迫力をもつイメージなのである。

永田は〈無限に連続する「動」の世界を一瞬「静」の世界に停止させて、滝の永遠性を不連続の連続の形でとらえている〉といい、それを〈水力学的美学の創造〉と名付けている。

本人が〈屁理屈といえばその通りにちがいない〉と自認しているようなのだが、もって回った分析でどうにも解ったような解らぬ文章である。永田はこの句の美の構造をきわめようとして、「分析」を試みているのであろうが、彼のいう〈水力学的美学〉なるものの正体が何ともはっきりしない。

まして、この〈水力学的美学〉云々を具体化して、〈一瞬々々の水嵩のその悪霊的な切迫力をもつイメージ〉というに到っては、腑に落ちぬところがある。さらに永田は、つづけて、次のように分析する。

この一句を文字で読む読者は、まず過去の「滝見」の経験を呼び覚まされると同時に、一句の完璧さとその意表を突いた表現の新鮮な迫力に圧倒されて、読者のイメージは、逞ましく俳句的に定着され完成されることになる。文学的「完成」の理成である。一句のイメージはもはや現実そのものではなく、現実を「見」た感動から抽象され象徴された「俳句」そのもののイメージとして完成され、作者の現実的感動は文学的に変貌して「創造された感動」として受けとられる。文学はそのイメージを現実に還元して味読されるべきものではない。

論述の過程はいささかとらえがたいが、結論としての〈もはや現実そのものではなく、現実を「見」た感動から抽象され象徴された「俳句」そのもののイメージとして完成され、作者の現実的感動は文学的に変貌して「創造された感動」として受けとられる〉は納得できる。したがって、〈文学はそのイメージを現実に還元して味読されるべきものではない〉という主張もうなずける。

ただ、私の虚構論と美論からすれば、永田のこの結論と主張は、私流にいうならば次のようになるであろう。〈もはや現実そのものではなく〉（永田）というところは、〈現実そのものでもありながら〉としたい。秋桜子の〈あるがままをあるがままに〉といういい方になぞらえていいかえるならば、〈あるがままをふまえながらあるがままにではなく〉ということになろう。つまり、〈現実をふまえながら、現実をこえる〉というところに虚構世界としての文芸が成立するということである。

したがって、永田がこの一節で結論する主張を私は一面において、同意すると同時に、なお、虚構というものの本質から、いささかの反論がないではない。

永田は、いう。

このばあい、一句のイメージをこの句碑が建っている「箕面の滝」の現実に還元して、その表現を感嘆玩味するのは愚かなことである。いかなる滝の現実でもない、俳句文学の成し遂げた滝として読み、いかなる現実の滝からも来ないこの幻想的イメージをこの現実世界に投影して、それを「創造された現実」とみて大切に玩味することが、正当に俳句文学を受けとめる唯一無類の態度であると思う。このさい、読者の想像力がどんなに無限に展開しても、そして、それがどんな文明批評や人生批評を伴っても、それはどこまでも読者の自由である。この自由を会得しないかぎり読者としての資格はないといっていい。さて、この一句甚だ存在の根源に迫った一句であることを吟味されたい。

〈一句のイメージをこの句碑が建っている「箕面の滝」の現実に還元して、その表現を感嘆玩味するのは愚かなことである〉と永田はいう。多くの評者が、その一句を実景に還元し、散文化し、絵解きに終始するあり方にたいして、これまで私自身も本書において、失礼を省みずずいぶんと厳しい批判をおこなってきた。それだけに永田の、この憤りにも近い批判の言葉に強く共感する。しかし、私が批判してきたのは、〈絵解き〉そのものについてではなく、〈絵解きに終始する〉ことに対してであった。

〈滝の上に〉の句は、まさしく箕面の滝の実景（現実）に即して発想されたものであり、したがって、現実に還元することは可能であり、また、ある意味でそれはそれなりの意義のあることでもあろう。しかし、大方の評釈はそこで終わってしまっているのである。そして、そのことこそが問題なのだ。

永田は〈いかなる滝の現実でもない〉〈いかなる現実の滝からも来ないこの幻想的なイメージ〉というが、むしろ、ここは、「箕面の滝の現実をもふまえながら、しかし、それをこえて」というべきところである。

〈滝の上に〉の句の句境を一度体験したものは、爾後、この句のイメージなしに、あれこれの滝を見ることはできなくなるであろう。それは、この句の〈滝〉のイメージが、特殊・個別としてある箕面の滝の現実をふまえながら、それをこえている、まさに文芸学でいうところの典型たりえているからである。滝というものは〈滝の上に水現はれて落ちにけり〉というものとしてあるといえよう。いわば滝そのものの本質、あるいは本性に迫る、もしくは永田のいう〈存在の根源に迫った一句〉といえよう。

虚構論、典型論へ深入りしそうになってしまった。話をもとにもどして、この句の美の弁証法的構造ということについて、再説したい。

現実（日常）の滝の水というものは、ものすごい加速度をもって落下するものである。このことは誰もが承知しているところであろう。その滝の高さが高ければ高いほど、その加速度は大きい。

しかし、その加速度をもった水というものの落下する流れが生みだす「波動」に似たテンポはゆるやかなものとして感じられるものである。これは、しかし、多くの評者がいうように単なる眼の錯覚ではない。客観的な現象である。

海岸に立って、打ち寄せる波を見ていると、われわれは波が寄せて返す現象《さま》をまざまざと眼に見ることができる。しかし、周知のように海の水そのものが、寄せてきたり返したりしているわけではない。ただ、上下の回転運動をしているに過ぎない。現実の客観的なものとしての動きは、上下回転運動である「波」を、しかし、われわれは眼で見る現象としては、「波が寄せて返す」と認識し表現する。

滝の水というものは、客観的、物理的には加速度をつけて、ものすごい速さで落下している。にもかかわらず、眼で見る現象としては、あるゆるやかなテンポで波うつイメージとしてとらえられる。

このことを作者は、〈滝の上《うえ》に〉という上五の字余り効果や、〈現はれて落ちにけり〉という〈スローモーション撮影効果〉によって見事に表現しているのである。このことは、この句が滝というものの〈真〉（本性、本質、存在の根源）をいいとめているということを意味する。

しかし、この句は、現実（水の加速度）をふまえながら、その現実をこえて、つまり現実の水の加速度を否定したゆるやかに流れ落ちる滝の波動のテンポというもう一つの異次元の現実をこの一句に見事に止揚・統合したのである。

もしかすると、永田はこのことを〈全く水力学的美学の創造を成しえている〉と表現したかったのであろうか。もしそうだとするなら、そのことに関しては、私も前言をひるがえして彼の分析に同意したい。

赤い椿白い椿と落ちにけり　河東碧梧桐《へきごとう》

この句をめぐって、この句が対象とした「実景」をさまざまに解釈している。たとえば、子規は〈之を小幅の油絵に写しなば只々地上に落ちたる白花の一団と赤花の一団とを並べて画けば即ち足れり〉という。

大野林火も〈「赤い椿」のあとに「と」が略されている。紅白二本の椿からその花がそれぞれ地上にかたまって落ち敷いているさまだ〉という。子規のそれと同趣のものといえよう。

虚子もいう。〈其処に二本の椿の樹がある。一は白椿、一は赤椿といふやうな場合に、その木の下見ると、一本の木の下には白い椿許りが落ちてをり、一本の木の下には赤い椿許りが落ちてをる、それが地上にいかにも明白な色彩を画いて判きりと目に映るといふことを語ったものであります。〉

椿の花の落ちるさまを描いているとする説に対して、他方、〈赤い椿がまず落ちたとおもったら続いて白い椿が落ちて、それぞれの木の下に円陣をつくっている〉（原裕）と、時間的、順序性を説くものがある。

子規が〈白花の一団と赤花の一団とを並べて画けば即ち足れり〉といい、虚子が白椿と赤椿が〈地上にいかにも明白な色彩を画いて判きりと目に映る〉といい、いずれも空間的、同時的にとらえているのに比して、原裕は継時的、順序的にとらえている、ということになろう。もっとも、原裕は、その後に〈「落ちにけり」といって、落ちた椿が地上に落ち敷いているさままで描き出されている〉として、子規、虚子らの解釈をしりぞけているわけではない。

子規も虚子も、また林火も裕も、それぞれとらえ方に空間的と時間的とのちがいはあれ、いずれも、この句の「背後」に「実景」を想定している点においては共通している。そのことを子規は〈恰も写生的絵画の小幅を見ると略々同じ〉〈之を小幅の油絵に写しなば……〉といい、虚子も〈地上に散っている印象を写生〉という。

いずれも虚構としての文芸（俳句）の本質をあやまっている。

〈赤い椿白い椿と〉という表現に、赤い椿↓白い椿と落ちる現実の順序、継時性を見てはならない。これはイメージと意味が形成されていく展開の方向、過程としてとらえるべきなのだ。たとえ、この句がある実景に即して発想されたとしても、（また、事実〈赤い椿がまず落ちたと思ったら続いて白い椿が落ち〉たとしても、あるいはその逆であったとしても）この句の〈赤い椿白い椿と〉という展開・過程はあくまでもイメージと意味を生みだし、つくりだしていくための順序である。イメージの動き移り動き変わる、そのプロセスこそが問題なのである。

つまり、読者はまず〈赤い椿〉という鮮烈な〈赤〉のイメージを脳裏に描くべきである。そして、〈白い椿〉とあって、赤と白の対比（コントラスト）によって、赤はより赤く、白はより白く互いに強調されるイメージの対比をとらえるべきである。同時に〈――椿――椿〉と変化をともなう反復によって、赤白の椿のイメージがさらに強調されることになる。まさに、この二重の対比、類比の強調表現効果があることにより、また地上一切の夾雑物が排除されていることで子規のいう〈極めて印象明瞭な句〉が現出することになるのだ。

いわゆる〈写生句〉を〈小幅の油絵〉に見立てることがなされるが、たしかに一つの比喩としての役割と機能をはたすであろうが、反面、言葉の芸術としての虚構の本質を見誤ることにもなり、かかる比喩は両刃の剣となるおそれがあろう。

ところで、桜などの花弁とちがって椿のそれは一つになって、しかも、ある重量感をもっていて、まさしく〈落ちにけり〉となる。不用意に〈散り敷く〉というべきではなかろう。

鮮烈な赤白の椿の視覚的イメージと相まってポタリポタリと落ちる音の響きがそこに重なる。

ところで、この句の美とは何か。

もちろん題材となっている赤い椿、白い椿の花そのものの自然の美しさが、そのまま句の美というわけではない。表現としての、正しくは虚構としての美である。

〈表現としての〉ということは、まずは、この句の表現過程（上↓中↓下句）に沿ってイメージを紡いでいくところからはじめなければならない。

この句は〈赤い椿白い椿〉とはじまる。（〈赤い椿白い椿と〉ではない。理由は後述）読者の脳裡に浮かぶイメージは虚構空間（言語空間）に咲いている〈赤い椿白い椿〉ただ、それのみである。〈赤い椿白い椿〉という反復と対比の効果（前述）が赤白の椿のイメージを鮮やかなものとするため、まるで〈赤い椿白い椿〉が、まざまざと、そこに咲いているように思われる。（事実としては〈落ちにけり〉なのだが）。子規が〈印象明瞭な句〉と評した理由はそこにある。

しかし〈と落ちにけり〉となると、その瞬間、虚構空間の中を赤い椿の〈赤い〉イメージが、つづいて白い椿の〈白い〉イメージが、つづけざまに落下する。それまでしずまりかえっていた静寂の空間が、突如、動きだしてポタリポタリ「音」をたてる。だが、〈落ちにけり〉とあって、再び静寂が虚構空間にたち戻る。同時にこれまで宙に咲いていた赤い椿白い椿が、いまは、地上に咲く花と化す。

〈地上に咲く花と化す〉と思われるのは、前述のとおり〈赤い椿白い椿〉の〈印象鮮明〉なため、〈落ちにけり〉とあっても、虚構空間には、〈赤い椿白い椿〉の残像が強く鮮やかに刻みこまれているからなのだ。だからこそ〈それが地上にいかにも明白な色彩を画いて判きりと目に映る〉（虚子）といい、〈落ちた椿が地上に落ち敷いているさままで描き出されている〉（原）ということにもなるわけなのだ。

なお、この句は定型を崩した句として通常、次のように読まれているようである。

赤い椿（6）白い椿と（7）　落ちにけり（5）

しかし、私は、先に述べた解釈にもとづきこの句を次のように句切って読みたい。

　赤い椿 6 白い椿 6 と落ちにけり 6

〈赤い椿白い椿〉で名詞句として切ることで、そこをクローズ・アップし、強調することで、前述のように、宙に咲いているイメージを鮮明なものにしたいからである。

かりに、この句を〈赤い椿白い椿と〉〈落ちにけり〉とすれば、〈と〉によって、〈赤い椿白い椿〉のイメージを際だてることができずに弱めることになろう。ここは、まず〈赤い椿白い椿〉の咲いているイメージを宙に描いておき、一呼吸おいてから突如、〈と落ちにけり〉と急転したいところである。（6・6・6という句切れもリズミカルである。）

以上詳しく述べてきたとおり、〈落ちにけり〉を中軸に過去、現在、未来を貫いて流れる虚構の時空時間。また、〈落ちにけり〉をはさんで虚構空間の、宙に咲き、かつ地に咲く〈赤い椿白い椿〉。異次元の時空を止揚・統合する弁証法的構造が、この句の美である。

ちなみに、落椿を詠んだ句は少なくない。しかし、そのほとんどは、落ちている現在相をいいとめているものである。

　花弁の肉やわらかに落椿　　飯田蛇笏
　崖下の古庇にも落椿　　三好達治
　網干場すたれてつもる落椿　　水原秋桜子

いずれも、それぞれの句境を見せて興趣深い。が、句の格調の高さにおいて〈赤い椿白い椿と落ちにけり〉には遠く及ばぬであろう。

鶏頭の十四五本もありぬべし　正岡子規

〈印象明瞭で、直截端的な、力強い一句である〉（山本健吉）とか、〈簡素と単純をなしたまことにりっぱな句のひとつで、じつに俳句らしいうまさと、俳句独特のよさを示したいい句である〉（不死男）など、子規の代表的な句として有名である。

しかし、この句が俳壇に認められるまでには紆余曲折があった。句は、明治三十三年九月九日子規庵句会における即吟であったが、一座の評価はもっとも低かった。この句に注目したのはむしろ歌人長塚節で、節に示唆された斎藤茂吉が『童馬漫語』でこの句を称揚した。しかし、弟子の虚子編『子規句集』二三〇六句にもこの句は漏れている。俳壇で一般に承認されるようになったのは、昭和二十五年の俳壇での「鶏頭論争」以降のことである。

子規の句でこれほど論議の対象となったものは他にあるまい。是とするものは俳句の本質を示す純粋俳句といい、非とするものは無内容の写生句とした。

たとえば斎藤玄は、〈十四五本はやっぱり動かない〉とする論者（楸邨）に反論して、もし子規が〈鶏頭の七八本もありぬべし〉と詠んだと仮定しても、〈十四五本はやっぱり動かない〉と評価するだろうかという。さらに斎藤玄は、〈枯菊の十四五本もありぬべし〉とも置きかえてみる。志摩芳次郎に至っては、〈花見客十四五人は居りぬべし〉〈沙魚舟の十四五艘はありぬべし〉などと比較することで鶏頭の句のゆるぎなさを否定しようとした。

斎藤玄は、〈十四五本〉と〈七八本〉と、〈どこにどう、どれだけの美しさの相違があるか、どれだけどちらがまさっているか、明瞭に断定できる方はやってみるといい〉などと挑発した。山本健吉は名著といわれる『現代俳句』において、斎藤玄に反論していう。〈現実の鶏頭を対象として、「七八本」と「十四五本」とどちらが美しいか較べるなぞは、庭師にでもまかせておきたまえ。〉山本の指摘のとおり〈現実の鶏頭よりも現実的な、力強い存在性と重量感とを持って立っている世界の鶏頭なのだ〉〈そのことを前提としないかぎり「十四五本」と「七八本」との優劣論はナンセンスである〉。

そこまではいい。しかし「小ざかしい議論なぞ打ち切って、舌頭に千転し、「十四五本」の動かぬゆえんを納得することである〉と結論されると、首をかしげざるをえない。山本は〈よほど語感のにぶい者でないかぎり、あまりにも勝敗は明らかである。嘘と思ったら、舌頭に千転してみるがよい〉と断定する。

〈語感〉にたより、〈舌頭に千転〉することで句の価値を判定せよというわけである。たしかに、それは句を味わうという意味においては異論はない。しかし、この句の美（味わい）を論評するとなれば、山本のこの結論は、批評の放棄ではないのか。評論家としては、あくまで、表現そのものに即し理によってこの句の美のありようを究明すべきではなかったか。「いいものは、いいのだ」式の批評といわざるをえない。

〈鶏頭はまさに「十四五本もありぬべし」と言ったぐあいに生えるものなのである〉と山本はいう。また、〈「十四五本もありぬべし」というありようは、鶏頭のもの自体なのだ。そこには鶏頭の法則が顕現されている〉ともいう。なぜ、〈七八本〉ではなくて、ほかならぬ〈十四五本〉が〈鶏頭のもの自体〉なのか。いったい、いかなる〈鶏頭の法則が顕現している〉というのだ。そのことについて山本は何一つ答えてはいない。これでは、まるで禅の公案めいているではないか。

そのことについて、私自身の考えを述べようと思う。

いささか傍道にそれるようであるが、私の視点論をまず理解していただくところから始めたい。

蕪村のよく知られた句に、

菜の花や月は東に日は西に

という句がある。

この句の〈菜の花〉を一本、あるいは数本とイメージする読者はおそらくいないであろう。

それは日と月を一望のもとにとらえる視点があり、その視点との関係において、対象としての〈菜の花〉のイメージがひろびろとしたひろがりを生みだすからである。ただ一面にひろがる菜の花畑がイメージされるはずである。まさに、視点（話者＝作者）と対象（菜の花）との空間的、意味的、心理的な遠近法のなせるわざである。

視点（話者）
↓
対象（菜の花）

ところで、〈鶏頭の十四五本もありぬべし〉という句における視点と対象〈鶏頭の十四五本〉との関係はどうであろうか。〈菜の花〉の句とちがって、両者の空間的、意味的、心理的な距離はきわめて近い。この句を読む読者のだれ一人として、鶏頭がはるか彼方にあると思うものはあるまい。群立する鶏頭の数を〈十四五本もありぬべし〉と、断定に近い推量表現をする以上、対象と視点の距離はきわめて近い。それは、たとえば庭の一隅といった位置にあるといえよう。もちろん、〈鶏頭の七八本もありぬべし〉としても、視点と対象の関係はさほど変わるとは思えない。その点において両者はたいしたちがいはないといえよう。

もっとも〈沙魚舟の十四五艘もありぬべし〉となれば、視点と対象の関係はずっと離れたものとなる。いわば視点からとらえられる視野は〈鶏頭の十四五本〉に比べれば、はるかに広いものとなる。海原の広い視野の中で、沙魚舟は、いわば点々として散在するイメージである。

しかし、〈鶏頭の十四五本〉になると、視野はきわめて狭い。その狭い視野において〈十四五本〉も叢生する鶏頭のイメージは、この限られた狭い言語空間を圧倒している。視野（言語空間）に対する対象（鶏頭）の比重がはなはだ大きいといわねばならぬ。

それにひきかえ〈鶏頭の七八本〉となれば、視点と対象との距離はたとえ同じでも、同じ視野の空間に占める鶏頭の比重がぐっと小さなものとなり、空間を威圧する力を失ってしまう。

日本画を例にとろう。同じ色紙（キャンバス）に余白をうんととって描かれた〈鶏頭の七八本〉とぎりぎりいっぱいに描かれた〈鶏頭の十四五本〉のちがいといえよう。

前者（七八本）は鶏頭の生命力がそれを包むひろい余白によって弱められてしまう。が、後者（十四五本）は、その強健な生命力が余白を制圧する趣きがある。読者の眼前に〈鶏頭の十四五本〉がクローズ・アップされる。

まさしく余白と主題のあいだのせめぎあい、緊張感、ドラマこそが〈十四五本もありぬべし〉を〈動かぬ〉ものとしているのである。

ここに表現されているのは、単に〈鶏頭の十四五本〉ではない。〈鶏頭の十四五本〉と、それに拮抗する濃密な「場」の空間、つまり余白とのせめぎあう相関性が表現されているのである。日本画において、余白は無の空間ではない。余白もまた、表現なのである。

同様に、この〈鶏頭の十四五本〉の句のばあいも、ただ単に〈鶏頭の十四五本〉だけが表現されているのではない。鶏頭以外の一切の夾雑物を切りすて、捨象して得られた余白も同時に言外に表現されているのである。

すでに述べたとおり、〈鶏頭の十四五本〉が眼前の空間を圧倒し、そこを占有すればするほど、その言語空間（余白）の表現性はますます強まるという逆説的な構造が見えてくるであろう。〈鶏頭の七八本〉では、空間を占有する力が弱く、したがって、空間そのものの力もまた同時に弱められてしまう。（もちろん、〈七八本〉というはずみのある音声のイメージと〈十四五本〉という濁音のもつ重量感あるイメージがそれぞれの文章表現をささえていることも付記しておきたい。）

くり返すが、主題（鶏頭の十四五本）の力は、それ以外の一切の夾雑物をよせつけない。この力が空間（余白）がふくみうるいかなるイメージをもすべて拒否し、余白の力を制圧すればするほど、かえって余白は主題に拮抗し、両者はせめぎあって一箇のドラマとなる。

以上、概括してきたとおり、鶏頭の句は、作者もふくめ俳壇においても、はじめは誰人も名句と認めたものはなかった。歌人長塚節、斎藤茂吉がこの句を称揚したときも、さほどの反響はなかったようである。

はしなくも茂吉の「鶏頭論争」をきっかけとして、この句は浮上した。山本健吉の「名鑑賞」によって名句としての地位は確立したかにみえる。さらに大岡信の鶏頭論も俳壇の関心を惹いた。

いまや、鶏頭の句の名句たるゆえんはあきらかにされた観がある。これ以上、この句について解釈をかさねるのは屋上屋を架すの感がないでもない――と、思ったが、あらためて鶏頭の句をめぐる諸家の文章を通覧するに、印象批評にすぎぬものであったり、病者子規の感傷にとらわれたものであったりで、具体的にこの句の表現のありようそのものに即しての美の構造に迫るものがないことを知った。そこで私としては、先達の驥尾に付して一言というわけである。

「鶏頭論争」の顚末をいまさら語ることはないのだが、このあとの私の美の構造仮説による鶏頭論の展開にかかわるところもあるので、そのところのみ、引用、所見を述べておいた。

さて、私がとくに強い関心をいだいたのは、山本健吉の解釈、鑑賞と坪内稔典の鶏頭論の二つであった。健吉の解については既に言及したので、坪内稔典の説について所見を述べることにする。坪内の所説をまず箇条的に引用する。

・茂吉が例にあげた子規の句は、写生説の深化という観点よりも、俳句形式の生動という面から評価すべきだと思われる。いづれの句も、散文化して内容を受けとると、ほとんど取るに足らないわけだが、散文的地平からの転位を果たしているのは、まさに俳句形式の力による。

・鶏頭の句は、俳句形式の生動によってでき上ったのではないかとさきに述べた。子規の方法であった、対象を見て写すということ、そういう方法への志向を無に帰するようにして、五七五音の組み合せによる俳句形式が生動したのだ。そしてその時、でき上ったのが鶏頭という草花の世界であったことは、いかにも子規にふさわしいことだったと思う。

・この句が写生という子規の志向をこえて、俳句形式が自ら生動した感じがするからである。俳句形式に付着した作品以前の要素――一般に俳句性と称されるものなど――を切り捨てたとき、もし、そこで、日本語による俳句形式の機能だけに依存して作品が書かれるとすると、その素朴なかたちは、この鶏頭の句に近いものとなるだろう。

坪内は、鶏頭の句が子規の志向、主張する写生の極致として成り立つものではなく、むしろ〈俳句形式の生動〉の結果であるという。きわめて大胆な仮説を提示する。

さらに坪内は〈俳句形式の機能〉の基本的なものの一つとして、〈口誦性〉をあげる。

子規はもっぱら俳句の簡単さを主張したのだが、その簡単さの中心に、簡単に覚えることができ、どこででも暗唱できる口誦性があるというのが私の考え。しかもその口誦性は、作者の意図をもこえる言葉の仕掛けにおいて、もっとも生き生きと働く。表記法の工夫も、それが口誦性をより発揮するものであれば、おおいになされてよい。俳人とは、そんな言葉の仕掛けを作る、いわば言葉の仕掛人であり、単に対象を写生したり、自分の境涯をうたったりする人ではない。つまり、俳人とは、意図的、作為的でなければならず、しかも、そんな意図や作為を、言葉の仕掛けとしての句はこえてしまう。別の言い方をすると、対象を写生したり自分の境涯をうたった句であったとしても、それが言葉の仕掛けとして秀れていれば、写生や境涯をこえるということ。要するに俳句は、作者の意図などをこえることにおいて、読者との間に未知の時空を開くのであり、そんなことを積み重ねることによって、作者は自分を新しくするのだと言ってよい。

坪内は〈俳句形式の機能〉としての〈口誦性は、作者の意図をもこえる言葉の仕掛けにおいて、もっとも生き生きと働く〉という。そして〈言葉の仕掛けとして秀れていれば、写生や境涯をこえる〉という。

さらに坪内は山口誓子の、

鶏頭が立ってゐる。群って立ってゐる。十四五本に見える。あはれ、鶏頭は十四五本もあるであらうか――鶏頭を、さう捉へた瞬間、子規は、鶏頭をあらしめてゐる空間の、その根源にあるものに触れたのである。自己の〝生の深処〟に触れたのである。


をひいて、病人の感情にもたれた解釈になっていると批判し、

〝生の深処〟を、日本近代における子規の存在の深処という意味でなら、山口説は十分に首肯できる。ただ、この句が、〝生の深処〟を感じさせるとしたら、それは俳句形式の生動によってであるとどこまでも考えたい。

という。同感である。

最後に、坪内は、子規がことに赤色に深い感興を示すことを具体的に論述したあと、〈生の深処〉にかかわって、こう結論する。

子規が好きだという赤色は、以上のように見てくると、子規の〝生の深処〟と重なってくる。天然の赤色、草花の赤色は、暗い、澱んだ赤色を背後に持っていたのである。写生に執着し、天然の世界へ視線を広げることで、子規は自らのかかえている暗い深処に耐えていた。

「赤」についての子規の思いをたどった今、改めて「鶏頭の十四五本もありぬべし」を読むと、山本説にいう鶏頭の宿命を発見した句というより、子規の意識、その生の全体がここに投げ出されているという感じはいっそう強くなる。そして、この鶏頭の句は、句会の席で、実に思わずでき上ったというふうに成立したのだ。俳句形式が一瞬のうちに子規の生の全体を奪略したのである。鶏頭の十四五本もありぬべし――この作品の中に子規が生きている。

口誦性（なお、片言性という坪内の論もあるが）にかかわりながら、坪内は〈俳句形式の生動〉ということをくり返し主張する。

私にとって、まことに刺激的な仮説である。

〈定型の恩寵〉ということがいわれるが、坪内のそれは〈定型の生動〉といってもよかろう。

〈恩寵〉といい〈生動〉といい、これは、私が主張している〈名句は作られるというより、生まれるものである〉という考え方と同根のものであろう。

また〈俳句は、作者の意図などをこえることにおいて、読者との間に未知の時空を開く〉は、私の虚構論を坪内の言葉で表現してくれていると思われる。

ところで感心ばかりもしておられないので、坪内のいう〈俳句形式の生動〉そのもののメカニズムを私なりにあきらかにしてみたいと思うのだ。坪内は先の論考において〈口誦性〉の機能に触れてはいたが、鶏頭の句における〈俳句形式の生動〉そのものの具体的な分析にまでは残念ながら及んでいない。私としては、そこのところを私の虚構論の観点から、この句の美の弁証法的構造論に迫る形で論究してみようと思うのである。

鶏頭を〈十四五本もありぬべし〉と、大把みに無造作にいいとめたところに、他の草花とは異なる鶏頭そのもの、鶏頭の本質とでもいうべきものが見事にいいとめられているといえよう。まさにこの句は鶏頭の〈真〉に迫るものとなっている。

燃えるような紅、雄勁なその茎の太さ。叢生し屹立する姿。これが〈十四五本〉という濁音の口調の重量感をもってこちらを圧倒してくる。まさしく鶏頭なればこそである。（このことについては、すでに前半で詳しく述べた。）

ところで、この句の美の構造を決定的ならしめたのは、実は下五の〈ありぬべし〉という語法にある。

もし仮りに〈鶏頭の十四五本〉が眼前の現実の鶏頭を写生しての句ならば「鶏頭の十四五本もありにけり」とでもなるところである。

しかし掲出句は属目の句ではない。写生の句ではない。〈ありぬべし〉は「ありにけり」とはちがう。〈ありぬべし〉は文法上の推定であって断定ではないという理屈もあろうが、たとえ推定でもこれは強い確信にもとづく断定に近い語法である。

たとえ現実に見ていなくても、鶏頭なるものは、たしかに〈十四五本も〉あるはずのものである。いや、それが、いかにも鶏頭の鶏頭らしさを、もっとも典型的に表現する、という確信に似たものが〈ありぬべし〉という断定に近い推定表現をとらせたのである。

「ありにけり」は、眼前（現実）の鶏頭を直接にとらえての表現である。〈ありのままを見たままを〉そのままに表現したにすぎない。しかし〈ありぬべし〉は、眼前（現実）の鶏頭を対象としてではなく、虚構空間（非現実）の中の鶏頭を対象として、たしかに鶏頭というものは、〈十四五本も〉あるはずのものである、といっているのだ。

通常、多くの句は現実の（眼前の）対象を詠むにあたって、その裏に、俤として想像のイメージを置くことで一句にイメージの重層、屈折、ひいては矛盾の止揚という美の構造を生みだす試みをしてきた。だが、この句は、逆に想像空間の対象（鶏頭）の裏に俤として現実の鶏頭を置くという逆転した方法をとっているのである。

読者は、眼前に現実の鶏頭のひとむらを見るかわりに、想像空間の〈鶏頭の十四五本〉を〈ありぬべし〉と見ることで、まさに〈十四五本〉という大雑把なつかみ方でこそ本質的にとらえることのできる現実の鶏頭の本質、本意を認識させられるのだ。

くだいたいいい方をするならば、鶏頭のひとむれというものは十四五本もあるはずのものである――と想像的、仮定的にとらえたときに、現実の鶏頭というものの実相を把握することになるのではないか――ということなのだ。

認識の仕方が逆である。通常私たちが対象（ものごと）を認識するには、対象（現実の事物）そのものを観察し（写生し）そこから対象の本質、本意、真実を把握するという順序、手順、過程をとるであろう。

しかし、子規は、逆に、鶏頭というもののひとむれは、〈十四五本もありぬべし〉と、まず、直感的に把握するところからはじめるのである。そして、この〈ありぬべし〉としたところから、逆に現実の鶏頭というものはたしかに「十四五本もありにけり」というふうに存在するものであることを納得させられるということになる。

これは芸術家の直観による対象の認識の仕方であり、そこにこの句のおもしろさの秘密もあるのであって、決して写生の句としてのおもしろさではない。これは写生をこえたところに位置する句である。

子規には、この句とならべて鶏頭の数句があるが、ほとんどのものが属目の句である。いわゆる写生の句である。その二、三を引用する。

鶏頭や二度の野分に恙なし
誰が植ゑしともなき路地の鶏頭や
朝顔の枯れし垣根や葉鶏頭
萩刈りて鶏頭の庭となりにけり
鶏頭の花にとまりしばった哉

いずれも眼前の（現実の）対象を観察し、写生した句である。

しかし、掲句は、ちがう。これまで子規が観察してきたであろうあれこれの時、あれこれの所での個別、特殊の鶏頭の具体相をふまえながら、まさに鶏頭なるものは〈十四五本もありぬべし〉というものであると大胆率直、直截に「断言」したのである。

そして、読者はそういわれてみると、なるほど、まさしく鶏頭というものは〈十四五本もありぬべし〉というふうに存在するものであると納得させられるというわけなのだ。

したがって、たとえ我家の庭の鶏頭が現実には七八本であったとしても、読者はこの句に「説得」され、鶏頭のひとむれというものは〈十四五本もありぬべし〉と見ざるをえない心境に陥るであろう。これが表現というものの認識論的な意味（というよりも力といいたい）である。

まさに鶏頭というもののひとむれは、〈十四五本もありぬべし〉と認識、表現せざるをえない強制力をこの句はひめていて、そのことこそがこの句の名句の名句たるゆえんであるといえよう。

私は、これまで現実をふまえて現実をこえたところに虚構世界があるとくり返し述べてきた。しかし、これは逆ないい方をすると、現実をこえたところから現実をふまえるところに虚構世界がある——ともいえるのである。

そのことを私は、別ないい方で理想から現実を逆照射するところに虚構の方法があるともいってきた。

鶏頭というものの理想（典型）から現実のあれこれの鶏頭を逆照射するところに、虚構の方法があるというわけである。

現実の対象そのものの徹底した観察（写生）から、つまり現実をふまえながら、現実をこえて（写生をこえて）虚構世界を構築するという、これまで説明してきた、あり方とは逆の方向の虚構化であるといえよう。

さいごに蛇足ながら一言。

この句の美とは、まさしく題材としての鶏頭の美（自然の美）そのものではない。〈十四五本もありぬべし〉という表現そのものによって生みだされた虚構空間に屹立する鶏頭の美（文芸の美——虚構の美）である。現実をこえたところから現実をふまえるという逆方向の虚構の方法が生みだした美である。

第3章
矛盾の発見・止揚

現実をふまえ現実をこえる――ということは、言葉を換えていえば、矛盾の発見、止揚ということである。ここで矛盾とは、「〇〇であると同時に〇〇ではない」ということである。

一句の中に、矛盾を見いだし、それを一つにせりあげ、融けあわせる（止揚・統合する）ということは、読者の主体がそのように一句にあいかかわるということである。

読者の主体的、能動的な読み方において、はじめてその句は美と真実を読者の前にあらわにするのである。美は句の中に内在するのではない。読者との相関関係の中に発見・創造されるものである。

名句、秀句といわれるものは、イメージ・意味の二重性、あるいは多重性、重層性をもつものであることは周知のところである。解釈の多様性といわれることも、つまりは、イメージ・意味の多重性、重層性のことである。

当然、一句のイメージ・意味の二重性・多重性・重層性は、イメージと意味のあいだの、あるいはいくつかのイメージなり、意味のあいだに異質、異次元の葛藤・矛盾をひきおこし、それが止揚・統合されることにおいて独自の味わいを生みだすものとなる。いうまでもなく、これは文芸における美の弁証法的構造といわれるものである。

蛸壺やはかなき夢を夏の月　芭蕉

『猿蓑』には〈明石夜泊〉という前書があり、

須磨・明石の浦伝ひして、明石に泊る。
そのころ、卯月の半ばにやはべらん。
蛸壺やはかなき夢を夏の月

とある。

ところが、芭蕉が万菊（杜国）と連盟で伊賀の俳友惣七に宛てた長文の書簡には、〈この海見たらんこそ物には代へられじと明石より須磨に帰りて泊る〉と見え、また万菊単独で惣七に宛てた書簡にも〈二十一日に須磨・明石思いのままに一見（中略）その夜須磨に一宿うれしき一つに存じ奉り候〉とあり、芭蕉たちは実際には明石に泊まってはいない。ということは〈明石に泊る〉とか〈明石夜泊〉といった前書は、フィクション（仮構）としなければならない。

一般に前書なるものは、句の発想される前提、あるいは動機など、一句成立の背景となる事情を記したものと考えられている。しかし、前書もふくめて創作（虚構）と見るべきではないか。このことについて安東次男は次のように述べている。

> 拠りどころは『源氏物語』だ。「ひとり寝は君も知りぬやつれづれと思ひあかしの浦淋しさを」、「たび衣うら悲しさにあかし侘び草の枕は夢も結ばず」（明石の巻）。前は明石入道が娘の心をそれとなく源氏に伝える歌、後は源氏の返しで、物語の候も同じ卯月の一夜である。思い明し、明し侘び、夢も結ばぬ、とこれだけ所の情を向けられて、句の一つも詠まねば俳諧師の名がすたる。「はかなき夢」のあはれを語るなら、明石の浦の蛸壺ほど似つかわしいものはない。と読めば前書はわかる。

卓見である。二十日の月といえば下弦に近い月である。夜に入って須磨に帰ったとしても、芭蕉が明石で月を見た可能性はまずない。とすれば〈夏の月〉は、短夜のイメージによって、〈〈蛸〉のはかなき夢〉を強調せんがための、一種、〈投込の技法〉（安東）であるといえよう。ところで安東は〈「はかなき夢」のあはれを語るなら、明石の浦の蛸壺ほど似つかわしいものはない〉という。

また、井上敏幸も同様趣旨のことを書いている。

明けやすい夏の短夜のはかなさと、蛸壺に夢を結ぶ蛸の命のはかなさとが、そこはかとなく響き合い、そうしたはかない情景は、俳人芭蕉の旅泊の思いに準ずるものがあったといってよいであろう。

尾形仂も次のように書く。

蛸の夢をはかなしと観ずる心は、また、明石の海に眠るさまざまな人生の仮り寝の見果てぬ夢をよみがえらせるものでもなければならぬでしょう。あすの朝、漁師に引き上げられる運命とも知らず蛸壺の中に眠る蛸の夢がいじらしいように、目に見えない運命の手の上に転ぶ人間の夢もまた、はかなく、いじらしいといわねばなりません。

「明石夜話」という仮構の状況は、そうした人生の仮泊の夢のはかなさといった思いを、いっそう誇張した形で私どもの胸に訴えかけてまいります。

「明石に泊る」、「明石夜泊」という前書があることによって、蛸の夢のはかなさは、夏の夜の旅寝の夢のはかなさと一つになり、人生の仮り寝の夢のはかなさへの思いを、単なる観念の世界のものにとどめず、肉体化しているのです。

まことに説得的である。〈蛸の夢のはかなさを通した、明けやすい夏の夜の月のはかなさを表現〉（尾形）といい、それを〈人生の仮り寝の夢のはかなさ〉にかさねるあたり、さすがとうなずかされる。

しかし、安東にしても尾形、また井上にしても、〈はかなさ〉を強調するのみで、この句の美の弁証法的構造をとらえていない。

たしかに夏の夜の明けやすさ、はかなさ、その短い一夜によって比喩される蛸の命のはかなさ。それは、〈あはれ〉でもあり〈はかなさ〉でもある。また、青白い海底も夢幻の趣をそえている。

しかし、同時に蛸壺をわなとも知らず、そこを安住の宿と思い、のどかにやすらいでいる蛸の姿は、いじらしくもまた、おかしいではないか。そもそも蛸そのものの姿態がユーモラスなのだ。

この一抹の〈おかしさ〉あるいはユーモアによって彩られた味わいこそが、まさに俳であり諧ではないのか。

〈あはれ〉であり〈いじらしく〉〈はかなく〉そして〈夢幻〉の句境が同時に、〈おかしみ〉としてある――というところに、異質な拮抗し葛藤し矛盾するものを一つに止揚・統合する美の弁証法的構造があるといえよう。

さすがに幸田露伴は〈明日の命も知らず夢を見ている蛸は、滑稽でやがて悲哀である〉と、この句の美の弁証法的構造に触れての解釈を行っている。

また、山本健吉も〈「蛸壺や」という軽い冒頭の句が、それ自身滑稽感を持ち、俳諧味を持つ。「はかなき夢を」で、滑稽感に悲哀感が裏打ちされる。泣き笑いのペーソスである。「夏の月」で、一句のイメージとしての美感が点睛される〉と述べている。

山本の〈滑稽感に悲哀感が裏打ちされる〉というところは、まさに私の美の構造仮説そのものであるが、〈それ自身滑稽感を持ち、俳諧味を持つ〉という表現は、〈俳諧味〉を〈滑稽感〉と同等に視ているらしく、気になるところである。私をしていわしめれば、〈滑稽感に悲哀感が裏打ちされている〉ことこそが真の意味での〈俳諧味〉ではないのか。また〈「夏の月」で、一句のイメージとしての美感が点睛される〉というにいたっては、〈美〉というものを、いわゆる〈自然による美〉と同等視しているところがあって、いただけない。〈美〉とはまさしく、山本のいう〈滑稽感に悲哀感が裏打ちされている〉そのものなのであり、それこそが、また〈俳諧味〉ということなのだ。

最後に「芭蕉と発想契機」と題する俳人加藤楸邨の次の文は、私が理屈として述べてきたところを実作者の実感をこめて見事にいいとめてくれている。

芭蕉の前には、明石の海は明るい夏の月にこまかな波をきらめかせていたことであろう。その静かな波の下には蛸壺があり、その中には一夜のやどりを求めた蛸が、そのながい八本の足をゆるやかにまるめて、うつうつと睡りにはいっていたにちがいない。この蛸壺の中の蛸の睡りは、類《たぐい》なく静かで安らかであればあるほど、この睡りははかないものであり、それだけに、芭蕉の胸中は「はかなさ」を痛感させられたにちがいない。この夏の月の無心の明るさが、冴えていればいるほど、蛸の睡りの孕《はら》む危機はせつなさを感じさせる。蛸というものは、どこかおかしみをもった生きものだ。伝統のある優雅な鳥や花でつかみとるのではなく、蛸というおかしげな生き物の上にとらえて、しかも優雅なものではとうてい味わうことがないであろうと思われるような、のっぴきならぬ「はかなさ」にしたところに、芭蕉の詩人としての発想の力づよさを感じさせるものがあろう。

いきながら一つに冰る海鼠哉《かな》　芭蕉

海鼠《なまこ》を詠んだ句には他に、たとえば去来の〈尾頭のこころもとなき海鼠かな〉という句がある。茫洋としてつかみどころのない海鼠の本性をみごとにとらえている。また蕪村にも、〈思ふこと言はぬさまなる海鼠かな〉とある。人間、己れ自身に擬しての発想であろうか。

〈いきながら一つに氷《こお》る〉とあれば、人はそこに酷薄無惨な死のイメージを思い描くにちがいない。しかし、それが海鼠であってみれば、どこかとらえどころのないユーモラスなイメージをも思いうかべるであろう。

楸邨は〈去来の海鼠も蕪村の海鼠も、巧さの生きた句であることは確かであるが、芭蕉の海鼠を見ているときのような、切々と身に迫るものが不足しているようである〉という。

つづけて楸邨は、〈そこには生きるということのかなしさと、凝然とみている芭蕉の目がある〉という。楸邨の〈生きるということのかなしさ〉とは何か。楸邨自身はそのことについて具体的には語らない。

栗山理一は〈もともと海鼠の動作は緩慢であり、その生死のほども一瞥ではとらえにくい。それを「いきながら」みずからを凍結したと見定めるところに、生きとし生けるものの命の戦慄を伝えてくるようだ〉という。

〈生きとし生けるものの命の戦慄〉とは、いったい、どのような〈戦慄〉か。栗山は〈「いきながら」みずからを凍結した〉と〈見定め〉たからこそ、それに〈戦慄〉したのであろう。しかし、私には〈みずからを凍結した〉というところがうなずけない。この句は〈いきながら一つに〉氷ってしまったのであって、〈みずから〉自己を〈凍結〉したのではない。

それにしても、ある〈戦慄〉を覚えるのは否めない。とすると、それはどこに由来するのか。楸邨の〈生きるということのかなしさ〉ともあわせ考えてみたい。

そもそも、生きているとはどういうことか。それは一人ひとりがかけがえのない存在としてある、ということではないか。たとえ〈尾頭のこころもとなき海鼠〉のような、他目には、一人ひとりを判別できぬようなものであっても、海鼠一人ひとりは、かけがえのない自己の生を生きているはずである。

〈いきながら一つに氷る〉とは、一人ひとりがかけがえなく、それぞれが自己の生を生きていながら、にもかかわらず、それぞれの個性が無視されてまるで〈一つ〉のもののように〈氷る〉ということの〈かなしさ〉であり、また〈戦慄〉なのではないか。

〈いきながら〉生きていることとはいえない（つまり〈一つに氷る〉）状態を不条理なものとしてとらえている。

ある意味でそれは「笑えぬ悲劇」といえないであろうか。この句の美の構造も、まさしくこの生の矛盾の発見にかかわるのである。この句の美の弁証法的構造ということにかかわって、上田五千石の次のような解がある。

いわゆる「一物《いちもつ》」仕立《じたて》の句でありますが、「いき」ている「海鼠」と「氷」っている「海鼠」という「二つの相反するもの」が、「一つ」に「調和」して存在しているというところに詩（ポエジー）

が発生しています。

〈異質な矛盾するものを止揚・統合する弁証法的な構造を体験・認識することが美〉という私の定義を五千石流に表現した言葉として受けとっていい。

安東も次のようにいう。

生きているかなと思って覗き込んだら、氷っていた、氷っていると思ってよく見たら、生きていた、そういう違和感がつくり出す異形、異物の認識が、この句の「海鼠」の巧みさである。それを「いきながら氷る海鼠」と言っただけでは、単なる景になってしまう。異形の異形たるゆえんが見えてこない。この句の「一つに」を、「燈下に」「手桶に」「あはれに」「しんじつ」など、他のことばに置換えてみると、それがよくわかる。「一つに」と言取ったところに、うき世の辛さも人の情のうれしさも共に味い尽した、漂泊者の感慨が映っている、と見るべき句だろう。

〈異形の異形たるゆえん〉がまさに〈一つに〉というところに、安東はこの句の弁証法的構造をとらえているといえよう。私のいう〈生の矛盾の発見〉とは、そのことである。

朝露によごれて涼し瓜の泥（土）

芭蕉

元禄七年の作。支考の『笈日記』に、〈去年の夏なるべし、去来別墅にありて〉とある。〈去年〉は元禄七年にあたり、落柿舎においての作であろう。

落柿舎生活からは「豪句」〈六月や峰に雲置く嵐山〉が生まれた一方、いかにも平明、新鮮な次のような軽みの句が生まれた。

柳行李片荷は涼し初真桑
夕顔に干瓢むいて遊びけり
朝露によごれて涼し瓜の泥
瓜の皮剝いたところや連台野《れんだいの》

〈朝露に〉の句も、落柿舎滞在中の瓜畑の所見であろう。

六月二十四日付杉風宛の書簡に〈朝露や撫て涼しき瓜の土〉とあるのが初案である。

『続猿蓑』『木枯』『泊船集』などには〈朝露によごれて涼し瓜の土〉とあり、『笈日記』『三冊子』その他には〈瓜の泥〉となっている。

『三冊子』によれば、〈この句は瓜の土とはじめあり、涼しきといふに活きたる所を見て泥とはなし変へられ侍るか〉と見えるから、〈瓜の土〉が初案で、後に〈瓜の泥〉と改められたものであろう、といわれている。

潁原退蔵は〈土といへば何となく乾いた感があり、泥の方が濡れた感じを十分現はすからであろう。そこには涼味が湧いて来る。一字をも忽せにしない良匠の苦心である〉という。

山本健吉も〈微細なことながら「泥」が「土」にまさるのは、畑から取ってきた朝の涼味を「泥」の方がよく示しているからである。「土」といえば泥が乾いてしまった土の感じになる〉といっている。

どうやら、〈泥〉というのが通説のようである。

しかし、今栄蔵はこの通説を否定して、いわゆる再案〈朝露によごれて涼し瓜の土〉を成案とみる。精緻な論考で〈泥〉は〈軽い誤記か〉〈さかしらの改変か、いずれその辺の疑惑のきわめて濃い所伝〉とする。

だが、ここでは一応、通説にしたがって〈泥〉として論をすすめたい。

潁原は、〈土〉を〈泥〉と案じかえたことについて〈一字も忽せにしない良匠の苦心〉と感嘆し、山本は〈朝の涼味を「泥」の方がよく示している〉とを評し、また楸邨は〈朝露にしっとり濡れて、捥ぎたての瓜に少し泥のついているのが如何にも涼しく感じられる〉という。

その他、多くの評者が〈泥〉（〈土〉）について言及はしても、何故か肝腎な〈よごれて涼し〉といういささか、なじみのわるい措辞について触れるところがない。

〈よごれて〉に〈涼し〉は、「木に竹をつぐ」不自然さがある。にもかかわらず、この措辞もこの一句のなかにあれば、何らの違和感も与えない。それどころか、かえって味わい深いものとなっている。

〈よごれて〉と〈涼し〉という互いに異質なものが破綻をきたすどころか、止揚・統合されて、このようにこの句の美を生みだす秘密とは何であろうか。

そこで、まずこの句を意味の上で区切ってみると、

朝露によごれて――
――よごれて涼し
――――涼し瓜の泥

と、なるだろう。

だが、〈朝露によごれて〉もやはりなじまない。朝露にきよめられるイメージはあっても、〈よごれ〉るものではないからである。

また、〈よごれて涼し〉という措辞も木に竹つぐ感じを与える。

もちろん、〈涼し瓜の泥〉も、〈泥〉に〈涼し〉は似つかわしくない。この〈瓜〉は、〈朝露によごれて〉いるのではない。実際には〈泥〉に〈よごれて〉いるのである。

ところで、この〈瓜〉を〈よごれて〉醜いといっているのではない。もちろん、〈よごれて〉美しいはずもない。〈よごれて〉〈涼し〉といっているのだ。

それは、この句を次のような構造において無意識のうちにとらえているからである。

朝露によごれて涼し瓜の泥

つまり、

〈朝露に〉→〈涼し〉

〈よごれて〉→〈瓜の泥〉

と、対応させたとき、この句は意味上において「いかにも」「なるほど」と首肯させるものをもっているのだ。

以上、分析してわかるとおり、この句の措辞は、〈朝露によごれて〉ととっても、〈よごれて涼し〉ととっても、〈涼し瓜の泥〉ととっても、いずれも異質な不自然な措辞といえよう。にもかかわらず、この句を読み下していくと、前述したとおり、「いかにも」「なるほど」と納得でき、むしろ独特な味わいを得ることになる。

つまり、前述したように、異質な矛盾する措辞がすべて止揚・統合されて、美の構造を生みだすものとなっているのである。

心からしなの丶雪に降られけり　一茶

この降る雪は、ほかならぬ〈しなの丶雪〉である。信濃といっても一茶の故郷としての信濃である。遺産をめぐって血肉相食む争いをつづけた一茶にとって故郷信濃訪問は、「招かれざる客」であった。第一回のときに、一茶は〈たまに来た故郷の月は曇りけり〉、〈思ひなくて故郷の月を見度き哉〉と詠み、二回目にも、〈雪の日や故郷人もぶあしらひ〉と詠んだ。そして、この〈心から〉の句がある。そのような故郷の冷たさを象徴しているととれよう。

金子兜太は〈この作品が、そうした憎悪にちかい憂欝な感情のなかから出来てきたことはまちがいあるまい〉という。しかし、一茶にとって、故郷信濃はやはり、そこに生まれ、そこに育った懐かしいところでもあった。〈心からしなの丶雪に降られけり〉という感情は、そのような思いをも同時に秘めていると読むべきであろう。一面的に〈憎悪にちかい憂欝の感情〉のみをとるべきではない。

という意味において私は丸山一彦の〈その雪は「しなの丶雪」である。さまざまな愛憎のこもった郷国信濃の雪なのである〉という解釈をとりたい。丸山はそのあと、次のようにいう。〈「降られけり」という受身の姿勢にも、その愛憎二つの感情を胸に包んで、故郷の雪の中に立ち尽

くして、じっと自己の宿命を噛みしめているような孤独の情も思われて、あわれが深い。〉

〈愛憎二つの感情〉が、つまり異質な矛盾するものの止揚がこの句の美の構造であることはいうまでもなかろう。

亡き母や海見る度に見る度に　一茶

この句の反復（類比）〈海見る度に見る度に〉とかかわって、だいたい次のような解釈がなされている。

・〈広大無辺の海は母の無償の慈愛の広さや深さに通ずる。青い海が亡母への慕情を喚起したのはきわめて自然なことであろう。「海見る度に見る度に」という反復には、情感の大きなうねりがあって切実である。〉（栗山理一）

・〈この海のように、限りなく広く豊かな母の愛が思われて、母への慕情が胸にこみ上げてくるというのです。〉（丸山一彦）

たしかに反復は強調という表現効果をねらっていて、そのことを押さえて読む必要がある。しかし、この句をただ反復という点でだけとらえてはならない。井泉水は前二者と同様〈母の愛というものは、この海のようなものではないか〉とした上で、〈もっと別な解し方をすれば〉、

〈母は信州の山の中で一生終えて、とうとう海というものを見ないでしまった、海を見せてあげたかったなア……〉という。

私もこの〈別な解し方〉にも共感する。そこで井泉水のように〈前の解〉と比べて、〈だが、前の解のほうがいいと思う〉という形で両者を比較し、二者択一的に〈前の解〉のみをとるという考え方には異論がある。

むしろ、この〈異質な矛盾〉する両者をともに止揚・統合する読みこそが望ましいのではないか。つまり、どちらかというのではなく、どちらをもということである。

〈海を見る度に見る度に〉〈亡き母〉への懐かしさ、慕わしさが切実にあると同時に、反面、〈とうとう海というものを見ないでしまった、海を見せてあげたかった〉という悔しさ、悲しさも、また痛切きわまりないものとしてあるのではないか。

〈懐かしさ、慕わしさ〉と〈悔しさ、悲しさ〉とは、本来、異質なしたがって矛盾する感情である。しかし、〈海を見る度に〉〈亡き母〉を偲ぶ子の真情とは、まさに、このようなものであろう。

私が〈文芸というものは真実を美として表現する〉というのは、このことである。そして、弁証法的構造を発見する読みこそが、栗山、丸山の解釈のように単に反復をとらえるよりはゆたかな深い読みということになろう。

うつくしや障子の穴の天の川　　一茶

「七夕」と前書がある。病床にあって仰ぎ見ているのであろう、〈障子の穴〉から〈天の川〉がのぞかれるのだ。

ところで〈うつくしや〉とあるが、これは〈天の川〉そのものが美しいのではない。〈障子の穴の天の川〉が〈うつくし〉いのである。卑近・卑小・卑俗な破れ〈障子の穴〉であればこそ、〈天の川〉は一段とその美しさを増すのである。

この句を〈障子の穴〉と〈天の川〉という対比的な〈素材の取合せに美を発見する一茶の眼は、確かに鋭く、特異とさえ言ってよい〉（丸山一彦）という評があるが、これは〈取合せ〉論であり、〈二物配合〉論である。この考え方に立つと〈ともすると安易な二物の配合による大量生産方式に陥り、おびただしい類句の氾濫を招く結果にも〉なるということにもなる。

この句を〈二物の配合〉〈取合せ〉とみることもできよう。が私としては〈障子の穴〉によって、〈天の川〉を卑俗・卑近・卑小なものとしながら、逆に〈障子の穴〉をも超俗のものとする美の弁証法的構造をこそとらえるべきではないかと思う。

〈うつくしや〉というのは、いうまでもない〈障子の穴〉をとおしてのぞき見る〈天の川〉

が意外にも〈うつくし〉く見えたというのである。

〈障子の穴〉のこちらがわにある庶民の貧しくつつましい生活がうかがわれ、だからこそ、そこからのぞく夜空の〈天の川〉のきらめきが、こんなにも〈うつくし〉いのだ。そこには貧しいが故に、かくもゆたかである人の心の真実が詠われている。それは、まずしさがもたらすゆたかさといっていいだろう。

ところで、かつて秋桜子の〈自然の真と文芸の真〉ということが俳論史の一つの話題となったことがあるが、それにことよせていえば、〈障子の穴〉からのぞき見た対象としての〈天の川〉そのものは、〈自然の美〉といえるが、破れ障子そのものは決して〈自然の美〉と呼べるようなものではない。

しかし、この句の表現における〈美〉、つまり〈文芸の美〉は、〈天の川〉そのものだけの〈美〉ではない。〈障子の穴の天の川〉というまるごとの表現が生みだす〈美〉なのである。

ということは、まずしさ（〈障子の穴〉の意味するもの）との相関関係でとらえられた〈天の川〉の〈うつくし〉さが、この句の味わい、おもしろさ、〈美〉ということなのだ。

したがって、ここでは〈障子の穴〉までが〈文芸の美〉を構成する必要不可欠、不可分の要素ということになる。

〈文芸の美とは、異質なもの、矛盾するものを形象において止揚・統合する〉という定義にあてはめるなら、〈まずしさ〉と〈うつくしさ〉〈ゆたかさ〉という異質なものを止揚・統合する〈障子の穴の天の川〉の形象がこの句における〈文芸の美〉の構造を示しているということになる。

さらにいうならば、破れ障子の穴からのぞき見る天の川を〈うつくしや〉と感ずる人の心の〈真実〉が〈美〉として表現されているところに、まさに〈ことばの芸術〉としての俳句があるといえよう。

分け入つても分け入つても青い山　種田山頭火

この句は句集『鉢の子』の第二句目に収めており、選者井泉水が佳吟という評価を与えた。山頭火自身この句集について、〈句数は僅々百数十句に過ぎなかった。これだけが行乞流転七年の結晶であった。私はその句稿を頭陀袋におさめて歩きつゞけた。石を磨いて玉にしようとは思わないが、石には石だけの光があらう〉と述べている。

この句の前書に〈大正十五年四月、解くすべもない惑ひを背負うて、行乞流転の旅に出た〉とある。村上護の解説によれば、『禅林類聚』にいう〈遠山無限碧層々〉を下敷に、〈歩歩是道場〉という煩悩超俗の道程を描くもの、歩くことは、すなわち惑いを克服して悟りを得るための修業である、という。〈青い山〉は禅語とのかかわりでいえば、はてしない煩悩の形象ということになる。

放浪への契機は〈解くすべもない惑ひ〉であったが、そのきっかけとなったのは、同じ自由律俳誌『層雲』に属し、親愛していた尾崎放哉の死のように思われる。放浪の果て、放哉は、小豆島南郷庵にて孤死したが、その三日後、山頭火は堂守の安住を捨て行乞の旅に出たのである。

松井利彦はこの句を次のように解釈する。

行乞放浪の旅に出た。仏門に帰依することによって一切の欲望、執着から脱却出来ると思ったのだが、山林独住の生活は淋しさを深めさせ、孤独を強く意識させることになった。そして、生きていることの問いかけ、心の奥にひそむ生き身の傷は少しも癒やされることがなかった。そして、解脱の道を旅、行乞の旅に求めた。夏山に入った。すべて緑。山の緑は、この山を、そして一切の執着から抜け出ようとする自分にまつわりついて離れない。もう一歩、もう一歩、この山を越えたら明るい視野が開けると思うのだが、周りの青い山は尽きない。山中の景は時には佳しとするが、どこまでもまつわりつく緑はどうにかならないのか。――というもので、心中のいら立たしさと、宗門で救われなかった内面の欝の重さを詠っている。

まずは、〈分け入つても分け入つても〉という語法に注目したい。一般的にいえば、「〇〇しても、○○しても」は予想されたことが否定の形でもたらされる場合の語法である。松井の解釈は、この語法をふまえてのものといえよう。

小室も、この語法をふまえて、いう。

前書で見ると「惑ひ」はすでにこの旅の以前にあった。それを解こうとする努力もいく度となく繰り返されたにちがいない。人生の根本事、人間の生存の本質にかかわる悩みは生涯かけて背負い続けても解決の見出しにくいものであるから、それは簡単に決着のつくことではない。ひたすら何かを求めて、大自然の奥深く分け入っていく旅は、そのまま人生の遍歴にひとしい。行脚はその「惑ひ」を解決するための求道、修業の実践であったわけであろう。

句に「分け入つても分け入つても」と言う「も」に、ひたすらに行脚を続けながら、いまだその解決が得られない孤独の心境が暗示されている。茫々果てしない「青い山」に取り囲まれながら、旅はさらに続けられなければならないのである。

大野林火の次の解も同様〈頭書の句に戻れば、分け入つても分け入つても山はいよいよ青くなるばかり、呼べど答えはなく、惑いは解くすべもなく、山頭火孤立無援の姿が浮かんでくる〉といい、〈山頭火の半生はこの「分け入つても分け入つても青い山」の中に終わったといってよい〉という。

これらの解には〈青い山〉がはてしない煩悩の形象という否定的なものとしてとらえられている。が、しかし、〈青い山〉の形象は、同時にどこか爽快な明るい、そして人の眼を慰め、安らぎを与えるものでもある。

金子兜太は、〈南九州の晩春初夏の山の重なりが見えてきて、「分け入つても分け入つても」と「惑ひ」の内奥を込めつつも、明るい。牧歌的である。私は、「句も若く、ヴァガボンドの感傷と憧れとでもいいたいような、角笛《ホルン》の哀調がある」と書いたことがある。――どこかに、寺住の欝屈から開放されたものの身軽な感応があるのだ〉ととらえる。

小室善弘も、また〈碧層々として無限につらなる「青い山」は、超脱しなければならぬ煩悩の山や谷を暗示するものであるが、そんなこむずかしい理屈は少しも感じさせない。また、そういうものに単純に還元してしまっては句がつまらなくなってしまう。作者は事実「青い山」に目をやって、ほっと息をつき慰められてもいたのではないか、という感想もわく〉と述べている。

金子は〈明るい〉〈牧歌的である〉〈寺住の欝屈から開放されたものの身軽な感応〉といい、小室は、〈ほっと息をつき慰められてもいたのではないか〉という。

美の構造仮説に立つとき、この〈青い山〉は超脱しなければならない煩悩の山や谷を意味すると同時に、明るい心の安らぎをもまた意味しているとみるべきではないか。この矛盾を止揚するところに、この句の美を見たいと思う。それぞれの一面をのみとりたてて解釈、鑑賞してはならない。

〈分け入つても分け入つても青い山〉は、煩悩を振り捨てるための修業、行乞の旅にでたものの、しょせん、煩悩を捨てさることはできない。〈分け入つても分け入つても〉果てなく煩悩はつきまとう。しかし、それにしても、そこには歩いて行く先々の〈青い山〉に慰められる救いもまたあったのではないか。

この矛盾を止揚するところに人間の真実を美として表現する文芸としての俳句の句境があるといえよう。

鉄鉢の中へも霰　　種田山頭火

〈鉄鉢〉は「テッパツ」と読む。僧侶の食を受ける鉄製の鉢で、行乞生活の象徴といえよう。大野林火は〈「テッパツ」という強い語感が一句を貫いて読後なお耳底に残る〉〈行乞のきびしさがそこから犇々と迫ってくる〉という。

山頭火は、小寒に入った海辺の道を歩きながら、俊和尚の好遇に甘えすぎた自分への自虐が疼いていた。山頭火はこの句を自解して、こう書いている。


私はあまり安易であった。上調子になりすぎてゐた。その事が寒い一人となって私を責めた。（略）

私は嫌でも行乞しなければならなかった。私は鉄鉢をかかへて、路傍の軒から軒へ立った。（略）その時、しょうぜんとして、それではいひ足りない。かつぜんとして、霰が落ちて来た。その霰は私の全身全心を打った。いひかへれば、私の満身満心に霰を浴びたのである。

山頭火は〈その霰は私の全身全心を打った〉〈私の満身満心に霰を浴びた〉という。そして、〈私はその霰をありがたい笞としてかぶったのであるが、その意味でまた、いらだったのである〉と付記している。

〈ありがたい笞〉という見方は、まさしく弁証法的なそれである。きびしい冬の霰は、鉄鉢を捧げている者の頭にも肩にもびしびしとたたきつけてくる。しかし、自然は何ものをも差別しない。乞食するものの〈鉄鉢の中へも〉ひとしく〈霰〉を喜捨する。天の恵みをありがたく、つつしんで受けている姿がそこにある。

〈鉄鉢の中へも〉降りそそぐ〈霰〉のなかに自然の厳しさと恵みとを同時に見るところに、矛盾を発見する「弁証法の眼」がある。

ところで永田耕衣は、この〈霰〉を〈天空からの美しい贈物であり、はかない、喜捨物である〉ととる。そして、次のようにいう。

宗教的には無常迅速、眼前にその流転の様相をみせつけてくれる「霰」である。それは鉄鉢本来の使命からいえば、鉄鉢には無くもがなのものである。然し、「鉄鉢の中へも」降りこんで、鉄鉢は元より、これを用いる托鉢僧の存在自身もまた、「無」であることを啓示するかのように、鉄鉢の中で躍り消えてゆくアラレでもある。こうなると、もう、アラレが無用の用以上に、必須なものとして降りこんでくるごとく享受できる。

永田は、霰は〈鉄鉢本来の使命からいえば、鉄鉢には無くもがなのもの〉という。鉄鉢に喜捨を受けるのは米である。だからこそ、霰は無用のものである。そこで、永田は〈鉄鉢の中へ〉降りこむ〈霰〉を〈無用の用以上に、必須なものとして降りこんでくるごとく享受できる〉として、こう結論する。〈作者は、しずかに、大自然を洞察し、生命の根源にさかのぼり、自己を無にして、恍惚の境に入らざるをえない。いわゆる法悦の醍醐味を満喫することになる。〉

異色の解であるが、やはり私は作者の自解にもあるように、〈ありがたい筈〉、つまり、私流にいえば〈自然の厳しさと恵み〉ととりたい。この句の美とは、まさしく、このように矛盾を発見・止揚するところにある。

こんなよい月を一人でみて寝る

尾崎放哉《ほうさい》

〈こんなよい月を一人でみて寝る〉という一人で名月を独占する満足感、充実感。しかし、逆にいえば〈こんなよい月を一人でみて寝る〉という孤独感、寂寥感がある。矛盾する二重のイメージと感情が一つにとけあったものとしてこの句の味わいがある。そのことを異質な矛盾するものを止揚・統合する弁証法的美の構造と呼んでいるわけである。

このことを井泉水がこう評釈している。

「こんな好い月」とは誰でも口にいえようが、彼ほど本当に「こんな好い月」を見た者が果して幾人あろうぞ。彼はそれを自分で一人じめにしている満足、しかして、結局はその一人で寝るより外はない。ここに彼の人間性が顔を出す淋しさ。やっぱり人間。生きている淋しさだ。然し、此淋しい有難さ。

生きかはり死にかはりして打つ田かな

村上鬼城《きじよう》

〈生きかはり死にかはりして〉という上五と中七は生と死を対比してとらえると同時にくりかえし、つまり類比（反復）としてもみているのである。対比であると同時に類比であるところに対句あるいは対句的表現というものの本質がある。

鬼城にとって生死は一如、まさに対比であると同時に類比であった。〈ソレ死たるや、生物の生る丶と同時に、既定の事実にして、産着も京帷子も同じもの。〉（「杉風論」）と書いている。死出の旅に装う京帷子を産着も〈同じもの〉と認識するところに彼の死生観がある。

また、〈生きかはり死にかはりして打つ田かな〉という句には、自然と人生、また人間というもの、歴史というものが互いに相かかわりながら生死二元の対立・矛盾を止揚する弁証法的な連続相においてとらえられている。中里昌之は〈易の思想――陰陽思想が、鬼城俳句の構造の中核をなしている〉という。

矢島房利は、〈はげしい田打ち作業に従事する小百姓への共感に発した句〉であるといい、〈土にすがりついて生きる農家の縦に流れる時間〉〈日本の農民の負う暗く重い運命をつかむそのつかみ方〉を作者その人の境涯と重ね合わせ、〈自己同化的〉ととらえている。

また、大野林火は〈土に生きる農民の執着に共鳴しての作である。勿論、これは働いても働いても食うに困る小百姓の姿だ〉というが、むしろ、そのような〈小百姓の姿〉また作者その人の境涯をふまえながら、しかもそれを超えて、自然と人間のかかわりの悠久の歴史をこそとらえたいと思うがどうであろうか。

冬蜂の死にどころなく歩きけり　　村上鬼城

この句に感動した大須賀乙字が鬼城に書簡を送り自作一〇句の批評を乞うたという話がある。〈春寒やぶつかり歩く盲犬〉とともに鬼城の代表作と目されている。

高浜虚子はこの句について〈人間社会でもこれに似寄ったものは沢山ある。否人間其物が皆此冬蜂の如きものであるとも言い得るのである〉といっている。

しかし、〈人間其物が皆此冬蜂の如きもの〉というが、どのような意味において〈如きもの〉であるのかが問題である。

ところで、この句においても多くの評者は、作者の境涯に結びつけて、たとえば、次のように解釈する。

〈耳聾に悩み、憤り、子沢山の貧しさに耐え続ける鬼城の、対象に食い入る姿勢と執念が徹っ

ている。「生きる場所がなく」ではなく、「死ぬ場所がなく」はやりきれなく痛切である。〉（杉本旭）

杉本はさらに〈「冬蜂」の句のように弱者に対する思いがこめられた作品が多く、鬼城作品の一特色をなしている〉という。〈弱者に対する思い〉というとらえ方は、多くの評者に共通するものでもある。

大野林火は〈それはもうどうということはない、生きているから歩いているだけなのである。冬の寒さに堪えきれず、いずれは死ぬのは分かっているが、生きていることがこの蜂を歩かせているのだ〉〈作者のつよい同情を汲みとるべき非情の描写である〉という。

〈弱者に対する思い〉〈作者のつよい同情〉という大方の鑑賞、批評に対して私は異論がある。そもそもこの句は〈冬蜂〉であって、たとえば、蠅でもなければ、蝶や蛾でもない。ほかならぬ蜂である。〈詩は志〉であるとする漢詩の精神を是とする鬼城にとって、〈蜂〉とは、いわば志を抱いて時を得ず死所を求めてやまぬ、かりに人間にたとえるならば、〈死にどころ〉を得ない古武士の如きものといえようか。

〈冬蜂〉に対して、鬼城は〈弱者に対する思い〉をいだいているのではない。つよい共感はあれ、いささかの〈同情〉の念もあるはずがない。一剣をひっさげて立つ武者の如き蜂の勇姿を彿として〈冬蜂〉の、あくまでもしかるべき〈死にどころ〉を求めて生きつづける姿として見るべきではないか。

かかる意味において、私は中里昌之の次の言葉に共感する。

〈「死にどころなく歩く」冬蜂の「生きざまとの対決」をこそ、鬼城は限りなく悲しんでいるのである。そして、それが、鬼城自身の困難を極めた「生きざま」の投影であることはあらためて論ずるまでもない。〉

したがって、次のような山本健吉の解釈を私はとらない。

〈これも老残の身の感慨を托してゐるのである。彼の生物への愛情には、どこまでも自己憐憫の影がつきまとふ。かういふ点が鬼城の句の小乗性であり、世界の狭さでもあらう。あまりにも諦観に安住してゐるその生活感情には、やはりあるもどかしさが感ぜられる。〉

五月雨や起きあがりたる根無草　村上鬼城

秋桜子の解を示す。

夏も深くなって、門辺の草が伸びた家では、それを抜きとってしまったが、ただ乱暴に抜こうとするので、根の無くなったまま引き捨てられている。作者にはその草が、やはり神経をもつもののようで、かわいそうであった。（略）

ところが五月雨が降りはじめ、幾日か閉じこめられた夕方に、ふと空があかるく晴れたので、外に出て見ると、心を去らなかったあの根無草は、雨のために土に根を下したとみえ、元気よく起きあがって風にそよいでいるのであった。

なるほど、とは思う。が、それだけならば、この句を散文化したにすぎない。この句の美の構造にふれるところがない。

根無草を死の一歩寸前にまで追いやっているものは、実ははげしく降りつづく五月雨である。が、その根無草に〈起きあが〉る生命力を与えているものも、また、同じ五月雨なのだ。ここに自然の玄妙なる摂理（弁証法）を見たいと思う。

万緑の中や吾子の歯生えそむる

中村草田男《くさたお》

〈昭和十五年作。草田男の代表句として喧伝されている。子の句は妻の句とともに、草田男作句の別乾坤である。〉（山本健吉）

〈内在律の生動、絵画的構図、生命讃歌の思想など、草田男の作風の特色を発揮した代表作である。〉（香西照雄）

作者自身も〈「降る雪や明治は遠くなりにけり」と双幅のようなかたちで私の代表作とみなされている〉といい、その句集名を『万緑《ばんりよく》』と名づけている。

〈万緑〉とは、王安石の石榴詩の〈万緑叢中紅一点〉が出典。地上の満ちあふれるゆたかな生命力を暗示する言葉であり、従来の季語〈新緑〉よりも景が大きく力強い。語調も高い。夏の季節を通して用いられ、初夏、仲夏、晩夏を通ずる三夏の季語となっている。草田男の〈万緑の中や〉によって一躍有名になり、以後、〈万緑〉は季語として定着。この季語によるいくつかの佳句が生まれている。〈季題の一つも発見したら手柄〉と芭蕉はいう。その面目をこの句は草田男にもたらしている。

〈何よりこの句がすぐれていて万人の愛誦句となったことが、季語として成立したゆえんである。〉（大野林火）

〈「万緑」を季語として確立した功績は草田男に帰すべきである。〉（山本健吉）

この句について、山本健吉の行き届いた解釈がある。

「万緑の中や」――粗々しい力強いデッサンである。そして単刀直入に「吾子《あこ》の歯生えそむる」と叙述して、事物の核心に飛び込む。万緑と皓歯《こうし》との対照――いずれも萌《も》え出ずるもの、熾《さか》んなるもの、創り主の祝福のもとにあるもの、しかも鮮やかな色彩の対比。翠《みどり》したたる万象の中に、これは仄《ほの》かにも微かな嬰児の口中の一現象がマッチする。生命力の讃歌であり、勝利と歓喜の歌である。

〈万緑と皓歯との対照〉〈鮮やかな色彩の対比〉は多くの評者が言及するところである。また、万緑という大景から吾子の歯という小さいものへと焦点をしぼった対照の妙に触れた評も多い。一例として大野林火の評釈をひく。

生命力の謳歌がこの句だ。四囲を緑一色にする青葉、若葉を背景に、このみどり子に生えそめた前歯は生命力そのものである。青葉、若葉が樹木の生成する生命の具体的発露と同じく、この生えそめた前歯はみどり子の行末長い成長の具体的発露である。しかも、緑と白の対照の見事さ。「ばんりょくのなかや」の重々しい詠い出しの語感も壮重感を与えて文句ない。

音律や切れ字の効果にかかわって、次のような分析がある。

・「万緑の中や」と中七の途中で切れめを置いたために、一句に重厚な印象が生まれ、「吾子の歯生えそむる」という下句との関係が、八音と九音の均衡で対比された。一面の緑の中の白一点という対照もさることながら、みずみずしく生い育っている幼い生命と、これを取り囲む、たくましい自然の生命との相互映発がいっそう効果的に発揮されている。（小

室善弘）

・〝はえそめぬ〟と完了形で説明せず、〝はえそむる〟と生成の持続感を出していること、また〝なかや〟と明るいa母音を重ねてゆき、父たる喜びを上昇的に盛りあげ、〝や〟で頂点に達せしめていることに注意したい。なお、この〝や〟の切れ字の後には、ふつうの〝や〟のような長い間がない。感動高潮の一瞬間を定着する〝や〟で、次の〝吾子の歯生え初むる〟と連続している。内在律がよく生かされ、声調の点でもすぐれている。（香西照雄）

この句の分析、解釈、鑑賞は以上の諸家の言に尽きていると思われる。

ただ、ここに美の観点から、あえて付言すれば、〈万緑〉との照応において〈吾子の歯〉を〈吾子の葉〉に懸けて読んでみることはできないか。

すべての草木が青々と萌え茂る夏。みどり児の愛らしい白い歯が生えそめる。まるで、それは万緑の（自然の）生命力そのものが、緑（みどり児）の若々しい葉（歯）となって萌えはじめ（生えそめ）た――とでもいえそうな趣きである。いや、そう読むことが、この句をいっそう味わい深いものとするのではなかろうか。諸家の評に眼を通していて、小室善弘の次の一文に出会って我が意を得たりの感があった。

〈また、若葉も歯も同じく生成する生命の一片とする考え方も反映している。「新緑の中」と

せず「万緑の中」としたのは、子の歯を万緑中の一緑というふうに感じたからだ。〉

〈万緑中の一緑〉とは言い得て妙。脱帽する。

この句において〈緑〉と歯の〈白さ〉が単に色彩の対比としてあるばかりではない。〈万緑の中に〉その生命力を受けて、みどり児の白い歯（葉）が萌えいずるイメージを白と緑という異質な矛盾するものを止揚して味わうべきであろう。

また、愛くるしい、小さな白い歯が〈万緑の中〉にあって青々と染めなされているような錯覚さえ覚えるではないか。緑の葉ならぬ緑の歯である。

さて、ここまで読みすすめてこられて、読者は、文芸における（俳句における）美とは、読者がその異質な矛盾するものを発見し、かつ、それを止揚・統合するという弁証法的な認識の結果として体験されるものであることを理解されたと思う。

したがって、美の発見、美の認識・体験は一歩ふみちがえると、いわゆる「こじつけ」に陥る危険性もないではない。読みすぎということにもなる。

〈危うきところに遊ぶ〉とは、ひとり作者の側のみにあてはまることではない。なぜなら読者もまた創造するものであるからだ。それは文芸が虚構であるという本質にもとづいている。虚構の世界（文芸）とは作者によって意味づけられ、また読者によっても意味づけられるものであるからだ。

「万緑の」句についての私の読み（解釈・鑑賞）が、読者諸士の納得をえられたかどうか。

つまりは、私の読みが創造的でありえたか否か、ということである。

しづかなる力満ちゆき螇蚸とぶ

加藤楸邨

楸邨は戦後四年程胸を病んでいたが、この句は病苦を克服した、その頃の句である。作者自身の自注がある。

晩秋の庭を歩けるようになって螇蚸を見た。私の気配でちょっと居向きをかえる。そしてじっと動かない。明るい朝日がようやくその羽や足をぬらしはじめる。動かないのは力が抜けているのではない。しづかに全身に力がたまっていくという感じだ。私はいつかこの小さな螇蚸の上に息をひそめて目をこらした。

平凡だが病苦を克服したというよろこびをえたときの作である。

自注にあるとおり〈力満ちゆき〉とは、螇蚸《ばった》の〈全身に力がたまっていく〉ということであり、したがって、この句の解釈もまた次のように、〈螇蚸が飛び立とうとする直前の、鋭角に折り曲げた脚に、エネルギーが蓄積してゆく充実感を、実にゆったりとした貫禄のある云い方で一句に仕立てていると思う〉となる。螇蚸の身の内に〈エネルギーが蓄積してゆく充実感〉としている。つまり作者の自注をふまえたものでしかない。

しかし、〈力満ちゆき〉を、このように対象のがわの螇蚸の内にみるだけならば、ただそれだけの句になってしまう。むしろ、そのような対象をじっと〈息をひそめて目をこら〉しているこちらのがわの身体に〈力満ちゆ〉く緊張感をとらえてこそ、この句を自他一如とする弁証法的美の構造の発見となるのではないか。

〈充実感〉は、対象の螇蚸のがわにではなく、作者のがわ、いや読者のがわにひきおこされるものであるはずだ。

この句は逆に、対象をみつめているこちらがわの〈しずかなる力満ちゆ〉く緊張感、充実感を対象に感情移入した句ととるべきであろう。ただ単に対象を描写したとみるべきではない。

この句が近代的素材と近代的技法とによってもたらされたものであることを指摘したい。芸術における美は常に、〈新しさ〉ということが問題になる。さらに芸術における美の新しさは、素材の面と技法（表現方法）の面において問われるものである。

夏の河赤き鉄鎖のはし浸る

山口誓子

自注に〈「赤き鉄鎖」は、朱塗りの、鉄の鎖だ。錆止めの朱いペンキを塗られた鉄の鎖だ〉〈その鉄鎖は、船の鎖となって、海中に碇を垂らすかも知れぬ。いまは地上に横たわって、そのはしを川に浸しているのである〉とある。

この句の解釈の一つを次に引用しておく。

ギラギラと輝く真夏の太陽は河の水さえ沸きたたせるかと思うほどである。都会を貫流する運河。この黒ずんだ水に赤錆びた鉄鎖のはしが垂れて浸っているというもの。確かな存在感とともにドキリとする不気味さがある。

〈確かな存在感とともにドキリとする不気味さがある〉というが、なるほどと思う。しかし、なぜ〈確かな存在感とともにドキリとする不気味さ〉を受けるのか、そのことの秘密を解きあかしてくれなければ、しょせん、印象批評にすぎぬ、といわれよう。

〈確かな存在感〉とは、〈夏の河〉〈赤き鉄鎖〉という強烈なイメージの対比によるものであろうが、何故〈ドキリとする不気味さ〉を感じるのか。その秘密は、ほかならぬそれが〈赤き鉄鎖〉であるからではないか。自注にあるとおり、素材としての鉄鎖は、〈朱塗りの、鉄の鎖〉である。〈錆止めの朱いペンキを塗られた鉄の鎖〉である。

しかし、この句における〈赤き鉄鎖〉は、この現実をふまえながらそれをこえた存在となっている。句中の〈赤き鉄鎖〉はすでに〈錆止めの朱いペンキを塗られた鉄の鎖〉ではない。日常性、現実をこえて非日常化、非現実化されたいわば血の色を思わせる〈赤き鉄鎖〉であり、だからこそ、それは、読者私に、衝撃を与え、ある〈不気味さ〉を感じさせるのだ。

〈鉄鎖〉は文字どおり鉄の鎖である。それは、何者かをかたくしばり、つなぐイメージをもっている。この〈赤き鉄鎖〉は〈夏の河〉にその〈はし〉を〈浸〉すことによって、逆に〈夏の河〉をひきつなぎかたくしばる存在と化す。そこに〈不気味さ〉の正体を私は見る思いがする。

西東三鬼は、この句について、「ピストル」や「枯園」の句とともに烈しい衝撃を受けたとし〈私の俳句的中核はこの三句にある〉〈就中「夏の河」の一句は、誓子俳句の一千余句から一句だけ選べと命じられた時、今日たちどころに私が振りかざすであろう一句〉と激賞している。

冬河に新聞全紙浸り浮く

山口誓子

「夏の河」の句が出たついでというわけではないが、〈冬河〉の句をあげる。

詩人小野十三郎は、この句を誓子の代表句として推奨している。

句意は、いまさらに述べるまでもないと思うが、作者の自句自解の文章があるので、その一節を引用する。（桑名の揖斐川畔での句。〈揖斐川は、冬も水量がたっぷりあって、いい河だ〉

とあって）

その水面を見ていたとき、大きな矩形のものが浮いていた。よく見ると、新聞紙で、それも二頁つづきの全紙が浮いていたのだ。その大きな新聞紙は、水にずぶ濡れて、沈まずにいた。

水に浸って且つ浮いている新聞紙は、みずからの局限を示して、そこにあったのだ。

そんな新聞紙の浮いているこの冬河は、こころ憎い河だ。

作者は〈水に浸って且つ浮いている新聞紙は、みずからの局限を示して、そこにあった〉という。〈みずからの局限〉とは、そもそも如何なる意味か。解せない。

ある評者は、作者のいう〈水に浸って且つ浮いている〉ということを受けて、〈この句の場合「浸り浮く」〉というメカニックな把握と知的構成に特色があり、誓子俳句の一つの典型を見ることができる〉と評する。

私には〈浸り浮く〉が何故〈メカニックな把握と知的構成〉であるのか、これまた解せない。俳句に門外漢の私には、これらの俳書のほとんどが印象批評にとどまり、なぜ、そのような印象を受けるのか、そのことについての説明のないのがもどかしい。それとも、それは、読者の想像にまかせるということなのか。

誓子は〈私は俳句にまず「取り上げ」を要求する〉〈つぎに私は「関係づけ」を要求する〉こ

の〈関係づけ〉の中に、〈内面的構成〉があり、この知的働き、即ち〈分析〉と〈総合〉とを〈或る瞬間に一挙に成し遂げる〉ことであるとし、これは決して〈頭のでっち上げ〉ではないと説いている。

この誓子の主張を受けて、先の評者は、〈浸り浮く〉に誓子のいう〈内面的構成〉をとらえたのであろう。そのことは前述の作者の自解の〈水に浸って且つ浮いている〉という一節ともかかわるものであろう。たしかに〈浸り〉ながら〈且つ〉〈浮く〉というところに、ある〈関係づけ〉〈内面的構成〉をみることはできるし、それは、それとしておもしろかろう。

だが、私は、この句において、これはほかならぬ〈新聞全紙〉であることに注目したい。これは、たとえば、デパートの包み紙などではないのだ。そもそも〈新聞全紙〉とあれば、そこに読者は何をイメージするであろうか。この世の中のありとあらゆるホットな事件を満載しているのが〈新聞〉である。いまでいうなら湾岸戦争のニュースから、政治経済面の動向、いや市中の火事や泥棒や、なかには色恋沙汰の刃傷事件もあろう。

これらもろもろの事件を〈全紙〉にくりひろげながら、冬の厳しく凍れる河に、〈浸り浮く〉のである。一切のホットな世相がそのまま凍るような〈冬河〉に〈浸り浮く〉ところに、この句の異質、異次元のものが止揚・統合された虚構の世界のおもしろさ（美）を私は発見する。誓子の〈内面的構成〉を私流に解すれば、以上の如きものとなる。

この句の評に、これがほかならぬ〈冬河〉であり、また、ほかならぬ〈新聞全紙〉であることの芸術的必然性を論じたものがないのは、なぜであろうか。

一つ根に離れ浮く葉や春の水　　高浜虚子

有体にいえば、〈一つ根に〉つながり〈浮く葉〉というべきである。

しかし、これでは理に落ちてつまらない。一つ根につながりながら、〈春の水〉の水面では互いにまったくかかわりない顔をして〈離れ浮く〉水草のありようがおもしろいのである。

〈一つ根に〉のあと、五・七・五という定型の必然から作者は「つながりながら」を省略して、ただちに〈一つ根に離れ浮く〉と奇妙な措辞を試みた。〈つながり〉ながら〈離れ〉るという矛盾を止揚したところにこの句の美（おもしろさ・味わい）が生まれたのである。

五・七・五の定型がはからずも作者の筆を、かかる矛盾、つまり美の構造へみちびいたとも考えられる。人はこれを〈定型の恩寵〉という。

坪内稔典はそのことを、〈「一つ根」の句において、自然は俳句形式に奪略されて、この作品の中に存在している。それは虚子の肉体が触れた自然ではなく、俳句への転移をとげた自然である〉という。〈俳句への転移をとげた自然〉とはいい得て妙。

ただ、坪内の尻馬に乗って私流にいい換えれば、「虚子の肉体に触れた自然でありながら、俳句への転移をとげた自然」としたい。矛盾を止揚するところに美を発見するということである。

やはらかに金魚は網にさからひぬ

中村汀女《ていじょ》

いかにも女流俳人の句よと感銘させられる。

〈やはらかに〉というのは、〈金魚〉の〈さから〉うさまのみを、いっているのではない。〈網〉もつこちらがわの手の振舞いをも〈やはらかに〉と言外にほのめかしている。

やさしい思いやりの心で〈やはらかに〉すくいとろうとする手（〈網〉）の動きに〈さからひ〉ながら、この〈金魚〉は、それに身をゆだねているかのようなところがある。

作者の自注に〈小さな網に乗せられまいとして、鰭を動かし尾を動かす金魚の、いささかの抵抗が、かなしかったのだ。さからいつつも、彼女の、例のまるまっちいからだは、すでに手網の上にさらされているのだった〉とある。

〈いささかの抵抗が、かなしかった〉という思いが、〈やはらかに〉という手の、〈網〉の動きともなり、また〈金魚〉の〈やはらかに〉〈さからひぬ〉ともなる。

この句に艶《えん》なるものを感ずるとすれば、ひれふる（金魚）の姿態に優雅な、万葉の時代、あるいは、華麗な江戸の時代の女人たちのなまめかしい俤を見るからであろうか。

〈さからひぬ〉という一語に、〈さからひ〉ながらも身をゆだねる〈金魚〉の心の矛盾を私は見たい。

乳母車夏の怒濤によこむきに　　橋本多佳子

能村登四郎はこの句について次のように情景を説明する。

海の砂浜に乳母車《うばぐるま》が置かれています。中には無心に眠っている嬰児がいるだけで、付きそっているはずの母親の姿は見えません。海は荒れ気味で、沖には無数の白波が立っているのです。しかし、乳母車の嬰児は目を覚まそうとはしません。この句は怒濤《どとう》に対して「よこむきに」という乳母車の角度がはっきり示されています。乳母車と海との距離は、そんなに近いものではないらしいのですが、この一句では、乳母車にかぶせるようにして、夏の怒濤がまるでモンタージュ写真のように見えるところに一つの孤絶感があるのです。

金子兜太は、

明るい海の怒濤、渚にある――いやもっと離れていてもよい――乳母車。この二つの対置によって、もやもやとした感銘をよびおこすやり方を、〈二物衝撃〉などと言うが、このもやもやとした、しかし、その奥にすかっと割り切れた核のある雰囲気が美しいのである。色彩もあり、ロマンスもあり、心情の調べもある。それらの織りまじった雰囲気――そして、けっきょく明るい哀愁《ペーソス》。

として、〈二物衝撃〉論を展開する。

いわゆる〈二物衝撃〉の句、つまり芭蕉いうところの〈取合せ〉ということであろう。〈夏の怒濤〉を自然のたけだけしい力の象徴ととるならば〈乳母車〉は、それと対比をなす力弱いものの象徴となろう。しかし、この句は〈よこむきに〉とある。〈乳母車〉は単にか弱いものとして〈夏の怒濤〉に対比されているのではない。むしろ、あるやすらぎのイメージとして〈よこむき〉に〈夏の怒濤〉と向いあっているといっていい。とすると、〈夏の怒濤〉も単にたけだけしい力の象徴としてだけでなく、〈乳母車〉に軽くいなされている感じがないではない。この句の〈乳母車〉も、〈夏の怒濤〉も二様、三様のイメージを生みだし、それが互いに異質であることで矛盾の構造を生みだしてくる。

ここで、注意すべきは、〈乳母車〉と〈怒濤〉は現実の次元、日常性の世界にあっては、何らの事実上の関係はないということである。にもかかわらず、この両者はイメージの上でぬきさしならぬ相関関係におかれているのである。

したがって〈二物衝撃〉といってもイメージとイメージとの間における〈衝撃〉であることを銘記すべきである。

六月の女すわれる荒筵

石田波郷

はじめてこの句を前書も解説もなしで「裸」のままで読んだときの印象は、ルノワール描くところの官能的な裸婦のイメージであった。ただ、ちがうところは、その背景が西欧的なものではなく、〈荒筵〉に焦点化された日本の農家の土間か庭のようなところである。女の肌のやさしさと、あらあらしい荒筵の対比。しかも、いずれにも野生的なものが共通する、いわば同質でありながら、かつ異質であるイメージの交錯、拮抗のおもしろさであった。(異質なものを止揚・統合する美の構造)

しかし、前書や作者自注の文章や、諸家の解説、評釈の類を読むに及んで、私の受けとったこの句のイメージと美の構造が、これらの文章とだいぶちがうことに驚いた。

それらの文章のうち、いくつかを列挙する。

村沢夏風は、いう。

「まだ整理もつかず、帰り住む人もない焼跡には青草が芽吹き緑をひろげた。焼焦げた立木の根から迸しるやうに蘖が出た。ぽつぽつバラックが立ち、痩せ蒼んだ人々の貧しい生活が始まってゐた。」また後句「六月の女――」には次の自注がある。「焼跡情景。一戸を構へた人の屋内である。壁も天井もない。片隅に空缶に活けた沢瀉がわづかに女を飾ってゐた。」すなわちこれらの句はそうした世相なり状景が背後にあることを参考にしなくてはならない。

村沢は〈これらの句はそうした世相なり状景が背後にあることを参考にしなくてはならない〉という。一句成立の〈背後〉の状況を〈参考〉にするのはいいとして、〈参考にしなくてはならない〉と断言されると、門外漢の当方としては、迷惑する。小説や詩などを一人の読者として読むときに、このような強制を受けることは、まず無いといっていい。何故俳句にかぎって、このような条件が付けられるのか。短詩形であることの宿命とでもいうことなのか。なぜ、一句自立したものとして扱えないのか。作者自注・自解が、「優先」する俳句界の傾向も、この辺りに由来するのであろうか。

有富光英も、次のように主張する。

この六月は毎年確実におとずれる抽象的な六月ではない。戦終ってまだ一年もたっていない昭和二十一年の、戦禍の困窮からようやく日常生活を取りもどそうとしているときの六月である。しかし瓦礫の集積場のような空襲の焼跡はそのまま放置され、庶民は食糧難、住宅難に追いまわされていた。

「焼け跡情景。一戸を構えた人の屋内である。壁も天井もない。片隅に、空缶に活けた沢潟がわずかに女を飾っていた。」（「波郷百句・自句自解」）

一戸を構えたとはいっても掘立小屋同然のものであったろう。荒筵の上に座っている女、もちろん子供や老人ではない。茅屋に沢瀉を活ける風情も持ちあわせている。しかも環境にめげないしたたかな女性が彷彿としてくる。

有富は、〈この六月は毎年確実におとずれる抽象的な六月ではない。戦終ってまだ一年もたっていない昭和二十一年の、戦禍の困窮からようやく日常生活を取りもどそうとしているときの六月である。〉というが、それは、作者自注を読んだ読者にしかいえないことである。この句〈六月の女……〉自体からこのような解釈をひきだすことは不可能である。ましてや、この〈女〉が〈茅屋に沢瀉を活ける風情も持ちあわせている〉といわれると、何をかいわんや、である。

他の解も自注の〈焼け跡情景……云々〉の文章に即しての解釈がほとんどである。たとえば、森澄雄も、次のように書く。

時は蒸し蒸しする六月の暑さ、焼跡に、燃えさしの材々《きぎ》を集めてこしらえた掘立小屋、調度とて何一つない薄暗い屋内に荒筵《あらむしろ》を敷いて女がひとり座っていた。夜道に男に遭うよりは女に遭う方が恐い。それとは違うが、この場合それが女だけに一層凄《すさ》まじいのである。悲惨な敗戦国の焦土の生活、もちろんこの女は怪しい女ではない。

この句のなかの〈女〉が、〈一層凄まじい〉といわれても、なるほどとうなずけない。むしろ、大野林火の次のような解のほうが私にはまだしもなるほどとうなずける。

女は成熟しきった女であろう。その肉体をさいなむような荒筵の触感、さらにそれをつつむ六月の蒸し暑さ。秋元不死男がこの句を「嗜虐的美感」といったということであるが、それもあろう。しかし、この句の読後に残るものは頽廃よりも、不思議なすがすがしさだ。波郷という人間を通ると、すべてが、かくすがすがしくなるのである。

自注にひきずられている面があるにしても、この一句そのものがひきおこすイメージをすなおに表現すれば、〈女は成熟した女であろう〉と想像され、〈女の肉感と荒筵の触感とのかもし出す情感〉そして秋元不死男のいう〈嗜虐的美感〉といったふうになるであろう。

ついでに、山本健吉の解を引用する。

「女すわれる荒筵」で、バラックか掘立小屋か、侘しさを通り越したすさまじい貧寒さが浮んで来るであろう。そこに一人の女を点在させて、作者のイメージの焦点ははっきりして来る。大胆に女と言っただけで、何の説明も加えていない。だが、それだけで、殺風景な茅屋にある匂いを発散させるのである。作者の眼は「空缶に活けた沢瀉」を目ざとく捕えたのであるが、それも思い切って捨ててしまう。女そのものズバリでよかった。女とはもちろん老婆や少女ではない。時は蒸暑い六月である。「六月の」に小休止がある。

これまた、作者自注に即した解である。自注をぬきにしては成立しない解といってもいい。なぜ、かくまでも俳句の解釈というものが作者自注に左右されるのであろうか。くりかえすが、自注・自解を参考にするのは、いい。しかし何よりも成心なく作品と対峙し、作品そのものに即しての印象より出発すべきではないか。

その点で、私は、この句にかかわっての坪内稔典の次のような読みの姿勢を全面的に支持するものである。

たとえば、「六月の女すわれる荒筵」だが、この作品を介して、ぼくは、幾度となく女の存在というものを考えてきた。ぼくがこの作品によってそんなことを考えたのは、この作品の言葉の力に強いられたのだと思う。六月の女という抽象的な言葉が、荒筵と結びつき、そして放ちはじめる濃密なリアリティは、いささか説明がむつかしいが、眼前の景を否定して、言葉が獲得した現実が出現しているのだと言っておこう。

もちろん、坪内も自注を読んでいるはずである。しかし、にもかかわらず、彼は、先に列挙した諸家の解とちがって、次のように主張する。

波郷はこのような眼前の景に触発されてこの作品を書きあげたのであるが、彼が眼にした風景とこの作品に出現した風景には、なんと大きな差異があることだろう。きわめて言葉数《かず》の少ない俳句において、書くという行為がことさらに重視されなければならないのは、右のような差異が書くという行為によって生じるものだからである。少なくとも、作品として出現した言語空間は、波郷が注を付けた焼跡風景にとどまっていない。そういう眼前の景は否定されているのであり、そのことによって、作者の認識や志も変容されて、作品世界に再誕する。詩歌が、その本質において人の「自由」にかかわるものであるのは、その言葉が再誕する言葉であり、人の意識の根底をさらけ出し新しい体験をもたらすからである。

くどいようだが、坪内の立言を、再度、抜き書きしたい。

・彼（作者）が眼にした風景とこの作品に出現した風景には、なんと大きな差異があることだろう。

・作品として出現した言語空間は、波郷が注を付けた焼跡風景にとどまっていない。
・眼前の景は否定されているのであり、そのことによって、作者の認識や志も変容されて、作品世界に再誕する。

以上の立言は、私の虚構論を別ないい方で「解説」してくれていると思われるほどである。これまた、くどくなるが、あらためて私の虚構の定義を再度引用する。

・虚構とは現実をふまえ、現実をこえるところに成立する世界である。
・現実と非現実を止揚・統合するところに虚構がある。
・日常的な意味をこえて深い意味（象徴的な意味にまでいたる）を生みだす方法が虚構の方法である。
・文芸における美とは虚構された美である。（略して虚構の美という。）したがって、文芸における美とは、意味づけられた美といえよう。
・虚構とは、作者によって意味づけられ、かつ、読者によっても意味づけられるものである。（読者も創造する——という）
・解釈の多様性と相対性は虚構の本質に由来するものである。

以上、箇条書に私の虚構論を解説したが、このような虚構論の立場から、次の坪内の「俳句の片言性」についての説は全く同感である。坪内は別なところで子規の「蕪村句集講義に就きて」の文章について触れながら、こう主張する。長文にわたるが、あえて引用する。

子規はそこで、俳句は読者の知識や趣味によって、実にさまざまな読み方がされるのだと言う。そのために俳句は、深遠とか神秘に見えたり、あるいは難解と見えたりする。俳句そのものは神秘でも難解でもないのだが、いろんな読み方ができるために、ついついそんな印象を与えるのである。しかも、俳句は〈簡単に過ぎて其意を尽さざる〉形式である。つまり、一種片言に近い形式であるために、いっそういろんな読み方を誘い出す。以上のように述べた子規は、次の言葉でその文章を結んでいる。

これ実に俳句の欠点なり。而して俳句の長所亦こゝに存す。

俳句という小さな詩型は、作者の思想や感情を十分には表現しきれない。片言的な形式であるために、読者のいろんな読み方を誘い出す。作者の個性や思想の一貫性を重んじる近代の文学としては、それはあきらかに欠点である。しかし、その欠点（短所）が実は俳句の長所なのだと子規は言うのである。

さきに引いた「新体詩抄」以来の否定論は、形式の短小さを否定の論拠にしていた。ところが子規はそれを、桑原の言う〈芸術品としての未完結性すなわち脆弱性〉を、俳句の長所としてとらえていたのだ。片言的な言葉（俳句）をめぐって読者のいろんな読み方がぶつかり合い、ときには作者の意図をも超えて作品が成り立つ共同の場のあり方が、子規を魅了していたのだと言ってもよいだろう。

坪内自身、〈読者のいろんな読み方がぶつかり合い、ときには作者の意図をも超えて作品が成り立つ共同の場のあり方〉を希求しているといえよう。坪内のいう〈共同の場〉こそが、私のいう読者が作品と対話するなかに出現する〈虚構の世界〉なのだ。そして、美の構造とは、実はそのような〈共同の場〉〈虚構の世界〉の弁証法的な構造であるのだ。

坪内のいう俳句の〈片言性〉とは私の言葉でいえば〈虚構性〉ということにあたる。作品は閉ざされた世界ではなく、主体的な読者にむかって開かれた世界である。作者と読者（複数）によって、つねに生々発展創造されつづける世界である。〈読者も創造する〉と私がいうのもまた、同じような意味である。私は主張する。

〈名句を名句たらしめているのは読者である。〉

糸瓜咲て痰のつまりし仏かな
痰一斗糸瓜の水も間に合はず
をとゝひのへちまの水も取らざりき

正岡子規

正岡子規、絶筆三句である。

弟子の碧梧桐編『子規言行録』に碧梧桐の「絶筆」という文章にこの句の成立事情を詳述しているので長文であるが引用する。

明治三十五年九月十八日。亡くなる前の日のことである。

――妹君は病人の右側で墨を磨って居られる。軈て例の画板に唐紙の貼付けてあるのを妹君が取って病人に渡されるから、何かこの場合に書けるのであらうと不審しながらも、予はいつも病人の使ひなれた軸も穂も細長い筆に十分墨を含ませて右手へ渡すと、病人は左手で板の左下側を持ち添へ、上は妹君に持たせて、いきなり中央へ、

糸瓜咲て

とすら〳〵と書きつけた。併し「咲て」の二字はかすれて少し書きにくさうにあったのでここで墨

をついで又た筆を渡すと、こんどは糸瓜咲てより少く下げて
　痰のつまりし
まで又た一息に書けた。字がかすれたので又た墨をつぎながら、次に何と出るかと、暗に好奇心に駆られて板面を注視して居ると、同じ位の高さに
　仏かな
と書かれたので、予は覚えず胸の刺されるやうに感じた。書き終って投げるやうに筆を捨てながら、横を向いて咳を二三度つづけさまにして痰が切れんので如何にも苦しさうに見えた。妹君は板を横へ片付けながら側に座って居られたが、病人は何とも言はないで無言である。又た咳が出る。今度は切れたらしく反古で其痰を拭きとりながら妹君に渡す。痰はこれ迄どんなに苦痛の劇しい時でも必ず設けてある痰壺を自分で取って吐き込む例であったのに、けふはもう其痰壺をとる勇気もないと見える。其間四五分間たったと思ふと、無言に前の画板をとりよせる。予は無言で墨をつける。今度は左手に画板を持添へる元気もなかったのか、妹君に持たせた儘前句「仏かな」と書いた其横へ
　痰一斗糸瓜の水も
と「水も」を別行に認めた。ここで墨をつぐ。すぐ次へ
　間にあはず
と書いて、矢張投捨てるやうに筆を置いた。咳は二三度出る。如何にもせつなさうなので、予は以前に増して動悸が打って胸がわくわくして湛らぬ。又た四五分も経てから、無言で板を持たせたの

で、予も無言で筆を渡す。今度は板の持ちかたが少し工合がわるさうであったが、其儘少し筋違に

をふらひのへちまの

と「へちま」は行をかへて書く。予は墨をここでつぎながら、「ふら」の字の上の方が「ふ」の字のやうに、其下の方が「ら」の字の略したもののやうに見えるので「をふらひのへちまの」とは何の事であらうと聊か怪みながら見て居ると、次を書く前に自分で「ひ」の上へ「と」と書いて、それが「ひ」の上へはひるもののやうなしるしをした。それで始めて「をととひの」であると合点した。其あとはすぐ「へちまの」の下へ

水も

と書いて

取らざりき

は其右側へ書き流して、例の通り筆を投げすてたが、丁度穂の方が先きに落ちたので、白い寝床の上へ少し許り墨の痕をつけた。予は筆を片付ける。妹君は板を障子にもたせかけられる。しばらく病人自身も其字を見て居る様子であったが、予は此場合其句に向って何といふべき考へも浮ばなかった。がもうこれでお仕舞ひであるか、紙には書く場処はないやうであるけれども、又た書かれはすまいかと少し心待ちにして硯の側を去る事が出来なかったが、其後、再び筆を持たうともしなかった。

ついでに〈へちま〉前後の事情について室岡和子の要を得た解説があるので借りる。

へちまの水は化粧水として又痰切りの薬として用いられ、特に仲秋の名月の晩に採ったものはよく効くとされ、前年までは律の手によって一升瓶に採られ、時に子規も服用したのである。最もこの末期症状にききめなど期待できるものではなく、ことにこの年の仲秋は病状の悪化で、とてもへちまどころではなく水を採ることもできなかった。

「へちまの水も取らざりき」という単なる事象の表現の裏に自分の危篤とそれに伴う家内の慌しさ、そして重苦しい緊張が彷彿する。例年自分のために準備されたものが今年はかなわなかったという一事は、子規にとってはもう先がないことをも暗示する。

辞世の三句、内容からいえば「をとゝひの」「痰一斗」「糸瓜咲て」の順になるべきで、数日前、心に刻んだ糸瓜と片時も離れない痰の苦しさから成った。虚子はたまたま居合わせなかったためか終生この辞世三句を認めていない。

子規は翌十九日午前一時没。夜伽の母も気づかないまことに静かな死であった。田端の大龍寺に埋葬された。

斎藤茂吉はこの句を〈子規一代の秀句の一つ〉と評し、芭蕉の辞世の句〈旅に病んで夢は枯野をかけめぐる〉と比べて、いう。

割合に意識の濁らなかった芭蕉が、一句をつくれば、夢をいひ、枯野をいふ。麻睡剤のためにうとうととし勝ちな子規が辞世の句をつくれば、仏と詠じて居りながら、「痰のつまりし」といふ。この娑婆的なところが、子規文学の特色でもあり、写生の妙諦でもある。そして、この娑婆的、現実的現象の追尋がおのづからにして永遠に通じ、彼岸界にもつながるので、子規が残した傑作の幾つかは即ちそれなのである。

茂吉の〈娑婆的、現実的現象の追尋がおのづからにして永遠に通じ、彼岸界にもつながる〉というのは、私の主張する〈卑俗・卑小・卑近なるものの超俗化〉、あるいは〈日常の非日常化〉、あるいは〈現実をふまえ現実をこえる〉——ということである。（第2章〈虚構としての俳句〉参照。）

さらに茂吉は第二、第三の句について、いう。

二の「痰一斗」などのいひざまの豪快な筆法は、やや漢詩流だなどといふかも知れぬが、「間にあはず」とは蕪村といへどもつひにこれをいひ得ないだろう。「痰のつまりし仏かな」は無量の哀韻があって、然かも現実的であり、客観的の仏であり、然かもすさまじからず、混乱せず、如是の力量は決してこれを芭蕉・蕪村に見出すことが出来ないとおもふが奈何。第三の句に至っては、その古雅幽玄の滲徹、これは畢境万葉を通過して来たものの作にあらずんば不能不可得だとおもふが、奈何。

〈「痰のつまりし仏かな」は無量の哀韻があって、然かも現実的であり、客観的の仏であり、然かもすさまじからず、混乱せず、……〉というとらえ方は、第3章の〈矛盾の発見・止揚〉で詳説している美の弁証法的構造のとらえ方そのものである。

茂吉は〈写生の妙諦〉という。虚子もまたこの三句について〈辞世の句となると、死の感想を陳べたものが多いが、この句は世を辞する時のただ事実を陳べた迄である。特に辞世の句と銘うったわけではないが、さう意識して句を認めたことはたしかである。併し唯其場合の写生句である。それがいかにも子規らしい〉という。

〈ただ事実を陳べた迄〉〈唯其場合の写生句である〉と虚子はいう。大野林火もまた、この三句について、〈おそろしい自己客観であり、子規らしく淡泊である。毅然たる精神の在りようだ。衰えなど微塵もない。ありのままを述べて心懐はふかく添うている。子規写生の窮極であり、三句とも絶唱というに吝でない〉という。

林火も〈おそろしい自己客観〉〈ありのままを述べ〉〈子規写生の窮極〉という。

茂吉、虚子、林火の評言のみをとりあげたが、ここには、これらの三句を〈子規の写生〉の〈窮極〉〈妙諦〉とする大方の見方が代表されているように思われる。

しかし私は、〈仏〉〈痰一斗〉などのなぞらえ、誇張、滑稽化は、まさに洒脱、俳諧の境地であって、いわゆる写生を深くつきぬけたところのものではないかと考える。

参考までに、二、三、諸家の解を引用しておく。

・一句は庭の糸瓜がつぎつぎに花を咲かせていく季節、これを横に見ながら、痰をつまらせ臨終の床にあえいでいる自分はもはや仏になったも同然の身であることよ、という意。死を迎える自分を「仏」と見た子規のさめた意識、剛直な人となりをうかがわせる一語だが、ここには俳諧特有の諧謔的な視線も感じられ、苦境を、達観した態度で超越する意識もはたらいているかと思われる。（小室善弘）

・自分が薬用に用いていたへちま水、それももう余りききめがなくなって採らないでいるうちに、糸瓜は花をつけるようになった。そして、自分は痰がつまって苦しく、死が迫っている。いやもう自分は生きながら仏になっているのだという意味で、自己の死を淡々と見つめ、仏と見つめているところに「悟り」、至境といったものを見る事が出来よう。（松井利彦）

・平気で生きていることこそ悟りで、平気で死ぬことなど悟りでないと云い切った強靭さを示す。目前の死の受けとめ方である。自分を仏と捉え得る一種俳諧精神は苦の極をつきぬけ超脱の境の所産ともいえよう。（室岡和子）

・自分の死に顔をすでに静かに見つめている澄んだまなざしがある。子規をとじこめている苦痛の戦場である肉体から抜け出た、子規のもう一つの目がそこに感じられる。その目は、自分の破れ穴だらけの肉体を、自在に山川草木が吹き抜けているのを、じっと見ているように思われる。（大岡信）

・「痰のつまりし仏」というのは、死後の自分の姿を客観的にながめているんですが、こういう客観的な見方には、一種の余裕というかユーモアのようなものまで感じられるように思いますね。「痰一斗」という表現にしても、一種の誇張法、オーバーな表現ですが、そういう表現をするところに子規の余裕が感じられます。もしかしたら子規は、自分の死をもごく自然な造化の秘密、つまり自然の摂理としてみつめていたのかもしれません。（坪内稔典）

〈おそろしい自己客観〉（林火）、〈死を迎える自分を「仏」と見た子規のさめた意識〉（小室）、〈自己の死を淡々と見つめ、仏と見つめている〉（松井）、〈自分を仏と捉え得る〉（室岡）、〈子規のもう一つの目〉（大岡）、〈死後の自分の姿を客観的にながめている〉（坪内）と評者のすべてが、私のいう〈外の目〉による異化について述べている。

しかし、〈痰のつまりし仏かな〉は、私の虚構論、視点論の観点よりすれば、〈外の目〉による異化体験と〈内の目〉による同化体験のひきおこす異質なイメージ・感情を止揚・統合する弁証法的構造をとらえることで、この句の虚構された美を発見、認識、体験するべきである。

つまり、〈内の目〉の同化とは、〈痰のつまりし〉子規自身の窒息せんばかりの苦しみを読者もまず同化体験することである。この句の成立事情を述べた碧梧桐の文章中にも〈痰につまり〉苦しむ子規の様子に触れている箇処がある。

・横を向いて咳を二三度つづけさまにして痰が切れんので如何にも苦しさうに見えた。

・痰はこれ迄どんなに苦痛の劇しい時でも……云々。
・如何にもせつなさうなので……。
〈痰につまり〉〈せつなさうな〉子規自身の内面の苦しみをどれだけ同化体験できるかによって、それを〈外の目〉で異化し、つきはなし〈自己を客観化〉しその己れの姿を〈仏〉になぞらえるその俳諧精神のすさまじさ、そこに生れるユーモア・滑稽が、これらの矛盾を止揚・統合した独自の味わいを味わいうることになるのである。

〈外の目〉と〈内の目〉の異化・同化、つまり共体験のドラマは〈見る我〉と〈見られる我〉のドラマといってもいい。

おわりに

名句は作られるものではない。生まれるものである。

近代俳句の創始者正岡子規にしても、巨匠と呼ばれる高浜虚子にしても、駄句累々の山を築いているではないか。

名句とされる〈鶏頭の十四五本もありぬべし〉にしても〈滝の上に水現はれて落ちにけり〉にしても、作られたというよりも発見された、あるいは生まれたといったほうがいいように思われる。

これらの名句を名句たらしめているのは読者である。読者の発見によって、これらの句は名句として生まれかわったといえよう。名句の生まれる機微をある人は〈定型の恩寵〉という。ある人は、〈定型が生動した〉（坪内稔典）ともいう。

子規や虚子の如き天才的な力量をもってしても、理論によって意図的に名句を作りだすことは、まず考えられない。文芸学の理論も、そのことにかかわっては無力に等しい。

駄句の山の中から名句を発見するのは、多くの場合、いわば勘である。長年にわたる俳句修業の結果として身についた勘の鋭さによるものといえよう。

しかし、名句をまさに名句として確固たる地位をあたえるためには、名句を名句たらしめていることの理論的証明を必要とするであろう。

本書は、いわば、その役割をはたそうという試みの一つである。

たしかに〈定型の恩寵〉といい、〈定型が生動〉といい、名句誕生の機微を見事にいいあてている。しかし残念ながらそのメカニズムをまであきらかにしているわけではない。

なぜ〈定型〉が名句を生みだす秘密を秘めているのか。そこにいかなる「からくり」があるのか、そのことこそが今後あきらかにされねばならぬ重要な課題の一つであろうと思う。

結論を先どりしていうならば、五・七・五の定型は日本語の生理になじみやすいために、定型との安易な妥協によって今後もおびただしい駄句を大量生産しつづけるであろう。

しかし一方、定型は、散文化、日常化しようとする流れに歯止めをかけ、それを詩（名句）へと昇華させる力学がはたらく。作者と定型との間にひきおこされる創造のダイナミズムをかりに〈定型の力学〉と名づけておこう。

定型は定型であるからこそ、安易に流れやすい傾向をもちつつ、一方では散文化しようとするものに大胆な省略、屈折、重層……などの〈力学〉がはたらいてその幸運な結果としてここに名句を結晶させることになる。

この〈定型の力学〉を文芸学によってどこまで究明できるか、それが本書執筆の目的であった。

ところで、先の〈鶏頭〉の句にしても〈滝の上に〉の句にしてもその他、本書にとりあげた、また紙数の関係でたまたまとりあげることができなかった名句の数々にしても、多くの評者は口を揃えて、句姿、平明、素朴、単純化……という。芭蕉のいわゆる〈黄金を打ちのべたる様〉ということであろう。

たしかにこれらの名句の姿（形態）は、ひとたび眼にし、口に誦すれば、たちまち、こちらの脳裏に居ついてしまうほどの句姿（口誦性）をもっている。

しかし、これまで本書が分析してきたとおりこれらの名句の構造、機能は決して単純、平明あるいは平板なものではない。それは幾重にも屈折し重層し、互いにあらがいせりあがる複雑な、しかも矛盾をはらんでダイナミックに止揚・統合される弁証法的な構造をもっているといえよう。

それは一個の生命体オルガニズムに似ている。一粒の種子にたとえよう。外見（姿、形態）は砂粒と見まちがえるほどきわめて平凡である。

しかし、それはいかなる宝石も及ばぬ複雑微妙な生命発現の構造と機能を秘めていて、独得な輝きをはなち、それは一つのミクロコスモスでさえある。

名句も、また然り。私が名句は作られるものではなく、生まれるものであるというのは、そのことである。生命をもっている一粒の種子にも等しい存在である。

一粒の種子は芽を出し葉をしげらせ、花を咲かせ実を実らせるゆたかな可能性を秘めて、ひっそりとしてそこにある。

科学者が一粒の種子に生命の神秘をさぐるように、私は文芸学者として一句に、美と真の秘密をさぐろうとメスを入れてきた。願わくば、心なきメスさばきによってその生命をきずつけざらんことを。


いいわけがましいが、本書は〈美〉ということに焦点をしぼったために〈真〉のほうに言及するところがきわめてすくない結果になってしまったが、名句といわれるものは、対象の〈真〉を見事にとらえているものである。対象にむかいあった人間の心の〈真実〉をまざまざと反映しているものである。もちろんここでいう〈真〉とは科学でいうところの客観的〈真〉でないことはことわるまでもなかろう。

本書においては〈名句の美学〉という観点で、〈美〉の弁証法的構造に照明をあててきたが、いずれ、機会をみて、「俳句の思想」という観点で名句なるものの〈真〉と〈意味〉に照明をあててみたいと思っている。

たとえば〈赤い椿白い椿と落ちにけり〉（碧梧桐）は、たしかに〈印象明瞭〉な句で記憶に残る句であるが、「あるがままをあるがままに」いいとめただけの句である、という一方の批判もあろうかと思う。

しかし、この句は〈あるがままをあるがままにではなく〉いいとめてあるところに目をとめるべきである。本文に詳説したとおり、この句は〈落ちにけり〉という一点に焦点をあてながら過去・現在・未来の時空を一瞬にとらえている。この句が、虚構の時空を現出させたところに、この句のいわば哲学的ともいえる深い意味さえ見出すことができ、それがこの句の思想ともなっている。

とはいっても、この句の思想がそのまま作者碧梧桐の思想というわけではない。この句が名句として発見されたその時、この句の思想が逆に作者の思想を逆照射するものとなる。あえていえば、そのことで作者は己れの句によって、思想の変革をさえ迫られることにもなるのである。

作品はひとたび作者の手をはなれたとき、一句自立したものとなるとはこのような意味においてもいえることである。

作者は創作の過程において、また己れの句を一人の読者として解釈、鑑賞する過程において、作品との「対話」を通して自己変革をひきおこす。読者と作品との「対話」にも同様な〈力学〉がはたらくことはいうまでもない。

本書において私は一人の読者としてこれらの名句との「対話」を通しておおいに自己の思想の点検を迫られたことを告白したい。俗ないい方をすれば、これらの句をわかろうとする過程でわかってきたということである。わかっていることをわかったように書いたのではない。わかろうとする過程が文章となっているのである。書きつつわかり、わかりつつ書いたというのが本書成立の「真相」である。

これらの名句とその作者に深甚の謝意を述べたい。また、浅学菲才の私に「胸をかしていただいた」多くの論者の方々にも学恩を受けたお礼を申しあげたい。

さいごに読者の厳しいご批判、ご助言、ご教示をお願いして筆をおく。

名句の美学〈下巻〉

はじめに

短詩型の〈ことばの芸術〉としての俳句は、「てにをは」一つゆるがせには出来ない。

素人の私は、この度、本書をまとめるにあたって、五百冊をこえる俳句関係の文献を参考にさせていただいたが、これらの著者の方々の一語一句にいたるまでの厳しい眼配りに深い感銘を覚えた。さすが、と思ったしだいである。

にもかかわらず、諸家の解釈、批評、鑑賞のほとんどが、極言すれば、一句成立の事情をつまびらかにし、また、その背景ともいうべき実景の絵解きに類するものに終始していて、その句の美の本質、美の構造について理論的、具体的な究明がなされていないことに、失望させられた。

これまでにも、声喩、比喩、古語、俗語……などについて、また、切れ字や季語などについて精細な論が展開されてきている。本書下巻において、私は、これらの一語一句にかかわる問題に、文芸学の立場からの照射を試みた。

俳史、俳論に暗く、俳壇の事情にもうとい私としては、かえって、このことが幸いして、書きたいことを書きたいように、書かせてもらった。斯界の大先輩のご高説も、歯に衣着せず縦横に論断した。（もちろん、素人の私としては、これらの諸家のご高説に学ぶところきわめて大であり、紙面をかりてここに深甚の謝意を表するものである。）

本書（上・下巻）にひきあいにした論者の方々についいては何の個人的感情もない。ほとんどそのお顔さえ存じあげない方々ばかりである。私としては、信ずるところに従って、諸家の解釈・鑑賞を検討・批判し、自説を率直に展開したまでである。

おそらく、独断と偏見にみち、初歩的な誤りさえ冒しているであろうと思う。お気付きの点は、忌憚なくご批判、ご教示をお願いしたい。

さいわい、原稿の段階で畏友坪内稔典氏に眼を通していただくことができた。氏は人も知る現代俳句界の第一人者。三時間にわたる対談におつきあいくださった。ありがたいことである。（紙数の関係で対談の速記原稿のほぼ三分の一ほどを割愛させていただいた。）

ところで、本書（上・下巻）にとりあげた名句の中には、小・中・高校の国語教科書に教材として採られているもののほとんどがふくまれている。

なお、本書にとりあげた以外にも、数十句のすぐれた句がある。いずれ機を見て扱ってみたいと思っている。

最後になったが、本書企画の段階より、刊行まで細部にわたって配慮をいただいた編集長武馬久仁裕氏に厚くお礼を申し上げたい。

一九九一年十月一日

西郷竹彦

目次

目次

上巻・目次

倒れたる案山子の顔の上に天　西東三鬼
まさをなる空よりしだれざくらかな　富安風生

日常の非日常化

土堤を外れ枯野の犬となりゆけり　山口誓子
頭の中で白い夏野となつてゐる　高屋窓秋
仰向きに椿の下を通りけり　池内たけし
大空に又わき出でし小鳥かな　高浜虚子
日のあたる石にさはればつめたさよ　正岡子規
また一人遠くの芦を刈りはじむ　高野素十
朝がほや一輪深き淵のいろ　蕪村
蕭条として石に日の入枯野かな　蕪村
斧入れて香におどろくや冬木立　蕪村
蔓踏んで一山の露動きけり　原　石鼎
ひく波の跡美しや桜貝　橋本多佳子
眼あてて海が透くなり桜貝　松本たかし
菜の花や月は東に日は西に　蕪村
滝の上に水現はれて落ちにけり　後藤夜半
赤い椿白い椿と落ちにけり　河東碧梧桐

冬河に新聞全紙浸り浮く　山口誓子
一つ根に離れ浮く葉や春の水　高浜虚子
やはらかに金魚は網にさからひぬ　中村汀女
乳母車夏の怒濤によこむきに　橋本多佳子
六月の女すわれる荒筵　石田波郷
糸瓜咲て痰のつまりし仏かな　正岡子規
痰一斗糸瓜の水も間に合はず　正岡子規
をとゝひのへちまの水も取らざりき　正岡子規

おわりに

凡例

・漢字は、作品、引用文を問わずすべて新字にした。

・作品、引用文の歴史的仮名遣いはそのままにした。ただし、引用文のみ拗音、促音は、現代仮名遣いに従った。

・引用文は、作者名のみ記し、煩を避け一々出典は挙げなかった。

第1章

かけことば的な声喩

声喩（擬声、擬態語）は、これまで、俗語的なものとみなされ、雅語的なものとの取り合わせや、その表現効果などが論じられてきた。もちろん、この効果をふまえながら、本章では、声喩の副詞としての役割をおさえ、一つの声喩が一句の中に想定される複数の動詞にかかる、いわば「かけことば的なはたらき」を明らかにした。

声喩の、このかけことば的な役割・機能をとらえたとき、一句の中に異質な矛盾するものが止揚・統合される美の構造が生みだされるものとなる。このことは、現実をふまえ現実をこえる虚構としての俳句の美の本質を明らかにすることでもある。

鳥わたるこきこきこきと罐切れば

秋元不死男《ふじお》

終戦直後の作。自注に、〈たまたま入手した罐詰を切っていると、渡り鳥が窓の向うの海からさわさわと渡ってきた〉〈敗戦のまだなまなましく匂う風景の中で、私は、解放された明るさを噛みしめながら、渡り鳥を見あげ、コキ、コキ、コキと罐を切った〉とある。

〈コキ、コキ、コキ〉は罐を切る音である。しかし、この句の〈こきこきこき〉は、それとはちがう。虚構（文芸）のなかにおける声喩のありようから、これは次のように二様に読むべきである。

〈鳥わたるこきこきこきと〉

〈こきこきこきと罐切れば〉

〈こきこきこき〉という声喩は〈鳥わたる〉と〈罐切れば〉の両方にかかるかけことば的なはたらきをもっている。現実の渡り鳥は〈さわさわ〉と渡ってきた。現実の罐を切る音は〈コキ、コキ、コキ〉なのだ。しかし、虚構としてのこの句にあって、この〈鳥〉はまるで〈こきこきこき〉といった感じになるのだ。そこのところが、おもしろい。古来から歌にも詠まれてきた風雅な渡り鳥の〈さわさわ〉という渡りが、何やら一種戯画化された〈こきこきこき〉というひびきをもってくる。そのはからざるユーモアが、つまりは作者のいう〈解放された明るさを噛みしめ〉という〈明るさ〉に通じるものとなっているのである。

この声喩のかけことば的なはたらきをとらえた見事な解を二、三紹介しておく。

この「こきこきこき」がこの句の生命といえよう。安住敦はこの「こきこきこき」というおどけたさびしい音に、渡り鳥の羽ばたきまで聞こえてくると鑑賞する。そういわれれば羽音が聞かれぬでもない。不協和音だが、しずけさを伴った音といえよう。それほどに空は底抜けに晴れているのであり、この渡り鳥はつばらかなのである。そしてこの「こきこき」は快い哀音なのだ。この句に滲む淡い感傷は、善良な小市民の生活感情につながろう。（大野林火）

安住敦は〈渡り鳥の羽ばたきまで聞こえてくる〉という。林火も〈そういわれれば羽音が聞かれぬでもない〉と同調する。そして〈この「こきこき」は快い哀音〉と評する。このとらえ方は美の構造に迫るものである。

「こきこきこき」という擬音は、何か渡り鳥の声を連想させるでしょう。それで一句の内容に季語が結びつきます。と同時にこの擬音は一抹の哀愁を含んでいますね。秋深みゆく季節の哀感と、罐詰一つぐらいで有頂天になる庶民生活の哀感、喜びの中にそういう一抹の悲哀感をこめているから、この句は名句になったのだと思いますよ。擬声語の効果が最大限に発揮されていますが、こういう句を見ると却って、迂闊に擬声語は使えないという気がしてきますね。（林　翔）

林は〈渡り鳥の声を連想させる〉という〈擬声語の効果〉に着目している。ただ、〈擬声語〉という用語は適切でない。〈こきこきこき〉は罐切る音ととれば擬声語であるが、渡り鳥の渡る様子ととれば擬態語ということになる。擬声語という用語を用いると林のようについ渡り鳥の声にむすびつけ限定して解釈することになる。擬声語、擬態語両様にとれる声喩という用語のほうが適切である。声喩という概念・用語によることが次の鷹羽狩行の解釈を可能とするものである。

〈「こきこきこき」とカ行音を重ねた効果は罐を切る音ばかりでなく、ジグザグと鋸歯状に進む渡り鳥の運動の映像にも関連していよう。〉（鷹羽狩行）

狩行は渡り鳥の声ではなく、〈渡り鳥の運動の映像にも関連〉ととらえている。これは擬声語という概念ではとらえられなくなるものである。声喩という概念、用語によってはじめて、このとらえ方は可能となる。

かりかりと蟷螂蜂の皃を食む

山口誓子《せいし》

　俳句（文芸）は眼で読み、心で読む。しかし、同時に眼で見るものでもある。〈見る〉というのは比喩的な意味でいっているのではない。文字通り〈見る〉ということである。

　ここで〈蟷螂《とうろう》〉や〈蜂〉という漢字の他に〈皃《かお》〉という変わった漢字が用いられている。作者は自注に〈蜂の皃〉の〈「皃」は、顔でもいいが、蜂の顔を字でそのまま表わそうとして、こんな変な字を使った。果たして、私の思い通りの表現の効果があるかどうか、それは読者の側の問題である〉と書いた。

　それについて、栗田靖は〈確かにわれわれは「皃」の字体から、視覚的に蜂のかおを彷彿させられ、その視覚的効果は「顔」の及ぶところではない〉とその表現効果を認めている。

　一般に日本文芸（特に歌、句、詩など）において表記の問題（仮名、平仮名、漢字、ときにローマ字などの表記の使い分け）は作者にとっても、読者にとっても、美にかかわって、無視できないところである。

　また、〈かりかり〉という声喩をめぐって、実音か虚音かということが問題となったが、誓子は、〈私にとって、それは実音である〉〈詩的真実を大切にした〉と述べた。

〈かりかり〉という声喩が〈実音か、虚音か〉という問題のたて方が虚構としての文芸（俳句）にあっては本質的に誤っている。

〈かりかり〉という声喩は、客観的な音（〈実音〉と呼んでいるところのもの）の、主観的な表現というべきもので、文章心理学者波多野完治は、このような声喩のあり方を〈主観・客観的表現〉と称した。（そもそも、文芸の文章にあっては声喩のみならず、比喩も描写もすべては〈主観・客観的表現〉なのであるが。）

文芸（虚構）にあっては、客観的な音（実音）をふまえての主観的な音（虚音）と名づけているところのものの表現が〈かりかり〉なのである。したがって、たとえば同じ蟷螂の蜂の皃をかむ客観的な音を耳にしたとしても、十人いれば十人、ことなったふうに聞き、ことなったふうに言語表現（声喩表現）するであろうということである。

誓子は売り言葉に買い言葉で、〈私にとって、それは実音である〉といい切ったが、こういってしまっては身も蓋もなかろう。実音が私にどういうふうに聞こえたか（虚音）ということの、これは声喩表現であるというべきであった。

もっとも誓子が〈句作態度に於いて現実に近づき、作品構成において現実を離れ〉るといっているところをみれば、おそらく誓子も私の述べたことをいいたかったのであろうと思われる。

話が迂回してしまったが、さて、この句の美の弁証法的構造とは如何。

〈かりかり〉という声喩は蟷螂が蜂の皃を食む音であると同時に、蜂が蟷螂に皃を食まれる音でもある。たとえを使って説明すれば、両手で拍手したときの「パーン」という音は、右手の発した音であると同時に、左手の発した音でもある。いや、正しくは両方の手によって生じた音である、というようなものである。

したがって、声喩〈ぱーん〉も声喩〈かりかり〉も、それぞれ右手と左手、蟷螂と蜂の両者に属するものである。とすれば、〈かりかり〉という声喩には他者の〈貝を食む〉という冷酷無惨、非情のイメージと、蟷螂に〈貝〉を食まれるという、蜂なるものの身の抗しがたい、痛烈な痛みのイメージとがある。

ここには加害者のイメージと被害者のイメージという相反するものが〈かりかり〉という声喩に表裏一体となって表現されており、そこに、異質な矛盾するものを止揚する美の構造が発見されることになる。

大野林火が〈「顔」は生物の中心部だ。私がこの句に蜂の苦悶の表情を重ねて味わっても不思議ではあるまい〉というのは、あきらかに〈かりかり〉という声喩が食われる蜂のがわにも属するものであるという声喩のはたらきをとらえたものである。ここで林火は被害者としての蜂のがわに身を寄せた読みをしているわけである。

同様な読みに平畑静塔の次のような解がある。〈私はむしろ蟷螂の逞しい口の動きよりもむしろ喰いつくされてゆく蜂の貝の方の悲鳴の方をかりかりときくとるのである。〉〈悲鳴の方をかりかりときとる〉とは、〈かりかり〉という声喩が〈貝を食む〉蟷螂のがわだけではなく、〈貝を食〉まれる蜂のがわにも属するものであることをはしなくも証しているといえよう。

この句の〈かりかり〉という声喩の二面性をふまえて、〈食む〉がわと〈食〉まれるがわとの両面から、その異質な矛盾するものを止揚することこそが、美の弁証法的認識、体験ということになるであろう。

水枕ガバリと寒い海がある　　西東三鬼

〈単によく知られた句というだけでなく、名句としての誉れが高い。〉（江国滋）
三鬼《さんき》自身の言葉によれば、〈昭和十年の作。海に近い大森の家。肺浸潤の熱にうなされてゐた。家人や友達の憂色によって、病軽からぬことを知ると、死の影が寒々とした海となって迫った〉。
連日四十度の高熱が続いていたときに、なかば夢幻の境をさまよっているうちに、〈ひらめきながら到来した〉という。自伝的エッセイ『俳愚伝』に〈現実の水枕《みずまくら》と、夢幻的な寒い海が結びつき、そこに暗い死をみた〉〈この句を得たことで、私は私なりに、俳句の眼《め》を開いた。同時に俳句のおそるべき事に思い到った〉と述べ、みずから開眼の一句と称した。新興俳句が最盛期にさしかかった時期の句である。

〈ガバリ〉が片仮名表記でつたえられているが、京大俳句の方は平仮名表記〈がばり〉で発表されたようである。声喩を、擬声（音）語と擬態語に分類する考え方があり、前者は片仮名、後者は平仮名で表記するのが、いわば常識になっている。（ちなみに文部省の国語科学習指導要領では、そのようなきまりになっている。）右のような常識にしたがって読めば〈がばり〉から〈ガバリ〉への改案は、擬態語から擬声語への転換ということになるであろうか。

しかし、声喩というものの本質にたって考えると、声喩は客観的なものの主観的な表現であって、その考え方からすれば、擬声語と擬態語を分類することに問題がある。試みに「バタバタと駆けこんできた」を、実際の足音そのものとみなして「バタバタ」と片仮名で書くべきか、そのようなあわただしい様子で駆けこんできたとみなして「ばたばた」と平仮名表記で擬態語として扱うか、しょせんは、その人の好みということになってしまう。

擬声語、擬態語とわけずに「声喩」という用語によって総括的に用いるほうがよろしい。（本書では〈声喩〉に統一する。）

声喩において、本質的なことは、この句でいえば〈ガバリ〉が〈水枕〉と〈寒い海〉の両者にかかる役割とはたらきをもっていることである。つまり〈水枕〉が〈ガバリ〉であり、同時に〈ガバリと寒い海〉である。〈水枕〉と〈寒い海〉というもともと何らの因果関係もないものが、〈ガバリ〉という声喩によって、関連づけられ、一つのものとなる。これは、互いに異質、異次元の両者の矛盾が止揚・統合される美の弁証法的な構造が生まれるということである。

卑俗・卑小・卑近なる〈水枕〉が〈ガバリ〉という声喩を媒介として、死の不安感を象徴する〈寒い海〉という超俗、非現実のイメージへと転化し、昇華する。〈当時の俳句の中でその新しさが際立って認められる句〉と評されたゆえんのものは、まさしく、声喩のかかる本質的なはたらきによって深々とした象徴性をかち得たところにあろう。

ここに述べたことの傍証としていくつかの評釈を紹介しよう。

〈〈ガバリ〉という擬声語によって、ゴムの水枕の中の水の浮動の嫌な触覚が、陰鬱な〈寒い海〉に心理的に重層している。現実の水枕が作者の内面の〈寒い海〉に〈ガバリ〉と変容して、死を連想させる〈寒い海〉の心象風景に、頭をゆだねて漂っている不安が描き出されているのである。〉(尾形仂編『俳句の解釈と鑑賞辞典』)

〈重層〉〈連想〉とは声喩のかけことば的なはたらきを述べたものである。つづいて筆者は、〈日常と超日常を連結する即物具象の鍵を握った〉と評しているが、これは私のいう現実と非現実を止揚する虚構ということである。

〈「寒い海」は、水枕の水のガバリという音からいきなり連想されたのだと思う。いきなりの連想なればこそ「寒い海」が生きる。〉(山口誓子)

ここで〈連想〉とは声喩のかけことば的はたらきあってのことである。

〈水枕に象徴される現実の〝生〟と、心象風景としての寒い海の〝死〟という二相が「ガバリ」によって一転し屈折しながら、隔絶して対峙されているところにこの句の近代的な斬新さがある。〉（水原秋桜子編『俳句鑑賞辞典』）

〈二相が「ガバリ」によって一転し屈折しながら、隔絶して対峙されている〉とは、これまた声喩による異質な矛盾するものの止揚・統合ということである。

〈「ガバリと」で一度切って読むと分りやすい。上句は実像、「寒い海がある」は虚像である。「ガバリと」は直接には揺れた枕の出す水音であるが、冬の海のイメージを喚起する媒介をなす表現であるから、上句にも下句にもかかわらせて解釈していい。〉（小室善弘）

〈「ガバリと」で一度切って読む〉というのは、声喩のはたらきを意識させることである。このことによって、〈媒介をなす表現〉つまり〈上句にも下句にもかかわらせて解釈〉することが可能となるのである。

この「水枕」の句、また即物的であり、感覚的だ。自註にもあるように「寒い海」は「死の影」である。つまり、「死の影」という観念的なものが「寒い海」として即物化されたのである。そのため、死の影というとらえどころのないもやもやしたのが、かたちを得てさながらに迫ってくるのである。「ガバリ」は高熱の作者の頭が枕の上でうごき、一瞬水枕の鳴った音だ。あたかもこれが舞台の柝《き》の音の役をして舞台は暗転したのだ。病床の三鬼は暗くさむい海にただよう三鬼となったのである。「ガバリ」の果す役は大きい。「ガバリ」がなければこの句は死んでしまうだろう。（大野林火）

大野林火は〈「ガバリ」の果す役は大きい。「ガバリ」がなければこの句は死んでしまう〉とまで極言する。私のいう声喩のかけことば的はたらきを認識した者の言葉といえよう。

さらに詩人嶋岡晨はいう。

「ガバリと」という実感そのもののオノマトペ、水枕に「寒い海」を連想する、その心理的必然に裏打ちされた、巧みな陰喩。いずれもただもう見事というほかない。高熱におかされた作者は、氷の浮く北の海におぼれ死ぬ夢を見たのだろう。

イメージ配合の至芸、とも言えよう。「……がある」という口語の断定も、日常性をもって、説得力のある口調と感じられる。

嶋岡はこの声喩のはたらきに目をとめて、〈イメージ配合の至芸〉とまで称賛する。

江国滋はこの句の声喩をとりあげながら〈擬声語はなるべく使うな、とくに片仮名は避けろ、というのが私の基本的な考え方なのだけれど、この句の場合は、例外中の例外である〉という。

ほろほろ酔うて木の葉ふる

種田山頭火

山頭火《さんとうか》は酒に酔ってゆく過程を日記の中でほろほろ、ふらふら、ぐでぐで、ごろごろ、ぼろぼろ、どろどろという風に記している。大山澄太によれば〈ほろほろ〉という酔い心地は二、三合程度のときという。まさしくほろ酔いの楽しい気分に合わせるように木の葉がふってくるという境地である。

井泉水は、〈斯ういう句こそ山頭火の真骨頂といふて然るべきである。「木の葉ちる歩きつめる」もよろしい。其の木の葉は決して観念的だといふのではないが、意識的だと云えよう。さうした意識を離れて〉、〈ここに到ると、ほろほろ酔うたものが木の葉なのか、ほろほろと風に戯れるものが已れなのか、主であり且つ客であり、客であり且つ主であり、彼であり、我であり且つ彼であり、実に渾然としたところに帰入してゐる物心融合の妙境である〉と述べている。

声喩のはたらきに導かれての鑑賞といえよう。〈ほろほろ〉という声喩のかけことば的なはたらきは酒に〈ほろほろ酔うて〉いる我と、〈木の葉〉という両者をひびきあわせ、かさねあわせ、せりあげる。

〈物心融合の境地〉とは主客一如、つまり我と木の葉の合一、一如の世界であり、そこに、この句の美の弁証法的構造があるのであって井泉水は、そのことを見事にいい当てているといえよう。

笠へぽつとり椿だつた

種田山頭火

〈ぽつとり〉という声喩は、〈笠〉に〈椿〉が落ちた瞬間発した音の表現である。〈ぽつとり〉という声喩は、ほかならぬ落ちたものが〈椿〉であり、しかも落ちたところが、ほかならぬ〈笠〉であってはじめて成りたつ声喩である。そのことを〈ぽつとり〉という声喩は〈椿〉の形象と〈笠〉の形象の相関性を表わしているという。

なお、ここで忘れてならないのは〈ぽつとり〉という声喩が〈笠〉と〈椿〉の相触れたその一瞬を表現しているだけでなく、その音をほかならぬ〈ぽつとり〉と認識・表現する人の姿と心がそこにあるということである。

墨染の衣に大きな笠。脚絆、草鞋履きでの行乞の人の姿が彷彿する。そして、〈ぽつとり〉に禅機をみる心がある。

この句の禅味について井泉水は〈南陽武当山の香巌が一日、庭先を掃除していた時、帚の先で掃き飛ばした石が竹の幹に当ってカーンと響いた。その刹那に多年の心中の疑問がポトリと解けて大悟徹底したという事だ〉という挿話をあげている。

石と竹が相触れて発した〈カーン〉という音が、宇宙のありとあらゆるものの一切の諸法が因縁によって生ずるという仏教の摂理を悟らしめたというわけである。

翡翠の影こんこんと遡り　川端茅舎《ぼうしゃ》

〈かわせみは美しい鳥である。この美しい青い影を水面の上に落としながら、その水流をさかのぼってゆく姿を写した句である。こんこんというオノマトペは、この水流のこんこんと湧きあがりながら流れるさまを言うたものであろう〉といった解釈が、まず、大方のとらえ方といえよう。

〈こんこん〉というオノマトペ（声喩）を〈水流の躍動するさまを叙している〉という一面的な解は、まさしく声喩というものの本質、ひいては俳句というものの解釈を誤らしめるものである。

〈こんこん〉という声喩は〈水流の躍動するさま〉であると同時にこの句の表現通り〈翡翠《かわせみ》の影〉が〈こんこんと遡《さかのぼ》り〉ととらえなければならない。いわば〈こんこん〉という声喩は〈翡翠の影〉と〈水流〉の両者にかかる役割をしているのである。

と、見るからこそ、この句はおもしろく、味わい深いものになるのではないか。

水流は〈こんこん〉と〈躍動〉しつつ流れ下るのに対して、〈翡翠の影〉のほうは〈こんこんと遡〉るというところが、互いに相反し矛盾するイメージを一つに止揚するおもしろさがある。

〈オノマトペはほとんどが形容詞か副詞かだから、一句のなかにこの形容詞か副詞が大きい位置を占めれば占める程、一句の成果は、その象徴性より遠のくことを茅舎は気付いていない〉という批判があるが、これは当たっていない。

わずか十七音の短詩形のなかで声喩（形容詞か副詞）が大きな比重を占めれば〈その象徴性より遠のく〉と否定的に見ているが、すぐれた声喩の用い方であれば、いま見たように声喩がかけことば的な役割をも果たすことできわめて大きな表現性（象徴性）をかちうるものである。しかも、両者にかかることで両者の異質な矛盾するものを止揚する美の弁証法的構造を生みだすものともなるであろう。

声喩というものの俳句における役割が再認識される必要を痛感するものである。

この句の声喩〈こんこん〉の本質をふまえての大野林火の見事な解釈がある。やや長文にわたるが引用する。


「こん〱」とは水の盛んに流るるさま、湧きいずるさま、尽きはてざるさま等の意があるが、その中、水の尽きはてず流るるさまの意である。谷川である。カワセミは飛んでいるのでなく、杭の上などに止ってその影を色濃くあざやかに水の上に映じて、魚を狙っているのである。水はこんこんと尽きず流れているため、カワセミの影は動かぬのだが、その影のみを眺めていると、あたかも影がこんこんと溯っているように感ぜられたのである。「影」は静であり、「溯り」は動である。その静と動があざやかに均整がとれていて、一読、われわれも清冽な水の上を溯っているような感じをこの句から受ける。（略）この句では両者相俟って、カワセミ、水、ともに生々躍動、一幅の名画になっている。なお、この「こん〳〵」についていえば、「こん〳〵」という音は水の流れのリズムを現わすとともに、水に映じたカワセミの影をあざやかに現わしていることである。つまり音《オン》は同時にその姿を現わしているのである。言葉の微妙というべきである。

春の海終日のたり〳〵哉　　蕪村

〈実につまらぬ句〉（水原秋桜子）という評価もあるが、蕪村自身は大魯宛の書簡に、芭蕉の〈花の雲鐘は上野か浅草か〉、其角の〈いな妻やきのふは東けふは西〉とともにこの句を挙げ、発句というものは〈何れ癖なき様に御仕立なさるべく候〉としるしているので、自信のあった句であることがわかる。

〈終日〉はふつう、「ひねもす」と読まれているが、当時は「ひめもす」の例が多いようである。

〈のたり〳〵〉を、遠い沖波のゆるやかな景ととる説と、近い波打際の砂地を這っているさまととる説と、二説がある。それを山下一海は〈それをどちらと定められないところにこの句の特色がある〉とする。しかし、これは〈どちらと定め〉ようとするところに問題があって、どちらと定める必要はない。したがって、〈この句の特色〉とするのはどうか。むしろ、山下も言うように〈春の海を視覚の上の風景としてとらえるのでなく、律動的な気分においてとらえている〉ととるほうがよかろう。井泉水も〈此句は風景的に味あわせる句ではなくて、のたり〳〵という音感から味あわせるもの〉とする。

この句の鑑賞においては諸家ほとんどさしたるちがいはないように思われる。代表的なものを列記する。

・いかにも懶げにのたり〳〵と一日中白く身をのたうっているだけである。（中村草田男）
・波が砂地をなめるように、ものうげにのたりのたりと這っている。（麻生磯次）
・のどかに揺れ動いている。（大磯義雄）
・のんびりとうねっている春の海原。（山本健吉）
・のどかに物うげにのたっているよ。（清水孝之）
・沖にのびやかにうつ波とみたい。（井本農一）
・いかにも春の海そのものといった、のどけさの抽象化が詩化された。（栗山理一）

・春の海の単調さ、退屈さを紙一重のところで隠しもっている句。（楠本憲吉）
・それはまた作者のけだるい春情をも象徴するものであろう。（上田真）
引用はこのくらいで終るが、ここに挙げただけでも、この句は春の海の〈のどかさ〉〈懶げ〉〈のんびり〉〈のびやか〉〈単調さ、退屈さ〉〈けだるい〉という共通のイメージでとらえられている。〈のたり〳〵〉の反復をそのようなイメージの強調としている。

これでは、この句から〈春の海〉の景そのものを想像したにすぎない。この句のことばの芸術としての美の構造を究めたことにはならない。

まず、この句は〈終日〉という雅語につづけて〈のたり〳〵〉という俗語をもってきたことにある。この、いわば木に竹つぐごとき措辞が問題となろう。さすがに草田男はそのことに着目して、こう指摘している。

〈この句なども、蕪村が「言葉の詩人」であることを如実に示している。俗語「のたりのたり」の活用もそうであるが、同時に「日ねもす」という雅語を適切に俳句に持ち来った功は見のがしがたい。〉

俗語と雅語を蕪村が見事に使いこなしたことに対する評価である。しかし、問題は〈終日のたり〳〵〉とした異質なしたがって矛盾するものを一つに止揚するその措辞にこそある。この一見不自然でもある文体上の不統一がこの句にあっては見事に止揚されているのである。ここにも、この句の美の弁証法的構造が発見されるのであるが、それだけではない。

この句を五・七・五の定型を頭において音律の上で読めば、

はるのうみ(5)ひねもすのたり(7)のたりかな(5)

しかし、意味の上で区切ると、

はるのうみ(5)ひねもす(4)のたりのたりかな(8)

意味の上では一つであるが、音律の上では二つに区切れることを「句またがり」というが、このことに関して、楠本憲吉は、次のように述べている。

> この意味の区切りと音の区切りの分裂、ねじれは、句に音の上から立体的なイメージを与えます。ピアノにたとえると、右手の指と左手の指がまったく別個な動きをしているのに、そのなかから複雑な、それでいてある統一を保った弾音を引きだすことができるのに似ているといえます。

たくみな比喩である。

いわゆる五・七・五を「純正定型」と呼び、それに対して〈五・七・五を頭に置いて作ってはいるが、どこか一か所で意味の切れ目と音律の切れ目が食い違っているという型を私は「擬似定型」と呼んでいます〉という林翔は、この句を〈頭の中では「のたりのたり」と続けて考え、口では「のたり」で切って読むという、微妙な二重作用を私たちは無意識に行っているわけです〉という。もっとも、そのことがこの句の美とどうかかわるかについての言及は見られない。

林が〈微妙な二重作用〉といい、楠本が〈複雑な、それでいてある統一を保った弾音を引きだす〉といっているところのものは、むしろ私の美の定義（仮説）にひきつけていいかえるならば、音律と意味の異質な次元の、したがって矛盾するところのものを一つに止揚・統合する弁証法的な構造が、この句の美を生みだしている——ということになる。

いや、むしろ、この句の美の構造は、前記の諸家の〈のどか〉〈ものうさ〉……といったイメージだけでなく、逆に〈終日のたり〳〵〉とやむことなく寄せては返す海の底深い大自然の生命力とでもいうべき力の存在を感じとることではないだろうか。ただひたすらにやむことなく寄せつづける〈春の海〉のエネルギーは〈のどか〉〈ものうさ〉とは異質なものであり、それが表裏一つのものとしてあるところに、異質な矛盾するものを止揚・統合するという美の弁証法的構造がある。

このことは、先に説明した俗語と雅語の止揚・統合や音律と意味の止揚・統合と相まって、この句の美の弁証法的構造を生みだすものとなっているのである。

ひらひらと月光降りぬ貝割菜

川端茅舎

この句は、待宵の晩に松本たかしの家に四、五人の人たちが集まった折の経験によったものとして、たかしの文章がある。いささか長文にわたるが、茅舎作句の機微にも触れているものと思い次に引用する。

その晩の月の良かったことは、今《ママ》だにちょい〳〵美しかったその夜の記憶を呼び覚まされるくらゐで、少し誇張して言へば、あんな好い月夜には、もう二度と廻り合へないのではないかと思ふ程である。／そんな月の光を追ひ乍ら句作したのであったが、一段高くなってゐる畠の蔭の道をたどってゐた時丁度そばに草田男がゐたので、僕はそれまで月を仰いでは感じてゐたことを言葉に出してみた。／――あんまり月が良くって、かうやって見上げてゐると、月から何だか粉ナ《こ》みたいなものが……粉はヘンかな、こまかい針のやうなものが体の中へ……。／一寸うまく云へなかったので言葉が断れると、こっちの述べやうとすることを、三分の一ぐらゐ聞くと、すぐ察してくれる草田男は、／――ああ、降りかかってくる……。／と答へた。(略)勿論句作の最中だったので、これを句にしてみたら、とは考へた。併し、それは、ちらりとした許りで、意識の外へ流してしまった。（略）すると、ほどなくホトトギス雑詠へこの句が出た。／僕は直ちに『あゝアレだな』と思ひ、大へん感心してしまった。全く茅舎のかういふ作品は——あれは人を唸らせるといふものである。句の解釈に頭を使ふ暇もないほど「ひら〳〵と月光降りぬ」とは、間髪を入れぬ感じで迫ってくる。魔法のやうに強い味で、そして実に澄んでゐるではないか。またこの「貝割菜」の美しさはどうだ。ものの機微を把へる心のはしこさ、眼の濁りの無さは何といふべきであらう。

次に作者自解の文章を紹介する。たかしの文と若干ちがうところもあるが、それは、それとして。

僕の部屋の東の窓の硝子戸越しに夜の菜畑を眺めるともなく眺め乍ら何か急に驚かされた。僕は驚き乍ら庭へ下りて見た。／はっとさせられた。ひらひらした正体は何か。天心には月が皎々と光ってゐた。正体は月光なのである。

貝割菜というのは、大根や蕪など小さな種子などが萌え出て、子葉の開いたもので、二葉菜ともいう。

〈ひらひら〉という声喩は〈月光降《ふ》りぬ〉を形容しているだけではない、〈月光〉に照らされた〈貝割菜〉のさまをも同時に形容しているのである。貝割菜のかすかなそよぎまでが〈ひらひら〉なのだ。〈ひらひら〉という声喩は〈月光〉と〈貝割菜〉をつないで二つをかさねるかけことば的な機能をもつものである。

そのことによって貝割菜という卑近・卑小なる存在が〈ひらひら〉と降る〈月光〉によって超俗のものとなる。この貝割菜は現実の日常のものでありながら非日常の幻想のものとなる。そこにこの句の美の弁証法がある。

この声喩〈ひらひら〉が〈月光〉と〈貝割菜〉を関連づけ、そのことによって〈貝割菜〉という卑小・卑近・卑俗なるものが超俗のものと化す魔術を解きあかした諸家の評釈を二、三紹介する。

真黒な土の面にある貝割菜の群は、同じ色の月光を受けて、ますますクッキリと際立《きわだ》ってみえます。風一つ吹かないので、貝割菜は微動もしないのですが、この貝割菜が、大空の月へまで微粒子の月光に姿をかえて浮かんでいって、そこからもう一度ヒラヒラと地上へ降ってきているのだとはいえないでしょうか。微粒子の月光が、やはり一つ一つ、侏儒が、豆天使になって、ヒラヒラと大空から降りおりてきて地上に達したものが、そのまま貝割菜に変形してしまったといえないでしょうか。(中村草田男)

草田男は〈貝割菜が……月光に姿をかえて……もう一度ヒラヒラと地上へ降ってきている〉

という。両者が声喩を媒介として一つに止揚・統合していることを詩的に表現してみせた。

同趣の解釈がある。

その光を浴びているのが「貝割菜」であるのが、もう一つの効果。この菜の小人の掌を合わせたような可愛らしさが、「ひらひらと」降る月光と相睦んで幻想的な童画の世界を現出させている。言葉の幻術によって創り出された茅舎の浄土と言ってよかろう。(小室善弘)

小室は〈月光と相睦んで〉いるいわば〈幻想的な童画の世界〉を〈言葉の幻術〉によって創り出された〈茅舎の浄土〉と呼んでいる。〈言葉の幻術〉とは声喩の独自のはたらきを指していることはいうまでもない。

茅舎の句は、畑に萌え出たばかりのものを詠んだので、ういういしい清潔な貝割菜に月光の一片一片が降りそそいでいるというのです。月がよほどきれいな夜だったのでしょう。ひらひらとは貝割菜の形にも通じるようです。(細見綾子)

月光が〈ひらひらとは貝割菜の形にも通じる〉というのである。

「ひら〳〵と」の擬態語は意味の上では、「降りぬ」を修飾していて、ひらひらするのは月光であるが、地上の貝割菜も月光の愛撫を受けてひらひらと揺れ応えているようだ。この句を何度も読んでいると月から月の精の童子が幾たりも、幾たりも月光の花びらに乗ってひらひらと下りてきて、地上の貝割菜のそれぞれと、お互い囁きを交しているさまが思い浮ぶ。この月光はただ美しいといったのでは軽い。啓示のような不思議なかがやきをもたらす月光である。（大野林火）

林火は〈ひらひらするのは月光〉であるが、〈地上の貝割菜も……ひらひらと揺れ応えている〉と両者の関連を〈お互い囁きを交している〉と、たくみに比喩表現している。

この句では、〈ひら〳〵と〉が最も注目すべきところである。まず、月の光をひらひらととらえたところ、しかもそれを降るというところがすぐれている。そこに〈貝割菜〉とおくと、そのひらひらが貝割菜のひらめきと重なる。自然の神秘的な美しさが巧みにとらえられている。（山下一海）

山下は〈この句では、〈ひら〳〵と〉が最も注目すべきところ〉と指摘して両者が〈重なる〉という。

「月光」が「貝割菜」畑を皎々照らしている――を俳句にしてみても面白くないのです。やはり「ひらく」と月光降りぬ」という「驚き」（発見）が、変わった趣に句を仕立てています。二つの「もの」（物事）の関係が、当たり前で、常識的であれば詩（ポエジー）が発生しないわけです。（上田五千石）

五千石がいうところの〈変わった趣に句を仕立て〉とは、もちろん、声喩によって月光と貝割菜の両者を止揚・統合する〈仕立て〉をさしていることはいうまでもなかろう。

街道をきちきちととぶ蝗蜥《ばった》かな　　村上鬼城《きじょう》

この一句を散文化すれば、たとえば次のようになるだろう。

ひろい真青な晴れ切った空の下にただ田畑がどこまでも広がっていっている。村落の姿さえ、はるか彼方に僅かにそれと認められるだけである。その中を、二間幅ほどの白っぽく乾いた街道が、一本、定規で引いたように真直ぐにどこまでも遠方へ伸びていっている。すべてが、いつまでもただシーンとひそまり返っている。そこを、話相手もなしに自分独りでたどっていっていたら、不意に足もとから、「ばった」が高くとびたって、青い空へ緑色のからだと赤い脚との姿をクッキリうかばして、一間余りのあいだ、気ぜわしそうにキチキチと鳴きながら飛んでいった。そして、そこの叢《くさむら》の中へパタと落ちてしまった。今まで静かだった空気の中に、そのキチキチという音がいやに冴えて響いて、自分は急に身のまわりに友達ができたような、ばったが落ちたあたりへまで、はやく歩いていって、もう一度キチキチと飛び立たしてやろうというような、たのしい気分になった。

これは草田男の文章である。この一句の情景をまざまざと「再現」してみせてくれた、といえよう。いわば鬼城は、このような情景をありのままに詠んだというわけなのだが、それにしても、なぜこの句が読む者の心に訴えてくるのであろう。水原秋桜子が、この問いにみずから答えて次のようにいう。

蝗蝪の翅がきちきちと鳴るのは誰も知っていることで、子供等が「きちきち蝗蝪」と呼んでいるほどである。それをありのままに詠んだ句が、どうしてこれだけ読者の心を惹《ひ》きつけるのか、不思議に思うのは私ひとりではないであろう。要するにこれは、作者の心と、街道と、そこに飛ぶ蝗蝪とが、ぴたりと一致した時におこる奇蹟なので、なみなみの心持で街道をながめただけでは出来ない句である。街道と共に老い、街道と共にさびれた心を持つ作者にして、はじめて詠み得る句と言わなければならない。

秋桜子は先ほどの問いにこたえて、〈作者の心と、街道と、そこに飛ぶ蟆蚸とが、ぴたりと一致した時におこる奇蹟〉という。だが、〈奇蹟〉そのものを秋桜子は分析して見せてくれるわけではない。いったいこの句の〈奇蹟〉とは何か、どのようにしてその〈奇蹟〉はひきおこされるのか。そのことを、考えてみたいのだ。

〈街道を〉という上五に出会ったとき、読者の脳裡をよぎるものは何であろう。〈街道〉には、昔からそこを往来したであろう人々の哀歓がこめられている。いわば歴史としての道路である。たとえば国道2号線といった道路とはちがう。

そのような〈街道〉を〈きちきち〉ととぶ〈蟆蚸〉は、いわばそのような〈歴史〉を秘めた時間・空間をとんでいるのだ。そして、その〈蟆蚸〉がとぶことで、過去の歴史の思い出に沈んでいた街道も急に活気をとりもどす。過去の歴史の時空と現在のそれが〈きちきち〉ととぶ〈蟆蚸〉によって、一挙に止揚・統合される。そこにこの句の〈奇蹟〉が生まれるのである。

松本旭が〈きちきち〉という音を〈自然と、全宇宙を貫いている明るいひびき〉というのは、私流にとらえれば右のようなことになるわけである。

万緑の中さやさやと楓あり

山口青邨《せいそん》

森澄雄の評釈を借りる。

緑一色を濃淡で描き分けた。満目滴るような緑の中に、葉肉の薄い、透くようないとけない楓《かえで》の緑がさやさやと風にさやぐのである。「さやさやと」がいかにも若楓の清新な感じを生かしている。萬緑という季語は中村草田男の「萬緑の中や吾子《あこ》の歯生え初《そ》むる」に始まったものだが、その後、波郷、楸邨、誓子といった知名の作家をはじめ、この見事な言葉の魅力にひかれて数多くの作品が現代俳句に登場している。「萬緑を顧みるべし山毛欅峠」(波郷)「萬緑や吾が掌に釘の痕もなし」(誓子)「萬緑の湧くが如しや一犬吠ゆ」(楸邨)等枚挙に遑がないが、萬緑という言葉がもつ豊かな重量感から、句は通常、大景を抒するか、力強い表現を採り勝ちであるが、この句はむしろ淡々と抒して萬緑中の若楓の清新を見事に言いとっている。

〈万緑〉の中に、これまた緑の〈楓〉の若葉が〈さやさや〉とそよいでいる——というのは、この句の背後に一つの実景を想起する読み方である。いわば、この句の絵解きをしたにすぎない。

この句のおもしろさは秋の季語としてある〈楓〉を〈万緑〉の季節にとらえたところにある。秋の風物としての〈楓〉は紅葉である。燃えるような紅のイメージが瞼の裏に浮かぶ。ということは、現実の日常の次元にあっては緑の若葉である〈楓〉が、ここでは紅のイメージを俤としてもつということである。

藤原定家の歌に、

見渡せば花も紅葉もなかりけり浦の苫屋の秋の夕暮

とあるが、この歌にうたわれた「実景」はいわば墨一色に描かれた墨絵のようなものである。しかし〈花も紅葉もなかりけり〉とあっても読者の脳裡には紅のイメージが浮かぶだろう。したがって、それがこの墨絵のような世界に艶なる彩を与えることになる。たとえていえば、カラーフィルムで撮った秋の夕暮の景色とでもいおうか。〈万緑の中〉の句も、また楓の紅のイメージによって彩どられた艶なる世界といえよう。このように異次元の矛盾するものを止揚するところにこの句の美の発見がある。

そういえば「万緑叢中紅一点」という。この句のなかでの〈万緑〉と〈楓〉の虚構世界はまさに「万緑叢中紅一点」に比すべきものがある。ところで、これはほかならぬ〈楓〉である。同じ落葉樹でも、たとえば欅であってはならない。やはり美しい紅葉をイメージさせる〈楓〉でなければならない。

それに〈楓〉は木偏に〈風〉と書く。風にゆかり深い木のイメージが〈さやさや〉と風にそよぐ若葉のイメージに似つかわしい。万緑のそよぐなかに〈さやさや〉はひときわ楓のそよぎをひきたてるものになっている。

雉子の眸のかうかうとして売られけり　加藤楸邨

句集『野哭』所収。〈野哭〉は唐の詩人杜甫の詩〈野哭ク千家聞ユ二戦伐ニ一〉による。楸邨《しゅうそん》はそのことについて次のように書いている。

杜甫に〝野哭〟という語がある。唐の乱れに餓孚は道塗に充ちた。訟うべきものを失った民衆は野にあって天を仰いで哭したのであった。私は今その語を思い起す。訟うべきもの、倚るべき政府があるときは野哭などいう語は出ない筈である。長い戦乱の歴史を持つ中国人は、政府をたのんだり、人をたのんだりすることが頼りないものであることを骨髄に浸みこんで知ったのであろう。こうして鍛えられた民は自ら護る粘りづよい生活力を身につけている。しかも酷薄な現実に曝されたときは、彼等は人に訴えなかった。直接天に哭した。日本に野哭はなかった。中国には野哭があった。

楸邨は日本の野哭をこの句集で歌ったのであった。「野哭」の後記に〈人間としての自分の人間悪、自己の身を置く社会悪、かういふものの中で、本当の声をどうして生かしてゆくか、これが今の私の課題だ〉と述べている。

この句は敗戦直後の闇市での所見がもとになっているのであろう。〈眸《め》〉は初出の『寒雷』復刊号では〈瞳〉であった。〈眸〉の方が鋭い眼光を感じさせる。〈かうかう〉は「耿々」か。それとも「煌々」ともとれる。平仮名書にしたことで声喩としてのはたらきが多様化し、意味とイメージがゆたかに深いものとなる。

ところで、〈かうかう〉たるこの〈眸〉について諸家の解釈をいくつか参考までに列挙してみよう。(傍線は西郷)

・「かうかうとして」にはそうした阿修羅の世相を死してなお見入っている雉子《きじ》の眼光が潜んでいる。(大野林火)
・その眸は、戦後の右往左往する人間共とは対照的に強く生きていたのである。(安東次男・大岡信)
・雉子の誇り高く運命を受け入れる態度を「眸」の輝きに焦点化してとらえた手法。鋭い目、目のふちの鮮やかな赤色に怒りと悲しみの表情を読みとって発想されたものでは。(小室善弘)
・逆境に置かれた者の恨みや、死んでもなお反抗をつづける意志とか不屈の反逆心を見て

とった句。（鷹羽狩行）

・作者のこころをさしつらぬくようなその雉子の眼。
まだ生きているように血走った眼を見ひらいているすさまじさ。
作者のたとえようもない憤りと悲しみ。あるいは作者自身の背負う、どうしようもない弱さをさしつらぬかれた眼。（鷲谷七菜子）

・誇り高く、しかも怒りと哀しみ。
突き刺すような鋭いもの。
自憤、悲憤、悲哀、語りつくせぬ感慨。（平井照教）

引用はこのくらいにとどめる。傍線を拾い読みしただけでも、〈かうかう〉たる〈雉子の眸〉の意味とイメージがほぼつかめよう。おおまかにまとめるならば、誇り、怒り、悲しみ、恨み……といったところか。

ところで気になる解釈は、この雉子をすでに死せるものとして、たとえば、〈撃たれて死んでいる雉子であろうか、その眸をこうこうと輝かせて〉〈死んでもなお反抗をつづける意志とか……〉〈まだ生きているように血走った眼を……〉〈その眼光がこうこうと輝いて、さながら生けるが如き姿で……〉〈屍となってもなお眸光を失わない雉子の生命を……〉としていることである。

すでに死せる雉子として、それがまるで生きているかの如く……という諸家の解釈は、次のような作者の言葉に拠ったものであろう。

〈雉子の目は鳥の中でも最も美しいものの一つではないかと思っているのだが、死んでからもきらきら光っているその目を瞑《と》じないものがある。〉（「雉子の目」）

しかし、作者の自注自解にたよらず一句独立したものとして読むならば、死んでいる雉子とも、生きたままに売られている雉子とも、いずれにも決めがたい。死んだ雉子であろうと、生きている雉子であろうと、いずれにせよ、〈かうかう〉ときらめく〈眸〉の鋭い光りを、この雉子の魂の輝きとしてとらえればいいのではないか。作者の自注にひきずられて、「さながら生けるが如く」と解釈していいものであろうか。

作品は一度作者の手を放れたとき、それは、一句独立したものとして存在する。私は、この句をいくたび読みかえしても諸家の解のように「死んでいるが」とはとれない。むしろ生きた魂（生命）の輝きとして、生死にかかわらず解すべきではないか。虚構としての文芸（俳句）は現実をふまえながら現実をこえるところに成立する。あれこれの背後の事情を参考にするのはいいとして、この句は、戦後闇市の店頭で売られていたという類いの現実（事情）をふまえながらもその現実（事情）を越えたところに自立しているのである。

たとえ死んでいたとしても、この〈雉子〉の魂は生きているのだ。〈売られけり〉とあるが、この〈雉子〉は己れの魂の輝きをまで売り渡してはいない。死んでいても、生きている。売られながら、しかも売り渡してはいない。この矛盾を止揚するところに、この句の美がある。

作者楸邨の生きざまをも見せて、この一句は屹立している。

とつぷりと後暮れゐし焚火かな

松本たかし

焚火は暖を取るとともに、庭の落葉などを掃き寄せて始末する目的を兼ねてされることが多い。一句は、薄暗くなりかけたころに火をつけられた焚火にあたっているうちに、ふと気づいたら、いつの間にか、黒々とした闇が背後に立ちこめていた、というのである。

「とつぷりと」に、明るさを残さず、すっかり暮れてしまった暗い夕闇の様子が巧みに表されている。「後ろ《ママ》暮れゐし」には、それまで火の方ばかりに向けられていた目を背後に向けて、ふと気づいたときの軽い驚きの感情がこめられている。（小室義弘）

しかし、この句を単なる情景（情と景）の描写として再現するだけでいいのだろうか。むしろ私は鷹羽狩行の次のような解にひかれる。

〈この句には、冬の寒さから起こる心細さがあり、さらに根本には、人によるべがないとか、すがりつくものがないというような深い所にまで達しています。〉

一句がある情景を描写しているとき、実はその描写がそのまま、何ものかの象徴たりえているときがある――そこに名句というものの秘密が存しているといえよう。描写でありながら、それが象徴でもあるという俳句の表現というものの、その秘密とはいったい何か。

この句には上五に〈とつぷりと〉という声喩が据えられている。この声喩を、たとえば〈明るさを残さず、すっかり暮れてしまった暗い夕闇の様子が巧みに表されている〉（小室）といくら詳しく描写してみても、この声喩のはたらきをいい尽くしたことにはならない。

〈とつぷり〉という声喩は、たとえば、「とっぷりひたる」といった風に用いられる。何ものかにひたりきった気分がそこには、ある。この句のばあい、〈とつぷりと後暮《うしろ》れゐし〉黒い闇に、いつの間にか、わが身も心も〈とつぷり〉ひたってしまっていたことの発見がある。

それは狩行のいうように〈よるべがないとか、すがりつくものがない〉という無明の闇の深さであると同時に、そこにとっぷりと身も心もひたしていることの、あるやすらぎの思いにみたされた気分も、あるのではないか。

〈とつぷり〉という声喩は、〈とつぷり〉暮れている「闇」と、その闇に〈とつぷり〉とひたっている「我」との両者にかかるはたらきをもつものである。声喩のこの秘密がこの句に深い象徴性をもたらしているものといえよう。

もちろん、この両者の異質な矛盾するイメージと感情が一つに止揚されているところに、この句の美の構造があることはいうまでもなかろう。

をりとりてはらりとおもきすすきかな

飯田蛇笏

飯田蛇笏《だこつ》のよく知られた句である。（昭和五年作）

季語は〈すすき〉、秋。

句切れ――〈すすきかな〉。切れ字〈かな〉。〈をりとりて〉でも、いったん切れる。

一句がすべて平仮名表記であることがまず注目される。ここにいたるには、いくらかの変遷がある。自選第一句集『山廬集』（昭和七年）で〈折りとりてはらりとおもき芒かな〉となっていた表記は、第二句集『霊芝』（昭和十二年）では〈折り〉だけが漢字表記として残り、これが『蛇笏俳句選集』（昭和二十四年）のとき、すべて平仮名表記にあらためられた。平仮名表記によって、〈曲線のやわらかさがいかされ、たおやかなすすきの風姿が、いっそうあざやかになった〉（小室善弘）といえよう。楠本憲吉もこのことについて、次のように評している。

何といってもこの句の特徴は、「奈良七重七堂伽藍八重桜」の逆をゆく、一句全体漢字を交えず仮名で表記しているところにあります。もっとも同年作に「いくもどりつばさそよがすあきつかな」

があり、虚子にも「ワガハイノカイミヤウモナキススキカナ」という漱石の猫の訃の際の句で明治四十一年作のものがありますが、この句に見られる柔軟な内容と表現の一致の完璧な状態には到底及んでいません。

日本語の表記は片仮名、平仮名、漢字、ときに外国文字など多様な表記が使われ、ことに短詩形の俳句や短歌、また詩において、表記の表現性は無視できない。

〈はらり〉というのは、軽やかな動きの様子を表わす声喩（一般には擬態語という）である。日本語による日常の会話にも、また文芸作品にも声喩の果たす表現性は軽視できない。この句における〈はらりとおもき〉に〈熟慮を重ねた技巧が読み取れ〉（楠本憲吉）、〈軽やかな「はらりと」という擬態語に「おもき」という言葉の連続が不思議もなく行われているのにも驚かされ〉（上田五千石）る。まさに、〈はらりとおもき〉という声喩こそは、この句の眼目といえよう。

なお、松井利彦は声喩にかかわって次のように述べている。

これは芒そのものを詠んだのです。芒を折った、そして手に持ったらはらりというのは、芒の穂が下に垂れたのです。そのときに、ある重さを感じたのです。目で見た芒、それは軽いものに思えたのですが、手にとったら、意外に重かった、その瞬間の思いを「はらりと重き」と表現したのです。これは瞬間を十七字にまとめたものです。目で見ただけなら「折りとりてはらりと垂れし」とか「はらりとさがる」とか言うのでしょうが、そうではなくて、「はらりと重き」、この「重き」に作者の心が出ています。

また、小室善弘は作句の動機などに触れながら、この声喩の表現性について次のように具体的に述べている。

大阪の三津寺で、蛇笏の来阪を歓迎する各派合同の句会が行われたとき、席上で出された句というが、作句の動機は、「郷土山国生活の日常に因してゐる」(「芒」『山廬随筆』所収)と作者が言うとおり、具体的な経験に基づいている。自註に「穂芒が抜け出して、いくぶん霑《うるほ》ひを帯びた感じなのが、重いといふほどでなくても、鳥渡《ちょっと》手にこたへる安排を」とあるのが、「はらりとおもき」の微妙な感触をときあかしている。

動作はただ、行きずりに一本のすすきを手折ってみる、といった単純なものであるが、一句はそれを「はらりとおもき」と受けとめたところが眼目で、これによって、すすきの微妙な重さが手に移る感じが、まことに上品にあらわれている。

最後に山本健吉の評言を紹介する。

昭和五年作。名句である。「はらりとおもき」に、一本の薄《すすき》の穂の豊かさ、艶《あで》やかさ、みごとさを表現し尽くしている。視覚的な美しさが、すべて重量に換算され、折り取った瞬間のずしりと響くような重さを全身で感じ取ったような感動がある。花穂がはらりと乱れてその重量が作者の腕にかかってくる瞬間、作者はその重さの中に薄の持っているあらゆる美しさを感じ取って、満ち足りた感情を味わっているのだ。ここにはただ折り取った一本の薄の、その重さが詠われているにすぎないが、しかも作者の感動は全身的であり、生命的であり、その一瞬の歓喜は絶対的である。

以上、諸家の評釈を煩をいとわず引用・紹介してきたが、すべての評が〈はらりとおもき〉がこの句の眼目であることを認めている。上田は〈軽やかな「はらりと」という擬態語に「おもき」という言葉の連続が不思議もなく行われている〉(前出)と言いながら、しかしその〈不思議〉のからくりを何ら説きあかすところがない。

ここに引用した評者のすべてが、〈はらりとおもき〉を芒《すすき》そのものの重さが折りとった瞬間、手に移ってくる感触を見事に、いいとめているととらえている。にもかかわらずこの一句の美の構造そのものについての分析は、まったくなされていない。

折りとった瞬間の〈はらりとおもき〉という実感が見事に表現されているということ、いわば〈自然の真〉をこの句が如実に表現しえているというのである。しかし、何よりも文芸批評として肝心なことは、俳句の〈文芸の美〉そのものを理論的に解明することではないだろうか。

ここに私自身、この句について述べた文章がある。(『国語の手帖』No.23)

〈はらり〉という声喩は軽やかな動きをあらわすものである。〈はらりとおもき〉は矛盾する表現といえよう。

にもかかわらず〈をりとりて―すすきかな〉という一句のなかにあるとき、この矛盾する表現は、〈をりとりてはらり〉という〈すすき〉の存在感の〈おもき〉をなるほどと共感させる。ここには、すすきのいのちに触れた人間の心の真実がみごとに表現されている。

言うまでもないが平仮名表記は〈はらりとおもき〉すすきのたおやかないのちの姿をあらわしている。

この一句の眼目ともいうべき〈はらりとおもき〉は、異質な矛盾する表現であるが、それが見事に全一体としての一句のなかですすきの形象《イメージ》として止揚・統合されて読者に独自の味わいを認識・体験させる。これが私のいう〈美の弁証法的構造〉である。

ところで〈はらり〉と〈おもき〉を連ねることは非常識である。それをあえて、すらりと何気なく連ねてみせたところに芭蕉のいう〈あやうきところに遊ぶ〉境地があるといえようか。

〈あやうきところ〉とは、私の〈異質なもの、矛盾するもの〉であり、〈遊ぶ〉とは、それを気負わず力まずすらりと言ってのけることで見事に止揚・統合する芸ということであろう。芭蕉いうところの〈発句は只、黄金《こがね》を打のべたる様《よう》に作すべし〉とは、このことであろう。

以上が、美の定義にもとづくこの句の評釈ということである。

〈はらり〉と〈おもき〉という互いに異質な、したがって、〈はらりとおもき〉という表現は、ただそれだけであるならば、まさに〈木に竹をつぐ〉ものとして、互いに拮抗し、違和感を引きおこすものでしかない。つまり矛盾によって破綻をきたした表現である。

にもかかわらず、〈をりとりてはらりとおもきすすきかな〉という全一体としての文章中に構成されたとき、この矛盾は止揚・統合され、この句の独自の味わい（美）を生みだすのである。だからこそ、山本健吉のように〈折り取った瞬間のずしりと響くような重さ〉（傍点は西郷）というような不用意な表現をしてはならないのだ。あくまでも、その瞬間手に移ってきた〈すすき〉の感覚は、〈自然の真〉としては〈はらり〉である。同時にそれが〈はらりとおもき〉という矛盾をはらむ表現によって〈文芸の美〉たりえていることをおさえるべきである。

〈はらりとおもき〉が互いに異質であり、したがって矛盾をはらむことで、かえって弁証法的に止揚・統合されることの発見こそが、この句の美の発見である。この矛盾の認識と体験なしに、この句を味わうということはありえない。

〈はらりとおもき〉は自然と人間のいのちの触れあい、感合、つまり〈真〉を表現していると同時に、その表現のありようが文芸としての〈美〉でもあるのだ。

ところで、この美の弁証法的構造ということは、これらの評者（読者）のみならず、実はこの句の作者本人にさえも自覚・認識されてはいなかった、と思われる節がある。

というのは、この〈をりとりて〉の句が作られてあと、昭和三十五年秋に蛇笏に、

　たけたかく芒はらりと天の澄み

という句がある。この初案は、

　穂すすきのはらりと解けし天の澄み

第二案は、

　丈たかく芒はらりと天の澄み

そして、発表は上掲の作品となった。

むろん作者自身、〈をりとりてはらりとおもきすすきかな〉という旧作を承知の上のことであろう。

とするならば、〈はらりと解けし〉とか〈はらりと天の澄み〉といった措辞から推理できることは、〈はらり〉という声喩が、まさに〈おもき〉という異質な言葉との止揚・統合において、美を生んだことが作者本人にも認識されていなかったことを物語っている。

おそらく、〈句調《ととの》はずんば舌頭に千転〉(芭蕉)する中で、つまり、推敲の過程で、たとえ意図せずとも偶然的にあるいは必然的に美の構造が生まれてくるという創作というものの秘密があるのではないか。それは「句を作る」というよりも「句が生まれる」というべきなのかもしれない。

ところで、山本は〈視覚的な美しさが、すべて重量に換算され〉と述べ、平井照敏はこのこ

とを〈巧みに評していて、つけ加えることはない〉と同調する。
しかし、私は、あえて〈つけ加える〉。いや、むしろ否定したい。この句は〈視覚的な美しさ〉を〈重量に換算〉したものではない。

古来、歌の世界に詠われてきた芒は、風にそよぎ、なびく姿の〈視覚的な美しさ〉であった。蛇笏はその短歌的なすすきの美を俳句的に〈換算〉(変換)したのではない。歌の世界がこれまでに発見しえなかった〈はらりとおもき〉すすきのいのちの美を新しく発見したのであり、創造したのである。この句は前人未踏のすすきの美の発見、創造である。したがって、山本の評は誤りであり、〈巧みに評し〉(平井)ととるべきではなかった。

その意味において、松井の〈目で見た芒、それは軽いものに思えたのですが、手にとったら、意外に重かった、その瞬間の思いを「はらりと重き」と表現した〉(前出)という評が、私の見解にほぼ近い。〈ほぼ近い〉というのは、〈意外〉性が俳句における美のありようを示しているものであるからだ。が、〈ほぼ近い〉といったのは、やはり山本と同じく〈軽いものに思えた〉すすきが〈意外に重かった〉というところは山本の〈視覚的な美しさ〉を〈重量に換算〉したという考え方と軌を一にしているからである。

やはりこの句はすすきというものの伝統的な短歌的な美ではなく俳句的な美の発見・創造としてとらえるべきであったのだ。

芭蕉の弟子土芳は〈新しみは俳諧の花也〉と言ったが、俳句はまずは〈新しみ〉に尽きるであろう。

〈をりとりて〉の句は、定型五・七・五の調べによって、すすきの美がすんなりと、まさに〈黄金を打のべたる様〉に詠まれている。

しかし、〈黄金を打のべたる様〉とは、これまで詳説してきたとおり、句姿平明ではあれど、決して、内部の構造までが、単純ということではない。異質なものを止揚・統合する弁証法的構造をもっていることは前述したとおりである。このことは、この句の音韻分析の上からもいえるところである。

楠本はいう。

> また、「ヲリトリテハラリトオモキススキカナ」というように、「ヲリトリ」のオ母音とイ母音の連続、「ハラ」「カナ」のア母音、「オモ」のオ母音、「スス」のウ母音のこころよい繰り返しも見逃せません。

また、平井照敏も、〈「はらりとおもき」とあるが、それは意味であって、それだけで重みがつたわりはしない。この句の重みの秘密は、平仮名で書かれ、その音に細心の注意がこめられているところにあるのではなかろうか〉として、次のような音韻分析を行っている。

この句の母音《ぼいん》を書きだしてみよう。

oioie ／ aaiooi ／ uuiaa

これを見ると、同じ母音の重なりが目立つ。ａｏｕという重いほうの母音が多く、軽い鋭いｅｉがすくない。こうしたことが、音の上からもこの句の重みを作りだしているのではないか。

両者ともにこの句にある同じ母音の〈連続〉〈繰り返し〉〈重なり〉を指摘している。そのとおりであるが、しかし、私は両者のとらえ方とちがって、ａｏｕ母音とｅｉ母音という異質なものが反復されつつ対比されているという、矛盾的構造が見事に止揚・統合されて、この句の意味、イメージと相まって独自な味わいを生みだしていることに注目したい。

平井のように〈ａｏｕという重いほうの母音が多く、軽い鋭いｅｉがすくない。こうしたことが、音の上からもこの句の重みを作りだしているのではないか〉（傍点は西郷）と、とらえるべきではなかろう。平井の言葉をかりていえば、〈重いほうの母音〉と〈軽い鋭い〉ほうの母音とが、あらがいつつ、しかも一句の調べをすんなりしたものに止揚・統合しているのである。

この音韻の上での弁証法的構造が意味（とイメージ）の上での弁証法的構造と影姿相添うものとしてあることにこそ着目すべきであった。

地車のとゞろとひゞく牡丹かな

蕪村

〈地車〉は「ジグルマ」か「ダンジリ」か。説のわかれるところである。「ジグルマ」は、いわゆる大八車の類いで重い物を運ぶのに用いる車で、車台が低く四輪である。

「ダンジリ」については清水孝之の語釈をかりる。

地車—虚子（講義）以来ジグルマと読み（用例は浄瑠璃「三十三間堂棟由来」等にある）、大八車の類と解されてきたが、早く佐々醒雪（「三句索引俳句大観」）がダンジリと読み、雑誌「同人」の講義で、圭岳・月斗がダンジリ説を主張した。「だんじり」は台蹋《にじり》の転で、祭礼の行装に引廻すものだが、関東の山車《だし》や京都の山・鉾《ほこ》などの類ではない。反り屋根造りの台車で、前半に欄を設け、八本の杉丸材を周囲井桁に組み結い、町内の壮年の者がこれに肩を入れて押し、少年が綱で曳く。惣槻造り或いは彫造り等で頑丈なもの。太鼓は後部の床下でうち、欄をめぐる前の牀上で十人許りが鉦を鳴らす。囃子につれて勢よく引き出す。親方が欄前に立っててこ前(手梶)で進退を決する。大阪が中心で摂津・河内・和泉にわたって盛んに行われた（「同人」大十五年三月号）。楽車。「だんじり打つて囃した、だんじり打つた見さいな、藤内太郎アリヤコリヤとのはな笛吹のヤ家で」（雪女五枚羽子板）。「だんじり　祭礼のせつ出る。江戸のだしの類にて車付屋台なり。かざりものはなくて大鼓計也」（浪花聞書）。なお『摂陽奇観』四「車楽《ダンジリ》」の項や、『近松語彙』参照。

栗山理一は、几董の同時代の句に〈御影のほとり過ぐるとして〉という前書の〈地車の轍斜めに枯野かな〉（晋明集）や、召波の〈地車の起き行く草の胡蝶哉〉（春泥句集）などをひき、いずれも祭礼の車とは考えられないとして、〈地車〉を「ダンジリ」と読むことを否定している。「ジグルマ」説とするか、「ダンジリ」説をとるか、それによって、この句の解釈は決定的に、あるいは微妙にちがったものとなる。

「ジグルマ」説をとる、草田男はこう解釈する。

牡丹の咲いているほとりの垣むこうを、よほど重いものを積んでいるらしい地車が、すさまじい地響きをたてて傍若無人に走り過ぎた。その響きはまぬかれ難く伝わって、牡丹の花冠は小刻みに打ち震えた。その一瞬間、牡丹はいかにも生ける者のごとくに品位あって美しかった。

地車――重い荷物を運ぶ大八車の類――を牡丹に配合したのは、品位乏しきものをもって品位高きものをさらに引き立てたのである。同時に「響きの中の牡丹」という、動的な美をも付与したのである。

「ジグルマ」とすることで、草田男は、この句を〈品位乏しきものをもって品位高きものをさらに引き立て〉る対比（コントラスト）の効果をとらえている。私流にいい換えるならば、卑俗・卑近なるものによる超俗化ということになろうか。

「ジグルマ」説をとる永田龍太郎は、いう。

「地車」は重い物を運ぶのに用いる車で、車台が低く四輪とある。（「大辞林」三省堂）

重い荷を積んだ地車が大地を鳴らして通り過ぎてゆく。その響きが庭先の牡丹に伝わり、その花がびり〳〵と揺れる、という意だが、蕪村の牡丹としての詩の躍動がそこにある。

この地車《じぐるま》をだんじりと読む説もあるが、だんじりは夏の祭礼の車のことを言う。つまり、大阪を中心とした関西の祭礼に、鉦と大鼓を用いて曳く山車《だし》のことで、檀尻或は楽車と書いて、それを地車とは書かない。

これは情景のいわば「絵解き」をしているだけの解といえよう。

一方、「ダンジリ」説をとるものとして、前記の清水孝之の解がある。

鉦《かね》と太鼓の音が遠くから聞え、やがて勇ましくも賑やかに祭礼の地車《だんじり》が近づいてきた。その重重しい地響きに、庭先の牡丹の花がさゆらぐ。

豪華な地車と豊麗な花とを地響きを介して結びつけた一種の取り合せ法だが、牡丹の立体感が出ている。

清水の解は〈豪華な地車と豊麗な花〉の〈取り合せ法〉ととり、先の草田男の解と対照的である。

なお、清水は、次のようにもいう。

上五に「地車の」と出して、遠くから車の音が地響きをたてて近づいてくる様をうかがわせ、中七の擬音的表現により、牡丹の花弁をゆるがせながら、近くを通りすぎる生動の状態を描写し、結五はその過ぎ去ったあとの余韻となり、もとの静けさにかえった一層の静寂なりを、表現している。「だんじりの重たいさかんなひゞきを『とゞろ』と云ったのは、うまい」（月斗）と評された中七は、地車の音響の形容であるが、同時に下五の牡丹にもひびいている。巧みな句法である。月斗は入神とまで賞した。

この句は早く子規が『俳人蕪村』の積極的美の例句としてあげている。牡丹の豊麗にして柔軟な花弁の韻致を、静中動を点じて妖艶化した表現は至妙。それが音響の中に捕らえられている手法は極めて清新であり、「山蟻の」のような単純な視覚的把握の句よりも、立体的な表現になっている。

〈静中動を点じて妖艶化した表現〉とか、〈主体的な表現〉というとらえ方は、おもしろい。

なお、〈とゞろ〉という声喩にかかわって、清水が〈地車の音響の形容であるが、同時に下五の牡丹にもひびいている。巧みな句法である〉としているところは、注目に価する。これは私のいう〈かけことば的な声喩〉のはたらきに言及したものである。

〈とゞろ〉という声喩のかけことば的機能にふれたものとして、分析批評の研究者川崎寿彦の次のような解もある。川崎は「ジグルマ」説をふまえ、なお、聴覚イメージと視覚イメージの断続的統一についてふれながら、〈とゞろ〉にかかわる解を次のように提示している。

> 巨大な音と永遠の沈黙、巨大な動きと不動、というコントラストがある。また、この地車は音だけで姿は見えないのであろう——もし見えたとすれば、この句は視覚イメジャリーがごちゃごちゃしすぎて、すっかり魅力を失うだろうから。とすれば、この句は、純粋な聴覚イメージ（音だけで姿が見えない）と、純粋な視覚イメージとの、断絶的統一によって成立しているといえる。
>
> 「ひびく」の主語は、常識的には「地車」であろう。とすると「牡丹」はそのひびきの傍に、あるいはそのまっただ中に、じっと立っている、ということになる。しかし「ひびく」は連体形であって、むしろ「ひびく牡丹」と続く感じもする。とすると句意は、「地車のとどろとひびくばかりに、牡丹がひびくことよ」となる。「牡丹がひびく」とはナンセンスのようだが、これは一種のパラドックスと考えうる。つまり、無言で不動のはずの牡丹は、話者の凝視のうちに「とどろとひびいた」のである。

清水の解も、川崎の解も、いずれも私のいう〈かけことば的な声喩のはたらき〉をふまえたものといえよう。

ところで〈地車〉を「ジグルマ」でもなく「ダンジリ」でもなく、〈地球の回転する時劫の音〉云々というまことに大胆、奇抜な、あるいは独創的な解がある。詩人萩原朔太郎の名著といわれる『郷愁の詩人与謝蕪村』の中の次の一節がある。

地車のとどろと響く牡丹かな

牡丹という花は、夏の日盛りの光の下で、壮麗な色彩を強く照りかえすので、雄大でグロテスクな幻想を呼び起させる。蕪村の詩としては

閻王の口や牡丹を吐んとす

が最も有名であるけれども、単なる比喩以上に詩としての内容がなく、前掲の句の方が遙かに幽玄でまさっている。句の表現するものは、夏の炎熱の沈黙《しじま》の中で地球の廻転する時劫《じこう》の音を、牡丹の幻覚から聴いてるのである。

詩人朔太郎の解に対して俳人伊東月草は、〈地車〉は大地の軸ではなく、祭車のようなものを指したものであろうと指摘した。それに対して朔太郎は、次のように釈明している。

月草氏の指示は、僕も初めから思考したことであって、充分に懐疑を持つて居たのであるが、結局何れにしても詩の註釈には変りがないので、意識的に新しい字解を選んだ。

朔太郎のユニークな解に対して、永田龍太郎は、

この句からどういう場所、また場合が連想されるか、その地理的条件は明らかでない。たゞこの句の表現するものは、夏の炎熱の沈黙の中で、地球の廻転する時劫の音を牡丹の幻覚から聴く、と朔太郎のいう両々一つに融合した詩の世界であろう。驚くべき創造であると言わねばならない。

という。

〈意識的に新しい字解を選んだ〉という朔太郎の解を永田は〈驚くべき創造〉と評している。なお、朔太郎の解を〈魅力的〉と評する川崎寿彦の論がある。長文にわたるが引用したい。

この句はけっきょく、牡丹という花を熱愛した作者が、その花の周辺に一種の宇宙が凝集しているような感じを感じとっているのではないかとおもう。その静と不動は、巨大な音と動きを内包するものなのだ。この感じかたは、蕪村のいくつかの牡丹の句にあらわれている。たとえば、

方百里雨雲よせぬぼたむ哉
広庭の牡丹や天の一方に

後者は、発想としては、「前赤壁賦」の「望美人兮天一方兮」からとったものであろうといわれるが、作品として結実したところでは、やはり全宇宙に拮抗するような牡丹のみごとな存在ぶりを暗示している。また、

蟻王宮朱門を開く牡丹哉

は、あきらかに小宇宙的（マイクロコズミック）な発想であろう。

このように、宇宙的な規模の動と不動、音と静、聴覚の世界と視覚の世界を暗示している句として読めば、「地車」からかならずしも具体的な車両を連想する必要はないわけだ。いやむしろ、すくなくとも視覚的にはそれをイメージしないことのほうが大事なのではなかろうか。とすれば朔太郎が「地軸のとどろき」を連想したのは、きわめてすぐれた解釈と呼ぶべきだろう。もちろん暗喩的世界でのことであって、象徴派詩人の面目が躍如としている。「結局何れにしても変りない」といったのは、この暗喩性に詩の本質を見るところから来るのである。

私個人としては、朔太郎のこの解釈をたいへん魅力的だと感じるので、それを〈意味〉の一つに

数えたいとおもう。しかし、蕪村時代にはたして「地軸のとどろき」というような意識がありえただろうか、ということが気になる良心的〈歴史派〉には、実景として重々しい車のとどろきがあって、それが大地をゆるがし、そのまっただ中に、牡丹が不動の静と美をほこって、身ゆるぎもせずに咲きしずもっている、というようなところを想像していただけばよいだろう。

川崎は、蕪村の牡丹の句をいくつかひいて、これらの句が〈全宇宙に拮抗するような牡丹のみごとな存在ぶりを暗示〉しており、〈あきらかに小宇宙的（マイクロコズミック）な発想であろう〉ととらえている。そして、〈「地車」からかならずしも具体的な車両を連想する必要はない〉という。

〈きわめてすぐれた解釈〉であり、〈象徴派詩人の面目が躍如〉と称賛している。しかし、一方、川崎は、右のように〈暗喩的世界〉ととることに反論するであろう〈歴史派〉の、〈実景として重々しい車のとどろきがあって……〉という想像・解釈をも、それはそれとして受け入れるという。いかにも分析批評の研究者らしいいい方ではある。

さて、ここで、〈歴史派〉云々の話題がでたついでに、この句を次のように〈歴史〉の〈実景〉にひきつけて試みた次のような解釈はいかがなものであろうか。

掲句は安永三年の作とある。

ところで安永年間というのは、どのような時代であったか。歴史書をひもといてみよう。

明和九年二月、江戸目黒行人坂の大火に始まり、夏から秋にかけて大雨・大風が各地を襲うなど災害がうちつづき、これは「明和九《めいわく》（迷惑）」のせいだというまことしやかな説も広まり、ついに改元が実施された。新元号は〈安永〉である。

夏から異常気象のために各地に災害があいついだが、秋になるといっそう悪化した。七月上旬に九州で暴風雨、八月上旬には東海から関東にかけての暴風雨と洪水、下旬には中国、四国、近畿、東海各地方を暴風雨・洪水がみまった。さらに収穫目前に各地で大風・大雨がつづき、家屋の倒壊など被害が拡大した。死者・行方不明者も多数にのぼり、農作物も大きな打撃をこうむった。前々年、前年の大干ばつから回復するいとまもなく、凶作の冬を迎えたのである。

明和九《めいわく》も昨日を限り今日よりは
寿命ひさしき安永のとし

年号は安く永しと変はれども
諸色（物価）高直《こうじき》（価）いまに明和九

人々は新しい年号にむけた期待と不安の落首をよむが、つづく安永年間（一七七二〜八一）も物価高、疫病流行、大寒波、大雨、凶作、それに伊豆大島の噴火や将軍嫡子の急死など、不安な世相に悩まされる。

安永二年の四月には大野、吉城、益田の幕府領三郡で、三万人にのぼる農民の蜂起があった。この地方では、二年前、年貢米の江戸回送、米商による米の買い占めなどに反対して大規模な打ちこわしがあったばかりであった。前の騒動がおさまらないうちに、今回新たに検地令がだされ年貢の増徴が試みられたため、再度の騒動となった。立ち上がった三万人は検地中止を代官と江戸の役人に陳情したが聞き入れられなかった。

その後の委細をある史書は次のように記述している。


各地で集会を開いて対策を協議した農民たちは、13日大垣藩に越訴《おっそ》するが、この訴えも結局失敗。ついに江戸へ出て、7月には老中に駕籠訴《かごそ》、勘定奉行に駆込《かけこみ》願いをする。しかしこれも却下されたため、飛騨代官大原彦四郎に強硬な訴状を提出。事態ここにいたり、11月、幕府は近隣諸藩に出兵を要請し鎮圧にのりだす。

翌年暮れ、この騒動で罰せられた者は追放・過料なども含めれば1万人を数え、新検地も実施された。しかし農民たちの闘いはこの後もつづく。


世に有名な飛騨大原騒動である。このとき一揆契状の署名に首謀者が誰であるかをわかりにくくするために「傘《からかさ》連判状」なる独特のものが考えだされたのは、周知のところである。

さらに安永三年ともなると、全国的に天然痘が猛威をふるい、江戸町奉行所が棺屋《ひつぎや》を呼びだし、棺の数を累計したところ一九万という膨大な数にのぼったという。実際はそれ以上の人が病に倒れたことはいうまでもなかろう。

江戸市中においても、たびたび打ちこわしがおこった。人々は地車を押し、富商の邸の門を打ちこわし、あるいは、米蔵を破った。

安永年間とは、まさに物情騒然たる時代であったのである。芸術家としての蕪村の意識にかかる世情がまったく影を落とさぬということはあるまい。

このような歴史を背景においてこの句を見るとき、地響きをたてて、喚声をあげて疾走してくる地車の〈とゞろとひゞく〉音が読者の胸にも響いてこないであろうか。

一方、富と権勢を象徴するものである〈牡丹〉。この両者の対比。まさに〈とゞろ〉という声喩は、〈地車〉と〈牡丹〉の両者にかかるものとしてあるといえよう。

……といったふうな解釈も可能であろうか。「故事付」ということで一笑に付されるやもしれぬ。

いうところの「読みすぎ」「深読み」といったことを、私もしてみたくて、ちょっと、筆がすべった――というところである。呵々。

第2章

一語のはらむもの

日常の、実用の比喩は、比喩するものと比喩されるものとの間の同質性において成立するが、文芸における比喩は、両者の同質性と同時に異質性においても機能する。このように比喩をとらえたとき一句の美の構造がうかびあがってくる。

また、一句における古語、漢語、雅語、俗語などの取り合わせが美の構造を生みだすはたらきを明らかにしたい。また、地名、人名などが一句の中において、どのような機能をはたすか。季語にも比すべき役割を明らかにする。さらには、否定語や、聴覚と視覚の間の転換・交錯など一句における措辞の問題を美の観点から明らかにする。

金剛の露ひとつぶや石の上

川端茅舎

この句について茅舎が伊藤無門に宛てた手紙文がある。（昭和十二年二月十日付）
二十代に画家を志望し、いくつかの作品を残した茅舎は俳句の上でも視覚的な観察を重んじ、「写生」を主張してきたことが、文面より読みとれる。

此句は庭石の露だが石の表に置く露は全体べっとりとして粒々にはならない。石上に露の玉が乗る何んて事は一年に二度三度しかない。僕は毎日毎日見てゐて滅多に見られやしない。僕は石上の露の玉を発見した時は全く吃驚した。一寸は露とは思へなかった。さうして全く大変な発見と思った。此句を今迄大勢が評釈してくれたが誰も一人も其不思議さに疑問を呈示してくれない。誰もが石上の露の玉は当然に見得る事と思ってゐる。誰も草の葉と同じやうに石上の露の玉はいつもある事を当然と思ってゐる。写生写生といってもよく露を観察するなら第一に先づ石上に露の玉が乗る事を自分の経験で疑問を起す筈だ。其癖皆僕の句は主観的で理想的で写生ぢゃないといってゐるから可笑しい。

石の上一つぶ露の玉光る

と最初に作ったのだが、之ぢあ全くいつも当然に石の上に露の玉が乗ってゐる説明になって了って不可得も不思議もないやうで駄目。金剛の露となってやうやう石と露との雰囲気に真面目なアクセントが写生出来て嬉しかった。

先に茅舎は虚子宛の手紙で、〈写生は俳句の大道〉であると述べているが、この無門宛の手紙でも、そのことを強調したい意図が読みとれる。〈皆僕の句は主観的で理想的で写生ぢゃないといってゐるから可笑しい〉と反論しているのは、掲句が写生の句であることを主張したいわけであろう。

また、初案の〈石の上一つぶ露の玉光る〉にあきたらず、〈金剛の露となってやうやう石と露との雰囲気に真面目なアクセントが写生出来て嬉しかった〉と、〈写生〉を再度強調している。

岡田日郎は、そのことにかかわって、次のように、いう。

このように茅舎俳句の作句工房をのぞいてみると、執拗なまでに観察したものを言語表現として写生し、表現を錬磨する方法がとられていることがわかる。「金剛」はアクセントとみずから呼んでいるが、仏語を詩語に蘇生させた茅舎独自の美学と表現法をここに見ることができるのである。(中略)無門宛書簡において「金剛」の自作の工房を解説しているように、写生を俳句の根本に考えていることは否定することはできない。いや、写生こそ俳句の基礎理念においているといっても間違いあるまい。その写生は「石上に露の玉が乗る」現象を目を皿のようにして観察しつづけていることが基礎にあり、自然の微細な現象の発見に全力をあげているのである。

岡田もまた、〈執拗なまでに観察したものを言語表現として写生〉といい、〈その写生は「石上に露の玉が乗る」現象を目を皿のように観察しつづけていることが基礎にあり、自然の微細な現象の発見に全力をあげているのである〉と、この句が写生によってもたらされたものであることを主張している。

門外漢の私としては、俳句における写生をめぐる歴史については、不案内であり、また茅舎その人についてもよくは知らないが、文芸学を専攻する人間として、成心なく率直に、ありのままにこの句を解釈すれば、この句の眼目は何といっても〈金剛の〉という比喩表現であり、この比喩は、岡田のいうように〈「石上に露の玉が乗る」現象を目を皿のようにして観察しつづけ〉また、〈自然の微細な現象の発見に全力をあげて〉いて、生まれるものではない。

仏教に造詣深い茅舎の思想・主観によってこの〈現象〉が再認識された結果として、この句は生まれたものであるとしか考えられない。

もちろん、私は対象を徹底的に観察する写生のありようを否定、あるいは軽視するものではない。しかし、だからといって写生そのものが、かかる名句を生むと短絡しては、考えられない。

茅舎といえば、すぐ露の句を思う。茅舎は露の句だけでも後世に残る俳人といえよう。〈白露に阿吽《あうん》の旭さしにけり〉という句もある。この句にあっても〈阿吽〉という仏語が眼目となっていて、これまた、単なる写生の句とは考えがたい。

虚子は茅舎の句集の序文に〈茅舎君は雲や露や石などに生命を見出すばかりでなく、鳶《とび》や蝸《かた》牛《つむり》などにも人性を見出す人である。露の句を巻頭にして爰《ここ》に収録されてゐる句は悉《ことごと》く飛び散る露の真玉の相触れて鳴るやうな句許《ばか》りである〉と記している。

虚子は〈茅舎君は雲や露や石などに生命を見出す〉というが、〈露〉を形容して〈金剛の露〉と比喩した、ほかならぬその表現法こそが〈露や石などに生命を見出す〉ことになっているのである。

ところで〈金剛〉とは仏語である。小室善弘は金剛とは、〈堅固の意を表す梵語vajraからきた語で、金剛石、金剛杵、金剛身などさまざまな語に冠して用いられる。金剛界の「金剛」は、大日如来の知徳が堅固で一切の煩悩を摧破する意があるという。茅舎はこの語に、ただ堅固だけでなく、玲瓏たる露の玉に、煩悩を超脱する知徳の結晶を見ているであろう〉と解説している。

しかし、その小室にしてからが、この解説のあとにつづけて、

「金剛」には、堅固で何物にも壊されぬこと、如来の知徳が堅く一切の煩悩を照破するたとえの

意があるが、「金剛はつまりアクセントに使用せられたのだ。金剛の意味に余り引掛られちゃ困るよ」と言っているから、一句の中心はあくまで石の上の露という眼前の事実を写生することにあったと見るべきだろう。

と作者の意図に沿いながら、〈一句の中心はあくまで石の上の露という眼前の事実〉と主張するのである。

しかし、この句の眼目は、くりかえすが、〈金剛の露〉である。その観点からの解釈・鑑賞の代表的なもの、二、三列挙する。

・はかないものの比喩に用いられる「露」が、ここでは、ダイヤモンドの「金剛」の堅さと輝きをもつものとして提出されています。「ひとつぶ」の「露」の玉が凝然確固とした存在感をもって「石の上」に据えられているのです。ウソと言えばウソ、誇張と言えば誇張でありましょう。けれどもこの句の「露ひとつぶ」は病身の茅舎の全存在を懸けての凝視祈念の果てに、心の中で「金剛」不壊のものと化した「露ひとつぶ」であります。この世に二つとないものなのです。この「露」の粒には「生命」が入っています。(上田五千石)

・「金剛」とは、たいそうかたく、どんなものにもこわされぬこと、またそのもの――と辞書にのっています。露といえば、はかないものの象徴とされ、およそ金剛などという言葉には縁遠いものと思われますが、露の世、露のいのちなどといった言葉のように、露を見てはかないものと感じるのは、いわば常識なのです。

しかし茅舎は石の上に凝った露の玉をみて、そこに凜と張った強い力を感じたのです。なにものにもおかされないその清浄さと、今すぐにも消えるかもしれないという、はかなさゆえの刹那の力にこころうたれたのだと思いますが、常識を脱した、作者の特異な眼が感じられる句です。（鷲谷七菜子）

・石の上のひと粒の露の玉は、自然の一形相というもの。形相としての「露」のありようは、それが石の上であろうと、一粒であろうと、画家や、写真家も、その材料、手法は異なるものの、あるがままに再現してくれるだろう。文芸上でのおなじ「あるがまま」の表現ということでは、子規は「写生」という手法で十七文字にしてみせてくれたのであった。子規は言っている。「(写生の)平淡のうちに至味を寓するに至っては、その妙、実に言うべからざるものがある。云々。」

ここで子規の句を併記するのは、「現代」的でないから避けるとして、右の茅舎の句が、おなじ形相描写であり、且つ「写生」に終らないのは、山本健吉氏が『現代俳句』の中で指摘するとおり、作者の観相が「金剛の」という比喩の形で表出されていることが、まず一つ。（清山基吉）

・この句は「金剛の如き露」とあるべきところを「金剛の露」と、露そのものを金剛と見たのであり、この断定はいさぎよい。この露は小ながら鉄槌を以てしてもくだけまい。太陽は万象に遍照しているが、殊更、この石の上の一粒の露を慈しんでいるようだ。この露、またその光りを摂取して、内から煌とかがやいている。再び金剛に戻れば「方寸ニシテ数十里ヲ照ラス、即チ金剛石」。――「石」は庭前のもの。いえば取るに足りない石ころの上の一粒の露だ。しかし、この句では大きな天地となって展ける。しかも、この露はすぐ消ゆる露のはかなさでなく、永劫つよくかがやく露の存在となっている。私は未来の仏、菩薩の姿をこの白露に見ている。(大野林火)

・第二句の金剛も金剛不壊《ふえ》という仏語からきている。この句の「石の上」は観念にちかいものだが、その上で燦光をはなっている鉱質の露の白玉には、金剛の意思さえ見てとれる。そこに、この露の無限の象徴相をみるのだ。(石原八束)

・石の上のひとつぶの露だけを凝視して、周りのすべてを省略した句。やがては消えてしまうはずのはかない露が、じっと見つめていると、堅固な大きな世界のように見えてくる。自然の不思議さの中に永遠の生命が見えるのである。

その際、仏教用語でもある〈金剛の〉という比喩が、はなはだ効果的である。はかなさの極であるひとつぶの露が、堅固なものの極である金剛にたとえられるところに、透徹した認識があるといえる。(山下一海)

煩をいとわず諸家の解を列挙したが、ほとんどが、この句の眼目を〈金剛の露〉とし、しかも、〈金剛〉が仏語による比喩であることを指摘している。

ここで〈仏語による比喩〉が、この句の〈虚構としての美〉をどのように形成しているかについて述べることにしたい。

多くの評者が触れているように、〈露〉とは、はかないものの代名詞（あるいは比喩）。露の命、露と消える……などという。したがって、堅固、不壊また永遠をも意味する〈金剛〉によって形容、比喩することは、不自然であり、木に竹つぐ如き措辞であり、なじまない、違和感をひき起こす異質な矛盾する表現である。

本来ならば〈金剛の露〉という表現はその矛盾によって破綻を来すものといえよう。にもかかわらず、〈金剛の露ひとつぶや石の上〉と一句に構成されたとき、その異質な矛盾するものが止揚・統合されて、独特な虚構の美を生みだす。その秘密はいったい何か。

その一は、露というものの本性として、己れ自身の色をもたず、まわりの色を映し出すものということにかかわる。草木の緑の葉の上に置く露は草木の緑の色を映して、緑にかがやく。また紅の花びらに置く露は花の生命をうけて己れ自身も紅に燃えるものとなる。かたい〈石の上〉に置く露は、石の色、いや石の堅固、不壊の生命と映発しあう。まさに、それは〈金剛の露〉と形容するにふさわしい存在と化す。そこでは、〈金剛の露〉は「金剛の如き露」という比喩ではなく、文字通り〈金剛の露〉そのものとなる。

日常の露、現実の露が、そのままに非日常、非現実の露と化す。〈金剛の露〉は虚構の〈露〉であり、その美は、「はかない」露がそのままに永遠、不壊のものとなるという矛盾を止揚・統合した弁証法的な構造の発見、認識である。

〈金剛の露〉の表現の秘密のその二は、金剛は、金剛石、つまりダイヤモンドの意に用いられる。とすれば、〈石の上〉の〈ひとつぶ〉の〈露〉は、まさしくダイヤモンドのきらめく輝きをもって存在する〈金剛の露〉と化すといえよう。

表現の秘密の三は、〈金剛〉が仏語であるということにかかわる。眼前の現実の石の上のひとつぶの露は、ただの平凡な露にすぎない。にもかかわらず、それはその身そのままに、即身成仏して、〈金剛の露〉となる。まさしく、茅舎浄土における奇跡といえよう。そのことは、卑小・卑近・卑俗なただの平凡な一粒の露が超俗のものとなる虚構の世界の不思議でもある。

ここまで述べきたれば、この一句が写生の域をはるかに越えて象徴にまで至るものであることを理解されたであろう。

なお、蛇足ながら比喩という表現方法について、一言。

一般に比喩は、あるものごとの様子をそれと相似の他のあるもののイメージによって表現すると考えられている。日常生活の場にあって、比喩は相手の知らない事物を説明するにあたって、それと共通性をもつ相似の、しかも相手の知っているであろう事物と比べて表現することで相手に理解させようとする。いわば、比喩するものと比喩されるものとの間の共通性、相似性、同質性が前提となっている。

しかしながら、文芸（俳句も）における比喩は、右のような同質性をふまえながら比喩するものと比喩されるものとの間の異質性こそが美を生みだすものとなっている。これは西郷文芸学の表現論における比喩についての考え方である。

金剛も露もともにダイヤモンドの如ききらめきを共通にもっているという同質性をふまえながら、むしろ、「はかなさ」と「金剛不壊、永遠」という異質性において、美の構造が生まれることは、先に詳しく論じたとおりである。

このあと、比喩を眼目とした俳句を二、三挙げて、これらのことをさらに具体的に考察することにしたい。

ぜんまいののの字ばかりの寂光土　川端茅舎

〈寂光土《じゃっこうど》〉とは、仏教で、寂光浄土つまり極楽浄土のことである。

〈のの字〉とは比喩である。幼児がにぎりしめたこぶしを振りかざしているようなぜんまいが、あたり一面に生えている。ありふれた田園風景にすぎない。

この日常の現実が、そのまま〈寂光土〉という非日常の、非現実の世界と化す。

「山川禽獣悉皆《シッカイ》成仏」という思想が体現された句といえよう。草田男が〈茅舎浄土〉と呼んだのもうなずける。

〈まひまひ〉の雨後のさまを、そのまま仏とみなしての句〈まひまひや雨後の円光とりもどし〉もまた、「即身成仏」の理想境を詠んだものである。

〈ぜんまいの〉も〈まひまひや〉も、卑近・卑小・卑俗なものがそのままに超俗のものとなる、あるいは日常、現実の世界がそのまま非日常、非現実の世界となる弁証法的な美の構造を見ることができる。

細見綾子は、〈茅舎は仏教の世界に遊ぶところがあり、目前の小現実を仏教世界の神秘に通じるものとして観念化する傾向〉があると指摘する。

〈目前の小現実〉つまり日常、卑近・卑俗なものがそのまま〈仏教世界の神秘〉つまり超俗のものとなるというとらえ方は、私のいう美の構造に触れるものである。

小室善弘も、これまで私が述べてきたと同様の解釈を示している。

「寂光土」と据えたために、のどかな童画の世界は、にわかに常住不変の幸福の遍満する世界に飛躍する。ぜんまいの群生する空間を寂光浄土のようだ、と作者が直覚する背景には、草木禽獣悉皆仏と見る自然観がある。すっくと幾つも立っているぜんまいの姿に、作者は寂光土にいる仏を連想したのだ。子供のような目で自然を見る態度と、あらゆるものに仏性を発見する宗教的な受けとめ方と、その融合が生み出した独得の俳句世界である。

〈のどかな童画の世界〉が〈にわかに常住不変の幸福の遍満する世界に飛躍する〉とは現実と非現実が一挙に止揚される虚構というものの機微を語っている言葉である。

また〈子供のような目で自然を見る態度と、あらゆるものに仏性を発見する〉ものとの〈融合〉も、これまた、卑小・卑俗のものが超俗化する虚構の本質を語ったものといえよう。

この句における〈寂光土〉は比喩であるが、ここでは比喩がそのまま象徴にまで昇華しているといえよう。

ところてん煙のごとく沈みをり　日野草城《そうじょう》

山口誓子にこの句についての解釈がある。


この句を作ったとき草城は三高の生徒だった。よく吉田の鈴鹿野風呂《すずかのぶろ》の家に行った。ある時、草城がところてんを見たことがないといったので、野風呂は妻に命じてところてんのでき上がる過程を草城に見せた。

そのとき、ところてんは透明ですこし曇りを帯びていたので、水底に沈んでいると、その曇りだけがよく見えた。

それをじっと見ているうちに草城は、その曇りを「煙のごとく」と感じ、そう表現した。

煙が水中にあるはずはない。しかし「煙のごとく沈みをり」といわれると、あるはずのない煙が水中にあって、ところてんの曇りをさながらに表現する。

比喩はこうありたいものだ。つき過ぎてはいけないし、離れ過ぎてもいけない。「煙のごとく」は離れてつくというべき比喩だ。


誓子は、〈あるはずのない煙が水中にあって、ところてんの曇りをさながらに表現する〉という。ここには比喩というものの性格の一面がとらえられている。

比喩には同質の比喩と異質の比喩がある。その場にふさわしい比喩は同質の比喩であるが、水に沈んだ〈ところてん〉を〈煙のごとく沈みをり〉とした比喩は異質の比喩という。

異質の比喩においては、比喩するものと比喩されるものに共通するイメージだけでなく、逆に両者の間に異質・矛盾するものが生まれる。

煙というものは、たなびき、立ちのぼるものである。したがって〈煙のごとく沈みをり〉という措辞は木に竹をつぐ違和感をひき起こすはずである。にもかかわらず、水に沈む半透明のところてんのゆらぐさまは、まさしく〈煙のごとく〉と比喩されるものである。

この異質な矛盾する表現が一つにせりあがって（止揚されて）いるところに、この句の美がある。誓子が〈離れてつくというべき比喩〉というのは卓見である。

蟷螂の眼の中までも枯れ尽す

山口誓子

作者の自注に〈青いかまきりは、冬になると、枯れて、黄になる。全身が枯れるのである。顔も、翅も、腹も、肢も、すべて。頭が枯れれば、その眼の中まで枯れてしまう〉〈私の、かまきりの句も、枯れが、全身に及んで、眼の中まで黄色いというのだ。その点は似ているが、句のおもむきは、おのずから別だ〉とある。

これは、しかし、事実誤認である。かまきりには、緑色と褐色の二種類があるのであって、夏の間緑色であったものが、秋も終わろうとするころ、まるでまわりの草木が枯れ尽くすようにその顔や腹や翅はおろか〈眼の中まで〉黄色く（褐色に）〈枯れ尽す〉というのではない。

しかし、たとえ、これが作者の誤認であっても、この句は、作者がそのように〈蟷螂《とうろう》の眼の中までも枯れ尽す〉と見たところに作者の心の真実がある。事実ではないが、この句には詩的真実があるのだ。

虚構の世界とは、現実（事実、日常）と非現実（非日常）とを止揚するところに成り立つものである。

文芸としての俳句（つまり虚構の世界）は、現実には褐色の種類のかまきりを、〈眼の中までも枯れ尽す〉ととらえる非現実とを止揚したところに成立しているのである。枯れ尽したわけではないものを〈枯れ尽す〉と比喩表現したところに、虚構の世界が生まれるということである。

したがって、この句の美（おもしろさ、味わい）とは、このような矛盾を止揚したところにあり、したがってそのことを私は〈虚構された美〉あるいは短く〈虚構の美〉と呼んでいる。

観点をかえていえば、〈虚構の美〉とは読者によって意味づけられる美であるということになる。なぜなら、虚構の方法とは、日常的な意味をふまえながら、それを超えた非日常的な深い意味（象徴的な意味）を生みだす方法だからである。

緑色のかまきりが秋の深まりとともにやがて〈眼の中までも枯れ尽す〉ととらえたときに、生きとし生けるものの上に訪れる非情の運命を見、しかもそこに、はからざるユーモアさえも感ずることになる。それが、まさに俳諧、俳句の精神であろう。

ところで作者の意図は、作者自注の文章によって明らかであるが、読者はそれにこだわりとらわれることなく、前述のように「自由」に解釈（意味づけ）することで、かえって、この句を作者の意図さえ超えてより豊かな深いものとして読み味わうことになる。

これが作者によって、また読者によっても意味づけられる虚構というものの本質である。

瀧落ちて群青世界とゞろけり

水原秋桜子

〈那智山に登る〉と前書した七句中の一句。秋桜子《しゅうおうし》の最高傑作と目されている。〈その日の水量が豊富で、とどろき落ちる音が、魂を揺るほどに感じられた〉という。

平野仁啓は、〈堂々美の使徒として暮し抜いて来た秋桜子が、遂に到達することの出来た新天地であり、創造し得た真世界であったと称えていい〉と高く評価している。

山本健吉は〈人々は那智滝の美しく雄大な神韻を感得すればよかった。それら風景として嘆賞するのでなく、そこに何か目に見えぬ後光のようなものを見出して、跪拝すればよかった〉と述べている。

諸家の激賞の辞に異を唱えるものではないが、この句の美は、何といってもこの世界を〈群青世界〉と表現したところにある。〈群青〉とは日本画で用いられるあざやかな藍青色の顔料の色である。ほかならぬ日本画における〈群青〉の独自なイメージによって、とらえられていることに注目すべきであろう。この句において〈群青〉は、いわば比喩に等しいはたらきをしていることに注目すべきである。

秋桜子の〈瀧〉は伝統としての日本画の世界を〈群青〉によって現前させながら、かつその世界を〈とゞろ〉かせているのである。
そこにこそこの句の美の構造があるといえよう。

大空に羽子の白妙とどまれり

高浜虚子《きょし》

〈白妙〉は、栲《たえ》の白さをあらわす古語である。〈白妙の衣《ころも》〉などと歌に詠まれている。この句の解釈・鑑賞のほとんどすべてが、大空の青と羽子《はね》の白との色彩的コントラスト（対比）の美について語る。たとえば、そのなかのいくつかを紹介しよう。

・まっ青な空を背景に、白い羽子が上へのぼりつめて、まさに、落ちようとする一瞬を述べた句です。その羽子が上りおわって、下りはじめるという瞬間を象徴としてとらえました。一瞬という最小限の部分をとらえ、大きい青空と一点の白とのコントラストで、初晴れの大空に充満する無限のめでたさの気分を浮き彫りにするようです。（鷹羽狩行）

・調和して羽子が大空にとどまる、美しい調和です。「羽子の白妙」と言うからには、大空は青空でしょう。だから美しい。しかし単なる色彩的な美ではない、瞬間における調和の美です。（林　翔）

・その一瞬が「とどまれり」だ。上昇から下降にうつる一瞬の静止のときである。「白妙」

は栲《たえ》の布の白いことからきた白色の意、この古語がこの句を優雅にしていることも見逃がせぬ。新春の青空の中にくっきり浮ぶ白妙の羽子は、まことに浄らかでかがやかしい。（大野林火）

鷹羽は〈大きい青空と白とのコントラスト〉といい、林は〈「羽子の白妙」と言うからには、大空は青空でしょう。だから美しい〉という。大野も〈新春の青空の中にくっきりと浮ぶ白妙の羽子は、まことに浄らかでかがやかしい〉という。（傍点は西郷）

たしかに〈大空〉の青と〈羽子〉の白とのコントラストは絵として見て〈美しい〉、〈浄らかで、かがやかしい〉。そのことは、もちろん、表現効果からして十分、着目すべきところである。

また、これらの諸評は、〈一瞬〉〈一瞬間〉〈瞬間〉〈一瞬の静止〉という言葉で〈とどまれり〉をとらえ、そこに〈無限のめでたさ〉〈調和の美〉を見ている。

なお、この美を特に強調したものとして、次のような解がある。

ゲーテが〝時よ、その翼をとどめよ〟といったように、いつまでも正月のめでたく静かな気分が続いてほしい、そんな〝永遠の今〟を願う心が「とどまれ」の一瞬の静止にこめられているではありませんか。（鷹羽狩行）

鷹羽は〈一瞬の静止〉に〈永遠の今〉を見ている。これは、あきらかに弁証法的なとらえ方である。このようなとらえ方に類するものとして、次のような解もある。

いま大きな羽子板をもった一人のつき上げた羽子が、青空に高く上って、一瞬とどまっているように見えた。真白の美しい羽子である。やがてきりきり舞いつつ下りてくるのであるが、そのとどまったと見えた瞬間が最も美しく、いい印象としていつまでも眼に残ってはなれないのである。
（水原秋桜子）

秋桜子は〈瞬間〉の〈印象〉が〈いつまでも眼に残ってはなれない〉として、一瞬の永遠をそこに見ようとしている点で、先の鷹羽のそれと共通するところがある。
秋桜子は、さらに続けて次のようにいう。

ただ真青な空と、そこにとどまっている羽子さえ描けていれば、それで十分なのである。「大空」という詞が選ばれ、「白妙の羽子」という詞が選ばれてあるところをみると、この空と羽子とがいかに美しく印象されたかということがわかる。

ところで、秋桜子は〈真白の美しい羽子〉、〈「白妙の羽子」〉という。鷹羽は〈白い羽子〉、大野は〈白妙の羽子〉という。

しかし、この句は〈羽子の白妙〉であって、〈白妙の羽子〉ではない。

大空の一点に現実にとどまっているのは、〈羽子〉というものである。しかし、虚構としての句の世界の〈大空〉にあっては、羽子というものではなく、〈白妙とどまれり〉なのだ。そもそも〈白妙〉というものはどこにもない。非在、非現実の〈白妙〉が〈大空に〉〈とどまれり〉とするところに虚構がある。つまり現実と非現実を止揚する虚構世界が現出するのだ。

しかも〈白妙〉とは〈白妙の衣ほすてふ天の香久山〉と歌に詠まれるあの〈白妙〉である。万葉の古代を偲ばせる雅びやかな古語としての〈白妙〉である。日常の、現実の〈羽子〉が同時に非日常の、非現実の〈白妙〉と化す。現代と古代が二重うつしになって一つにとけあう。いや、古代から現代への悠久の時間、歴史が一瞬によみがえる。この一瞬が永遠のものとなる矛盾の弁証法をとらえるべきである。

大野は〈この古語がこの句を優雅にしている〉という。が、この古語がこの句を見事な虚構世界へ昇華させていることに気づいていない。秋桜子も〈その羽子は白いのだが、ただ「白」いとのみ言わず「白妙」と美化して言っているところに、新年らしいめでたさが漂っている〉というが、〈白妙〉という古語を〈美化〉という表現効果にかかわるものとしてとらえているにとどまる。虚構としての句を矮小化するものである。

ところで、〈とどまれり〉とあるが、次の瞬間に〈羽子〉は大空から舞おり地上のものとなるはずである。この動より一瞬の静、そして再び動という流れを、この句はただ〈とどまれり〉と一語でいいとめている。一瞬にこの時間のドラマをかいま見せる。

先に諸家の評が青と白の色彩の対比をとらえてこの句を味わっていたが、もちろんコントラストの妙を否定するわけではない。しかし、表現の効果のみをいいたて、この句の虚構としての美を見逃してしまっては、まことに残念である。

日常、現実の地平から打ちあげられた羽子は、一瞬、大空にとどまる。が、その瞬間、それは非日常、非現実の〈大空〉に〈羽子の白妙〉として〈とどまれり〉となる。

現実と非現実を止揚・統合したところに、この句の虚構としての美があるのだ。

ところで、〈白妙〉は古語であるが、この句にあっては、比喩として用いられている。現在の事実としてある羽子を古代の異質なイメージによって比喩しているところに、前述したような美の弁証法的構造が生まれるのである。

玉蟲の羽のみどりは推古より

山口青邨

作者の自注がある。

玉虫を見てつくづくその色の美しさに感嘆した。この句を作るに当って推古天皇の玉虫の厨子が頭にあることはもちろんである。玉虫の緑金は推古時代から美しいものとされたと断定して、ああ美しい、羽のみどりであることよと嗟嘆したのである。

玉虫はうちの庭にもいた、さいかち、けやきなどの木があるからだ。木の枝から枝にとび移ったりして日にかがやいていた。ある朝一匹の玉虫が落ちていた、骸だったが露にぬれていた、手のひらにのせて見れば見るほど美しかった。これは今も家内の箪笥の小箱の中にちゃんとしまってある。

自注にもあるとおり、〈みどり〉の玉虫の羽は、〈うちの庭〉〈手のひら〉〈箪笥の小箱〉の中にある。いま、現にそこにある玉虫の羽の〈みどり〉は現実のものであり、日常のものである。しかし、同時に、それは古代〈推古より〉の非日常的、非現実的な〈みどり〉でもあるのだ。古代（昔）と現在（今）が〈みどり〉の中で一つに止揚され統合されているところに美がある。ここでも〈みどり〉は異質な比喩と同じ機能をもっている。

この句は〈羽のみどり〉であって、「みどりの羽」ではない。それは〈大空に羽子の白妙とどまれり〉の句において〈羽子の白妙〉であって「白妙の羽子」ではないことと同工異曲の発想である。〈みどり〉が現実と非現実を一つにせりあげ止揚するものとなっている。

なお、この句のばあい玉虫でなくあえて、玉蟲と旧漢字を用いたい。

たまの緒の絶えし玉虫美しき

村上鬼城

「死」という言葉を避けて、〈たまの緒の絶えし〉と古めかしく雅びやかな措辞によって〈玉虫〉のイメージをいっそう優雅なものにしている。

もともと玉虫は古代王朝の女たちがその翅の美しさを愛《め》でアクセサリーとしてきた。その玉虫の〈たまの緒の絶えし〉瞬間、いっそうその美しさをかがやかせることとなる。「死」によって美しい「生」を得るところに、この句の美の弁証法――発見――があるといえよう。

「タ」音と「シ」音の交互反復はあたかも（タマノヲノタエシタマムシウツクシキ）と、まるで管玉をつらねた頸飾りのように音韻の美を生みだし、一句の意味・イメージと相まってこの句の味わいをさらに深いものとしている。

ことわるまでもないが、〈たまの緒〉は比喩である。ただし、すでに死語と化した古代的な比喩である。だからこそ、卑俗な卑小な玉虫の生命を〈玉の緒〉と比喩するところに異質なものを止揚する美の構造が生まれるのである。比喩というものの異質性を再認識すべきである。

短夜や乳《ち》ぜり泣く児を須可捨焉乎

竹下しづの女

〈短夜〉は、明けやすい短い夏の夜。昼間が長いだけに疲れがたまり、夜はむし暑くてなかなか眠れない。〈短夜〉だからこそ乳をほしがりせきたて泣く児に、眠られぬいらだたしさが、爆発する。

参考までに一、二の解釈を引用する。

・短夜というやや情緒的な季語に、これはまたすさまじいほど非情に見える句である。暑い夏の夜、乳を求めて泣きつづける吾子に当惑して、「捨てっちまおか」と吐き捨てる母親の非情にも見える愛はすさまじい。この句は大正十一年の作だが、女性にありがちなナルシシズムの微塵もない句で、同時代の杉田久女とともに自我の強い女性として俳壇に強烈な影響を与えた。（能村登四郎）

・十分に睡眠がとれない「短夜」だからこそ、火のつくように泣く子供にイライラして我慢できない母親の気持が強調され、そんな子は〝捨てっちまおうか〟と、タンカを切る女のような、思いきった表現が生きます。そういえば、夏には人を理屈なしの行動へむやみに駆りたてるところもあるようです。なお、怒りを「須可捨焉乎《すてっちまおか》」と簡潔に力強く言った

のも、「短夜」なればこそです。（鷹羽狩行）

美の観点よりすれば、この句の眼目は下五の〈須可捨焉乎〉であろう。漢文訓読調に読めば〈須《ラク》可《レキ》捨《ツル》焉乎〉（すべからく……するべきか）となる。〈須〉だけで再読文字として「すべからく……べし」、つまり「ぜひ……する必要がある」という意に用いられる。

作者は、いらだたしさの余り、いっそ〈すてっちまおか〉とやけっぱちに吐き棄てる科白を、この漢文のルビに使っている。いかめしく固っ苦しい漢語調とそれとはきわめて異質な俗語調を、一つに止揚したところに、この句の美の構造がある。

〈須可捨焉乎〉には、はらだたしさ、いらだち、すてっぱちの気分と、そういいながら頬ずりしたくなるほどのいとしさ、そして、そのような己自身の姿にふと、苦笑をもよおす、そんな複雑な思いが一つに溶けあっているのだ。

小室善弘は、作者の境遇に触れながら、次のように解釈する。

師範学校を出て小学校や師範学校で教壇に立っていた作者には、教職へあきらめきれぬ思いもあったであろう。同時作の「乳啣ます事にのみ我春ぞ行く」には、現在の自分の立場についての不満、焦燥がうかがわれる。

「須可捨焉乎」という激しい感情の表出は、右のような心情のたまりにたまった結果の噴出したものである。ここに一種のペダンチズムを感じ取る読者もあるであろうが、こうした奇矯な表現によってしかあらわしようがなかった感情の所在ということも認めないわけにいかない。漢文表現は古代から男専有のもので、あえてそういうものを取り込んで、日常的言いまわしと複合させて鋭く突き出していくところに、男社会に伍して、知識人としての生き方をもとめる作者の苦悩が出ているとも言える。

〈不満〉〈焦燥〉〈激しい感情の表出〉〈作者の苦悩〉と抜き書きしただけでも、小室の受けとめ方がわかる。

たしかに小室のいうとおり、そのような〈心情〉の〈噴出〉もあろう。しかし、それはこの句の一面にすぎない。〈須可捨焉乎〉は、同時に前述したように逆説的にも読まれてしかるべきである。そしてこそ、矛盾を止揚するこの句の美の構造をふかいものとして味わうことになるのではないか。

春尽きて山みな甲斐に走りけり　　前田普羅《ふら》

小室善弘の行き届いた鑑賞文があるので紹介する。

山国では雪が解けきって山襞《やまひだ》がくっきり現れるのは、春も終わるころである。そのころには、山々の尾根がくっきりと現れ、どの山もどの山も、いきいきとした姿で甲斐の国の方向に稜線を走らせるすがたがあざやかになる。句はそうした季節の印象を鋭く一気に言い取っている。

「春尽きて」は一般には惜春の情をこめて使われるが、ここでは下句との照応からみて、新しい季節の到来を喜び迎える心持ちと見たい。「山みな甲斐に走りけり」と断定的にかつ動的にいいとったために、みずみずしく活気のある山襞のありさまだけでなく、山自身の喜ばしげな表情までも、鮮やかに描き出された。

〈春尽きて〉は〈春深し〉〈行く春〉〈惜春〉などの季語と類義であるが、ここでは小室の指摘のとおり、〈下句との照応からみて、新しい季節の到来を喜び迎える心持ち〉と見るべきであろう。むしろ、惜春の情よりも初夏に向かおうとする生き生きとした情感として受けとりたい。〈走りけり〉は活喩（擬人法）である。したがって、そこに小室は〈山自身の喜ばしげな表情〉をみてとったのだ。

〈甲斐《かい》の山々〉と俚謡にうたわれるとおり甲斐は四方山にかこまれた山国である。〈甲斐〉という呼称には、その山国の歴史が秘められている。信玄公にちなむ数々の戦乱の雄叫びまでが聞こえてくるようである。山々の雪がとけて初夏ともなれば、甲斐の山々も人々も、一気に動きだす気配がある。〈山みな甲斐に走りけり〉である。

古い地名を詠みこんだ句のばあい、その地名がになう歴史や伝承やもろもろのイメージを俤として結晶する。そこに一句の奥行の深さが生まれる。

〈甲斐〉という呼称と、山も人も〈みな走りけり〉という活喩のはたらきをおさえた解の欲しいところである。

辛崎の松は花より朧にて

芭蕉

辛崎《からさき》(唐崎)は近江八景の一つ。辛崎は昔から和歌にも詠まれた歌枕である。

井本農一は、この句意を〈夜の湖水を眺め渡すと、すべて朧にかすんでいる中に、辛崎の孤《ひとり》松《まつ》がほの黒く見え、その朧の姿は、あたりの花の若やいだ朧よりも一層趣き深いことだ〉という。井本は〈辛崎の孤松〉の〈朧の姿〉を〈あたりの花の若やいだ朧〉と対比して、〈一層趣き深い〉といっているわけで、松だけでなく花も琵琶湖畔の実景としておさえている。

堀信夫も〈一句は松・花の優劣を言うのではなく、松もおぼろ、花もおぼろの湖水の眺望を言おうとしただけ〉という。堀もまた、松とともに花をも実景(眺望)としている。

小宮豊隆は、〈「辛崎の松」が、見事な水墨画として描き出されでもしたように、まだ真っ暗に暮れてしまわない湖水の上に、堂々と聳え立っている美しさを示し、それは「朧」の花の美しさとは、全然比較にならぬほどの美しさである〉とする。小宮のばあい、〈花〉は実景というよりも〈「朧」の花〉として、〈松〉の美しさを〈花〉の美しさと対比し、〈全然比較にならぬほどの美しさ〉と断定する。

尾形仂は、〈辛崎の松の実像ではなく、辛崎の松にまつわる詩歌の伝統が呼びさました遠い過去の幻想〉とし、〈それがつまり、松を「朧」と把握した所以〉とし、一方〈花〉については〈「花」は眼前属目の花であるとともに〉平忠度が都落ちに際しての一首、

さざ浪や志賀の都はあれにしを昔ながらの山桜かな

に歌われた〈「昔ながらの花」でもある〉とする。つまり〈花〉は実景であると同時に〈幻想〉の〈花〉であるとする。

今栄蔵は、〈この句は、実景の描写というより、湖畔の二つの名所の松と花とで琵琶湖の伝統的な実景を象徴させながら、言葉では説明しがたい漂渺とした湖水の春の情趣をかもしだす〉とする。今は、松と花を〈湖岸の二つの名所の松と花〉つまり、尾形もいうとおり、〈伝統的な実景を象徴〉する松と花としている。

以上、諸家の松と花についての解を紹介してきたが、この句が属目の句であるか否か、つまり実景であるか否か、また、伝統的な〈幻想〉としてみるかの相違はあっても、いずれも、〈花〉を湖岸に咲く〈花〉(桜)としている点ではかわらぬといえよう。

たしかに、この句の裏に、〈辛崎夜雨〉の和歌の歌枕や忠度の山桜の歌などの伝統的な〈実景〉

を俤としておくことは、この句の解釈にふくらみ、あつみを与えるものといえよう。しかしながら、この句は、芭蕉自身が〈我はたゞ、花より松の朧にて、おもしろかりしのみ〉(『去来抄』)と述べているとおり、〈辛崎の松〉が〈花より〉美しいというのではなく、〈朧にて〉というのである。

小宮豊隆は〈「朧」の花の美しさとは、全然比較にならぬほどの美しさである〉というが、松と花を〈美しさ〉において比較しているのではない。文字通り〈花より朧にて〉と読んで解すべきである。そしてここに俳句独自の「ひねり」の構造があることを見るべきである。

つまり、花（美し）に対して松（おぼろ）というのは、異次元にあるものの対比である。本来、花（美しい）に対するものは、（みにくい）あるいは（より美しい）でなければならないはずのものである。

しかし、芭蕉は、「花より美し」といわず、桂馬筋に「ひねり」、〈朧にて〉と芭蕉俳諧独自の美意識を表現したのである。辛崎の松は個としての松であるが、ここでの〈花〉は花一般の素材としての美しさを意味していると素直にとるべきではないか。芭蕉のいうとおり、〈たゞ、花より松の朧にて〉と、とることが、桂馬筋に「ひねり」をきかしたこの句の美の構造をとらえることになるのではないか。

祖母山も傾山も夕立かな

山口青邨

作者の自注がある。

祖母山は九州のこの辺の名山である、傾山はその前山で、一方に崩れるように傾いている山である。そういう山道を杣人についてもらってぱかぱかと歩いた。

そのうちに山の方は空模様が変って夕立雲が祖母山をおおいかくした、見るまに傾山も見えなくなった。雲は真黒く、雨脚が見えて夕立が烈しく降っているようであった。この光景は雄壮であった、私は馬上でふりかえりふりかえり眺めた。私は馬をはやめた、しかし雨の方が早く、やがて私の身の上に降りかかって来た。

〈祖母山《そぼさん》も傾山《かたむくさん》も〉と〈も〉でたたみかけてくる口調は、そのまま夕立がたちまち迫ってくる気配を示し、やがてそれは、〈私の身の上に〉もとなる語法である。〈――も――も〉という〈も〉による反復の強調効果が心憎い。

夕立に降りこめられた祖母山も傾山も勇壮である。しかし、その夕立にたちまち烈しくたたかれた我が身の上は、そんなことなどいってはおれない。〈も〉の語法によって、そこに我が身の姿までをひき出してくれれば、この一句に軽い俳味を味わうことになるであろう。〈祖母山も傾山も〉というくりかえしの口調にはどこか「あちらさんもこちらさんも、そしてこの私までも」といったユーモラスな趣があるではないか。

山下一海のすぐれた評釈があるので紹介しておく。

山の名を巧みに生かした句。祖母山《そぼさん》や傾山《かたむくさん》の景色を知っていれば一番いいが、知らなくても、その名前が大きな風景を心の中に浮かび上がらせてくれる。〈祖母山〉というどっしりした名（とその姿）と〈傾山〉という少し変わった名（とその姿）の取り合わせがいい。祖母山と傾山の間には、古祖母山、本谷山などもあるが、両端の山であたりの風景を大きくとらえたもの。何よりもその二つの山の名がおもしろいし、〈夕立《ゆだち》かな〉ということで、夕立の雲が動き、山をおおう様子が目に浮かぶ。

また、藤田湘子の解を挙げておく。

（そぼさんも・かたむくさんも・ゆだちかな）

こう一息に読んでみると、祖母山を覆った夕立雲がたちまち傾山も隠し、作者のいる場所へ襲ってきた。そんな感じになる。(かたむくさん)の語呂が効いていて、さながら山容まで傾くようなはげしい夕立を感じさせるではありませんか。夕立ぴったりの山名です。

〈(かたむくさん)の語呂が効いてい〉るというのは鋭い、かつ深い読みである。飯島耕一は、そこのところ、次のように読む。

わたしは明治のはじめ生まれの自分の祖母が好きだったので、そのなつかしささえ、この「祖母山」のなかに読みとっているのではないかと思う。しかも「傾山《かたむくさん》」というのがいい。直立山ではつまらない。ピサの斜塔ではないが、この傾いている山というのがいいのである。ここに一つの滑稽とデフォルメがある。

読者というものは、まったく勝手なものである。しかし、それでいいのだ。そのことで十人十色の読みが作品をふくらませゆたかにしていくのである。

大野林火の次の評釈も、この句をさらにゆたかな深いものにしてくれていると思う。

一句の内容は単純で、山々が夕立に降りかくされたというだけのことであるが、それが興趣をそそるのは、祖母山、殊に傾山という名が意表を衝いて面白いばかりでなく、歯切れのよい「さん」の撥音の繰返しが、雄壮な景を眼前に展開するに役立っているからである。しかもそれが夕立に見る見るうちに降りかくされたので、ますます雄壮さは増すのである。「祖母山」「傾山」「夕立」と名詞ばかり、並べた荒々しいタッチの運びが、男性的、雄勁な情をかもし出し、気魄のこもっている句である。虚子はこの結びを「雄勁な雪舟張の粗筆」（雑詠句評会、昭和八・一二、ホトトギス）と評している。

みちのくの伊達の郡の春田かな

富安風生《ふうせい》

作者の自注をひく。

〝みちのく〟〝伊達の郡〟は美しい語感だけでなく、長い間、詩歌文学殊に戯曲などで広く一般に愛され親しまれ、ひろく大きい連想の世界を背負っている。その連想を出来るだけひろくあらせるために、この句のゴタつかない棒のような句法は適当していた。春田は現前の事実であると同時に作者の主観で潤わされておる。一句の調べが流暢で耳に快感を与える。切字の定石もこの場合賢明だった……それらの事情が多くの人を喜ばせるのでもあろうか——

ここに〈ひろく大きい連想の世界〉というのは、もちろん、みちのくゆかりの古典の世界である。秋桜子は〈風生君は読書家で、とりわけ古いものに造詣が深い。奥の細道、義経記、碁盤太平記白石噺の類まで頭の中に滲み込んでいないと、この『伊達の郡』の言葉は使えない〉といい、〈旅をゆく心のさびしさと、自然によせる思いの深さとが、微妙に調和して、それが調べの上にあらわれている。これだけの根底を持っていないと、「みちのくの伊達の郡の」という柔らかな表現は浮かんで来ない〉という。

〈の〉を畳用した調子の柔らかさと、〈みちのく〉〈伊達の郡〉という語のもつ古典感が醸しだすそこはかとない気分が、この句の生命である。

大野林火は〈はじめ「みちのくの」と大きく詠い出し、「伊達の郡」と些か縮め限定し、最後に「春田かな」と眼前のものを突き出すことで留めたこの手法は、さながらに感動の昂ぶりを伝えて見事である〉という。つまり〈大きく詠い出し〉〈些か縮め限定し〉最後に〈眼前のもの〉へと、いわば視覚的に遠近法をとらえている。

おもしろい分析法であるが、私は美の弁証法的構造論の立場から、この句を別な観点で分析してみる。まず〈みちのくの〉と詠い出し、つづいて〈伊達の郡の〉と古典的時空、つまり非日常的、非現実的時空をくぐってきて、〈春田かな〉と日常の現実の時空にいたる。この過程が古代から現代へとせりあげていく虚構の方法であり、異質なものを止揚・統合する美の構造をもっている。

もっとも、作者の発想の過程はいま眼の前の〈春田〉から、古典の時空へと遡っていったのであろうが、一句としては、逆の過程となっている。

もし遠近法といういい方をするならば、林火の〈視覚的な遠近法〉に対して、こちらは〈時間的遠近法〉とでも呼んだらどうか。〈大空に羽子の白妙とどまれり〉の句の同工異曲といえようか。

冬菊のまとふはおのがひかりのみ

水原秋桜子

石田波郷は『水原秋桜子選集』完結祝賀会のスピーチで、秋桜子六千句の中から一句を挙げよといわれたらこの句を挙げるといったという。また、能村登四郎も秋桜子の一句を挙げろといわれたら、たちどころにこの句を挙げると書いている。秋桜子代表作の一つといえよう。

秋ならば、周囲の花のひかりが菊と相映じて、互いに美しさを加えることができる。が、あたりはすべて冬枯れて、残っているのはこの冬菊だけである。

〈白には白の光、黄には黄の光があるけれど、それはただ自分のまとう光だけで、まことに

さびしい感じである。しかしさびしい中にも、どこか凛としたところがあって、澄みとおっている。〉(作者の自解)

水原春郎は父秋桜子のこの句によせて、〈冬菊はただ已の光があるだけで、助けてくれるものはない。その孤高な、寂しい光に父は魅せられる〉と述べ、〈冬菊は秋桜子自身と考えられないだろうか〉と、冬菊の像に作者の姿をかさねて見ようとする。

たしかに、作者が描き出す像は、それが人物像であろうと、自然の風物の像であろうと、それはある意味で作者の心の自画像といえよう。

それにしても冬菊の発するひかりは、冬菊にむけられた作者秋桜子のまなざしが生みだしたものである。作者のまなざしこそが冬菊をしてひかりあらしめたものなのである。

ところで、春郎が〈冬菊は秋桜子自身と考えられないだろうか〉と述べているのは、この句が〈作者の心の自画像〉であるということなのだが、それは、この句において〈冬菊〉が擬人化されているからこそである。擬人化、つまり人格化が〈自画像〉へと発展する契機をふくんでいるからである。

冬の水一枝の影も欺かず

中村草田男《くさたお》

作者による詳細な自解の文章があるので、やや長文にわたるが紹介しておく。〈この句の内容になっている事実は至極簡単です。雑誌の口絵などに季節的風景としてのせている写真などによくみかける図柄です〉という作者は、この〈図柄〉を次のように絵解きしてみせる。

画面の大体中央くらいに、左右へ細長く帯状に、影絵のように黒く岸がつらなっていて、その下へちょうど同じ幅の寸分ちがわない帯状の影絵がもう一つ密接しています。どちらも共通に影絵のようですが、上部のが本当の岸の姿で、下部のは文字通り、その影であって、つまり画面の下半分は水面であることが自然とわかります。上部の岸には水辺にちかく、一葉もとどめていない、実に細かく血管とその毛細管のように千々《ちぢ》に枝の分れた裸木が立っていて、これがやはり影絵のようにあらゆる部分がクッキリときわだっています。そして、下部の水の方にも、上部と、ちょうど同じ位置から、ちょうど同じ長さと寸分ちがわない枝々の変化の度合を備えて双生児《ふたご》のような裸木の影絵が伸びています。

この画面は、もしひっくりかえしてみたならば、今まで水面であった部分がそのままで空の部分に早変りし、もし横倒しにしたならば、中央に二本岸の平行線が突立って、そこから左右へ全く対照的《シンメトリー》に裸木の血管と毛細管とが、ひろがるだろうと思われます。こういう実景にみなさんは冬の水辺でしばしば遭遇しているはずです。「ふしぎの国のアリス」ではありませんが、水面が文字通り恐ろしいほどの水鏡になっていて、水の中にも、こちらの世界と寸分《すんぶん》ちがわないもう一つ別の世界があるようです。それを長く眺めていると、ふしぎというよりも一種厳粛な感じに襲われてくるものです。

なぜならば、現実の地上の一切を鵜の毛でついたほどの細部まで見のがさないで、水の中の世界がことごとく証明をしてしまっているかのようだからです。

そして、〈冬の水〉を一切の罪を欺くことを許さぬ地獄の「浄波璃の鏡」にたとえ、〈冬の水は恐ろしいほどに澄みきって、罪こそ写しませんが、まさに「浄玻璃の鏡」となって、裸木の小枝の一本一本にいたるまでを写しとっているのです。その明澄さと厳粛さとは、どうしても「欺かず」という言葉でなければ表現できません〉といい、〈もしこれを「そのままに」などの語を用いたならば、いかに間のぬけたふやけたことになるか〉〈また、「一枝」と音でよませたのも、（中略）ハッキリとしたその印象と、それの伴う強い厳粛な感じを打ち出すためには絶対に必要である〉という。

なお、この句の発想の事情について、こう説明している。

或る一日の独歩吟行の帰途、夕冴えの野水辺に佇んでいた際に、眼前の即景が網膜に沁みこんでこの一句が獲得された。ただし、どこかの部分の表現が未だ十全でなかったが、数日以後に武蔵野探勝会で立川郊外の曹洞宗の一寺へおもむき、そこで崖下の水辺に独り身を置いているうちに遂に全表現が完成した。虚子師は直接に口頭で私の作品を褒めたことはない。この日の吟行に同行していた四女の高木晴子さんが、「あの一句が披講された折にお父さんが独りで唸り声を挙げていたわよ」と私に報告してくれた。

虚子が〈独りで唸り声を挙げていた〉というのもうなずける。この句は、いわば〈写生の一極地を指すもの〉(有富光英)といえよう。

〈一枝〉は、もちろん定型のリズムからしても「ひとえだ」ではなく、「いっし」でなければならないところであるが、強い〈厳粛な感じ〉を出すためと作者も言うとおり、〈欺かず〉の鋭い語調と相まって、〈冬の水〉のきびしさときよらかさを高める効果をねらったものといえよう。

秋桜子は、

〈一枝の影も〉の〈も〉は、一枝の影さえもという強意の表現であろう。

冬の水が冷たく澄んでいるさまは相当に詠まれているが、作者の眼は大方底のほうに向けられ、落ちしずんでいる器物だの、動作の鈍い魚などが主題となりやすい。ところがこの句は、水辺に立つ一樹を描きその葉をふるい落した枝の影が一本一本はっきりと映っていることを詠んでいる。木のほうにも冬の感じがあるし、水のほうにも冬の感じがあり、両々相俟って季節感をつよめている上に、「一枝の影も欺かず」という調べがきびしく、これは冬の中でも、殊に厳冬の景であろうということが想像される。

という。〈木〉と〈水〉の〈両々相俟って季節感をつよめている〉というところは、おもしろい。

つづけて秋桜子は、この〈水〉が動いているか否かという問題にこたえて、こう主張する。

小川のような水でも、涸れてしまえば動かぬところが出来るが、まず池か沼を考えたほうが穏当であろう。動いているとすれば小川で、これは別に他のものを考えることもない。そこで一枝の影もたがわぬように映っているのであるから、水の静止しているほうを考える人が多いと思うが、どうもそれでは平凡で、句の力が限定されてしまう。私はやはり小川を想像するほうに加わりたい。水がかなり勢いよく動きつつ、しかも枝影のはっきりしているところに、冬らしい感じがつよいのである。

この水が動いているか否か、これは読み手の想像にまかせればいい。問題は、むしろ〈欺かず〉という活喩（擬人法）による、しかも〈――ず〉という否定態の表現の、この句における虚構としての問題である。

しかし、この問題を正面からとりあげた論者は私の知るかぎりではないように思われる。ただ、不死男が実作者としての立場から、〈一枝の影〉と、そのあとにつづく〈欺かず〉の言葉の関連が生みだす造型的なはたらきに触れた一節があるのみである。そのところを引用する。

このことばが他のことばと関連して造型的なはたらきを果している、その手際におどろくのである。それは「一枝の影」が、そのあとにつづく「欺かず」によって写実的に生きたことなのである。この、ことばとことばのふしぎなつながりを、わたしたちは見なくてはならない。そういう写実の確かさが映像として読者の頭にくっきりうつしだされると、それは見る自然以上に真実に、自然を見て感動する以上に感動するのである。自然はあるとおりの自然でなく、もっと飛躍した、もっと力を張った自然になる。自然をみておどろかなくて、かえって芸術をとおして自然におどろくことのあるのはそのためである。この句にはそういう意味で見た自然より、もっと力の張った、もっと透明な自然の生命が描かれているといえるのである。

不死男は〈見る自然以上に真実に、自然を見て感動する以上に感動する〉といい、〈見た自然より、もっと力の張った、もっと透明な自然の生命が描かれている〉と激賞する。まったくそのとおりなのだが、しかし、何故この句がほかならぬ〈自然以上に真実〉なのか、〈あるとおりの自然でなく、もっと飛躍した、もっと力を張った自然〉となりえているのか。そこのところの説得的な解明こそが求められているのではないか。

不死男は、さらに、この句に見られるような景は、〈すぐわれわれの手の届く、身近なところに、見馴れた景として、いくらもころがっているということだ。そしてそれは、一見平凡なものに感じられ、そんなものは俳句にならないとおもわれそうだが、決してそうではなく、平凡に見えるのは見る方が平凡に見るので、この句のように、非凡な句ができるということを考えさせられるのである〉という。

なぜ〈一見平凡〉な景が、〈非凡な句〉となるのか。そこの「秘密」をこそ解きあかすべきではないのか。

草田男は、いう。

「俳句」を俳句たらしむる所以のものであるところの、其特殊なる方法と使命とはいかなるものであるか。意識を持つ「自己」の裡にはたらく「いのち」と、「自然」といふ意識を持たない大存在が、四季の変化につれて顕はす「いのち」と――此二つのものを交情せしめる、すると其交情の一瞬間に、此一瞬間ならざれば閃めき出でざる或る真実の姿が閃めき出る。此真実を――之を捕ふるに最も適合した十七音形式の中へ現象化し、再現せしめることによって、確乎《シッカリ》と把握してしまふ。

〈一句に盛るべき内容は、自己即ち人間の「いのち」と、自然が持っている「いのち」即ち四季の風物とが触発する「俳句的真実」である〉という草田男の所説を引用して、有富光英は〈梢々アニミズム的見解ではあるが、「いのち」の発露がなければ俳句的真実はないという所論は、人間探求派草田男の面目躍如〉と評している。

しかし、これまた、自然の「いのち」と自己（人間）の〈いのち〉の〈交情〉が、この句にあって、いかなる形で現前しているのか、——そのことこそが批評、解釈のめざすところではないのか。

小室善弘は、〈写生の句ではあるが、「一枝あまさず映りけり」などと平坦に叙述せず、「欺かず」と言ったのが草田男流で、ここには、思弁的な自己内面の表現に向かう一歩手前の写生があるように見受けられる〉という。

〈一枝あまさず映りけり〉ではなく、〈一枝の影も欺かず〉であるとするところは、いい。しかし、なぜ〈——欺かず〉が〈思弁的な自己内面の表現に向かう一歩手前の写生がある〉ということになるのか、その論証が欲しいものである。

先に、私は、〈欺かず〉の下五が、活喩（擬人法）であり、かつ否定態の表現であるといった。まさに、このことの分析をすることなしに、この句の真髄に触れることは不可能である。

欺く——とは、活喩である。活喩のはたらきとは「心なきものに心を見る」ことである。「心なきものに心を与える」といってもいい。草田男流にいえば、〈「自然」という意識を持たない大存在が、四季の変化につれて顕す「いのち」〉を自然というものに〈見る〉ことであり、〈与える〉ことである。その具体的な方法が、この句にあっては〈欺かず〉という擬人化、有情化なのである。そして、そのことによって、〈意識を持つ「自己」の裡にはたらく「いのち」〉と〈此二つのものを交情せしめる〉ことが可能となるのである。

だからこそ、この句のばあい、小室がいうように、〈「一枝あまさず映りけり」などと平坦に叙述〉したのでは、この句の虚構世界は崩れ去ってしまうであろう。

さらに、〈欺かず〉は否定態の表現である。否定態とは、否定する前提としての何かを措定している。〈欺かず〉が前提としているところのものは、もちろん「欺く」ということでありそれとの対比によって、〈冬の水〉がとらえられている。

自然界にあっても、人間界にあっても、いかにわれわれは多くのばあい、欺かれ、また欺いていることか。〈あるがままをあるがままにみる〉という写生の精神は、このことの痛烈な痛みをもって主張されてきたはずであった。

とすれば、この句には、作者草田男の精神の姿勢がそのままに映しだされているといえよう。作者はこの句を鏡として己の「姿」を映してみるといってもいい。かくあらまほしき「姿」をみているのではないか。我と〈水〉の主客一如の句境というべきであろう。

ちるさくら海あをければ海へちる

高屋窓秋《そうしゅう》

〈ちる——海——海——ちる〉という反復表現《リフレイン》があるために、海へはらはらと〈ちる〉さくらに、快いリズムを感じさせられる。

〈海あをければ〉という仮定条件的な表現は、現実の因果関係をあらわすものではない。さくらは、ただ無心に散っているにすぎない。

それを見る人の心が海へ散りしくさくらの花びらと一つになって、〈海あをければ〉こそ、その〈あを〉さに魅せられ、そこへとけ入っているのであると、ちるさくらに感情移入しての、さくらの花の有情化といえよう。それは、心理的真実を述べたものである。〈海へちる〉さくらを眼で追っていけば、こちらまで、海へちりたくもなるさくらの「心」に同化してしまう。

〈海あをければ〉が、この句の眼目であり、ここに、見る人と見られるものとの主客一如の虚構世界の美が現出する。有体にいうならば、〈海あをければ〉こそ、〈海へ〉とけこみたいこちらの心があって、〈ちるさくら〉までが〈海あをければ海へちる〉と見てしまう——そのような人の心の真実がある。その真実を〈ちるさくら〉に託しての擬人法（活喩）というわけなのだ。

活喩とは生なきものに生を見る虚構の方法である。花の生命と、人の命とが一つにとけあった境地がこの句の世界ということである。

春の水山なき国を流れけり　蕪村

川といわずに〈春の水〉としたところ、水の豊かさ、あたたかさを感じさせる。栗山理一は、次のようにいう。

流れ去る果ては海であることも言外に暗示されているような気がする。「山なき国」は海近き平野を思わせ、結びの「流れけり」の余韻は、遠く流れ来たりはるかに流れ去る大河の生態をよく把握している。悠揚せまらぬ一句の声調が素晴らしい。視点は上空ないし山上。実際にはどこかの山上から大河を眺めた（例えば男山から淀川を）印象であろう。

従来と全く異質の、視点の高い、スケールの大きい大観風景句は、画人蕪村の発見した一つの特色であろう。それは六曲屏風一双に描いた大観山水図の制作と深くかかわるところであり、一般には鳥瞰景の新しい美意識の自覚を基盤としている。

絵画における視点になぞらえて、この句の視点を問題にしたところは興味ぶかい。同時に〈声調〉をあわせとらえているところはなるほどと頷かせる。
しかし、この句の眼目は〈山なき国を〉であろう。このことにかかわって山下一海の解がある。

広い平野なのだが、「山なき国」と具体的にいうので、ほんとうにこの世に山など存在しないのではないかと思われるような平坦なひろがりが思われる。しかしやはりそこに「山」という言葉があるから、ふと春霞の彼方に遠く、山のまぼろしを見る思いがする。瞬間のその淡いまぼろしが、この平野のひろがりにかえって奥行を添える。（中略）ありふれた言葉だけで、とくに変ったところもない情景をとらえて、これだけ大きな情景をえがき出すところはさすがである。

〈山なき国〉という否定態の表現に着目した山下の解は〈さすがである〉。事実、現実、日常の次元では〈広い平野〉であるものを〈山なき国〉と否定態で表現することで、ついにそこに〈山のまぼろし〉をみちびきだし〈奥行を添える〉という言葉の魔術（虚構の方法）を見事に解明してみせてくれる。これこそが、私のいう美の弁証法的構造なのだ。山下一海の解につけ加える言葉はない。
私のいう〈否定態の表現〉ということについて詩人宗左近が〈強く心をひかれている〉という蕪村の〈橋なくて日ぐれんとする春の水〉の句を挙げ、次のように注目すべき考え方を示している。

橋なくて日ぐれんとする春の水

ここには、淡い倦怠のたゆたいが、ありありと感じられる。流れて流れない、春そのものの時間が、ほとんど見えるようである。しかも、その感受の奥には、傷みがある。ほのかな疼きがある。「橋なくて」、この言葉のもつ力が強い。橋の非在を示すだけではない。こちらの岸とあちらの岸の不連続を明らかにするだけでもない。むしろ、世界のなかに、必ずしもそこにある必要のない非在を、認識するというより想像する。そのことによって、自然のもたない超自然の抒情が生れる。想像するほかにはどう晴らしようもない心の切なさが、かくれながらも、あらわれでる。

そして、この非在の提示によるひそやかな詠嘆、これはどうやら蕪村だけの発明のようなのである。

宗左近は、つづけて〈「橋なくて」の一句にもっとも近い世界は次の一句である〉として、〈春の水山なき国を流れけり〉を挙げ、これを〈非在の提示〉と呼んでいる。

宗の〈非在の提示〉というとらえ方も、〈橋なくて〉の句解の中での〈流れて流れない〉や、〈かくれながらも、あらわれでる〉というとらえ方は、すべて私のいう美の弁証法的構造の発見ということである。

几巾きのふの空のありどころ

蕪村

〈几巾《いかのぼり》〉は、二字を一字にした凧と同じ。「凧」は国字である。

〈ありどころ〉は、その物のある所。蕪村には他にも〈古里や月はむかしのありどころ〉の例がある。

虚子は別に深い意味もない句と評した。子規は、この句を読んで一番に感じるのは、〈此句が蕪村の特色を最も善く現はしてゐることで、且天明の特色を最も善く現はしてゐることである。此こまかい着想も巧みないひ方も決して元禄には無いことで、全く天明の代表者といって善い〉という。

村松友次は〈昨日と寸分ちがわぬ位置に上がっている一点の凧を見て、昨日と同じ場所に凧が上がっている、とならば誰でも言える。しかし、「きのふの空のありどころ」という言い方は不思議な哲学的な認識に立っている。空間の一点が、流れ去るはずの時間の一点を止めてしまったのである〉という。

村松の〈空間の一点が、流れ去るはずの時間の一点を止めてしまった〉というとらえ方は時間と空間という異次元のものを一つに止揚するとらえ方であり、美というものを弁証法的な構造として発見する私の主張にほとんど近い。

碧梧桐は、〈凧よりも、ひろ〳〵とした空を感ずる心持が強い。そこに或る悠久な、永遠を感ずるやうな、捕捉し難い茫漠たる気分が漾うてゐる〉という。

碧梧桐のとらえ方も、一点、あるいは一瞬に悠久、永遠を見る、弁証法的な見方といえよう。暉峻康隆は、碧梧桐のとらえ方をさらに一歩すすめて〈永遠に過ぎ去り行く時間と、無限の空間の交叉する碧落の一点に、白く小さな彼は、昨日に引き続いて存在を主張しているのである。いずれは永劫の波に呑まれてしまう微小な存在であろうとも、その日その時までは存在を主張し、生き続けなければならない。その実存の哀しさは作者の哀しさであり、また我々の哀しさである。まことに身にしみる心象風景である〉という。

暉峻は孤独な凧を、永遠の時間と無限の空間の交叉する一点においてとらえ、そこに実存の哀しさをみる。これも私のいう美の構造に迫るものである。暉峻のこのとらえ方は、萩原朔太郎の次の解釈と同趣のものといえよう。

朔太郎は、〈「きのふの空」は既に「けふの空」ではない。しかもそのちがった空に、いつも一つの同じ凧が揚がっている。即ち言えば、常に変化する空間、経過する時間の中で、ただ一つの凧（追憶のイメージ）だけが、不断に悲しく寂しげに、穹窿の上に実在しているのである。こうした見方からして、この句は蕪村俳句のモチーヴを表出した哲学的標句として、芭蕉の有名な「古池や」と対立すべきものであろう〉という。

これまでに挙げた諸家の評の多くは、朔太郎のこの解釈をふまえたものといえるのではないか。いずれも時間・空間の哲学的認識を座標とするものである。また、朔太郎がこの凧の存在を〈悲しく寂しげ〉ととらえていることにも注目したい。

〈悲しさ〉〈孤独〉〈寂しげ〉などに対して、山本健吉は、〈永遠の昔からそこにあり、またこれからもそこにあるかのように、凧は同じところに居据っている。その不動であることの倦怠感〉という。

私としては山本のいう〈不動であることの倦怠感〉は、うなずけない。が、これも一つの解釈として挙げておいた。

さまざまな解釈のあるなかで私自身の美の定義から、もっとも共感できるものとしては、中村草田男のそれである。長文をいとわず引用する。草田男は〈「時間」をその連続性においてとらえた蕪村独特の句の一つである。しかも、その連続を一点において裁断した手際が、この句においてことに見事である〉として次のようにいう。

「きのふの空のありどころ」がすなわち「けふの空のありどころ」なのである。この「きのふ」は必ずしも文字通り昨日のみに限定されない。ただ「きのふの空」が「けふの空」に最も時間的に近いだけである。今日の空の姿を直接の対象としながら、それがそのままで背後に相似の空の姿を無限に「重ね写真」的に備えているのである。

しかし、いくら無限に重なっていてもただ一つのそらであることによって、「瞬間がすなわち永遠である」というような一種の冥想味が自ら生じてくる。この句から懐かしさと同時に一種のもの悲しい孤独感のようなものを覚えさせられるゆえんもまたそこにある。

間然するところなき解釈である。

〈瞬間がすなわち永遠である〉とは、まさに私のいう矛盾を止揚・統合する弁証法的な構造をこの句に発見しているといえよう。〈懐かしさと同時に一種のもの悲しい孤独感〉もまた然り。（傍点は西郷）

ところで、〈すなわち〉〈同時に〉というとらえ方を見逃してはならない。これは、単なる対比ではなく、矛盾の構造に迫るとらえ方であるからなのだ。

ちなみに芥川龍之介は〈きのふの空のありどころ〉にならって、〈木枯や東京の日のありどころ〉と詠んだ。

海くれて鴨のこゑほのかに白し　　芭蕉

これは「海くれてほのかに白し鴨のこゑ」（五・七・五）という定型ではない。五・五・七の破調の句形であり、そのことについて諸家の説がある。

大谷篤蔵は〈鴨の声を印象づけるために倒置した句法〉という。鍵和田秞子は〈最後に「白し」をもって来ることによって、全体のイメージをひょうびょうと奥深くし、海と鴨との両方を白々と包んで、深みのある句としているのです〉という。大岡信は〈「海くれて鴨のこゑ」と五・五の形で息をつめて低く微吟し、「ほのかに白し」の下句七音で、息長く余韻をひびかせる。まだ微光が漂う海の、薄闇を通してきこえる鴨の声に白さを見ているこの句の象徴性〉という。

以上の句解を、まとめるならば田中美信の次の言葉になるであろう。


「海くれてほのかに白し鴨の声」とすれば、五・七・五の定型に収まるにもかかわらず、あえて五・五・七の破調の句形を採っているが、定型の句形だと、「白し」が暮れ残る海面の情景をいっているとも解されかねない。しかし、破調の句形ならば、「白し」は、はっきりと鴨の声を形容したことになる。もっとも、定型の形でも、「白し」は鴨の声についていったとも考えられるが、余韻の深さにおいて、破調の句形にはるかに及ばない。


つまり、破調の句形は、倒置の句形でもあり、それは相まって〈鴨のこゑ〉と〈ほのかに白し〉を印象づけるための工夫というわけである。

安東次男はこの句形を切字の観点から次のように解している。

切字に無頓着になり、一行詩とえらぶところのなくなった現代の俳句なら、「海暮れてほのかに白し鴨の声」と作りかねないが、これでは「ほのかに白し」は「海暮れて」の形容になる。といって、「ほのかに白き鴨の声」と作れば、どこにも切字のはたらきが無くなってしまう。「海くれて、鴨のこゑほのかに白し」とも、「海くれて鴨のこゑ、ほのかに白し」とも、つまり初句切れ、二句切れ双方に読ませる一種の朧化表現に作意があり、これは天和・貞享ごろの好みでもある。しいて句切れを一箇所に求めると、かえって句をつまらなくする。

安東は〈初句切れ、二句切れ双方に読ませる一種の朧化表現〉というが、これは私の美の構造論にもかなう解であるといえよう。

この句は先の破調、倒置の句形の問題とともに、小宮豊隆がいうように聴覚現象を視覚現象によって表現しているというところが問題となろう。

この句で更に珍しく感じられるのは、「鴨の声ほのかに白し」という、聴覚現象を視覚現象によって表現していることである。これに似た表現の仕方は、フランスの象徴主義者によって問題にされなくはなかったようであるが、むろん芭蕉はそれを学んだ筈はなく、反対に芭蕉は、自分自身の直観によって受け取った印象を、率直に誠実に表現したものに相違ないのだから、これは少しも人巧的な、或は不自然な感じを与えることがなく、むしろ活き活きとした自然な感じを与えるのである。

王城徹も〈芭蕉が、「鴨の声」という聴覚的なものを、「ほのかに白し」と視覚に転じ来ったのは、ボードレールなどの考えた象徴の域を思わすものと言えよう〉という。いずれもフランスの象徴主義者、ボードレールなどの象徴を思わせる表現方法としてとりあげている。山本健吉は、〈聴覚の視覚化〉について詳しく論じている。

鴨の声に見出だした感動は、芭蕉の発見の驚きでもあったが、その声をほの白いと感ずる特異な知覚は、その姿のさだかには見えない夕闇を媒介として生じたものである。もちろんここには、聴覚を視覚に転化せしめるところの、鴨の声の「もの」としての把握がある。そしてこの場合、聴覚の視覚化は、視覚の消滅によって完成する。鴨の姿が見えないことによって、鴨の声があたかも見えるもののように、暮れてゆく海上に浮かび出る。だから、あたりが仄白いために鴨の鳴声が白く感じられるという志田説は、やや言い過ぎなのであって、やはり鴨の声そのものがそこに仄白さを実在せしめる根源の力なのであり、言わばはてしもない薄暮の闇のなかに、さらに仄白い実体が感じられるのである。これは「石山の石より白し秋の風」の句より、ずっと感覚的に鋭く、またフレッシュな掴み方である。

この句の五・五・七の破調が、そのことを効果的に生かしている。もし「海暮れてほのかに白し鴨の声」と作られていたら、その感動は死んでしまったろう。また意味の上でも、これでは鴨の声そのものが白いということにはならぬ。「鴨の声ほのかに白し」とは、おそらく芭蕉が瞬間的に見とめ聴きとめたことの、単刀直入な表現なのだ。その昂揚した内的リズムが、この句の破調を生かしているのである。

以上、諸家の〈聴覚の視覚化〉についての説を紹介してきたが、これは私の美の定義にひきつけていうならば、聴覚より視覚への転化――つまり異次元のものを止揚・統合する弁証法的構造ということである。

俗な言い方をさせてもらうならば聴覚より視覚への「ひねり」ということになろうか。〈俳句をひねる〉といういい方がよくなされるが、これなどもその一例といえよう。

ところで、句切れも破調も倒置も、聴覚の視覚化もすべて、それらは一つにひびきあい、からみあい、せりあがって、この句の美を形成するものであることはいうまでもなかろう。

涼しさや鐘をはなるゝかねの声　　蕪村

春作宛の蕪村の手紙に、〈さみだれや大河を前に家二軒〉の句と並べて、〈右は当時流行の調べにては無レ之候。流行のぬめりもいとはしく候〉という。ぬめりの調べとは、間ののびた、ひよわな句調をいい、それとはちがうと自信のほどを述べているもので、自他ともに許す代表作といえよう。

ところで或る人はこの鐘の声を〈夏の早朝にでも聞けば、爽涼感一しおであろう〉（大磯義雄）といい、また他の人は、〈私は入相の鐘のような気がする。一日の暑さが去って、鐘の音が涼しさを八方へ運んでゆくのである〉（山本健吉）という。朝か夕か、時刻は読む人の想像にまかせればよかろう。それよりも、〈かねの声〉を不用意に〈鐘の音〉と言い変えるほうが、問題である。

　この句の妙味は〈鐘をはなるゝかねの声〉としたところにある。まさに蕪村は〈鐘〉を〈はなるゝ〉〈かねの声〉を有情化し、擬人化する。まるで、それは〈鐘〉から抜け出ていく〈かね〉の魂のようでさえある。

・　一つ撞くと――まず非常に大きな音が飛び出す。そしてその後は、層々と無限にちいさくなりながら、先の音を追いつつ、無限に音が飛び出し続ける。また一つ強く撞く――また非常に大きな音が飛び出す。そして、やはり層々と小さくなりつつも、無限に音が飛び出しつづける。こうしていつまでも、鐘を中心にして八方へ自由に軽快に飛び離れていく澄明な鐘の音に聞き入っていると、（後略）。（大磯義雄）

・　鐘を撞く毎に、鐘の音があたかも煙りの環のように鐘を離れて空に広がってゆく。（中略）すると、鐘を離れて大きな音が飛び出して行き、余韻を曳きながら遠くまで運ばれてゆく。その感じをまた簡潔に「鐘を離るゝ」と言ったのである。（山本健吉）

・　最初の「ゴウーン」という強い音だけでなく、それ以後の級数的に低まりながらも、「ウ

ン…ウン…ウン」と水輪のように広がり続ける余韻（後略）。（中村草田男）

〈鐘〉〈かね〉、〈離るゝ〉〈はなるゝ〉の表記のちがいはさておき、〈声〉は決して〈音〉であってはならない。もちろん、一般的にいえば鐘の声も鐘の音も、いずれをとるもまちがいではない。有名な張継の寒山寺の詩にも〈夜半の鐘声〉とある。

しかし、この句のばあい、ここは〈かねの声〉であってこそ、魂が入り、〈かね〉が有情のものと化すのだ。まさに日常の非日常化、現実の非現実化がなされる。にもかかわらず、〈音〉〈音〉と連発するのは、虚構としての文芸（俳句）を日常の次元、現実の次元へ還元し、ひきおろすことになろう。

〈水輪のように広がり続ける〉（草田男）とか、〈煙りの環のように鐘を離れて空に広がってゆく〉（山本健吉）という比喩的な表現はたしかに巧みである。この句を、一幅の絵として見せてくれる。しかしここは、あえて、鐘の音という聴覚的なものを〈鐘をはなるゝ〉と「視覚」的なものへと転化しているところをとらえるべきであろう。これは異次元のものを止揚・統合する弁証法的な美の構造にもかかわるものである。

俳句の解釈といえば、詩の散文化、つまり一句の景を絵にして見せるといったことになりかねない。あくまでも、虚構としての世界を現実、日常の次元に還元することなく、表現のありようそのものをふまえるべきであろう。

虫の声月よりこぼれ地に満ちぬ

富安風生

叢にすだく虫の声の旋律は、そのまま秋の月のさやけき光のさざなみと、一つになって〈地に満ち〉あふれる。

虫の声と月の光の交響曲。〈月よりこぼれ〉るのは、月の光ならぬ虫の声である。〈地に満ち〉あふれる〈虫の声〉を〈月よりこぼれ〉としたところに、聴覚的なものを視覚的に表現したおもしろさがある。いや、逆にいえば視覚的なものを聴覚的に表現したともいえる。月の光のさざなみが虫の声になって〈こぼれ地に満ち〉たのか。それとも虫の声が月の光のさざなみとなって〈月よりこぼれ地に満ち〉たのか、そのいずれでもあり、いずれでもない。

この句の措辞、構成を見ると、〈虫の声――地に満ちぬ〉は、日常であり、現実である。しかし、〈虫の声月よりこぼれ――〉となると、これは、非日常、非現実である。この句はこのように現実と非現実という異次元のものを止揚したところに成り立つ世界（虚構の世界）といえよう。

虫の声という卑小・卑近・卑俗なるものが、月の光と一体となり超俗のものと化すといってもいい。そこに、この句の美の弁証法がある。

啄木鳥や落葉をいそぐ牧の木々

水原秋桜子

風景の句といえば箱庭的な絵葉書のような句が多かったなかに、〈赤城の秋〉として発表されたこの句は、印象派風の油彩画のような西洋の牧場、高原の清涼な趣があって、新鮮な驚きをもって迎えられた。

〈キツツキ〉〈マキノキギ〉と反復する〈キ〉音、〈ツ〉音が快適なリズムをつくりだしていて、まるで、啄木鳥のせわしげに幹をたたく音に誘われて牧の木々の落葉の散りいそぐさまがこの句を味わい深いものとしている。

また、日本画的題材を西洋画風にあしらったところに趣があるといえよう。

第3章

季語の可能性、創造性

四季のめぐりゆたかな日本の風土。その折々の季節感を見事にとらえた季語は、いわば日本人の常識を形づくるものである。短詩型の俳句にあって、季語は作者と読者をむすぶ共通の基礎となる。しかし、それだけではない。季語は一般、普遍的な常識をふまえることで俳句に大衆性を与えると同時に、作者の個性によって、その句独自の、特殊、具体的な意味とイメージを生みだすことで一句の美を生みだす。

季語というものの、この矛盾する二面性こそが問われるべきである。俳句の大衆性と芸術性、思想性は、季語のこのような可能性、創造性にもとづくものである。

古郷《ふるさと》やよるも障るも茨《ばら》の花

一茶

一茶の境涯と〈茨の花〉

一茶の句は、その境涯をぬきにしては語れまい。

一茶は、信濃も越後に近い北国街道柏原宿に生まれた。幼名、弥太郎。

三歳のとき生母に死別。八歳のとき継母が来た。一茶の日記に〈八歳というに後の母来りぬ、其母茨のいらいらしき行迹、山おろしのはげしき怒りえしも老婆（祖母）袖となり垣となりて助けましませばこそ〉とある。十歳のとき、継母の腹から義弟仙六が生まれる。〈仙六むづかる時は、態となんあやめる（いじめる）如く父母に疑われ、杖の憂目を受けること日に百度、月に千度、一年三百五十九日、目の腫れざることもなかりけり。〉

弥太郎をかばってくれていた祖母も十四歳の八月、病没。翌年十五歳の春、父は一茶を家に居かぬ方が身のためであると考え、江戸へ奉公に出す。

江戸へ出てからの消息は判然としないが、辛労多い奉公先を転々とするうちに、主人の一人が俳諧の宗匠ででもあってか、この道に入った。

〈西へうろたえ東にさすらひ、一所不住の狂人であり。旦《あした》には上総《かずさ》に喰《くら》ひ、夕には武蔵《むさし》にやどりて、白波のよるべを知らず、立つ泡の消えやすき物から、名を一茶坊といふ〉とみずから記すように、一茶という俳号は、頼り所のない身の、まるで茶の〈泡の消えやすき〉意を寓したものであろう。

やがて一茶は宗匠素丸の門に入り、渭浜庵《いひんあん》執筆（〃しっぴつ〃とも〃じゅひつ〃とも読む）を務めるまでになる。執筆というのは、俳諧の席で、宗匠の指図にしがたって、文台に臨み、参会者の出す句を懐紙に記入して披露する役で、万事会席の進行をはかる重要な役である。

翌年、二十九歳になった一茶は、十四年ぶりにはじめて柏原に帰省する。いちおう故郷に錦を飾ったといえよう。

俳人として一家を為すには、日本の名所にも杖を曳いておかねばならない。天下に風交を広めてもおかねばならない。一茶は関西への旅に出る。その後、九州は肥後、長崎までへもまわっている。三十二歳の歳の日記に〈初夢に古郷を見て涙かな〉とある。旅にあけくれるなかに望郷の念ひとしおであったろう。この後、四国、中国と旅して大阪に出ている。

三十九歳の五月。ふたたび柏原に帰省。折も折とて、父、弥五兵衛が卒倒した。それから二十一日、病没までの日記が残っている。（『父の終焉日記』）その中に遺産分配のことについて書き留めている。田畑を弟仙六と折半し、嫁を迎えて柏原に落ちつけというのが父の遺言の主旨である。もちろん、継母と義弟は財産折半ということが何とも納得いかない。十五の歳から今までの長い間故郷を捨てて他所暮しをしていたものに、何で財産を分ける必要があるのかというのが、そのいい分であった。父の遺言を楯として醜い血肉のあらそいまでに発展するのである。一茶は父を葬ると、また、江戸にもどる。

一茶はたびたび、江戸と故郷柏原との間を往き来している。江戸にあって宗匠としての立身は望めそうもない。頼りにすべきは故郷にある父の財産の外はない。しかし、継母・義弟との間の遺産をめぐる問題は一向にラチがあかない。その頃の句として、

雪の日や古里人のぶあしらひ
心からしなのの雪に降られけり
たまたまの古郷の月も涙哉

とある。

しかし、一方では、

思ひなくて古郷の月を見度《みたき》哉
寝にくても生在所《うまれざいしょ》の草の花

という故郷へのなつかしい思いも句にしている。

一茶は生涯にさまざまの書を残したが、その中に、特に重要な自筆本『七番日記』がある。その文化七年（一茶四十八歳）の、五月十九日の日記に、

（五月）十九日　雨　辰刻（午前八時）
柏原ニ入、小丸山墓参。
村長誰かれに逢ひて我家に入る。きのふ心占《うら》のごとく（昨日すでに予想したように）素湯《さゆ》一つとも
云《いは》ざればそこそこにして出る。
古郷やよるも障るも茨の花
柏原　　　　　　　　　　　小升屋太介泊
※〈障るも〉は他に〈さはるも〉という表記もある。

とあって、〈古郷や〉の句が見える。

〈よるも障るも〉は「寄ると触ると」という成句があり、「触る」が正しい。接するものは何もかも、いついかなる場合にも、の意がある。誤記とはいえ、〈障る〉という表記には一茶の苦々しい思いをうかがわせる。

先にも引用したが、一茶の文中に継母のことについて〈其母茨のいらいらしき行迹〉とあるが〈茨の花〉には、同様の意味がこめられていると思われる。

荻原井泉水は、この句について次のように述べている。


（前略）さて、ひとり自分の生まれた家のしきいをまたいだのだ、ところが、家の者は、素湯一杯

出してもくれないのだ。一茶は感じた。まさか、これほどとは思わなかった。故郷の奴等はまるで茨のようにとげをもっている。そばに近寄れば、刺されるばかりだ、なんといまいましいことだろう。これが「古郷やよるもさはるも茨の花」である。

他の多くの評者の句解も大同小異といえよう。

ところで問題は〈茨の花〉という季題（季語）にかかわっての井泉水の批判の次の一節である。（傍線は西郷）

この句をこう味わえば、一茶の気持ちはよく解る。だが、この句を俳句の表現として冷静に読むと、そこに「実感」と「趣味」（季題趣旨のこと）とが妥協しているという弱点が露呈している。それは「茨の花」という「花」の字がまったくムダなのである。一茶が感じたのは茨のとげである。たまたま花も咲いていたとしても、花の美しさに目をとめる心の余裕はないはずだ。だが、俳句の約束としては「茨の花」と云わなくては、「季」がはいらない、で、俳句という趣味のものにするために「茨の花」と書いたのである。「実感」と「趣味」との妥協にほかならない。本来、俳句の約束ということを俳句の第一義と考えていた上では、これはやむをえないこととされよう。だが、これは厳密に批判しなくてはならないことだ。ことに一茶の俳句の行き方を、昔からの伝統的な趣味本位のものから開放されようとする傾向的の萌芽があるという意味から見れば、これは一茶の俳句的な弱点であって、この意味から、俳句の約束というものは、根本から純文学的に検討される必要があるということに注意されなくてはなるまい。

〈茨《ばら》の花〉は夏の季題（季語）で〈花茨〉もしくは〈花うばら〉〈野いばらの花〉ともいう。山野に生ずる落葉灌木で、細長い蔓性の枝に多くの刺をもつ。初夏の頃若葉のあいだに野趣があり香りのある白い五条の花をひらく。花の後、実を結び、秋、赤く熟れる。

万葉集にも見えているが、花を称して歌に詠むことはなかった。『花火草』『毛吹草』以下の連俳書に、〈むばらの花〉〈いばらの花〉として四月または五月の季に用いるようになった。〈花茨〉ともいったのは、花を称した言葉である。

俳諧時代になって、その野趣のある可憐な美しさを詠むようになった。井泉水が〈一茶が感じたのは茨のとげである。花の美しさに目をとめる心の余裕はないはず〉といい、〈俳句の約束（季題）としては「茨の花」と云わなくては、「季」がはいらない、で、俳句という「趣味」のものにするために「茨の花」と書いたのだ〉と批判するのは〈茨の花〉という季題についての伝統的な〈趣味〉を前提にしてのことである。

井泉水といえば無季自由律を積極的に唱えた俳人で、後年この門から尾崎放哉、種田山頭火などユニークな俳人が出てきたことは周知のところである。伝統的な季題＝趣味にとらわれずに、個人の実感を通してものを見、個人の実感を大切にするという行き方で、個性的な自然の描き方を志した河東碧梧桐の新傾向の運動が、その弟子井泉水によって急激に発展させられた。

井泉水が一茶を高く評価したのは、一茶の特色が〈季題というものを主としないで、自分の実感を書くということ〉にあったからである。〈一茶の俳句を新しく認識せよ〉と〈力説〉してきたのも、〈俳句の進展ということの歴史的の意義をもつ〉と考えたからである。

しかし、一方、〈一茶はこの実感主義というものをどこまでも、徹底せしめるということは遂になし得なかった〉という批判もあって、そのことの一つの具体的な例証がいわば〈古郷やの句についての評釈といえよう。〈実感〉を徹底するならば、〈茨の花〉とすべきではなかったというわけである。

ところで、一茶の研究者として知られる丸山一彦も次のように述べている。（傍線、西郷）

しかし、継母や仙六たちは素知らぬ顔で「素湯一つ」とも言わぬ有り様なので、草鞋も解かずに、そこそこに家を出た。その時の憤懣をぶちまけたのがこの句で、家人や郷党に対する憎悪と怨恨が露骨に示されている。既に指摘されているように、ここは茨の花ではなく、棘であるべきだが、季題の約束から「茨の花」（夏季）とした所に、この句の弱点がある。しかし一茶にしてみれば、そんな些事は意に介せず、激発する感情を一気に吐き出してみたままであろう。

ついでに尾形仂編『俳句の解釈と鑑賞事典』の丸山一彦執筆にかかわるこの句の解にも、

そのときの憤懣をぶちまけたのがこの句である。六〇里の道をはるばる来て冷たくあしらわれた無念さが、故郷の人びとに対する露骨な憎悪の形で示されている。この句の表記は、季題の約束から〈茨の花〉(夏季)とおき、刺(趣意)は言外に隠されていることに注意したい。

とある。

〈既に指摘されているように〉というのは、おそらく前に引用した井泉水の批判の文言を指すものと思われる。

なお、北小路健の伝記小説『一茶の日記』には〈一茶の悪口が、針小棒大に村中にいい触らされていることはわかりきった話だ。故郷はすでに針の筵《むしろ》と化してしまった〉とある。

井泉水は〈一茶が感じたのは茨のとげである〉といい、丸山一彦は〈ここは茨の花ではなく、棘であるべき〉とし、北小路健は〈針の筵《むしろ》〉とさえいう。

〈棘であるべきだが、季題の約束から「茨の花」(夏季)とした所に、この句の弱点がある〉とする丸山の批判は井泉水の〈これは一茶の俳句的な弱点〉という指摘に通じる。

なお、現代俳句界の雄、金子兜太の『小林一茶』(小径書房)にはこの句はみえず、『一茶句集』(岩波書店)にこの句を挙げてはいるが、ただ一言〈誇張とは言い切れまい〉とのみ評している。

さて、だいぶまわり道してしまったが、この〈古郷や〉の句についての私の評価をまず結論的に述べるならば、まさにこの句は、〈茨の花〉であるべきで〈茨の刺〉であってはならない。〈茨の刺〉では、〈古郷〉というものへ寄せる人（一茶）の心の真実をまげるものであり、また句の味わい（美）をも損《そこ》ねるものである。

なぜなら〈茨の花〉であればこそ、そこに〈とがとが〉しさ、〈いらいら〉のみではなく、同時に古郷への一茶の郷愁の思い、なつかしさの感情もまた秘められたものとしてとらえられるからである。

石をもて追われる如く家郷を棄てた石川啄木さえも〈ふるさとの山はありがたきかな／ふるさとの山にむかひて言ふことなし〉と歌った。古郷とは、まさにそのようなものではないか。

一茶にしても、そこに生まれ育った信州柏原の生在所は、長年他所にあって辛酸をなめているだけにひとしお、なつかしいところであった。また、それだけに〈とがとが〉〈いらいら〉しく、また辛く切ないところでもあったろう。

前にも引用しておいたが、一方で、一茶は〈思ひなくて古郷の月を見度哉〉〈寝にくても生在所の草の花〉と詠んでいるではないか。また〈しぐるるや馬も古郷へ向《むい》て鳴《なく》〉という望郷の念を馬に託しての句さえある。

古郷はけっして〈茨の刺〉だけのものではないのだ。茨の刺の〈とがとが〉しさと同時にひなびた、どこか淋しくも香りたかい茨の白い花の咲くところでもあるのだ。

この矛盾する感情こそが古郷というものに対する人（一茶）の心の真実というものではない

のか。

まさしく〈茨の花〉の形象《イメージ》こそが、なつかしさと〈とがとが〉しさという異質な矛盾する感情——人間の真実——を止揚・統合する弁証法的構造の認識・体験としての美を生みだすものである。

〈茨の刺〉では、ただ一面的に〈とがとが〉しさのみを強調する平板な句に堕してしまうのではないか。これではかえって丸山のいう〈憤懣をぶちまけた〉〈家人や郷党に対する憎悪と怨恨が露骨に示された〉だけの句になってしまうのではないだろうか。それこそ、〈味も素気もない〉ものになってしまうと思うがどうであろうか。

季題（季語）の力

それにしても、井泉水ほどの俳人が、なぜこのような平板な読みをしてしまったのであろうか。

無季自由律を主張し俳句の革新をはかった井泉水なればこそ、その季題趣味批判の思いがかかる偏った解釈をもたらしたのであろう。勇み足としか思えない。

だが、もしかすると、井泉水のいうとおり、〈一茶の感じたのは茨のとげ〉だけであったのかも知れない。

いや、かりにそうであったとしても、だから〈茨の刺〉にすべきとは考えられない。

井泉水の指摘のとおり、一茶は、できることなら〈とがとが〉しい〈実感〉を詠みたかったのかもしれない。しかし、一茶の〈季題趣味〉が〈茨の花〉を下五に据えてしまった——とも考えられる。

しかし、一茶の意向はどうあれ、また、句の生まれる機微は知らず、季題の〈茨の花〉を下五に据えたとき、表現としてそれは作者の手をはなれ、自立し、読者の多様な読みを許すことになる。

かくて、私という読者によって、〈茨の花〉の形象は異質なもの矛盾するもの（「とがとが」しさとなつかしさという古郷へよせる人の心の真実）を止揚・統合する美の構造をもつものとして読まれることにもなったのである。

井泉水のように解すれば、季題としての〈茨の花〉は作者の〈実感〉をそぐ負の機能をはたしたことにもなろう。しかし、私流に解すれば、むしろ〈茨の花〉という季題こそが、やりきれぬ〈憤懣をぶちまける〉だけのものからこの句をすくったし、もしかすると作者の意向をさえ超えて、古郷に寄せる人の真実を如実にあらわすとともに、しかもそれを美（味わい）となしえた正の機能をはたしたということになろう。

この一句が生まれる創作の機微というものに私なりにさらに探りを入れてみたいと思う。

それは、一茶が〈茨の花〉という季題を選んだとき、その脳裡には蕪村のいくつかの〈花茨〉の句が浮かんでいたのではなかろうか。

周知のとおり、俳諧時代になって、その野趣のある〈花茨〉の美しさを詠むようになったが、圧巻ともいうべきは蕪村の次のような句である。

花茨故郷の路に似たるかな

愁ひつゝ岡に上れば花茨

道絶《た》えて香にせまり咲花茨

蕪村は少年時代に早く両親に別れ、また遠く故郷を離れて長く漂泊の旅をつづけていた。その境涯を思えば、これらの句に季題としての〈花茨〉の思いが託されていることはあきらかである。

一茶が蕪村のこれらの句を知らなかったはずはない。一茶が〈茨の花〉を下五に据えたとき、蕪村の〈花茨〉のもつ郷愁の思いが彿としてうらにあったと見ていいのではないか。

いや、これは憶測の域を出ない。うがち過ぎ、読み過ぎ、ともいわれよう。百歩ゆずって、一茶が蕪村の句をまったく意識することなく、この句を詠んだとしよう。それでも私は、文芸の虚構としての本質から私の解釈を妥当なものと考える。

虚構としての文芸（俳句）の世界は、作者によって意味づけされ、かつ読者によっても意味づけされるものである。つまり虚構としての文芸の世界は閉ざされたものではなく、開かれたものとしてある。

したがって、〈読者もまた創造する〉ということなのだ。

読者の主体的、創造的読み（解釈）とは、作者の意図にそいながらも、しかも作者の意図をも超えて、よりゆたかなイメージ化、よりふかい意味づけを行うことである。

〈古典を現代に生かす〉とは、このような読者の主体的、創造的読みをおいて他にはない。

ここまで書いてきて、ついでに手許の水原秋桜子編『俳句鑑賞辞典』をのぞいたところ一茶の句解（執筆は林翔）に次のようにあった。

「ふるさとやよるもさはるも」と来て、下五のいかんによっては露骨な恨みとなるべきところを、「茨の花」として、刺は言外に隠したのが心にくい。

〈下五のいかんによっては〉とあるのは、たとえば井泉水の言うとおり〈茨の刺〉とでもすれば、それこそ〈露骨な恨み〉となるのは必定。〈「茨の花」として、刺は言外に隠したのが心にくい〉という。林の評こそが、私には〈心にくい〉。

林の句解を先に読んでおれば、かくまで私がくどくどと述べたてることもなかったと思われる。が、おかげで、西郷文芸学における美についての論をこの句をかりて具体的に述べる格好の場をえたというわけでもある。

ついでに西郷文芸学における構造論を用いて次の句の美の弁証法的構造をあきらかにしてみ

たい。

あをあをと空を残して蝶分れ

大野林火

現代俳人、大野林火《りんか》の秀句である。
季語は〈蝶〉、春。
この句について作者自身の「自解」の文章がある。

庭前で得た。蝶が二つ、一つに絡みあって舞い上がったが、それを見上げている私の頭上でぱっと二つに分れた。目標を失った私に青空だけがあざやかに残った。蝶の色は忘れたが、黄か、白か、いずれかがよい。その色彩の毬を失ったあとの青空の美を享受していただければ充分である。
この句、私の耽美的傾向を代表するといわれる。そういわれればそうで私には耽美的傾向は強い。作風は初期から私小説風を交えているが、中学時代、鈴木三重吉の小説に心酔、春陽堂版の袖珍小形の小説集を集めたことも、また作句当初、「石楠」の先輩前記孋無公、原田種茅氏らに「海紅」を読むことをすすめられた中で、一碧楼の「はかぐら」に心酔したのもその証左となろう。このことは老いたいまも多分に尾を曳いている。

京都陸軍病院入院中の猿端統流子とこのころ知り、文通するようになった。彼がこの句を特にほめてくれたのを思い出す。

＊あをあをと空《そら》を残《のこ》して蝶《てふ》分《わか》れ（昭和十六年頃）『早桃』所載。

なお、この句について次のような評がある。（宮津昭彦編著『大野林火の世界』）

林火は『冬青集』と前後して『現代俳句読本』を上梓した。「俳句研究」に連載した「俳句読本」を土台に纏めたものである。注目されるのは「新しき写生」という一章が設けられ、作句の態度と方法について考えが述べられていることである。林火の説く「新しき写生」とは、自然に対して心で向かうことに尽きる。見たままを詠む目だけの写生でなく、心に感じたところを大事とするのである。この奥には、文芸は情にもとづく、という林火の認識がある。林火の句が抒情的なのではなく抒情そのものに高められて行く姿の根底をここに見ることが出来よう。（中略）

あをあをと空を残して蝶分れ

この句、のちに秋元不死男は「林火俳句の唯美的傾向を代表する作品」と評し、林火またこの評を肯定した。蝶々の消えたあとの空の青さにただ見惚れている姿は、唯美的傾向を指摘するにふさわしい。しかしその姿は、美に耽るというより感動に没入している姿なのであって、健康な明るさがそこに約束されていることに注意を払っておきたい。

秋元不死男は〈唯美的傾向を代表する作品〉といい、作者もまた、〈私には耽美的傾向は強い〉と自認する。〈唯美的〉といい、〈耽美的〉というも同じことであるが、問題は、その〈美〉がいかなる美であるかについて評者も作者も何一つ究明するところがない。また作者は〈青空の美〉というが、それは素材としての美であって、文芸としての美ではない。

なるほどとうなずかせる鑑賞ではあるが、ここには、この句の美の構造が何一つ解きあかされてはいない。というのは、〈あをあをと空を残して〉と〈蝶分れ〉という一見ちぐはぐともみえる措辞について何らの言及もなされていないということなのだ。実はこのちぐはぐな措辞にこそこの句の美の構造が秘められているのにである。

まず、この句を私の構造論によって分析すると次のようになる。

〈あをあをと〉〈空を残して〉と上五中七と読みすすめると、読者の脳裡には〈あをあをと澄みきった青空が浮かぶであろう。

あえて季節を問うならば秋の空とでもなろうか。ところが〈蝶分れ〉の下五にきて、読者はこの〈あをあを〉という〈空〉が秋の空ではなく春の空であったことを知る。（〈蝶〉は春の季語である。）

しかし、春の空というものは〈花曇り〉という季語もあるように〈あをあをと〉澄みきったものではない。また、春の月も秋の明月とちがってどんよりとしていて朧月である。春の空は色彩をいえばむしろ灰色に近い青であろう。

となれば、〈蝶分れ〉の季語によって暗示されているこの〈空〉はどんよりとした灰色の春の空である。にもかかわらず、この句はそれを〈あをあをと〉という異質な矛盾するものとして表現する。これは、ちぐはぐな措辞といわざるをえない。

だが、この句を誰も木に竹つぐ如き違和感をもって読むものはないであろう。むしろ前述のような鑑賞をなされる秀句でさえある。

では、なぜ、この矛盾がこの句においては違和感をもたらすことなく、弁証法的に止揚・統合されるのか。

二匹の蝶が、春のうららかな陽ざしのなかをからみあい、もつれあって飛んでいる。雄蝶・雌蝶でもあろうか。ひらひらひらひらと上に、下にと、せわしく飛びかう。思わず眼がそちらへ向く。そして蝶のもつれあって飛ぶ先をずっと眼で追う。

と、不意に、ぱっと二匹の蝶が左右に分れ飛ぶ。〈蝶分れ〉である。

とまどってやり場を失った眼のなかに、彼方の空がとびこんでくる。まさに、その瞬間なればこそ、あの灰色がかった春の空が思いがけなくも〈あをあをと〉あざやかなものに感じられた。この矛盾が違和感をひきおこすどころかなるほどと納得させるリアリティをもっているところにこの句の真がある。

しかも、この異質な矛盾するものが止揚・統合されるところにこの句の美の弁証法的構造がある。ほかならぬ春の空を〈あをあをと〉と表現するところに、この句の味わい、おもしろさがあるからである。灰色の春の空を〈あをあを〉と表現する矛盾をおかしたところに芭蕉の〈危うきところに遊ぶ〉俳諧の精神があるといえよう。

この句を事柄的に散文化《パラフレイズ》すれば、蝶が分れたそのあとの空が何とあおあおと感じられることよ——とでもなろうか。しかし、このように書いてしまっては身も蓋もない。芸がないということだ。

この句は、この句の表現どおり、〈あをあをと〉〈空を残して〉〈蝶分れ〉という順序に、上五中七下五という方向に読みすすめねばならないのだ。しかも下五の〈蝶分れ〉に止まらず、上五の〈あをあをと〉にたちもどって読むことが「要求」されている。いや、そのように読んでこそ、先ほど述べた春の空を〈あをあを〉と表現する矛盾の構造が意識され、そこに美の構造がたちあらわれてくるのである。このことをいみじくも芭蕉は〈発句は行きて帰る心の味也〉といった。

すべて文芸作品というものは(もちろん俳句も)、その表現されている順序にしたがってしだいにイメージをふくらませ、意味を紡いでいくものである。(というのが西郷文芸学の構造論における形象相関展開の過程という原理である。)しかし、同時に、文芸作品というものは継時的展開としてとらえるだけでなく、さらに共時的、同時的なものとしてもとらえねばならない。(形象の全一性という原理である。)

この二つの原理にもとづいてこそ、芭蕉のいう〈行きて帰る〉ということも可能となるであろう。この句における共時的ということは〈あをあをと〉に〈蝶分れ〉を〈行きて帰る心〉で打ち重ねるということである。

くろがねの秋の風鈴鳴りにけり

飯田蛇笏

この句所収の『山廬集』は、虚子の『五百句』に比すべき記録であり、昭和文学史の上にかがやかしい一頁をしるした句集であるとされる。提出句も名句のほまれ高い。その評のいくつかを紹介しよう。

・人口に膾炙する名作を数々持つ蛇笏俳句のなかでも、その代表作のなかの代表作ともいうべき絶唱。最短詩の極点ないし頂点を示し、つまり俳句の存在理由を永遠に示している傑作と言っても差支えないだろう。(小林富士夫)

・それは、あるいはもっとも典型的な俳句作品としての、あらゆる条件を完備しているものなのかもしれないし、飯田蛇笏はそれを具備するために、その他のあらゆるものを放棄することを恐れなかった類稀な強い人間だったかもしれない。それはもう僕や僕たちの世代の人間にはおそらく永久に再現することの出来ないほどの完璧さだったのかもしれない。(高柳重信)

平井照敏は〈調べの高い荘重な名句〉といい、大野林火も〈蛇笏一代の代表作〉という。石田波郷は、この句を、散文訳することのできない名句であると評している。

例によって、参考までに作者自注を引いておこう。

山廬書斎の軒に四時一個の風鈴が吊られてある。本居鈴廼舎の鈴を真似たわけでもなんでもなく、往年市で非常によい音の風鈴を見ながら購めてきた。それを持ちこしてきてゐたのである。秋の生命。

名句として喧伝され、しかも作者自注もあって、蛇笏のファンとしては、このモデル（?）である〈くろがねの風鈴〉を一目見たいというのも、無理からぬものがあろう。

蛇笏の子息龍太に「音」という随筆があり、その一節にこんなエピソードが語られている。

「わが家の来客には、おのずから俳人が多い。きわめて自然のことわりと言わねばならないだろうが、たまたま軒の風鈴が鳴ると、

『オヤ、あれが、くろがねの風鈴ですね』

といって席を立つ。

こんな時、私はいつもアイマイな返事をすることになる。芭蕉の『古池』は、実際の古池よりは

るかに趣があるにきまっている。物語の美女にしても、現実のモデルより常に魅惑的なはずではないか。

なかには、また、

冬滝のきけば相つぐこだまかな　蛇笏

の冬滝はどこにあるのでしょうかと、更にたたみかけて、一段と私を困惑させる客がある。裏の渓流は、子供でも気軽に飛び越えられる程度だ。

作者自注というもののもたらす功罪の一端といえよう。〈私はいつもアイマイな返事をすることになる〉龍太の当惑した表情が眼に見えるようである。

しかし、この句の解釈にまで、このような傾向が持ちこまれると、これは笑ってすませなくなる。

地味でどこか精神的な筋金をおのずから保持していて、忘却されながらも頼りになる思いで、その家の主人の心の片隅にその存在を印象づけている「くろがね」の風鈴。それはたったいま、その存在をみずから確め、おのれの存在を夏中たのしんでくれた人たちの忘却から取り返すために、チンチンチリンと鳴ってみせた風鈴である。「くろがね」の地位格調の適切さを思うべき句である。地味を堪えしのぶ「くろがね」の妙音、それを「秋」において聞きすますときの心の「洗われ」を思うべき句である。高貴ならず、奢侈ならず、高ぶらず、へり下らず、素直に朴訥に、無心に、秋と共に在る風鈴である。この句のよさがどうしても分らぬという或る俳人大家のあったことを私はかすかに記憶しているが、そんなこともあったかと不思議に思われる。

永田耕衣の解釈であるが、これでは実景（現実）としての「くろがねの風鈴」の秋の〈妙音〉を知らぬ者にとっては無縁のものとなろう。

〈くろがねの秋の風鈴〉は、この句のなかで、〈鳴りにけり〉であって、この句をはなれて他のいかなる場所にあっても、またいかなる時においても、存在してはならないところのものである。

実際に「くろがねの風鈴」の秋に鳴る〈妙音〉を聞いたとしても、この句の美がわかるわけではない。美とは、〈虚構の美〉である。この句の表現をはなれて、とらえられるものではない。

さて、例のごとく、この句の解釈を二、三引用する。まず〈名鑑賞〉と称される山本健吉の解からはじめよう。

時機をたがえて存在するもののすさまじさが、『くろがね』の一語にみごとに象徴化されている。鉄《かな》錆《さ》びた、釣り忘れた風鈴の音に、深まる秋情を感じ取っている。その金属性の音に、蕭条たる秋気がこもっているのだ。

大野林火の解も、ほぼ同様。

この句の眼目は風鈴が「秋」という風鈴の時期をはや過ぎてから鳴っているところにある。しかも、その風鈴が、くろがね、鉄製というところに、従ってその音も金属性の音であることに、すさまじさが感ぜられ、この「秋」は一層蕭条たるものとして感ぜられてくるのである。「秋」は時期を示す秋であるとともに、作者が身を以て感じとった秋である。

秋の風鈴が季節はずれであること。くろがね、つまり鉄製の音が〈金属性の音〉で〈すさまじさ〉が感ぜられるということ…これらは、いわば実景（現実）に還元しての解といえよう。

次に、上田五千石の解を紹介しよう。

「さび」の立場でこれを解しますと、「風鈴」の本来は、その音の「涼しさ」にあります。が、ある日ある時、その音色のにわかな変化に気づいて驚いたのです。まわりの空気の配置が「秋」になっていて、その音が「秋さび」ていたのです。言ってみれば、「風鈴」が「秋さび」、音色が「涼しさ」から「冷《ひや》やか」あるいは「冷《すさ》まじ」いものに転じていたのです。

この解も、また、実際（現実）の秋の風鈴の音色の〈さび〉を問題にしているといえよう。

ちなみに、〈さび〉という芭蕉美学の概念・用語についていうならば、実際（現実）の音色の〈さび〉ではない。一句の表現（虚構）の美としての〈さび〉である。混同してはならない。
つまり、表現（虚構）の美として、まずは、この句が〈くろがねの秋の風鈴〉であって、「鉄」製の風鈴ではないこと。また、「くろがねの風鈴」ではなく、〈くろがねの秋の風鈴〉であること……などが問題なのである。

鷹羽狩行の次の解も、また、現実の風鈴を相手どってのものといえよう。

　この場合、風鈴が夏のものということを踏まえ、その涼しさの感じを与えるものが、秋になって本来の機能を失い、風鈴そのものの実体になったところを発見したのです。夏にあっては風鈴の実体に興味はなく、その音を聞く主観的な気分（涼しさ）に関係があるわけです。この句は、そのような主観性ではなく、客観的な世界とその非常な感慨を深く表現しました。

〈客観的な世界とその非常な感慨〉を〈深く表現〉というところは、この句を実体・実景、現実とそれに対する〈感慨〉が表現されている、とみる。客観と主観の統合に表現というものをみる考え方といえよう。考え方そのものは正しいが、しかしこれも表現そのものに即しての解とはいえない。

さすがに山本健吉は、この表現のありように即して次のような解を示す。

「くろがねの」にやはり休止がある。もちろん「風鈴」の形容であるが、いったんここに休止を置くことによって、それは「秋」にも「風鈴」にも「音」にも、全体に覆いかぶさるようにその象徴するものを浸透させるのだ。

山本は、また、同じ助詞でも、〈くろがねの〉の〈の〉と、〈秋の〉の〈の〉とでは、意味の上でも調べの上でも軽重、深浅の度合いがちがうという注目すべき見解を述べている。

山本の解は表現そのものに即してのものといえよう。もっとも、いかに表現に即しているとはいえ、次の永田耕衣の〈くろがね〉説は、いただけない。

「くろがね」なる雅言？に呼応して直ぐ思いうかぶのはかの万葉の卑俗な名歌である。「しろがね（銀）もこがね（黄金）も玉も何せむにまされる宝子に如かめやも」という一首。ここでは「あかがね」（銅）も「くろがね」も歯牙にかかっていない。それほど「たから」とするには「くろがね」はこの時代でもありふれた常凡な存在だったのであろうか。作者の蛇笏も、読者の私たちも、おそらく「くろがね」がそのように取るに足らぬ？存在であるゆえに、取るに足る以上の存在だとする次元において、「くろがね」を愛することにもなるのであろう。これは常凡なる人間、非凡なる詩人の堅持する立派な心理的エゴイズムの発露であり、モラルでもあると思う。「しろがね」や「こがね」を無上に偏重しなければならぬ自他の心理の真実さにみずから反抗する、バランス獲得への普遍的エゴでなくて何であろう。

私には、見当ちがいの解としか思えない。

せめて、たとえば、小室善弘の次のような表現のありようを押さえた解であってほしいと願わずにはおれない。


「くろがねの秋の風鈴」という長い修飾語を伴った主語が、「鳴りにけり」という重々しい詠嘆によって受けとめられ、句に一種重厚の趣をあたえている効果も見のがすことができない。


永田の〈くろがね〉説が万葉の〈卑俗な名歌〉を引いたことを、非難しているわけではない。先行する歌なり句なりを引くにしても、それが、その句の美と真実をきわめるものとなればいいのだ。

そこで、私なら、いかなる句、いかなる歌をひきあいにして、〈くろがねの秋の風鈴〉の美の構造を追求するか、そのことを述べずしては、不公平というものであろう。

この句は、〈くろがねの秋の〉とはじまる。ということは、〈くろがね〉が〈秋〉の形容として、まずは詠まれたということである。これは、しかし、なじまない措辞である。なぜなら、秋は色彩でいえば「白」であり、「白秋」という語さえある。芭蕉の「おくのほそ道」に、

石山の石より白し秋の風

とある。〈秋の風〉が〈白し〉と詠まれている。

中国風にいえば、秋風は、金属的なイメージがあってか、金風（秋風）とか、金気（秋気）という言葉もあるが、万葉集では〈白風〉の字をあてて秋風の意に用いられている。

真気長《マケナガク》恋《コフル》心《ココロ》自《ユ》白風《アキカゼニ》妹《イモガ》音《オト》所聴《キコユ》紐《ヒモ》解《トキ》往名《ユカナ》（巻一〇・二〇一六）

白いイメージの秋を、この句では黒いイメージの〈くろがね〉で形容しているわけである。
ここのところ、前に雑誌に書いた私の文章があるので、一部引用する。（『国語の手帖』No.23）

〈くろがねの秋の……〉という異質な表現も〈秋の風鈴鳴りにけり〉と読みすすめるならば、〈くろがねの〉〈風鈴〉かと合点、納得する。しかし、そこで読者は、逆に、夏の景物としての〈風鈴〉が〈秋〉に〈鳴りにけり〉という更なる異質なじまぬ表現につきあたることになる。だからこそ、この異質さは先の〈くろがねの秋〉という形容の異質さとひびき合い、かさなりあって、〈くろがねの秋〉なればこそ〈風鈴鳴りにけり〉か、と納得させられるではないか。

この句を仮にも「くろがねの風鈴、秋に鳴りにけり」といったふうに言いかえてはならない。これでは〈くろがね〉と〈秋〉の違和感は失せても〈危うきところに遊ぶ〉ことにならないのだ。

ところで〈風鈴〉は夏の季語であるが、これは秋の句である。夏の季語を秋の句に用いたところにも、異質を超えるこの句の発想があるといえよう。

〈くろがね〉の句は、季節はずれに鳴る風鈴に秋のわびしさを読みとるといったふうの、心情的な読みもありうるが、それでは、文芸としての俳句を一片の抒情的寸景にとどめてしまう。言語空間のなかにひきおこす言語のドラマ——矛盾の構造をとらえることこそが、俳句を芸術（美の世界）として味わうことになるのではないか。

弁証法的構造（いわば矛盾をひきおこすドラマ）として認識・体験することこそが、現代における俳句の再発見であると思う。

読まれたとおり、私は、あくまでも表現のありようそのものに即して、俳句における季語の本質をふまえながら、虚構としての文芸の美の弁証法的構造を論じたわけである。

ついでながら、この句の調べについてユニークな論を展開している平井照敏の説を紹介しておく。

平井は、この句は〈たしかに調べの高い、荘重な名句〉であるとし、この句をローマ字で書きなおして分析する。

くろがねのあきのふーりんなりにけり
kuroganenoakinofū　rinnarinikeri
となりますが、音色の基調となる母音は、aが3、iが5、uが2（長音を2と数えれば3）、eが2、oが3使われています。子音は、kが3、rが4、gが1、nが5（ほかに「ん」が1）、fが1使われています。こうした音のなかで、とくに注目されるのは、母音では、o音が「くろがねのあきの」のようにはじめに多用されるところ、a音が「くろがねのあきのふーりんなりにけり」

のように各句の頭韻として使われるところ、i音が後半多用され、鋭くきっぱりした音色をかなでるところです。子音では、つよくひびくk音や、よくひびくr音、やさしいn音が多用されているところです。このような音の連繋がこの句を、きっぱりした、けれどもよくひびく、調べにみたすのではないでしょうか。

平井の分析は、それはそれとして納得できるが、異質なものを止揚・統合する美の構造論に立って分析するならば、この句は、a音o音と、それとは異質なe音・i音とで構成されていることで、つまりは音韻、調べの上からも異質なものを止揚する美の構造がうかがわれるといえよう。

さて、ここまで、表現に即して美の構造を解釈してくれば、読者としても、本論の冒頭に紹介した飯田家の来客が「オヤ、あれが、くろがねの風鈴ですね」というエピソードのおかしさ、ばかばかしさを改めて痛感されるであろうと思う。飯田家の風鈴は〈くろがねの風鈴〉ではなく鉄製の風鈴である。

さいごに、念のため一言。

この句にかぎらず私の試みた解釈（美の構造の発見）は、作者の意図（もしくは自注自解）とは関係ない。（参考にはしたが。）作品というものは、一度作者の手を放れたら読者のものである。どう「料理」しようと読者の「自由」である。要は、それを、美味しくいただいたか否かであろう。もっとも駄句は、どう「料理」しても食えたものではないが。

帚木に影といふものありにけり

高浜虚子

帚木《ははきぎ》は、高さ一メートルくらいの細い枝が多数に分かれた草で、花や木とちがい、ふだんはあまり人の注意をひくものではない。箒《ほうき》をさかさまにしたようなところから箒草と呼ばれる。その帚木に影というものがあるというだけの句意――といわれる。

平井照敏は〈虚子自身はこの句を、その自選句集『五百句』のなかに選んでいないので、その価値が認めきれなかったのかもしれないが、私にとっては、俳句とはこのようなものかと思えるほどの句、近代俳句から一句だけ選んだら、これになるだろうと思えるほどの、すごい句なのである。ではこのどこがよいのか。帚草に影があるというだけの、単純この上もないこの句のどこが〉と自問し、こう自答する。

　賞賛している私自身、はっきりと答えられないのだが、わずかに言えるのは次のようなことである。私はこの句にはじめて出会ったとき、帚草の投げている、おそらくは淡い影がほーっと見えるような気がして、何故かそれに異様に感動したのであった。語ればずれてしまいそうだが、こんなほそぼそとした帚草にも影があったのか、その影が、帚草のこの世での存在を支えているのかという思いが迫り、その感銘が、すべて存在というものの哀しみというところにまでひろがっていったのである。事実を放下しただけのこの句は、それ以上ことばでは何も言っていないから、はじめて見てから相当の年月が経った今でも、はじめと同じようにわけのわからない衝撃があたえられる。

平井は、〈こんなほそぼそとした帚草にも影があったのか〉という発見がもたらした〈感銘〉を実に感動的に語っている。しかし、遺憾ながらこの句そのものの表現のありようを分析しての感動を語っている文章ではない。

平井はつづいていう。

この句の作者である虚子には、「影といふものありにけり」の異様な力は感じとれていたにちがいないが、その不思議な呪力のいわれがときあかしきれなかったのだろう。影の不思議な働きへの虚子の驚愕が、この句にこもってしまったのかもしれない。

俳句はその作者にもっともよくすべてわかっているものとは限らない。作者よりもっとよい読者がいて、作者よりうまく読みとくことが出来ることもあるのである。そんな解がこの句には一つだけ存在している。

平井は、そこで〈作者よりうまく読みとくことが出来る〉〈そんな解〉として、〈名鑑賞〉といわれる山本健吉の解を挙げる。

長文にわたるが、引用する。なかなかの名文である。

「帚木」は帚草であるが、この古名は古伝説を連想せしめる。『古今六帖』の「薗原の伏屋に生ふる帚木のありとて行けど逢はぬ君かな」（『新古今集』『是則集』には、第四句「ありとは見えて」）の古歌が喧伝され、帚木にまつはる伝説は歌人たちの間に伝承されて行った。薗原・伏屋、ともに信濃の地名であり、そこの森に見えた帚のような梢を立寄って見れば見失ったという言い伝えから、「帚木の」と言へば、「ありとて行けど」「ありとは見えて」「あるにもあらず」などの句を自然に導き出すのである。『源氏物語』帚木の巻の、光君と空蟬との応酬をここに思い出すのもよい。「ははき木の心をしらでそのはらの道にあやなくまどひぬるかな、きこえんかたこそなけれとのたまへば、女もさすがにまどろまれざりけり、かずならぬふせやに生ふる名のうさにあるにもあらず消ゆるははき木、ときこえたり。」

帚木がそのような伝説を持っているというだけなら、わざわざここに挙げる必要はないのである。だが私は、この伝説は不思議にものの実体というものをよく捉えていると思うのである。帚草の姿に、何か仄かなもの、何か朦朧としたもの、回りに靄が立ちこめているような感じを受け取るのは私だけであろうか。「ありとは見えて」とか「あるにもあらず」とかいう形容が、いかにも相応しい姿なのだ。だから、「影といふものありにけり」のこの句は、直接これらの古歌から導き出されたものではないにしても、ものの実体を、あるいはものの「本意」を、よく見据えた写生句であることが、結果としてそれらの古歌・古伝説に通うものをおのずから生み出しているのだ。尋ねよれば消え失せてしまうという朦朧たる存在が影を持つ、その物自体よりも影の方がいっそう実在的であるという不思議さ、その驚きがこの句の生命である。「影といふもの」というゆったりとたゆとうような措辞が、たいへん利いている。

古典にうとい私など、ずいぶんと教えられるところが多い。平井は、〈何ともすぐれた鑑賞で、つけ加えることばとてないが、私はこの一文を読んで、知らないわけではなかった季題の本意ということをはじめて十分理解したのであった〉〈私には、山本氏が、ものの実体をよく見据えれば、結果として本意に通うと語っているところがとくに注目された〉という。たしかに、季題としての〈帚木〉の本意を見事に解明してみせてくれている鑑賞といえよう。

しかし、この句の表現そのものに即しての鑑賞は、末尾の〈「影といふもの」というゆったりとたゆとうような措辞が、たいへん利いている〉という一文があるのみである。しかし、それも何故、どのように〈たいへん利いている〉のかについては、述べられていない。

多くの評者のなかで、この句のレトリックに言及しているのは、私の読んだかぎりでは、仁平勝の次の一文だけである。まず、仁平は、山本の〈名鑑賞〉に触れて、いう。

この「帚木」という言葉が『古今六帖』や『源氏物語』の面影を引きずっていることは、山本健吉が『現代俳句』の名鑑賞で指摘した通りであろう。虚子の言葉を借りれば、すなわち「歴史的連想」ということになるが、しかしこの作品の契機は、必ずしもそこにあるわけではない。そういう歴史的な象徴性を背負った帚木が、目の前に生々しい影を持った現物として現れていることに、虚子は「感動」しているのである。

つづけて、仁平はレトリックを問題にする。

この句が読む者に「感動」を与えるとすれば、それは虚子が先のところでいうように、帚木に影があるという「景色を叙しただけ」のことで作者の「感動」が表現されているからではない。「景色」というなら、ここにあるのは帚木と影だけである。この句が作者の「感動」を表現しえているのは、ほかでもない、「（影）といふものありにけり」というレトリックの力なのだ。帚木の「影」に詩のモチーフを見てしまう眼は、帚木という題材（季題）の選択以上に、すぐれて虚子の内なる美学を語っているだろう。まさにその美学が「影」に続けて、「といふものありにけり」と書かせたのである。虚子の「花鳥諷詠」論は、なによりも自らの俳句の方法において、そういうレトリックの契機を救うことができていない。

仁平は〈この句が作者の「感動」を表現しえているのは、ほかでもない、「（影）といふものありにけり」というレトリックの力なのだ〉という。が、肝心のその〈レトリックの力〉のよってきたるところが、何一つ具体的に分析、解釈されていないのだ。

この句のどこが、どのように〈レトリックの力〉を生みだしているのか。そして、〈虚子の内なる美学〉をこの句によって説明してもらいたい。そのことこそが求められているのではないか。

一方、この句についてさまざまな「哲学的」な解がなされる。たとえば、季御寧は、いう。（難解で私にはよく解らないが一つの例として引用する。）

帚木は高さ一メートル位の枝が多数に分れた草で、花や木とちがい。普段は別にその存在が人の注意をひくものではない。しかしそこに影があるのをみてはじめて、その個体の存在性が気づかれるのである。抽象的なものは影を持っていない。影は存在と無の間の境界にあるものである。マラルメによって「存在の絶頂」と呼ばれた真昼、影が消えて光だけが世界を満たしている正午の空間は、すべての物を抽象化しているのである。

以上、諸家のさまざまな解釈・鑑賞をあげてきたが、句の表現のありようそのものに具体的に即しての解がほとんどみられない。いったい、この句の表現のどこをどう押さえることによって、この句の美の構造を見出しうるのか。

まず、私は、〈帚木〉が、ほかならぬ季語であることを押さえたい。それは、山本が指摘しているとおり、その実体は〈ありとは見えて〉〈あるにもあらず〉というイメージ（本意）としてある。

しかし、この句が〈ありにけり〉と表現しているものは、〈尋ねよれば消え失せてしまう〉という朦朧たる存在〉（山本）を〈ありにけり〉といっているのではない。つまり、実体があるというのではない。「帚木にかたちといふものありにけり」ではないのだ。〈影といふもの〉が〈ありにけり〉というのである。〈レトリック〉（仁平）という用語をかりるならば、ここにこの句のレトリックがある。仁平は、そのことを具体的に説明した上で、そこに、どのような〈レトリックの力〉がはたらいているかを論証すべきであった。

古来、伝統としてある季語としての〈帚木〉は、その実体（形）が〈ありとは見えて〉〈あるにはあらず〉〈尋ねよれば消え失せてしまう〉ものとしてある。このことを俤としてこの句は成立している。

とすれば、この句の表現は一方において、帚木の形は〈尋ねよれば消え失せてしまう〉ものであることをふまえながら、他方では、にもかかわらず、〈影といふもの〉が、そこにあるではないか、といっているのである。

つまり、帚木の〈形〉の存在を否定しながら、〈形〉あってこそあるはずの〈影〉の存在を肯定するという矛盾をこの一句ははらんでいる。この矛盾を止揚するはたらきをもっている、それこそがまさに〈レトリックの力〉ではないか。

ところで、そもそも影とはいったい何か。

物理的に存在するのは〈形〉つまり実体のみである。どこにも、影というものは存在しない。影とは光のない状態を形容する語である。つまり、光のないことを影があると表現するのだ。このパラドクスがこの句のレトリックを成立させているのである。

帚木には形とか色とか、しなやかさとか、その他さまざまな属性がある。しかし、影は、〈形〉（実体・もの）の属性ではない。帚木に影という属性があるはずもない。だからこそ、〈帚木に影といふものありにけり〉は、矛盾をはらむ表現であり、しかもそれをなるほどと納得させるところに矛盾を止揚する虚構の世界が出現する。そして、そこに虚構としての美がある。

ついでに一言。

作者虚子は何故か平井もいうとおりこの句を自選句集『五百句』の中にさえ入れていない。おそらく、作者にも、この句の矛盾をはらみながら止揚・統合される美の弁証法的構造が認識できなかったのではないか。作者がかならずしも自作の芸術的価値を認識・評価できるとは限らない一つの例といえよう。

まさしく名句を名句たらしめるのは読者である。

一月の川一月の谷の中

飯田龍太

私事にわたるが、実は、本書の企画にあたって武馬久仁裕編集長〈現代俳句の実作者・評論家〉が、〈甘草の芽のとび〳〵のひとならび〉の句などいくつかを挙げて「名句なりや否や」と問うたなかに、この句〈一月の川〉があった。どうやら、この句は彼にとっては「試金石」であり、私にとっては「踏絵」というわけなのであろう。

たしかに、この句は問題作の一つであろう。一方においては高柳重信の評価や詩人大岡信の〈名鑑賞〉と称されるものがある。友岡子郷は、飯田龍《りゅう》太《た》の代表作三句のうちに数えている。が、一方、たとえば坪内稔典は〈変な句〉といい、〈この句はまったく私の気持ちを動かさない〉という。坪内は、前記の諸家の言をひきつつ、反論を展開しているので、私としては、ひとまず坪内の反論に即しつつ、虚構論の観点から、私の考えを述べようと思う。

坪内は、まず『俳句辞典・鑑賞』の、〈冬の終り、春のはじめである一月の川が、新しいいのちの始まろうとする一月の谷の中を流れている〉という句意を引用、さらに、次の解説をひく。

> 不要な夾雑物を一切削ぎ落として、純粋に言葉の粋だけで成り立っているような句である。それ

が、かえって読者の豊かな想像力を喚起してくるのである。すべてが枯れ死んでいる谷の中を流れている一本の川は、ただ一つ生きているものであり、生命の象徴に他ならない。俳句が表現することの出来る最高の世界がここにはある。

坪内は、この解説に対して、〈こんなふうに説明されても、〈言葉の粋〉〈生命の象徴〉〈最高の世界〉という抽象的なことばは、私のうちでいっこうに具体の瑞々しさを喚起しない。つまり、この句はまったく私の気持ちを動かさないのである〉と、反論する。たしかに坪内のいうとおり、私自身このような〈抽象的なことばは、私のうちでいっこうに具体の瑞々しさを喚起しない〉。

実は、この「解説」にかぎらず、私が本書を書くにあたって参考にした「解説」「解釈」「鑑賞」といった文章の多くが、この類いの〈具体の瑞々しさを喚起しない〉ものであった。抽象的に賛辞を連ねているだけのものもすくなくない。

逆に〈具体〉的であるとすれば、実景（現実）に還元するだけの絵解きにすぎないものであり、句の虚構としての本質をあきらかにしたものが、ごく稀であることに失望させられた。句の表現そのものに即しての分析と評価ではなく、印象批評に終っていてむなしいばかりである。

坪内は〈この句を高く評価した代表的な見解〉といわれる阿部完市の文章を引用する。

一月の川、一月という言葉の自然の中を流れて行く川、一月の谷、一月という言葉の中に深く沈みこんでいるわれわれの思いのようなところ。一月の川、一月の谷、ともにいわゆる自然——天然——とは決して言えない。一月という言葉は、いわばひとつの決定、傾向、思念そのものであって、その中の谷、そこを流れる川は、一月という存在を確立するひとつの思いとして存在している。この一月の川、一月の谷は作者の中にある言葉「一月」のきらめき、舞いとして在ってただ作者の外側にのみあって作者への、声細い呼びかけのみを行っている天然ではない。一月という言葉の質と言葉の量とが、作者というひとつの表示機能を通して姿を見せ、自らを確定したものといえる。この一句は、単に一月の川が一月の谷の中を流れる、と言っているのではなく、一月という言葉が、その言葉の自然が、ひとつの連綿とした歴史をうけとめている一存在を龍太という機能によって見事に自らを定着し得た一句なのだと思われるのである。

私には阿部のいわんとすることが、観念的、抽象的な言辞を連ねているだけで、よくのみこめない。〈一月という言葉が、その言葉の自然が、ひとつの連綿とした歴史をうけとめている一存在を……〉云々という結語も、とんと解せない。

坪内は、阿部の解に対して、いう。

さきの辞典の解説では、〈言葉の粋〉を指摘しながらも、一句を現実の風景に還元していたが、阿部はひたすらことば自体の出現を、この句に見ようとしている。

それにしても……と私は思う。この句に出現していることばに、どんな魅力があるのだろうか。反復されている〈一月〉は、一句をきわめて単純化しており、その単純さは、日本の一月の川や谷に対して人々が持つ感じにふさわしいかもしれない。そして、三つの〈の〉は、川の流れのようなものを感じさせる。しかし、この程度の技術が感嘆すべきものであろうか。

坪内は〈阿部はひたすらことば自体の出現を、この句に見ようとしている〉（傍点は西郷）というが、それすら、ここには、ないのではないか。〈ことば自体〉に迫るのではなく、その周辺を堂々めぐりしているにすぎない。

さらに、坪内は大峯あきらの評をとりあげて反論する。

大峯あきらは、「飯田龍太の世界」（『飯田龍太読本』昭和53年）で「この一句ほど飯田氏のもっとも宿命的な原質を露出させた作は他にあるまい。この独自なるスタイルにおいて、氏はいわゆる龍太調の安易な模倣者たちを完全にふり切っている」と言うに至った。大峯は「人間と自然とのさだかならぬ原始の境から吹きつけてくる『存在』の光芒との、めくるめく遭遇」をこの句の飯田は果たしている、と見ているのだが、〈めくるめく遭遇〉というふうな言い方が、やはり私には釈然としない。正直なところ、私には、この句は〈一月の川が一月の谷の中を流れている〉という単純な光景、在るものを在るものとして肯定した、ただそれだけの光景としか思えない。

〈めくるめく遭遇〉といういい方を坪内は〈釈然としない〉というが、同感である。かかる過剰な賛辞は空々しい。

しかし、この句は〈一月の川が一月の谷の中を流れている〉という〈単純な光景〉〈在るものを在るものとして肯定した、ただそれだけの光景としか思えない〉という坪内の否定的評価は、私としては〈釈然としない〉。

〈ただそれだけの光景〉といい切っていいかどうか。以下、そのことについて私見を率直に述べようと思う。

まず、〈実景〉ということにかかわって、作者の自注を引くところから始めよう。


家の裏を狐川という小さな溪流が流れている。ここから一キロほど上手の、春日山という御坂山系の一峰の山腹に源を発し、四キロほど下って笛吹川にそそぐ。作品の対象はこの川である。明治の中ごろまではヤマメが棲息していたというが、私の幼時にはもう見かけなくなった。アブラハヤと鰍。それにウナギが獲れた。ウナギはもっぱら置鉤で、夏の夕方仕掛け、早暁にあげる。戦前は一度に二十数匹も獲った記録があるが、次第に減少して昨今はほとんど絶滅してしまった。特に、昨年から河川改修が進み、両岸は切石ブロック積みとなり、もはや昔日のおもかげはない。

この句、雑誌「俳句」発表の三十句中の冒頭に出した。幼時から馴染んだ川に対して、自分の力量をこえた何かが宿し得たように直感したためである。それ以外に作者としては説明しようがない句だ。強いて云えば、表現に類型がなかったことか。俳壇で最初にこの句に言及したのは高柳重信氏であったと記憶する。

この句を、作者自注に沿って、あるいは、それぞれの読み手のなかに潜在するあれこれの谷や川のイメージをもとに、実景に還元し絵解きしても、この句の虚構としての本質をあきらかにしたことにはならない。もちろん、この句の美（虚構された美）の構造に迫ることにもならぬだろう。

もちろん、私は、実景に還元すること自体を一概に否定するものではない。ただ、それだけにとどまる大方の解のあり方を不満とし、坪内同様批判しているのである。

ところで、ここで、私のいう虚構ということを、あらためて再説しておきたい。西郷文芸学の虚構論における虚構とは〈現実をふまえ、現実をこえるところに成立する世界〉と定義している。〈日常的意味をこえて、より深い意味を生みだす世界〉といいかえてもいい。

坪内は〈変な句〉といったが、私はむしろ〈あたりまえな句〉といいたい。いや、〈あたりまえでありながら、あたりまえでない句〉というべきかもしれない。つまり、この句が〈虚構の世界〉として〈現実をふまえながら、現実をこえる〉ものとなっていることを、具体的に論証しようというわけである。

〈一月の川〉という措辞は、馴染みのうすい、耳なれぬ言い方である。（もちろん、まちがっているというわけではない。）「冬の川」あるいは「春の川」といういい方が一般的であろう。しかし、それは、それでいいとしよう。問題は、この句の〈一月〉を新暦（太陽暦）の上での、日常的な意味での一年の第一の月ととってはならない、ということである。ほかならぬ季語として、これまでの多くの句の伝統をになってある一語とみるべきであろう。季語としての〈一月〉は旧暦（太陰暦）における〈一月〉であって、それは厳しい冬の終わりを意味する。（二月は春のはじめである。）また、季語としての〈一月〉は、新しい年のはじまりを意味する。したがって、この句における〈一月〉は、冬の終わりであると同時に新しい年のはじまりであるという二重の相反する意味（とイメージ）をはらむことで、この句の虚構性を生むものとなっている。

〈一月の川一月の谷の中〉は、何かが終わろうとして逆に何かがはじまろうとする〈谷〉と〈川〉が織りなす虚構の時空である。つまり現実の一月の谷と川という時空（実景）をふまえつつ、この句はそれをこえた非現実・非日常の虚構の時空たりえているのである。〈一月〉という季語には、先に述べたように異質・異次元の両様の意味とイメージをはらんでいる以上、この句は、たとえば「二月」「三月」……という日常的な意味をもった語によって代置できるものではない。〈一月〉は、この句において動かぬとみるべきであろう。

なお、〈一月の川一月の谷〉という対句的表現は、類比（反復）であるばかりでなく、同時に対比でもある。一方は流れる川であり、そこには一刻も流れてやまぬ時間の流れがあり、他方はじっとしずもって動かぬ空間としてのイメージがある。この矛盾する時空を見るべきであろう。

にもかかわらず、両者はいずれもともに〈一月〉の〈川〉であり〈谷〉である。川も谷も（自然は、そして人も）、ある時空の一点に固定されてあるものではない。たとえ、この一句が自然の四季のある時空の一点をいいとめたとしても、それはあくまで、うつろい流れ変わる流転の相の一局面にすぎない。〈一月の川〉も〈一月の谷〉も、それは〈二月の……〉〈三月……〉のと生々流転する相をそれは句のうちにはらみもっているのである。

ところで、〈一月の川〉は、冬の終わりを意味する「冬の川」のイメージと、年のはじまりを意味する「春の川」というイメージとの、互いに異質なイメージを、それぞれに限定されることなく、ともに合わせもっている。さらには、「正月の川」というめでたさの意味あいもふくめていいだろう。

〈一月の川〉〈一月の谷〉は、すでに見てきたように異質な矛盾するものを同時にはらみもつものであり、そこに異質なものを止揚する美の構造を見ることができよう。

この句の句意と句調のずれもまた、この句の美の構造と相まっている。

句調	5　7　5	一月の／川一月の／谷の中
句意	7　10	一月の川／一月の谷の中

ここには句意と句調が互いに拮抗してひきおこす独特の味わいがある。

先に、坪内は、この句を〈一月の川が一月の谷の中を流れている〉という〈単純な光景〉〈在るものを在るものとして肯定した、ただそれだけの光景としか思えない〉と評した。

なるほど、この句を散文化すれば、それは〈ただそれだけの光景〉にすぎない。しかし、坪内の散文化した文章は、原句とは似て非なるものである。虚構としての俳句（詩）を散文化したものは、実景に還元したことになっても、その句の虚構としての本質をときあかすことにはならない。虚構としての一句は、その散文化をあくまで「拒否」するものであろう。右の散文をこの句に等置するわけにはいかない。結局は詩としての文体を無視することにはならないか。

ここに〈海は満つることなし〉という一句がある。幾千幾百、いや数えきれぬほどの大小さまざまの河川が日夜、絶えまなしに厖大な水量を海へ注ぎつづけている。にもかかわらず、海が満ちあふれることはない。ということである。

この一句は、いわば、それだけの平凡な一つの事実を述べているにすぎない。しかし、この一句が、ある格調ある文体によって表現され、聖書の中の一節としてあるとき、それは神の無窮の恩寵の深さを象徴するものとなる。

〈一月の川〉の句も、散文化して、日常の次元において見れば、〈ただの光景〉にすぎない。しかし、〈一月〉が俳句の伝統をになった季語として、ある文体によって構成されたとき、それは日常性を超えたふかい意味を生みだすものとなるだろう。

この句を散文化し、〈ただそれだけの光景〉としてとらえたのでは、虚構としてのこの句は解体されてしまうのではないか——と考えるのであるが如何。

門外漢の私が、不遜にも現代俳句界の第一人者としての坪内稔典に楯ついてみたわけであるが、幸いこの後、対談が予定されているので、そこでおおいに返り討にしていただきたい。(ついでながら、本書にとりあげて批判した諸家にも、手きびしい反論、反批判をおねがいしておく。)

さて、終わりになってしまったが、〈名鑑賞〉のほまれ高い大岡信のこの句についての文章を次にひいておく。


一月の川は、この句では、まず宙に吊《つ》られてあらわれる。ごく単純なことだが、これが初五におかれていることが、いやおうなしにその感じを与える。一行の句の中で、川は文字通りに宙に吊りあげられた位置において登場するのである。ついで突然、われわれの眼は真逆様《まっさかさま》に一月の雪にうもれた谷へと誘われる。その谷の中に、一月の川は流れているのである。宙に浮いていて、同時に谷の中を流れているのが、「一月の川」というものなのだ。この句はそういう直観的把握《はあく》を伝えてくる。一、月、川、谷、中——これらの単純で字画の少ない、真中《まんなか》で切れば左右相称の感じの効果は、この句の生命に深く関わっている。それは、白一色の画面の上に白の図形を描いて、たとえば

「白の上の白」という題の作品を完成させるべく苦闘する抽象画家のことを思い起こさせる。

さすがに、感動的な名文である。平井照敏が、〈このあたらしい読みの開示に、作品が躍動し鼓動するのをおぼえただろう。読みは、このように、作品の新しい様相を解きひらくのである。このような読みは、創造であり、自己の創作と根底において一つでないはずはないのである〉と激賞している。なるほどと思う。

〈「白の上の白」という題の作品を完成させるべく苦闘する抽象画家〉という比喩は、奇抜でおもしろい。

それにしても、〈宙に浮いていて、同時に谷の中を流れている〉のが〈一月の川〉であるというとらえ方は、いかにも詩人大岡らしいユニークな解である。これは、私のいう矛盾を止揚する美の弁証法的構造を、まったく別の観点から発見したということになろう。

美の構造とは、客観的に客体的に作品それ自身のなかに内在するものではない。それぞれの読者がある観点に立って、それぞれのアングルからそれぞれに主体的に美の構造（矛盾を止揚する弁証法的構造）を発見するものである。あるいは作品を相手どって、それとの相関関係において創造するのであるといっていい。

本書において私が発見した矛盾の構造は私のとらえた美であって、それが唯一絶対のものであることを主張するものではない。

観点をかえてみたとき、一句は、さらにちがった美の姿をあらわすものである。

さいごに、〈名句を名句たらしめるものは読者である〉ことを、あらためて強調しておきたい。

対談

俳句の美をめぐって

坪内　ところで、作る楽しさというのは十分にいろんな人が体験していて、ある意味でよくわかっていて、ま、言葉遊びの楽しさとか、そういうことも、かなりみなさんわかっておられるんですけども、読む楽しさというのが決定的にやっぱりわかっていないということがございますね。

西郷　作り方はいろいろ本にも書かれますけどもね。読み方がね、もう一つね。ぼくのばあいは、徹底した読み方の本ですけどね。もちろん自分で作ったあれがないから、創作の機微にふれることはできませんけども。読み手としては深く読む、豊かに読む喜びみたいなものがありますね。

坪内稔典

＊俳人

＊京都教育大学教授

西郷竹彦

●1991年7月11日。

発句も俳句も同じ視点で読むことはできるか

西郷　現代俳句をやっている、特に若い方々は、古典俳句とのつながりを考えているのでしょうか。それとも、それらとのつながりを断ったところから出発しているのでしょうか。

坪内　やっぱり、自分たちのものは芭蕉などの古典俳句とは違うんだという意識をもっている人と、かならずしもそうではない人といますね。

西郷　どっちが多いんでしょうね。

坪内　どうでしょうね。半分半分ぐらいかもしれませんね。ちょっとした感じだと。

西郷　その近代なり現代の俳句は古典とは違うんだという人たちの違うとは、何が違うんだとたとえば考えるんですか。

坪内　作られる場というんですか、創造者としての立場とか位置というのが違うと。たとえば芭蕉の場合だとあきらかに発句ですね。連句の発句だという。

西郷　俳諧の連句としての、その中の発句だと……。今の人たちの場合はそういう場ではなくて……。

坪内　まさに一句だけ。

西郷　一句独立したものとして考える、と。ようするに近代の詩の考え方に準じているわけですね。

坪内　そうです。近代の意識の強い人は差をつけるんですよね。

西郷　ああ、そこで違うんだと。発句じゃない、俳句だという ね。

坪内　だから、先生が『名句の美学』で古典と近代と同じ視点でとらえ切ろうとしてみえるのは、そういう意味じゃおもしろい問題を出してみえるんじゃないかなと思います。

西郷　専門の方から見るとおもしろいかもしれませんけど、私の場合は、歴史の事情にうといということと、それともう一つは発句も俳句も同じ一句として使えるんじゃないかという考え方ですね。また発句というのは、〈行きて帰るこころなり〉といわれていますよね。ということはある完結性を求めている読者に向かって開かれているにしても一応そこで自立しているという意識があって、いわれている言葉じゃないかなあと思うんです。これは、芭蕉の有名な言葉ですけど。正岡子規も、蕪村の句も芭蕉の句も一句独立したものとして評価していますよね。

坪内　彼は強引に切り離して一句ですからね。

西郷　あの姿勢が俳句の近代の歴史を作って

いる。そうすると古典も近代も同列に論じてもいいんじゃないか。

坪内　実はぼく自身も非常に先生のそういうお考えに近いところにおりまして、去年『日本文学』という雑誌に「今を生きる近世詩」という短い文章を書いたんですね。要するに、近世の発句はいま生きてる。非常に人々に覚えられて生きているけれども、作者の意図とはまったく違っている。たとえば〈目には青葉山時鳥初鰹〉という誰でも知っている句。あれは作者の意図に返すと、〈鎌倉にて〉という前書きがついているから鎌倉の句だったはずです。だけど瀬戸内でも九州でもどこでも通じる、季節になると使う。有名な句というのはほとんどそうではないだろうか……。

西郷　この句の背景には、黒潮にのって北上してきた鰹が伊豆沖あたりにさしかかるころが最も美味いという事情があって成り立っているということですね、もともとは。

坪内　もともとは。

西郷　その背景の事情を切り離して、一句を現代の場の中に置いて解釈するということですね。

坪内　だから読者の役割というのがものすごくこれは大きい形式で、極端なことといえば作者なんかもうどうでもいい。

西郷　読み人知らずでいい。

坪内　そういうのが五七五の形式と考えていいのではないだろうか。だからあまり厳密に、たとえば作品の成立事情とかそういうことをね、まあ考えるのが趣味の人はいいけれども、それほど大事ではないかもしれない、ことを書いたんです。

西郷　これは、研究者の場合ですね、研究という場では、ある程度成立の事情とかその文学史の中における位置づけとか、一句が成立するいろんなまわりの状況、それとの関係をずっと調べあげていく。そしてその中からなぜこのような句が生まれてきたか、その句が当時どういう役割なり意味をもったかという研究がありますよね。これはこれとして研究としては一つの存在価値がある。ところがその作品の鑑賞となればそういう事情を切り離して一対一で読者が作品と向かいあう。現代の場の中において現代の光を当ててみて、その光の中でどんな輝きをもってくるか、そのことで終始していいんじゃないか。

坪内　ただどうしても学者のそういう研究というものが強く、知的なものが優先するという雰囲気がございますでしょ。だからそこにひっぱられて。本当はもっと自由に読んでいいのに読めなくなっている。

西郷　そっちへこだわって、固執してしまってね。本当は芸術の歴史というのはたえず新しい時代に新しい見直しがされて、それがつまり古典というものだと思う。古典の生命というのは古い時代の価値がそのまま今日までずっと伝わっているのではなくて、どういうふうに現代の光の中で新しい輝きをもってくるか、それが古典の生命だと思う。そうするといま坪内さんがおっしゃったように、特に鑑賞の立場では作者の意図とか成立の事情とか、知ってて悪いことはないが、知るとついそっちへひきずられる、足をとられるということでつまらん結果が生まれがちですよね。

坪内　ぼくは、この俳句というのは簡単に覚えることができるのが大切だと思います。それができないとあまり名作にはなりえない。ひろがりもってこない。

西郷　あるひとにぎりの人たちがいいといっているだけではなくて、やがてはそれが多くの人の口になじんでくるということが一つの条件になる。そのためには、坪内さんのおっしゃってる口誦性、五七五のリズム、そういうものが大事でしょうね。

坪内　だから自由に読めることの大事さをきちっととらえておかないと小さな詩型を妙な知的な事柄でいじってしまって、本来もっている作品のおもしろさを殺してしまうことがしばしばあるんじゃないだろうか……。

西郷　そのおもしろさと同時に口にとなえる楽しさとか耳で聞く、もちろん目でも見る、そういう目も口も耳も全部がフルに俳句を味わうことが大事です。

坪内　だからこの本の古典と近代を同じ原理というか同じ高さでとらえるというのは、そういう意味ではちょっと刺激的ですね。

西郷　ま、無謀なというか、やはり素人だなと見られる点もあると思いますけどね。

俳句の生命力と美の弁証法的構造

坪内　先生の理論、要するに美の弁証法的構造論、これはどうなんですか。ぼくなんか拝見していてあまり違和感がない。

西郷　それは坪内さんだからですか、それとも一般に俳句を評論なさっている方がという意味ですか。

坪内　ぼくは比較的先生のものを前々から拝見してるということがございますから、ぼくだけなのかもしれませんが、もしかしたら多くの俳人たちもそれほど違和感がないかもしれない。

なぜかといいますと、俳諧というのが一種の矛盾的構造を自覚していたというか、たとえば江戸時代の初期の俳諧の考え方なんか見てみますと、たとえば王道にあらずして王道をなすというう……。

要するにぜんぜんめちゃくちゃなことをしてもそれが王道になるんだという考え方です。それで初期からたとえば俳言なんてものを重んじて、要するに雅語と俳言とをぶっつけて新しい詩を作っていくというふうな発想がございますでしょ。で、俳諧の具体的な方法である、たとえば取り合わせとか配合という方法にしましても、異質なものを組み合わせていくという方法でございますね。だからなんとなく俳諧や俳句のもっている基本的なというか、こう、大きな生命力をもっている方法とこの理論は近いところがあるんじゃないかなと……。

西郷　芭蕉のいわゆる取り合わせとか配合とかいうような考え方がございますね。近代に入ってからは二物衝撃とか二句一章論とかそれに対して一句一章とか、あるいはモンタージュ論とか。つまり異質なものをぶつけあわせる衝撃力が俳句の一つの力になる。こういう考えがずっと流れておりますよね。それをぼくは実際に今度こうやって俳句を美の観点で読んでみて感じました。芭蕉からずっとそういう考えが見えつかくれつ流れている。そこでもう一つ、ぼくがあらためて感じたのは、二物衝撃にしても取り合わせにしても、一つの俳句の中にある二つのものがあってそれがぶつかりあう、こういうう考え方ですね。だからそれに対して一句仕立てもあるじゃないかという異論が出てきましょう。一句一章論ですか、そういう考え方が出てくる。

私の場合は二つのものがはじめからあるんじ

ゃなくて、一つのものの中に異質なものをあえてこっちが見いだすというか生みだすというかそこに矛盾の構造を作りだすといいますか、そこがちょっと違う。ですからあえていえば一句の中に二物がなくてもいい。たとえば〈大空に羽子の白妙とどまれり〉。これ別に二物衝撃的なものはありません。大空と羽子の取り合わせといってみたって、大きい広い空と小さい点、あるいは青空の青と白の色彩のコントラストという程度。二物衝撃とか取り合わせというほどのものじゃない。これはいわゆる取り合わせ論ではさばけない、配合論でも二物衝撃論でもとりあげられない。じゃ、そこにどういうふうに美の弁証法的構造、つまり矛盾とその止揚を見いだすかという、そこのところです。ここでうぬぼれたいい方をさせてもらうと、いままでの取り合わせ論や二物衝撃論やいろいろだされてきた論が、どうしてもかかえこめなかったものまで含めてかかえこめる仮説になるんじゃないか。

坪内　作り手たちは、その部分は一種のインスピレーションというか創造の瞬間的な力で、たぶん解決していたところを理論的に説明なさったという感じなんだろうなとは思うんですね。そのあたりは、だから非常にうまく作り手たちがそこをのりこえた場合は、その先生の理論によると出来のいい作品ということになるのかもしれないという気がするんですけどね。この本の中でいわゆる俳句という立場から見ますとね、われわれ作り手の側でしょっちゅう問題にすることで、だけど先生はあまり問題にされていないということがいくつかございますんですよね。

西郷　そうですか。それ教えてください。

坪内　たとえば切れ字の問題。

切れ字と声喩のはたらきは似ている

西郷　切れ字。それは実は、論じようと思っていたんですが枚数があまりにもオーバーしたもんですから割愛したんです。いままでの俳論の中にあるかもしれませんが、ぼくの美の構造仮説にもとづいて切れ字というものをどう考えるかというと、まさに文字通り切るもんだと。切ることによって両者の関係を断つ。断つというのは両者が互いに異質化するということです。異質化しておいてそれを、今度はつなぐ。つまり切るということは同時につなぐというそのはたらきを読者にさせる。そして読者がそれをつないだ時にその異質なものをアウフヘーベンする構造を読者が発見しうるかどうか、ぼくは切れ字というものをそう考えているわけです。

文芸における声喩をぼくはかけことば的な機能をもつと考えておりますね。声喩で二つのものを切り離してつなぐ。ふつうは声喩というのはどちらかを表現するものとして考えますね。私は声喩というものによって切り離されている両者を、かけことば的に重ね合わせる、つなぐ。つないだ場合にそこに異質なものがぶつかりあうという構造が生まれる、つまり声喩の果たす役割と切れ字の果たす役割と似たようなところを見ているんです。

坪内　あの声喩という概念は、特に俳句の作り手たちにとっては、非常に新鮮でしょうね。

西郷　その新鮮というのは……。

坪内　声喩という概念で、多くの俳人たちはいままで考えたことがなくて、いわゆる擬態語とか擬声語、それは非常に俳諧、俳句的な、むしろ通俗的な表現という意味あいが強い、つまり雅語的な要素に対して俗語的な要素というふうに……。

西郷　もちろんそういう面もありますよね。しかし、私はそれよりも声喩というものが切れ字と同じように両者を切断して結合するという役割・機能を重視したい。

坪内　その考え方が実にぼくらには新鮮に映ります。秋元不死男の〈鳥わたるこきこきこきと罐切れば〉なんかありますよね。ぼくは〈こきこき〉のこの読み方はおもしろかったですね。

西郷　こきこきこきは鳥のわたるさまにも見えるといっている人もいます。だけど、どうなんですか、ちゃんと意識的に理論的に、声喩が鳥のわたる様子と罐切るこの両者に実はかかるという考え方で解釈している人っていないんですか。

坪内　いないんですよね。さっきちょっといいましたように、一種の通俗性を強めている言葉だという意識がありますので。〈鳥わたる〉は、伝統的な雅語の世界で風雅な世界ですから、〈こきこき〉は〈罐切る〉にかかってしまうというふうに読む傾向があった。

西郷　で、時にある人が、鳥わたるイメージまでがこきこきこきという感じに見えるということをふっといっている。

坪内　下巻の第1章を、そんなわけで実におもしろく読ませていただき、自分なりにじゃあこの声喩はどうなんだろうといろいろな句に出会うたびに読んでみたんですね。

西郷　〈せつせつと眼まで濡らして髪洗ふ〉という野沢節子の句がありますね。この〈せつせつ〉という声喩は〈眼まで濡らして〉と同時に〈髪洗ふ〉にもかかる、両者にかかる。そうすると眼までぬらしてというのはなんか涙を流しているイメージ。〈せつせつと〉訴えるという声喩としてとらえれば〈せつせつ〉とせつない想いが眼までぬらして涙ぐんでいるというイメージと、それからせっせと髪を洗うという異質なイメージとが一つにアウフヘーベンされてくる。つまり哀切きわまりない想いをいだきつつ、せっせと髪を洗っている感じになる。しかし、ふつうはせつせつと髪を洗うというふうに……。

坪内　ええ、そのように読んでいますね、一般的には。

西郷　〈せつせつ〉という声喩は副詞の役割をしてますから、ぬらすという動詞と洗うという動詞のどっちにもかかるはたらきをもっていますね。ところが、ふつうはどちらかに片づけてしまう。

坪内　ええ、俳句を読むときの無意識のうちの慣習になっていたという……。

西郷　たとえば、下巻の第1章にも書きましたけど〈ひらひらと月光降りぬ貝割菜〉。〈ひらひら〉という声喩は月光の降るさまとその中で〈ひらひら〉とひらめいている貝割菜のイメージと両方にかかる。

坪内　ぼくおもしろいなあと思って。だから先生の読み方に従ってぼくなりに読んでみようと思いながらこの間読んだんですね。たとえば〈雉子の眸のかうかうとして売られけり〉（加藤楸邨）の句、ここも実におもしろく読まれているんですね。あの、こんなふうにも読めないかなあと思ったんです。〈かうかうと〉というのは死んでいても生きているというふうに先生とらえてるでしょ。それは矛盾を止揚しているというふうに……。

西郷　「売られけり」だけれども魂までも売り渡してはいない、という解釈です。

坪内　〈かうかうとして〉は眸のこうこうとしてということと〈かうかうとして売られけり〉という下の方にもかかっている。その下の方にその売る人の姿までがこう見えてくる。

西郷　おもしろいですね。そういうふうに読んでいただけるとありがたい。また声喩というのはそういう使われ方が可能なんです。副詞として動詞にかかりますから。一句のなかに動詞が二つ考えられるとすれば両方かかる。

坪内　その次の〈とつぷりと後暮れゐし焚火かな〉これもなるほどなあと思って読んだんですね。《《とつぷり》という声喩は、《とつぷり》と暮れている「闇」と、その闇に《とつぷり》とひたっている「我」との両者にかかるはたらきをもつものである。声喩のこの秘密がこの句に深い象徴性をもたらしている〉というふうに読まれているんですけどね。ぼくはさらに自分なりに読んでいきましたら「我」というのですね、たしかにそこもそうだなあと思ったんですが、その闇の中で燃えている焚火のなかの已れと重なって、「我」と重なっている状況。だからいっそう焚火が赤く、強く赤くなってくるんだなというふうに……。

西郷　それはおもしろい。なるほど。それが私の本意なんですよ。そういうふうに理論を応用して読んでくださるとありがたい。

坪内　だから声喩についての先生のお考えというのは、ぼくなんかのもっていたいままでの読み方をずいぶんそういう意味で新しくしてくださったという感じなんですよね。それでここにのっている句でぼくの大好きな句なんですが、〈しんしんと肺青きまで海の旅〉（篠原鳳作）という……。

季語は一句独自の世界へ入る窓口

西郷　ふつうは〈しんしんと〉は〈肺青き〉へかかるというふうに読んでますよね。その海の旅そのものが同時に〈しんしんと〉なんですね。

坪内　この句に関してはぼくもずっとそのように読んできてますね。それでことあるごとにこの句はいい句だといいつづけてきたんですよ。

西郷　いい句ですわね。

坪内　ただこの句のばあい、いわゆる俳句の関係で問題になるところはまず季語がない。季節感があると考えようと思えば考えられるが、季語がない、なんとなく俳句らしくないという受け取り方をされる人が多いということがありましてね。

西郷　ええ。あの、季語の問題ですか。私は本のなかでもちょっとふれたんですが、「なぜ季語か」という、まず基本の問題をぼくなりに考えてみた。季語というのはまず俳句以前の歌の世界から尾を引いていますね。歌の中で歌語といいますか、季語というものがつくられてきていますよね。芭蕉以後の人は、歌の中で雅語として、みやびやかなイメージとしてつくられてきた季語というものを、今度はいわば卑俗化する形で新しい俳句の風雅というものを見出そうとした。季語というのは一つのキーワードとなっているという歴史があった。それから今度は新しい季語というものを俳句が自分たちの中から見出してきた、作りだしてきた。そのときに季語というのは日本人の最大公約数的な常識としてあるんじゃないか。そういう意味で短詩型の中で常識がまずベースになっている。「水ぬるむ」といえば、それだけでパッとすべての人が、当時の季節感をもっている日本人であれば、その季節が一瞬に浮かぶ。そういう普遍性をもっていた、ある意味では大衆性。そういう一般普遍性を季語というものはもっている。そして一句が成立する地盤をつくるその上で、作者個人の個性をだす。

季語というものは一句の中では（歳時記の中じゃないですよ）普遍一般性をもちながら同時に特殊個別性をもつというういわば矛盾した役割があるのじゃないか。とすると必ずしも歳時記にのっている季語でなくても、そのような作者と読者が共有できる言葉をもっているとするとそれは「季語」になりうるし季語の役割を十分に果たすことになるのじゃないか。一般普遍性、つまり常識性をもっている、大衆性をもっている、そういう言葉であってしかもその一句の中でその人なりの使い方をされることで特殊個別的なものになっている。とすればそれはもう季語といっていい。季語という言葉が季節の語とあるからちょっとまずいのですが……。

坪内　季語と同じような役割をすると…。

西郷　ですから「なぜ季語か」という根本を考えてみますと、無季俳句であっても十分俳句の資格のある句がある。

さきの句が世間ではなんといっているか知りませんが、仮に季語がなくても、この青い海っていうことは一般の常識ですよね。青い海っていう普遍的なものがあってしかもその上で〈肺青きまで〉とある。これは海の青さが肺まで染めているということで、これはこの句をぬきにしては成り立たない個別特殊なイメージ。青い海という普遍的な常識的なイメージが前提になっていてその上で単なる海の青さでなくて肺の青さがうたわれている。いや旅の青さまでがうたわれている。そういう意味で個別特殊。ですから季語と同じ役割を、この青い海という言葉が担っている。青い海という言葉としてはありませんが、青い海というイメージがそこに前提されている。

坪内　青い海がそういう役割を……。

西郷　ええ。誰が見ても海は青い。あるいは広い。だから青い海は季語になるような常識的なものとしてある。その青い海というイメージを前提にして成り立っている一句です。海が青いから〈しんしんと肺青きまで〉ってことになり、そして海の旅もまたしんしんと青い海の旅となる、というふうに二重三重に〈しんしん〉がかかる可能性もでてくる。私は季語的なものというのは青い海だと思う。

結局、季語というのはベースだと思う。そのベース、それは大衆性でもあります。そのベースが同時に個別特殊、その一句においてしか成立しない形で使われている。それが〈しんしんと肺青きまで〉なんです。

坪内　たとえば同じように旅という言葉っていうのは、たとえば『古今集』なんかの部立に従うと四季と羇旅というのが並んでいまして、あの意識というのはやっぱり季語と同じような役割をもっているということですね。

西郷　ええ、ありますよね。

坪内　たとえば「旅」という言葉なんかどうでしょう、この場合は。

西郷　ええ、やっぱり季語的な役割をもっていますね。まあふつう旅というと所用の旅というふうにはあまり考えませんけどね。実際は所用の旅であったんでしょうけれども、ふつう歌の中でうたわれたりする旅というもののもっているイメージってものがありますね。

坪内 それから、先生がおっしゃられるいまの季語についてのお考えってのは、ぼくはほんとによく自分なりには理解できるつもりなんですが、なかなか一般的には先生もお感じだとは思うんですが……。なかなかわかってもらえないところがありますね。

西郷 つまり無季俳句是非論でしょ。無季俳句が俳句かというような問いですね。無季俳句といわれているものでもね、俳句たる資格をもっているものが結構あると思います。季語に等しい役割、性格をもっている言葉なりイメージなりがあるかないかです。読み手の常識と重なるベースです。そのベースを作るのが季語であった。俳諧、俳句というものが発生したときは歌がベースだったでしょ。歌の中でうたわれてきた雅語あるいは歌語といいますか、そういうベースがあり、そのベースにのっかって俳諧というものが生まれた。つまりそれらに対するアンチテーゼとして俳諧というものが生まれた。だから俳諧、俳句のベースは歌の世界だった。歌枕というものがでてくるのはやはりそれじゃないか。しかし今や現代の俳人は歌の素養がなくてもいい。じゃあ何がその役割を果たしているかというと歳時記の中の季語と、それからメーデーならメーデーという常識となった語、これが季語になりうる。なぜなりうるかというとメーデーというのはもう一般の常識になっているからです。あるいは春闘とかね。ちょっと左翼がかった言葉しか出てこないけども(笑)、ほかにももっとあると思うんですが……。

ですからぼくは俳句なるものの必要にして十分な条件の一つとして、読者の常識となっているイメージをベースとしてその句がもっているかどうか、これでいいと思う。そして、もっとも典型的にその役割を果たしてきたのが季語であったと、あえていいたいですね。

坪内　だから先生のいまのお考えってやっぱり季語というものを読者論というか読むという立場にかかわらせて考えておられて、たぶんその観点が近代の俳句では少し希薄で、作り手の論理の方が優先してましてね、そして作るときに、たとえば写生という近代の方法がありましたから、実際に何かを見る、そのときに季節の特徴的なものを見るというふうな考え方が表にでてしまっていると思うんですね。ですから季語が読者が非常に多義的に読める俳句を読み解くときの一つのベースとして機能したという、この観点が非常に示唆的でおもしろいと思います。

西郷　私は歳時記的な教養がない人間だから、その語が季語であるかないかがさだかでない場合があるんですよ。ただぼくがその俳句に入るには、どこから入るかというと、常識的な部分です。常識的なイメージです。たとえば青い海とか旅とかというとそれなりにイメージが浮かびます。だからそこから入っていって、しかしいく先は一句独自の世界です。季語ってのは、その句の世界へ入っていく窓口ですよね。日本人であれば誰もが入れるという窓口。なぜ、では季節をあらわす言葉が窓口かというと、それは日本の風土というのは四季折々の変化があって、多様であって、さまざまな人事をからみこんでいるでしょ。人間生活をね。ですから自然も人事もほとんど季語に集約されるようなものであったからじゃないか。

坪内　そうでしょうね。

西郷　季節の移り変わりの中で生きてきましたからね。たとえば遅れ霜というと、農家ではあわてるわけですわね。それは生活のドラマでもあるわけです。いってみれば時間空間の座標の原点になるのが季語。ところがこの人間の生活そのものが現代ではいっそう多様化し、また変わってきましたからそこで新しい季語が必要となるし、またそういうものを発見するということが現代俳句の俳人の一つの役割になっているんですよね。

坪内　なってますよね。

西郷　日本人全体の公約数的なイメージがなんであるかを見出すという役割といいますかね。

坪内　だから俳諧の時代から必ずしも俳人たちは季語だけがそういうベースになるとは考えてきてないんですよね。たとえば芭蕉だって恋とか旅とか地名っていうのは十分季語と同じ役割をするし、そういう意識はずっとあったんですが……。

西郷　地名なんかもこれは「季語」たりうると思う。なぜかというと誰もが知っている地名ってありますでしょ。信濃というと信濃という独自なイメージがありますね。甲斐の国っていえばこれはぜんぜん違う。

〈鎌倉をおどろかしたる余寒あり〉（高浜虚子）という句。いざ鎌倉という言葉がある。たいていのことには驚かないようなその鎌倉までを驚かすほどの余寒というふうになるから、その一句の特殊性がそこで浮かびあがってくる。その場合鎌倉という一般普遍の共通な常識的なイメージが前提《ベース》になっている。ですから地名っていうのは季語にかわる役割をしている。あの句では〈余寒〉が季語だとふつうはいいますけども、鎌倉だって季語の役割をしている。そうすると季重なり的なものになってくるけども何もそれにこだわることはない、ぼくはいいんじゃないかと思う。あれは「余寒」という季語がなくても成立しうると思うんです。

坪内　近代でとりわけ季語がそういうベースになる言葉として、非常にこう、ある意味で重視されてきたわけですね。俳句ってある意味で季節詩みたいな意味あいが強いですが、そのことの意味あいみたいなものは先生はどんなふうに……。

季語は自然のインデックス

西郷　日本人の生活は季節を離れてはまず考えられないということがあった。いまはもう冷房暖房完備の時代で、季節感が薄れてしまいましたが。それからまわりが全部灰色のビルですと季節というものが感じられない。促成栽培で食べる野菜も出てくる。ですから季節感が、ずいぶん薄らいできたという問題がありますね。他方、今度は生活が多様化してきましたでしょ。昔は農業、漁業というふうな生活が基盤になっていて、農業に従事していない人でも農作業のある程度のことは常識として知っていた。ですからそういう季節に基づいた季語がベースになりえた必然性があった。ところがいまはそれが薄らいできてる。ですからそれにかわる別な「季語」ってものが必要ですね。「季語」っていい方が不適当で呼称を変えなくちゃいかんと思いますね。「俳語」でいいじゃないですか。

坪内　かつては「俳言」っていった……。

西郷　「俳言」じゃなくて「俳語」ですね。（笑）

坪内　若い俳人の中にはたとえばキーワードなんていい方をする人もいる。ただぼくはちょっと違うことを考えていますね。たしかにおっしゃったようにそういう人々の暮らしが多様化していることは事実なんですが、やっぱり近代っていうのはある意味で自然ていうか、人間も生物であるというふうな観点を、ある時期非常に希薄にしたんですよね。そういう危機感みたいなものをもし庶民的な俳人たちが敏感に予感してたというか。だから一種の自然との共生みたいなものへの一種の志向というか、あこがれみたいなものが、季語へ季語へというふうに集中したのではないかなと思います。

西郷　それは近代における俳人たちの姿勢としてね。

坪内　そういう気が少ししましてね。以前はそうなふうに考えていなかったんです。

西郷　よくわかります。私も田舎育ちですけども、ごたぶんにもれず、季節感というものの濃やかなニュアンスを感じとれなくなった人間の一人なんです。逆に俳句を通して、あえていえば俳句の季語を通して、あらためて日本人として日本の風土、季節に出会ったというか知ったっていうかな、そういうことがあります。おそらくいまの若い俳人たちは肌で季節を感ずる前に俳句を通して季節感を学んだということがあるんじゃないですかね。

坪内　と思うんですね。学生たちでも、たとえばたまたま俳句を作ったりしますと知らない季語を通して、そうか、こういう季語があってこういう自然があったのかということを……。

西郷　逆に発見する……。

坪内　だから年輩の人にとっては季語というものは古いものもたくさんある。ところが逆に若い人たちにとっては一種の新しい自然を発見していく、新しいインデックスっていうか、そういう役割を果たしているんですね。

西郷　いまインデックスっておっしゃったけど文字通りそうですね。たとえばさっきいいました「水ぬるむ」っていう言葉だって、昔の人は水ぬるむ現象を知っていた。

坪内　知ってたから……。

西郷　また、それを「水ぬるむ」というんだと知ってた。だからそれが俳句のキーワードになっていた。ところがいまの若い人にとっては水ぬるむという現象自体を知らない、肌身に感じてない。水ぬるむという言葉にふれて、ああ水ぬるむっておもしろいなあと。それで水ぬるむという季語を通してその水ぬるむという春の季節のあるニュアンスがわかってくる。そういうことで今度は実際の自然を見ると、ああこれが水ぬるむだってわかるというね……。（笑）

坪内　そうなんです。だからある意味で近代における俳句というのは、たとえば小説とか詩と比べますとどちらかというとダメな文芸だったわけですね。先生も何ページかに、詩には興味があったけど俳句には興味がなかったというふうにお書きになって……。それがある種一般的な傾向だった。だけど案外、軽蔑されながら俳人たちはそこを敏感に、もしかしたら感じていたかもしれないという……。

「駄句」はあっても「駄詩」はない

西郷　とにかく目にふれる句がどうも心に響いてこないものですから、俳句っていうジャンル自体がそんなものだとどっかで思いこんでいたところがあるんですね。いまになってわかりますけども、あまりにも駄句が多いでしょ。そういっちゃあ失礼ですけれどもね。たとえば現代詩なんかですといろんな詩人の詩集にのっている詩を見ますとどの詩もそれぞれ、それなりにいい。つまり「駄詩」というものがない。駄詩って言葉もないと思います。

だから、俳句全体に対する興味を失ってしまったんじゃないでしょうか。自分の文芸学の美の弁証法的な構造という仮説で、詩を分析するとなかなかおもしろいっていうことが見えてくる。それが、そういうことをずっとやってきて残るところは、もう俳句と短歌だけ。ということで俳句にとりついてやってみますと、死屍累累という感じはあるんですけども、何千という句の中からさすがに選ばれた名句とか秀句といわれるようなものは、たとえば虚子の〈金亀虫《こがねむし》擲つ闇の深さかな〉というような句なんかに出会うと無条件に脱帽してしまうんです。ああ、やっぱり俳句でもいいものはいいんだという、あたりまえのことですが。そんなことがあって、よし、それじゃあ、あらためて俳句と渡り合ってみようということが本書を書く一つのきっかけで、あとは編集長の武馬さんがうまくおだてすかしてくださったもので、まあ、ここへきたということです。

坪内　ぼくなどのように俳句に入れあげている者からみますと、そこがくやしいというか、なぜ最初に定型詩みたいなところにとっかかってくださらなかったかという感じがあるんですね。つまり近代人の大半がそういうふうな考えになっていて、先生のようにある時期に、いやこれもおもしろいよっていうふうに思ってくださる人って意外に少ないんですよね。

西郷　それは、俳句をやっている人の側にも責任があると思う。というのは、駄句もかまわずみな発表されるでしょ。

坪内　ええ。ただ……。

西郷　ま、本人は駄句とは……。（笑）

坪内　思っていないんでしょうね。だからそれがこの多分小さな表現の一つの大きな特色でもありまして。駄句の山の中から名句を見つけていくのは実は作者ではなくてまったく読者だという……。一番はじめのお話ですけれど。そういう構造があるんですね。

西郷　発表される方はそれなりの思いがあって発表されると思います。でも大方の句が、ぼくなんかのような俳句に慣れ親しんでない人間から見ますとね、現代詩を読むときのようにこっちに訴えてこない。こっちの感受性の問題ということもあるかもしれませんし、一つの芸術のジャンルについての大まかな理解がないということもあるかもしれません。

どんな芸術にしましても、たとえば文楽なら文楽ですと、慣れない外人が見ますとあの黒衣がやたらと目についてしょうがないといいます。黒衣というのはあってなきものとして見るという一つの常識がありますよね。ところがその常識さえない場合には黒衣まで見てしまう。たとえばそういうふうにジャンルにはそのジャンルが成立するいくつかの条件があって、約束があって、そういうものをある程度わきまえているといいんでしょうけど。だけど私のばあいは、小中学校でちょこちょこっと指折り数えてやったという程度でそれ以上深入りしてなくて、そのまんま食わずぎらいできてしまった。それで、この年になって（笑）あらためて俳句の世界に入ってきて見直した。ざっと見ただけでも二百やそのくらいいい句がありますね。もっとあるんでしょうけど。私が慣れない目で見ても、やっぱりいい句がずいぶんある。これだけあれば、すごいと思います。

坪内　ま、要するに俳人たちはいっしょうけんめいにひねってるわけですよね。ひねるということを先生重視なさっているんですか。たとえば子どものときにそういう五七五だとかあるいは短歌を作りますね。一種定型詩ですよね。先生のご本には、切れ字ということがあまり書かれていないのではということをいいましたけど、もう一つぼくなんかの関心からいうと、定型ということがなぜ一章にたたないのかという……。

定型のもつ意味と役割

西郷　ああそれはですね、定型ということがもっている意味とか役割というのは非常に論じられているでしょう、割合に。特に坪内さんの口誦性とか片言性なんかにもうみごとにいいつくされている感じがあるものですから、わざわざ一章たてなかったんですね。というのは大衆性ということが一つありますね。それはなぜかというと五七五というのは日本語の生理にかなう定型でしょ。そもそもその前に五七五七七という歌の長い伝統がありますし、少なくとも五音と七音という組み合わせがもうすんなりと誰の口にもとなえやすいし、耳にもなじみやすい。坪内さんのおっしゃる口誦性ですね、そういうリズムということがある。もう一つぼくが定型で思うことは短詩型としての五七五になんとしてもはめこもうとする作り手の意識がありますね。そうすると、たたみこまなきゃならんとかあるいはひねらなきゃならんとか、それが結果として、矛盾的構造を生みだす結果になる。本人が意識するしないは別としてです。それが幸いにして名句を生みだす一つの条件になってくる。世間ではそれを「定型の恩寵」というんでしょうけど。私はその程度で考えているんです。

坪内　上巻でこんなふうにおっしゃっていますね。〈定型に言葉を屈折させて押しこめる結果、それがはしなくも異質・異次元の矛盾するものを止揚・統合する構造を生みだす〉というような……。定型ってものすごく大事だというふうにお考えになっていることはよくわかるんです。ただ、いろいろぼくなんか考えますと、定型の楽しさみたいなのがやっぱりあるんですね。

西郷　ああそうでしょうね。口でとなえるね。

坪内　口でとなえることもそうだし、ひねることもそうだし。定型の中でいろいろ遊ぶとか作るとかいう意味あいがありますよね。先生の矛盾的な美の構造ということがものすごくうまく発揮される場として定型があるわけですよね。

西郷　それはよくわかります。

坪内　そこを……だから……。

西郷　それはね、私が実作者でない悲しさです。自分が実作の経験をもたないでしょ。だからたとえばある実作者が、推敲過程を出してくれると定型との格闘のプロセスが見えるでしょ。そうすると、ああなるほどこういうふうにして、一句が成立するのか、と創作の機微というものがわかる。いくつかそういう例はあるにはありますけどね。たとえば芭蕉の〈閑さや岩にしみ入蝉の声〉という句なんか、初案から再案、定案と三段階ありますから、あれを見ると明らかにある意味で定型との格闘が見える。〈句調《とと》のはずんば〉というか〈舌頭に千転せよ〉ということの実践的な現われ、推敲過程がたしかに見える。こういうふうにいくつかのケースで見ることができます。それをぼくは上巻では論じています。定型との格闘ということについて、下巻には書いているんですが……。（笑）ただできあがった句からは、定型との格闘の姿は具体的には見えない。

坪内　そうですね。それはたしかにあります。

西郷　ただ結果としてそうなっている、ということはいえますけどね。それからもう一つは、定型といいながらつまり破調の句とか字余りとか字足らずとかいろいろありますね。この問題とそれから句の調子、リズムね、句調と句の意味つまり、句調と句意の格闘、こういう問題はどうでしょう。

坪内　それは指摘なさっておられましたね。

西郷　非常にあると思う。ただそこで平井照敏さんなんかがよく書いておられるんだけれども、たとえば母音の分析、「あ」とか「お」音、開口音が多いとか「い」音が多いとか、それがこの句のおおらかさに通ずるとか繊細さに通ずるとかというふうに論じておられる。これは平井さん以前に土井光知さんの周知の説があるんですが、私としてはああいう考え方に対しそれはそうだけどもう一つ音韻の上でも矛盾的構造がある、ということをいいたかったんです。

坪内　あれはぼくはなるほどなあと思って拝見したところなんです。

西郷　それで、さっきの駄句にこだわるんですけどね。定型という前に五七五という、すらすらと口に出てくる日本語の生理にかなった音数律、そういうものがあるためにすぐ詠めるということがあるのじゃないか。それに「かな」「けり」とかいう多少の切れ字を知っておればなんとか一句まとまる。一句まとめやすいという、これが大衆性をもつ。そしてその裏側には駄句を生みだす条件が全部そろっている。その中でいかに傑作をものすかっていう困難さが逆にあると思う。ところが詩はそれができないでしょう。五七五にのせて切れ字を使ってかっこよくまとめることもできませんし。ですから駄詩が生まれるという必然性が最初からない、というのが詩じゃないか。

坪内　と思いますね。（笑）ぼくは、駄詩が生まれないというのが逆に現代詩というか近代詩の不幸なところだと思うんです。

俳句と遊び

西郷　大衆性をもたないとか、いろんな意味でですか。

坪内　そうです。大衆性をもたないっていうこともありますし、きまじめになりすぎているという……。

西郷　遊びができない。

坪内　つまり文学がもっている遊びの要素を一切……。

西郷　失っているという。なるほど。俳句だとそれこそ猫も杓子もやれるという……。

坪内　遊びすぎてるというところがあるかもしれません。

西郷　遊びだけで終わったり……。（笑）

坪内　だけど文学全体を近代の流れからいうと、やっぱり遊びの要素というのがかなり大事ですよね。

西郷　かなりというか、それが基本ですからね。それこそ芭蕉の〈危うきところに遊ぶ〉です。

坪内　だから先生の「美の矛盾的構造」あるいは「弁証法的構造」というふうないい方も、ものすごくよくわかるんですけども……。

西郷　遊べなくなるという……。（笑）

坪内　ええ、なんとなくそういうニュアンスがなきにしもあらずですね。

西郷　ありますね。だから、私のこの理論にこだわらず遊んでもらえばいい。これは名句を名句たらしめる理論であって名句を作る理論じゃない。名句は数多く作る中から生まれてくるといいたい。かまわず、五七五にのせて作っているうちに。

坪内　ひねりにひねって……。

西郷　いるうちに生まれてくる。もうそれを待つ以外にないとあえていいたいぐらいです。それが、なぜでは名句かというときに、こっちの出番がある。ですから俳句の作法を心得て、これでなんか書けそうだというふうなものではない。初心者の人、いや初心者に限りませんが、この理論で書いてみよう、というふうにはならないと思います。

坪内　ええ。だけど俳句を読むときの読み方っていうか。それを非常にわかりやすい視点だし、あるいはさきほどの一種の楽しみ方を含む遊びの、なんていうんですかね、読者として遊びながらふくらんでいくという感じは示されているんですね、ぼくら作り手の立場からいいましてもね。何かもう一回、こう、なるほど自己点検を……。

西郷　推敲の段階で役に立つと思う。たとえば声喩一つでも、比喩にしても否定態の表現にしましても、つまり作るときは一切いろんなことにかまけずに、こだわらずに作ることが大事だと思うのです。〈舌頭に千転〉してその過程で、この声喩はここへ置くよりそっちに置いた方が両方にかかりやすいとか、というふうに見ることができるのではないか。

〈彎曲し火傷し爆心地のマラソン〉
――日常と非日常のせめぎあい

西郷　さっきちょっと地名のことが出たのですが、ぼくは地名というのは一種の季語的な役割、機能を果たす、ということを申しあげたのですが、坪内さんがあるところに選ばれている句の中で金子兜太の〈彎曲し火傷し爆心地のマラソン〉という句がありますが、これは地名はもちろんでてきてないけども、地名を暗示してますすね。

坪内　〈爆心地〉がね。

西郷　これが広島を暗示している。ところでマラソンというのは日常化した行事でしょ。それが広島の爆心地となると日常のマラソンが一瞬にして非日常化する。つまり〈彎曲し火傷〉する。非日常化するところにこの句の虚構性というものを見る。西東三鬼の〈広島や卵食ふとき口開く〉という句。これも、卵食うとき口開くというのは日常的な動作で、とりたててとやかくどうこういうこともない、まったく平凡な日常的なことがらです。その日常性が、原爆とかかわる広島という地名がそこに出されてきたときに、〈卵食ふとき口開く〉が異常な、一つの非日常的なものに転化する。そういう美の矛盾的構造というものが考えられるのではないか。一般にはどういうふうに解釈されるかしりませんが、これはやはり地名の季語的な役割だと思うのです。

坪内　この二句なんかは二つともある意味で人気がある句です。だいたいは先生がいまおっしゃってくださったように受けとってはいるんだと思うんですね。

西郷　ぼくは、季語というのは常識でベースである、しかし一句にその季語が使われたときにその句でしかありえない特殊個別のイメージをそこでもってこなくちゃいかんということを主張しています。卵とか、食うとき口開くとかいうこのイメージは普通の平凡な日常のイメージですけれども平凡なイメージが平凡でなくなる。異常な非日常のものとなる。広島という季語的な常識的なものがこの句では常識的なものでなくなるわけです。

坪内　それから非日常化するときの、そのいわば非日常に転化するときというか飛躍するときのいろんな条件みたいなものがございますですよね。

西郷　ああ、ありますね。

坪内　たとえば〈彎曲し火傷し爆心地のマラソン〉なんてのはいろんな要素が、たとえば〈彎曲し火傷し〉というふうな表現だけにこだわっても、なんか……。

西郷　〈彎曲し〉という上五ではピンときませんけども、〈火傷し爆心地〉となるとこのイメージの流れが明らかに広島の原爆のイメージだってわかってきますね。そして〈マラソン〉というとマラソンのイメージが非日常化します。マラソン自身が彎曲し火傷し被爆しているイメージになる。〈卵食ふとき〉の方も広島というイメージに導かれて卵というもののイメージがきのこ雲を背負った卵のイメージをもってくる。ぼくはこれをイメージが互いに響きあい、せりあがる構造といいますけどね。

坪内　〈広島や卵食ふとき口開く〉なんてのもそのせりあがりをものすごくうまくいっているわけでしょ。だから小さな表現だけどあらゆる細部というかそういうものが協力しあって……。

西郷　せりあがっていく。せりあがる、つまり止揚される、アウフヘーベンされる。五七五の中で言葉がたたきこまれ、折り込まれるとお互い同士がぶつかりあい、せめぎあい、せりあがっていくということになっていくんでしょうね。

坪内　実はそういうのが小さな詩型の最大のおもしろさであり楽しみだと思ってるんですね。

西郷　これは作る側の楽しみでもあり、読む側の楽しみでもある。

坪内　ところが現実の問題としては、作る側も読む方もそんなふうには考えなくて、やっぱり、うたわれている中身、それは散文化した中身ということになるんですけど、たとえば〈彎曲し火傷し爆心地のマラソン〉だったら、いわゆる反戦の意志みたいなものだとかいうふうに読みがちなところがありましてね。それはやっぱり小説だとか詩だとかそういうものを読む読み方が、しかもそれもあんまりたいした読み方でない読み方がそのままこの小さな定型詩にもちこまれるという傾向があるんじゃないかなと思っているんですね。

西郷　芭蕉の〈行きて帰るこころの味なり〉という発句についての言葉がありますね。あれがぼくの文芸学の理論をある角度からみごとにいってくれてると思うことがあるんです。どういうことかといいますと、たとえば〈彎曲し火傷し爆心地のマラソン〉といったときに、マラソンというもの自体がさっきいいましたように非日常化します。だけど逆に、マラソンによって原爆が風化されてしまう。日常化されてしまうというそういう両面がある。広島も〈卵食ふとき口開く〉というぐらいに日常化されてしまうという、そこの危機感。というものを同時にはらんであるというふうに読みたいですね。

ぼくは、文芸のイメージというのは方向性をもっているというんです。まず上五、中七、下五と読みくだしていく順序でイメージというものを形成していくべきである。と同時にそこからもういっぺん前へもどる。このもどるという構造をイメージの問題としてずっといってきてるのです。俳句でもそれを考えているわけです。さっきいいましたマラソンが非日常的なイメージをもってくる、非日常化されるというだけではなくて、同時にそれによって原爆自体が風化し、日常化されたものに、いまやなっているという、この両者が同時にそこにある。それを矛盾の構造というわけです。これまでの解釈を見ても、そういうふうなとらえ方は、ありませんね。

坪内　そこまではなかなか考えないんじゃないですかね。

行きて帰るこころの味

西郷　大野林火の〈あをあをと空を残して蝶分れ〉というのがありましたね。あれでちょっとうかがいたいんですが、春の空を〈あをあを〉というふうにとらえますか。ふつうはとらえないんじゃないでしょうか、春の空というと……。

坪内　まあ曇天、花曇り、おぼろかどっちかですね。

西郷　〈あをあをと〉とあると私なんかまず秋の空をイメージしますので、秋の空かなと思って読んでいくと〈蝶分れ〉で、あ、春だったのか。おやっと思うと同時に、あ、なるほどと納得する。ずっと雄蝶雌蝶のもつれあう姿を目で追ってって、突然パッとこう分かれると目のやり場を一瞬失う。と、その背景にある空をああおと感じる心理的真実がありますよね。そこで、そうかなるほど「あをあをと」かと膝をたたく感じになる。

坪内　ここを拝見したときは、なんか俳人であるぼくなぞの方がほんとに大まかな読み方をしているわけですね。ぼくは日頃はちょっとした工夫に命があるんだから細部にこだわれこだわれといっているんですけど、なるほどなあと思った、ここは……。

文芸の比喩は異質性において成り立つ

西郷　なるほど。（笑）それから比喩ですけどね、ふつう比喩ってのは比喩するものと比喩されるものとの間の共通性、あるいは同質性、相似性を問題にする。そこが比喩成立の条件として考えられています。それはそうなんですけども、ぼくは俳句における、詩における、文芸における比喩は、同質性において成り立つよりも異質性において、文芸の虚構性、つまり美が成立するというふうに考えているわけです。この辺、坪内さんが読まれてどうお考えになったか。

坪内　下巻の第2章の句ですね。〈ところてん煙のごとく沈みをり〉（日野草城）これが一番わかりがいいんでだしたんですが。

西郷　煙というのは空中のものですね。ところてんは水中のもの。しかも煙というのはたなびくかのぼっていく。それを〈煙のごとく沈みをり〉という。ふつうは煙のようなもやもやっとした半透明のイメージが水中に沈んでいるところてんと共通性をもっている、相似性がある、そこでこの比喩が成立する。こう考える。解釈みなそうなっています。それだと、芸術、文芸における比喩のはたらきをとらえてないんじゃないか。文芸における比喩は、まず同質性において成り立つ。これは常識です。でもそれだけだったら、おもしろくもなんともない。でも、異質な、異次元という、ここに美の構造がある。それは何か。ほかならぬ煙が水中のものをたとえている。しかも煙のごとく沈むという表現はおかしい。煙のごとくたなびくとか、たちのぼるならいい。そこの異質性が評論の側に自覚されていない。この句だけでなく、ほかの比喩を使った句の解釈を見ますと、比喩というものの働きが一面的に同質性において成立するというとこだけが、問題になっている。

坪内　おっしゃられる通り一般的にはそうだった。〈大空に羽子の白妙とどまれり〉（高浜虚子）のなんかも、なるほどなあと思ってうなったところなんですけども。

結局最後まできちんと読んでいないということです。

西郷　「表現に即して」とぼくはくりかえしいっているんですけども。たとえばこの措辞が、ふつうのあたりまえの措辞じゃない、木に竹つぐような措辞です。そこがまずひっかかってこなくちゃいかんのじゃないか。ところがそこにこだわって、そこから切り込んでいくところが弱い感じがします。俳句をやられる方ってのは、それこそ「てにをは」に、とってもこだわるでしょ。

坪内　ぼくも実は自分でちょっと困ってるんです。作る側は「てにをは」にこだわっているから、読むときにそういう読み方ができなくなっているというのはなんなんだろうと思って。

西郷　こちらでうかがいたい。（笑）もしかすると、こういうことありませんか。俳句の素人であるぼくになぜそういうふうに読めるかというとぼくには文芸学の理論があります。たとえば比喩とは同質性において成り立つというのは、日常の世界では比喩は何かを説明するために相手がよく知っている同質のものをもってきてたとえると、わかりがいい。つまり、わからせるために同質性が必要なわけです。日常の散文の世界では比喩の役割というのは同質性において成り立っている。それが実用性をもつ。日常世界では同質性において比喩は有効です。文芸の世界でも同質性において大衆性を獲得する、常識ですから。しかしそのベースの上にのせて逆に異質性において「勝負」する。そこが芸じゃないか、という理論があるからパッとそれが見えるのです。

坪内　そんなふうに作りたいとは思っていますよね、作り手は。比喩でもあまりにも常識的な比喩はダメだと皆さん思っておられますよね。だから異質化しようと思ってる。ところが人の作品を読むときにまではそういうふうになかなかいかない。俳句の場合は非常に特殊で、読者の大半が作り手でもある。その読者が、自分のもっている作り手の意識とか方法の範囲で読んでしまって……。

西郷　目くばりが広くないんですね。

坪内　狭くなっているのかなという気がする。

西郷　私の場合は、ほぼ五十年ほど文芸学やってきまして体系つくりましたから、いろんな概念が一つの体系をもっています。そういう座標の中に一句を置いてみるからいろんなものが見えちゃうわけです。声喩の問題でも。〈大空に羽子の白妙とどまれり〉でも、ほとんどの評者が全部白妙の羽子、白妙の羽子と書いておられる。不用意に書いておられるんだろうと思うんですけども、ぼくなんかそこが、白妙の羽子ではない、ほかならぬ羽子の白妙なんだというふうに読む。そう読んでパッとくるっていうことは、木に竹ついだような措辞というものが実は美の構造を生みだす一つの条件になっているという仮説があるからじゃないか。

坪内　その辺はほとんどおっしゃられる通りで反省を強いられてるという……。

西郷　いやいや……。（笑）

木に竹つぐ措辞が美を生みだす

坪内　そのあたりぼくはずっと読んでいまして、ぼくは読み手としてやっぱり成長してるんですね、いつのまにか。（笑）たとえば〈啄木鳥や落葉をいそぐ牧の木々〉（水原秋桜子）という……。ここはあまりくわしく書かれていないですけど……。〈啄木鳥のせわしげに幹をたたく音に誘われて牧の木々の落葉の散りいそぐさまがこの句を味わい深いものとしている〉と書かれていますね。そこを私はこう読みたい。たとえば生きて木をつついている啄木鳥と落葉をいそいでいる木々という、一方は生というか、一方はある意味で死に向かっているものという異質のもの、存在が、取り合わせがあって、それがいっそう句の深みになっているというふうに読める。

西郷　おもしろいですね。

坪内　これはぼく、ずっと読んできてこの本の論理に教えられてしまっているという……。

西郷　そう読んでくださるとありがたい。私は本文では聴覚、視覚、触覚、そういうものの転換ということを説明するだけだったものですから。そのことだけにしぼってずっと書いてきた。芭蕉の〈海くれて鴨のこゑほのかに白し〉〈涼しさや鐘をはなる丶かねの声〉も聴覚的なものを視覚的に転換していく、これをぼくは、異次元の表現といってます。〈虫の声月よりこぼれ地に満ちぬ〉（富安風生）というのは、月よりこぼれてくる月の光の視覚と虫の声という聴覚、本来これは一つになるものじゃない。それが一つになる。そこに美の構造がある。それを論じていたわけです。それだけにしぼって論じていたわけです。聴覚、視覚の転換というのは、俳句をやる人はよくふれている。〈海くれて鴨のこゑ……〉はその典型です。だけどそれにしちゃ〈虫の声……〉についてはそういう解釈はないようですね。

これも、みごとな視覚と聴覚の重ね合わせというかあるいは転換がある。〈虫の声月よりこぼれ地に満ちぬ〉。これもぼく好きな句ですけど。聴覚と視覚がけじめつけがたい、一体化、あるいは聴覚が視覚に、あるいは視覚が聴覚に転換、どっちでもいいんですが、そういう構造をもっていますね。

坪内　ぼくこれは、実ははじめて見たような感じの句なんですね。

西郷　あ、そうですか。ぼく、ほとんどの句は芭蕉とか蕪村は除いて、たいていの句ははじめて見る句なんです。たとえば〈瀧の上水現はれて落ちにけり〉（後藤夜半）とか。こういうのはどっかで読んで記憶にあるんですけども、ほとんどあとは……。〈雉子の眸のかうかうとして売られけり〉とか、これ記憶にある句でした。〈をりとりてはらりとおもきすすきかな〉（飯田蛇笏）とか。

坪内　あの〈をりとりて……〉なんかは、よく納得させられたんですけど。〈月よりこぼれ地に満ちぬ〉は、ここに書かれていることはわかるんですけども、そうかといって、名句というふうにぼく自身思えるかというと、ちょっと思えないところがございましてね。それはたぶん〈虫の声月より……〉というふうないい方に……。

西郷　ひっかかるということですね。

坪内　なんかこう、ちょっとキザというかポーズが見えるなという……。

西郷　はあ、なるほどね。(笑)

坪内　そういう感じがある。個人的な感受性の違いかもしれませんけど。

西郷　私は、たとえば〈くろがねの秋の風鈴鳴りにけり〉(飯田蛇笏)。これと同質の措辞だと思っているんです。〈くろがねの秋〉というのは異質ですよね。もっとも、そういうふうに感じない人は感じないかもしれませんが。私なんか、秋っていうのは白秋、白です。〈くろがねの秋〉っていうとおやっとひっかかります。風鈴とくるから、あ、くろがねの風鈴なのかとうなずく。〈虫の声月より〉というと、えっと思いますけど、〈月よりこぼれ地に満ちぬ〉となったときに、虫の声地に満ちぬ。というふうにつなげられる。と、月よりこぼれている月の光も地に満ちている。この二つのイメージが折り重なっている。こんなふうな感じに見える。要するに、理屈つけて読んじゃうわけなんですよね。(笑)

坪内　そのことはよくわかるんですが、その情景が、イメージといいますか、その虚構化されたイメージがなんかうまくできすぎているという、そのあたりがむつかしいんじゃないかと……。

西郷　ああ、なるほどね。おっしゃることはわかります。

坪内　ただまあ一応こうきれいで……。

西郷　ああ、きれいに作ったという…。

坪内　ええ、ぜいたくな世界ですよね。(笑)

西郷　たしかにぜいたくな世界ですね。まあ名句といわれるかどうかはあれですが……。それから私は、これは俳句の方もよく「動く」とか「動かぬ」とか、「振れる」「振れない」とおっしゃいますね。こんな考え方すごいと思います。〈街道をきちきちととぶ蝗蚸《ばった》かな〉(村上鬼城)。これはほかならぬ街道であって、国道ではない、そんな読み方をしてみたい。これなんかどうなんでしょうね、読みすぎとかこじつけとかいう感じがしませんか。

坪内　ちょっとしないでもないですね。

西郷　そうでしょうね。でも、俳句の人は、動く動かないといいますよね。そこでこれはほかならぬ蝗蚸であるとか、ほかならぬ街道であるとかというように読むべきではないか、と思うんです。街道であるということは国道じゃない。街道というのは昔からの、いってみれば往還。それぞれの人生を背負った人々が行ききしたであろうその街道、そのほかならぬ街道をきちきちと蝗蚸がとぶというと、現実の場面から一瞬、この非現実の往時の街道をゆききしたその歴史が、裏に浮かびあがってくる。こんなようなふうに読みたい。そうするとなんか急に街道が活気をおびて見えてきちゃうという……。

坪内　その辺がむつかしい。紙一重のむつかしいとこなんですよ。どっかでうっかりすると読みすぎになっちゃうから……。

西郷　そうですね。おおいに読みすぎになる危険性を承知してやっているんです。

坪内　大胆な読みすぎがときどきこう名句を

作りあげてゆくということがまぎれもなくあるわけですね。だから極端なことといえば、読みすぎをされない句というのはおそらく名句になりえない。

西郷　これも読みすぎになるかどうか〈万緑の中さやさやと楓あり〉（山口青邨）という句、ほかならぬ楓であるととった。

坪内　名句かどうか、ぼくはいくらか疑問が同じようにあるんですがね。

名句とは「花も実もある」句をいう

西郷　これお断りしておかなかったんですが、この本にあげた句全部名句ってわけじゃない。編集の方には話したんですが、説明の一つの流れの中で、たとえば声喩とはこういうものだということを説明するためについでにあげている句というのが、あるんです。名句とまでいかないけどもいい句という範囲で。〈雉子の眸のかうかうとして売られけり〉とか〈とつぷりと後暮れゐし焚火かな〉とか〈をりとりてはらりとおもきすすきかな〉、これはもちろん名句としてとりあげているんですけど。〈街道をきちきちととぶ蝗かな〉とか山頭火の〈笠へぽつとり椿だつた〉とか、〈ほろほろ酔うて木の葉ふる〉とか、この辺は名句と考えているわけでもない。たとえば声喩のところでいいますと、〈翡翠《かわせみ》の影こんこんと溯り〉（川端茅舎）とか〈春の海終日のたりくゝ哉〉（蕪村）とか〈ひらひらと月光降りぬ貝割菜〉（川端茅舎）とかこの辺はすごくぼくいい句だと思っているんですけれども。〈街道〉の句とか〈万緑の中さわさわと楓あり〉（山口青邨）とかこの辺はそれに準じてとりあげている。説明のために適切な句、こういう感じでとりあげている句です。それから〈ところてん煙のごとく沈みをり〉、ぼくは名句と思ってはいない。思ってないといっては失礼ですけども。

価値の基準に真善美というのがありますよね。真という価値基準は、真か偽かというまったく二つに分かれる。一たす一は二、これは真。一たす一は三、これは偽。程度の問題ではない。真であるかないか、はっきりしている。そういう意味では実に明快です。ところが善の問題もそうですが、美というのは低次の美から高次の美まである。低次の美とはたとえばコントラストのおもしろさといったようなもの。これは低次の美。でもそれも美の範疇にはいってしまう。ただ「名句の美学」というときには高度の、高次元の美です。つまり弁証法的な構造をもった美、そこを相手どっている。ですからそこのところがちょっと説明不足。「あとがき」か、あるいはこの対談の中で話しておこうと思っていたところです。というのは、これは名前はあげませんが、詩の研究者ですが、ぼくの美の仮説に対して、単なる反復のおもしろさとか対比のおもしろさといったものもあるのではないか、といった疑問というか批判があった。それに対してぼくは、それももちろんある。が、いまぼくが相手どっている美というのは低次の美ではなく高次の美。そこをいま問題にしている。特に名句といわれるのはまさにそこです。〈ところてん〉は名句でないといったのはそういう意味です。〈花も実もある〉とぼくはいっているのですが、一つの真実が美として表現されているという場合です。そこで美の場合には低次の美から高次の美まであって、程度の問題がある。真には程度の問題はありません。真であるか真でないかというだけのことですから。だから同じ価値基準でも真の場合と美の場合とはそういう違いがあります。

「名句の美学」と銘うったものですから必要ないと思って断らなかったんですけど、そういう疑問をもつ方もあると思う。たとえば〈大空に羽子の白妙とどまれり〉と、あの句の解釈で、青い空と羽子の白さ、このコントラストが一つの美しさを出していると。

坪内　一般にいわれるのはその辺までですね。

西郷　これももちろん美には違いない。美には違いないけど、それはぼくが考えている芸術の美のレベルからいうとずっと低次の美です。美でないとはいわないけども、それは次元の低い美です。このような美は自然の、日常の美でもある。名句といわれるのはそのような美をも含みながらより高い次元の美をもっている。そこをいいたかったわけです。

坪内　わかりやすいってさっきちょっといったけど、ぼくなんか俳句の評論を書くときによく、だいたいいま俳句の鑑賞だとか批評というのはいわゆる人生論になったり精神主義になったり、それはまったくダメなんだということをくり返しいうんですけど、そうかといってきちっと俳句のおもしろさを伝えるときになかなかうまくいかなかったんですね。だけどこの本読んでると、なるほどこんなにすれば、そうかうまくそういう変なものにいかないで、言葉で表現されている世界の楽しさとか美とかというものをきちっととらえる一つのちゃんとした手がかりが与えられたなっていう……。

西郷　私は俳句の門外漢だったからよかったと思うんです。俳句にくわしい人間であったら、ついつい作者その人の問題とか、その句が生まれてくるときの背景とか事情とかそっちの方を知っているだけに、そっちに足をひっぱられる傾向ありますよね。しかもそれで一応読ませるでしょ。

坪内　読ませるですね。草城のところてんの句なんかでも、あれは何か若い草城の機知をたぶん示しているというのが一般的な読み方だと思うんですね。草城を知っていると、いかにも草城らしい句だというところで終わってしまってる。

西郷　ぼくは草城がどんな男か知りません。いま生きているか生きてないかさえ知りません。お顔さえぜんぜん存じない方々ばっかりですから。一句そのものの美の構造を問題にしてるだけなんです。とにかく例外なくすぐれた句は、全部そういう美の構造を発見できるということはいえるような気がします。

稔典作〈三月の甘納豆のうふふふふ〉の美

坪内　ついでにぼくのも一つだけ……。（笑）

西郷　ま、それはいずれやります。（笑）これは坪内さんだけでなくて、いわゆるなんかわけわからん現代俳句ってのありますよね。

武馬　今度の本でたときに読んだ人がじゃぼくの句もって思う人が多いかもしれないですね。

坪内　だからみんな自己点検したくなるからそう思うんですよ。わからないんですよ。たとえばぼくなんかの句で評判になった自分の句があったとしても、はたして何がおもしろいのかということがはっきりわからないんですよ、作者は。だけどこの本がでると……。

西郷　じゃついで……ついでといっちゃあ失

礼だけど（笑）、坪内さんの一番よく知られていて一般に評価のある〈三月の甘納豆のうふふふふ〉。これはいわば代表句。あれなんかも季語的な役割をもっている〈三月〉というのがまずありますね。三月春の節句とか、春三月というふうにいわれる。そういう心楽しきイメージが常識としてある。そういうところへ甘納豆といえば、これまた、一般的にいえば女子どももも好きなものですわね。そういうものが取り合わされてきて、それで〈うふふふふ〉となったときに、もう一度〈三月〉にもどってくるというふうな、そういう読み方をする。ところでなんで三月が甘納豆かというと、ぜんぜん因果関係もありませんし、義理もない。その三月に甘納豆をつけあわせる。ほかの月もそうですけどもね。ですけど坪内さんのあの句、こうずっと見るとそれぞれの月のもっているその月のイメージがまずありますね。それで甘納豆のイメージが、次々変わっていくおもしろさですね。甘納豆ってただ甘いという、大衆的な、常識的にも知られているイメージがありますね。そのイメージをベースにして、月々に全部それが違ってくる。だからあれは連作としてとらえなきゃ意味がないんじゃないか。

〈三月〉の句だけがよく引き合いにだされるんですけどもね。〈三月〉の句だけを見るんじゃなくて十二ヵ月全部の月々の甘納豆のイメージが千変万化するところが見所ですよね。本来甘納豆というふうにぼくらが考えるイメージとは違った異質なイメージが次々とだされてくるでしょ。そこのおもしろさじゃないでしょうかね。そして連作という形で一つの俳句のもってる領域をああいう形でみごとに広げてみせたというのはさすがだと思うんです。

坪内　だが連作というのは一種の駄句を作る方法ですよね。ある事柄をああでもないこうでもないとひねくりまわして、まさに……。

西郷　ですけど〈甘納豆〉の連作は、ぼくは駄句を作りだす方法というよりもね……。

坪内　駄句を作りながら、たまたまこうなんか句かこう浮上するという可能性があるという……。

西郷　でもあれはね、なんか句か浮上するというものとして見てはいけないと思うんですね。というのは、なぜかというといまもいったんですけども、甘納豆という非常に大衆的な素朴なある常識的なイメージがありますね、誰もが知っている。特殊なもんじゃない。そういうものをベースにしながら、それがベースになるだけに、いろいろな変化したイメージを生みだすというのは逆に困難なわけです。甘納豆というのは甘いというだけのイメージが土台でしょ。と、それがベースになっていながら全部各月のイメージが、まったく千変万化する、そこのおもしろさですね。それを連作としてやっぱり位置づけて、また評価して解釈していかなくちゃいけないのじゃないですかね。あるいは自分の好きな句はこれだとただ一、二句取りだすというだけじゃなくてね。いかに甘納豆というイメージが、その月その月によってこんなにも変わるかという、その甘納豆という限定されたイメージ、それこそあまり広げようのないイメージですよね。甘納豆といったときはもう甘いというイメージしかない。じゃほかに何がでてくるかというとちょっとでてきませんよね。それほどある意味ではよく知られている大衆的なイメージであり、非常に限定されたイメージ。それがそれを打ち破った、実にいろんなそれこそ思いがけないイメージになっていく、そこのおもしろさじゃないですかね。ぼくはそう思うんです。

〈三月〉のあの句だけが、よく引き合いにだされるんですけどもね。あれはむしろあれだけ取り上げるとつきすぎた取り合わせですよね、三月と甘納豆は。

坪内　ええ。だからそのつきすぎてるところがある種の大衆性を……。

西郷　ええ、でしょ。ですけどほかの句はつきすぎてないでしょ、そういう意味でいいますと。だからあそこだけが取り上げられるということが、なるほどとわかると同時にそれは連作をやっぱりわかってないという証拠だなと思うんです。あれ、よくわかるというのはつきすぎてるからです、ある意味で。

坪内　そうだと思いますね。

西郷　だけど一月から十二月全部、甘納豆のイメージがね、どこからも引きだせないものになってしまっている。ぼくはそこを一番評価したいと思いますね。なかなかおもしろい。

坪内　どうも……。なんか自分の作品が不思議にみえますね、こうしてお話を聞いていると。

西郷　ですから〈名句を名句たらしめるのは読者である〉とぼくがいったのはそのことなんです。ぼくは二回書きました、この本の中で。

坪内　いや二回よりももっと何回もでてきたと思います。(笑)

武馬　もう何べんもでてくる。(笑)

西郷　そんなにでてきた？(笑)

武馬　またかというほど。(笑)

西郷　ぼくはあれでも遠慮して書いたつもりでいたけど。じゃどこかけずる。

武馬　いえ、いえ。(笑)

西郷　二回ぐらいにしておく。(笑)

坪内　いやそれは、ぼくもっと強調していただいた方が……。ほんと。たとえば正岡子規なんかの場合でも、大衆性が必ずしも名句というわけではありませんけど、残っていっている俳句というのは本人の意識とぜんぜん関係のない句ばかりですよね。

西郷　そうでしょうねえ。不思議なことですね。

坪内　本人がいいと思って作った句っていうのはまず……。

西郷　あんまり受けない。

坪内　受けないですね。

武馬　名句は、自選句集に入れないという……。（笑）

坪内　それが不思議なところで……。

西郷　虚子の〈帚木に影といふものありにけり〉っていうあの句も……。

坪内　入れてない。

雅俗の矛盾

西郷　（坪内の手元の本書の原稿コピーにつけられた付箋を見て）じゃあ、そちらの付箋をつけられているところをだしていただいて、異議申し立てられたり、（笑）ごまかしたりしたいと思います。（笑）

坪内　これ、ぼく大喜びしたところに付箋つけてまして、蛇笏の〈芋の露連山影を正しうす〉の句ですね、これはものすごく有名な句ですね。

西郷　教科書教材にもなっていますね。

坪内　で、やっぱり両者を相関的にとらえる、せりあがる構造ということが、なんか非常にうれしかったというか……。

西郷　なるほどね。ぼくはこれ蓮なんかじゃなくて芋だっていうところが一つのポイントだと思っているんです。皆さんもやっぱりそういうふうな感じで……。

坪内　いや、そのあまり、いわゆる雅俗の矛盾というふうな意識が近代ではなくなっている。

西郷　なるほど。ぼくがとりたててだしたからこうなっちゃったんですね。

坪内　それでぼくや乾（裕幸）さんはそれをしきりにいうてるわけですけども、あまり理解していただけないという……。

西郷　ぼくは坪内さんの本読んでるもんですからね。雅俗ということが意識にあって、これやってるわけです。皆さん、あんまりそれはないわけですか。

坪内　ないんですね。

西郷　古典の場合はありますわね。それはもうすごくありますね。

坪内　それははっきりしてるんですけどね。

西郷　いまとなってはあんまりそれはないわけですね。

坪内　ええ。その意識がもうなくなってるんですね。

西郷　と、この虚子とか蛇笏とかってこの辺は……多少は……。

坪内　ええ。だからあの人たちの魅力はそれだと思うんですけども。

西郷　なるほど。〈金亀虫〉にしましてもね。

坪内　〈金亀虫〉はこの句ではじめてでてきたんだろうというご指摘されてたでしょ。ぼくも、あ、その通りだなあと思いましてね。あれはやっぱり虚子たちの時代まではそういうことがあって、ぼくよく例に引くんですけどたとえば黴ですね、梅雨のころの。黴を詩歌にうたうのは彼らたちなんですよね。黴の家とか黴の宿とか。
西郷　はあはあ。うーん。いまの人は雅俗のことは頭になく自分の感じる題材を取り上げて……。
坪内　ええ、そういう意識が強くて。だからいわゆる矛盾の構造みたいなものをあまり意識しないいんですね。それで最初のころに、切れということをちょっとお聞きしましたが、切れ字じゃなくて句の構造的な切れですね。

俳句が詩になる場所としての「切れ」

坪内　句の構造的な切れを意識すると、もしかしたら先生の理論とふれあうことができるかもしれないという意識がありましてね。で、切れというのはやっぱりどうしても俳句の構造からいってそれがないとうまくいかないというとこがある。ぼくは切れというのは、最近は俳句が詩になる場所だという比喩的ないい方をしています。
西郷　そこのところ、切れという坪内さんの言葉を使って説明しますとね、ふつうは切れというのは俳句の内部構造にかかわる切れでしょ。
坪内　そうです。
西郷　俳句と外との切れがもう一つあると思うんです。よくぼくが問題にしますのは、たとえば〈大空に羽子の白妙とどまれり〉。実際は現実の場面であって古代と切れてるわけですよね、古代という時間とはね。切れているにもかかわらずつながってきますね。そういうような外部構造の切れ。内部構造の切れだけじゃなくて、外部との……。
坪内　もあると思ってるんです。たとえばいわゆる基本的には切れを要する句の構造というのは、現代風ないい方をしたら二句一章とかいうふうないい方よくされますよね。ぼくも基本的には一つの切れがあればいい。ただし切れない句があるんですね。それは読者との間に、読者という外部を想定してそこに切れがあるんだというようないい方をしてるんですけどね。

西郷 ああそうですか。私もそれを実はいいたいわけです。この本の中でもいろいろ書いているところで、それを意識してるんですけどもね。だから虚構というのは作品の中にそれをさがしてみてもしようがない。作品と読者との関係の中にそれがあるんだというんです。ぼくの場合は、切れというものをどこに求めるかというと、そこに切れを置くことでそこに二つの異質なものが見えてくる。しかもそれが一つに止揚される構造としてある。そのために切れということが必要になるわけですね。切って逆につないでみるわけです。

坪内 はいはい。ぼくもその点はもう非常によく似てるなあと思ってるんですね。切れがあってはじめて詩が生まれるんだと。そういうふうに考えると先生のおっしゃってることというのはやっぱり俳句が方法的にもっている……。

西郷 特に短詩型としての俳句が必然的にもたざるをえない……。

坪内 もたざるをえない構造であったというふうに思ってほしい。そういうふうな構造というものが、定型、もう一つはその五七五というう短い定型ですね、その定型が、どうしても要求してるんだと。定型というのは、俳句が詩になる絶対条件ではぼくはないと思っているんですけど。

散文との格闘の武器、音数律

西郷　ある意味で定型というより……。
坪内　いやいや、五七五……。
西郷　リズムですね。七七でもいい。そこにリズムがありますね。そのリズムの中に折り込もうという格闘が、つまり問題ですわね。
坪内　だから作り手の側からいいますとね、定型というふうなものがもっている働きというものが、もうちょっと強調されるとありがたかったなというふうなことを、さっき実はちょっといったわけです。
西郷　わかります。
坪内　で、先生の本とちょっと離れるかもしれませんけども、定型というふうなものそのものが一つの虚構で、定型の言葉の空間というのが虚構……。
西郷　私たちの現実の日常の世界というのを文章でいえば散文です。散文的な現実です、日常というのは。その日常的な散文的な現実というものをふまえながら、現実を越えるというのは、リズム、定型。そういう意味でいうなら虚構というのはそういうものですね、俳句の場合。
坪内　だからそういう虚構的な言語空間と考えればいいと思うんですよね。
西郷　おっしゃる通りですね。
坪内　ところがその意識というものがさほどないという……。
西郷　俳句を作る人たちにですか。いまの現代俳句をやっている人は、そうすると定型といわなくてもいいですが、リズムですよね、その五七五とか七七とか、あるいは四三、三四三とかね、そういう日本語の生理にかなうリズム感てのがありますね。音数律ですね。つまり定型でなくても一つの音数律というものを意識して、それによって散文との格闘をするというそこのところですね。日常的なものは全部散文化された世界ですからね。その散文化された世界を散文でなくするのはもう音数律による表現ですよね。

坪内　ですね。

西郷　その一番典型的なものが五七五。そうするとやはり散文的な日常をどう飛躍するか、やっぱり定型とか音数律というものが作者に格闘の力を与えるんじゃないですかね。

坪内　ええ、実際はそうなんですよね。だけどそういう虚構の言語空間なんだからそれを作るには非常に意識的な操作がいると。ところがその意識的な操作というものが、なにか作為だとかはからいだとかいうふうな見方をされて嫌われる風土が……。

西郷　否定的に……。

坪内　否定的に見られる風土というものがなんとなくございません？　日本の近代に。

西郷　ああ、それは一般に言挙せぬ国という伝統があって、だから理屈で作るんじゃないということ。ある意味ではそうですけど、そういう意味で一種の作為とか表現方法とか修辞学とかいうようなものを忌避する傾向はありますね。

坪内　ありますでしょ。

西郷　だけど、ぼくは発想の段階ではね、自由に発想していいと思うんですが、やはり推敲していく過程はそれなしにはダメなんじゃないですかねえ。

坪内　ああ、そうおっしゃっていただけたら大変うれしいですけど。だから定型というのは意識的に作られた虚の空間なんだけれども、それが一種媒介になって自分の感性とか見方を引きだしてくれるという……。

西郷　どうしてもね、散文化されようとする傾向がありますからね。それをせき止めるというか歯止めをかけるものが音数律、リズムでしょうね。だからリズムというのは散文化を防ぐ一つの有効な枠だと思うんですよね。

坪内　ところが意識的に、きわめて意識的でなければ、リズムそのものが一種惰性化するというか日常化してしまうという両面性みたいなものがございますよね。

西郷　ありますねえ。特に五七五という定型は、一番詩的なリズムとしてはもっとも大衆的なもっとも口になじみやすい、だから標語にもなりそうなね、標語まで生まれるような、そういう音数律でしょ。ですから一方では気楽に作れるという面がある。

つまり散文というのは、誰もがしゃべってりゃそのまま散文ですものね。そういう気楽さがありますねえ。その気楽さを捨てて音数律に従うわけですけども、その場合も五七五という音数律は、これまたきわめて大衆的であるだけに、散文との格闘のための武器としてではなくて、気楽にうたえる形式として堕落が始まるんだと思うんです。

ぼくはあまりよく知りませんが、現代俳句の人々にとって季語はいまさら問わず、定型の問題はどの程度にシリアスに考えられているんですかねえ。定型なんかどうでもいいという考え方が多数なんですか。創作する中で。いまの現代俳句、いわゆる前衛的な俳句といわれる人たちですね。

坪内　ええ。定型はやっぱりくずさないで……。

西郷　くずさないでやるという考え方ですね。そうじゃないと一行詩じゃないかっていう、そこでのけじめということですか。

坪内　非常に一行詩に近くなる傾向はいつの時代でもあるんですね。特に意識的に俳句を作っていこうとする人たちの間では。だからそれはある意味の定型のもっている隋性みたいなものに対する反発が、そういう形で現れるんだとは思うんですけどね。

西郷　はあはあ。うんうん。口になじみやすい、五七五が一番その典型だと思うんだけれども、そういった一つの音数律というものによって散文との格闘をするところに俳句の本領があると思うんですね。それからさっきいった季語的なものによって、常識をベースにして、しかもそこに常識ではない世界を作る。自分だけの個別的特殊的な世界を作るというそのことですね。結局この二つ。それからさっきおっしゃった切れ。切れというのは、ぼくは矛盾の構造の発見ということだと思います。どこにどういう矛盾を見出すか。端的にいえば矛盾をさがす。矛盾の構造を見ようとする。どうしても見いだせなかったら、その句が平板なのか、こちらの読みがまだそこまで到っていないかのどっちかだと思う。

第三イメージと矛盾の止揚

坪内　数年前に亡くなられた俳人で赤尾兜子というすぐれた戦後の俳人がいたんですがね。その人がある時期に第三イメージという作り方を提唱し始めまして。

西郷　それはどんな……。

坪内　それは本人も結局うまく説明しきれな

くてなんとなくわかったようなわからないような……。いわゆる二物衝撃というふうなことがいわれていて、二物衝撃だけではダメだと。要するに止揚のということなんですね。もう一つ高めた次元、総合して高めた次元というものを第三のイメージという形で予感的にこう考えたんですよね。その考え方というのは、みんななんとなくわかることはわかる……。

西郷　二物衝撃というだけだとコントラストにすぎない。

坪内　対比だとか、そういうことにとどまってしまうということが……。だから俳句の流れの中で、先生のおっしゃる矛盾の止揚というふうなものというのは、どっかで比較的わかりやすい形でずっと語られてきたんですね。

西郷　芭蕉の取り合わせも、なんでも取り合わせればいいというものではない、しかるべき取り合わせがあるんだという。そのしかるべきというところが説明されてないから、結局二物衝撃とかなんとかといういい方でくり返し、ただその次元でいわれてきたんでしょうねえ。ただその場合に、同じ二物でも異質なものほどいいということがいわれたのもそこなんだろうと思う。ただ一句の中に二物をもってくるという発想になるから。そうでない句だって名句がいっぱいあるんだという反論が、一方ででてくる……。二物ではない。つまりあなたがおっしゃる切れによって、そこに矛盾の構造を見出せるか見出せないか、そこの問題……。

坪内　そこはほんとに作者としてはわからないんですね。

西郷　なるほど。そうでしょうね。あとどうぞ。こっちの気になるのは（笑）付箋のついたところがなんとも気になってしょうがないんで

すが。(笑)

坪内　たくさんつけてますけど……感動したところ、だいたいついてるんです……。

西郷　感動したところでもいいですから、ほめてみてください。(笑)

坪内　いやあ、こうやって話をうかがってるとだんだんはっきりしてきた、ぼく。

武馬　だんだん整理されてきましたね。

まだまだ発見の余地はある

坪内　あっと思ったのがありまして。例の中村草田男の〈万緑の中や吾子の歯生えそむる〉ですが、この、歯、葉……という……。

西郷　かけことば的な……。ぼくにはどうしてもこういうふうに読めるんですね。それから同時に白い歯までが青く染めなされ、イメージがふくらんでくる。葉っぱの葉と生える歯とのかけことば的なイメージというのはありませんかねえ。ぼくはそういうものがありそうに思うし、歌や俳句をやる人だったらそういうことをよくやりますよね。俳句はないですかな。歌はもう常識みたいにありますわね。縁語とかかけことばとかいうのか。俳句の方であんまりそういうのありませんかね。

坪内　やっぱり近代の俳句の特殊性というのがどうしてもありましてね。そういう知的なものというのを、本当は知的なんだけど、知的なものをまず一度精算して出発しようとしましたから。

西郷　そういう言葉遊び的なかけことばとか縁語とかいうのをなんとなく古くさい、単なるレトリックというふうに排除したい気持ちがあるんでしょうね。そういうものを含めて読むとおもしろいですね。

坪内　かえってそうだなあというふうにあらためて思ったんですけど。〈万緑〉の句なんてのは、もうものすごい人が鑑賞してて、もはや鑑賞する余地がないのかなあと思ったのにこんな単純なことにまだ……。（笑）

武馬　案外ね。（笑）こんなおもしろさがあったのかという……。（笑）

西郷　だから素人は何をいいだすかわからんということがあるんですねえ。ぼくが玄人になったらダメでしょうね。

武馬　発見する余地はまだいっぱいあるということですね。

西郷　対象というものはそういうものじゃないでしょうかねえ。見る人が違うとまた見えてくるものも違うから。

坪内　だいたいは山本健吉にしても自分はそんなに作品は作らなかったとしても俳句の専門の批評家という感じがありまして、俳句の批評する人というのは実作者かそういう人で、ほとんど作ってることに寄り添いすぎてるところがあるんですよね。だから本当は作るという側からは名句はできないんだということが一つあって……。そしたら名句にするのは読者なんだというふうに考えると、いままではものすごく不幸な状態にあったということがいえるんですよね。だから西郷先生は、すでに名句だと多くの人が認めているものの名句たるゆえんをこの本で書いていただいたから……。だから次は……。

西郷　誰も名句だと思っていないものを名句に仕立上げるという……。（笑）

坪内　名句だと思っていないものをこれは名句だというふうなのをぜひ書いていただいたら……。ぼくらのものを含めてね。（笑）

武馬　坪内さんは自分でアンソロジーを、名句集でも作られたらどうですか。落ちこぼれの句を選んで。(笑)

〈一月の川一月の谷の中〉
――複雑と単純

西郷　ところでね、坪内さん、飯田龍太の〈一月の谷〉について返り打ちにしてもらいたいと思います。

武馬　いよいよ。(笑)

坪内　できないんです、あれ、ほんと。(笑)

西郷　あの時点からどういう経緯があって……、あの二十選にね。あれどこの新聞でしたか。

坪内　最近はね、いろんなところでぼくはあれ引いていることは引いているんです。

西郷　ああそうですか。どんなふうな……評価をされてるんですか。

坪内　はじめにこの句にふれたときは、ちょうどこの句が大変に話題になっていたんですね、俳壇で。ものすごくもてはやされていたんです。そのことに対する作り手としての一つの反発みたいなのがありまして、もう一つはぼくの個人的な事情で、今日も先生の選ばれた句、なん句かについて、理屈ではわかるんですけれども、なんか気持ちが動かないっていうようないい方をしましたが、なんかそんな句があるんですね。

西郷　なるほどね。

坪内　この「一月」の句の場合もなんとなくそんな感じがありまして。それはたぶん、やっぱりぼくが谷だとか川というものに対するなじみがほとんどないというぼくの感受性の問題だと思うんですね。だけど〈一月の川一月の谷の中〉というふうな、なんとなく非常に明快でおもしろいものが何かあるなとは思っていましてね。で、正岡子規の〈鶏頭の十四五本もありぬべし〉なんかと同じで、なんとなくひかれるから、それはおそらく俳句の形式のもっとも基本的なあり方をだしたんだとしかよういわなかったですね、その時点では。

西郷　虚子の〈去年今年貫く棒のごときもの〉のときも俳句の原型的というか基本的とおっしゃったかなあ、なんかそういうものとして、この〈一月の谷〉の句もあげておられたですね。

坪内　すぐ覚えてしまって……。

西郷　ええ。残っちゃいますね。

坪内　残っちゃうんですね。そういうのやっぱり、ぼくどっかになんか名句の条件がひそんでるとは思っていたわけです。それでだんだんこれなれますでしょ。自分で暗誦したりしてなれてる間に、そういえばというふうにいろいろ発見していくわけですね。

西郷　なるほど、なるほど。わかります。

坪内　ぼくは、先生ほど深く考え、とらえることができていませんでして、まず、たとえば一月、一月というふうなリフレインというか反復があるし、一月の川一月の谷というふうな、こう……。

西郷　時間空間の交錯する……。

坪内　いろいろ考えていくといろいろおもしろいことがたくさんある。仕組まれていて……。

西郷　あれこれ、でっちあげていくんですよね。

坪内　はじめものすごく単純だと思っていたのが、その単純さが実は複雑な単純さだったというふうなことに……。

西郷　複雑な構造をもった単純な形なんです

ね。

坪内　それがおそらくすぐ覚えられる名句の条件なんだろうと思いはじめたんですね。それでだんだん自分でも愛唱句にかわっていきまして……。

西郷　あの芭蕉の〈黄金打ちのべたる様〉ってのは、まさに姿が実に単純明快、素朴であるということでしょうね。だけどその中には複雑な構造をはらみもっているという。もちろん複雑な構造というのは読者が発見する構造としてあるわけですよね。作られてる構造というか、発見する構造というかね。

坪内　そんなふうにしましてね、だんだんこの句はいい句だというふうに思いだしたんですね。これ拝見しましてね、大岡さんのみごとな鑑賞文が引かれてて、大岡さんはその中で、苦闘する抽象画家のことが思いだされるというような……。

西郷　〈白の中の白〉という……。

坪内　そのあたりは、ぼく少しそうかなあという疑問がいまも残っていましてね。それはこの句のもっているリズムみたいなものは、そういう苦闘だとかなんとかいうことよりももっと楽しいリズムかもしれない。

西郷　ですね。わかります。ああ、ぼくは、そこは見落としていたですけどもね。おっしゃる通りそれは楽しさのリズムの秘密があるんじゃないかと思いますね。

坪内　だから〈一月〉のこの句は……やっぱり何かに、自然か何かわかりませんけど、何か共感している。その楽しさの句なんじゃないかなあ。多くの人はたぶんこの句は作者と結びつけますから、山梨県のきびしい山の谷というふうに読みとるんだと思いますけどね。

西郷　名句というのは、実際の句が発想された現実をふまえているけれども、そこからどれだけ飛躍できるかでしょうね。どれだけ多くの現実に適用されるかということでしょうね。それが名句のもつ一つの大事な条件でしょうねえ。

坪内　そうですね。だんだんこう覚えてしまうともうそうなってしまいますね。

西郷　そうですね。山梨県のある特定の川と谷だけでなくてね。あの〈滝の上に水現はれて落ちにけり〉もそうです。あれは箕面の滝でしょ、たしか。だけどあれは滝そのもののイメージとして、どこにでも通用してきそうな感じがしますね。

坪内　だから〈一月の川〉の句でもそうですが、作者としてもなんか思いがけなくすっとできたと、自解を書いてますね。なんかこういい句というのは、読者もいい句と認めた句というのは案外そういうふうなでき方をした句がどうも多いみたいですね。だから作者もやっぱり意識を作った時点で作品にこえられているのかもしれない。

西郷　多くの場合、いい句というのは、必ずといっていいほど作品が作者の意図をこえますよね。そういう不思議さがありますね。

坪内　だからその時に作者としては、あんまり何か、そりゃそれまでにいろいろ苦しんではいるでしょうけど、その作品ができたときというのは非常に無造作にかんたんにできている場合がどうも多いような気がするんですね。

西郷　推敲に推敲を重ねてよくなる場合ももちろんありますけど……。

坪内　そういう場合ももちろんありますけどね。

西郷　すんなりと、でてくるということがあるでしょうね。

俳句を読む楽しさ

坪内　ところで、作る楽しさというのは十分にいろんな人が体験していて、ある意味でよくわかっていて、ま、言葉遊びの楽しさとか、そういうことも、かなりみなさんわかっておられるんですけども、読む楽しさというのが決定的にやっぱりわかっていないということがございますね。

西郷　作り方はいろいろ本にも書かれますけどもね。読み方がね、もう一つね。ぼくのばあいは、徹底した読み方の本ですけどね。もちろん自分で作ったあれがないから、創作の機微にふれることはできませんけども。読み手としては深く読む、豊かに読む喜びみたいなものがありますね。発見の喜びっていうか、同時に自分が「作っていく」喜びですね。創作の喜びですね、一種の。句を読むっていうのはね。

坪内　読むという面では戦後、山本健吉の読み方というのが一つ……。

西郷　あれは相当な影響力あるようですね。

坪内　あると思いますねえ。それで、そのほかの読み方というのは、やっぱり人生論的な読み方だとか、作者の私生活に結びつける読み方とか、精神主義的な解釈とかというふうなものなんですね。

西郷　それから、坪内さんも批判されていたけど、この〈一月の谷〉の中に出てくる批評の中に非常にこうほめ言葉というかなあ。

坪内　賛辞を連らねる……。

西郷　ああいうのもまた一方にあるんですねえ。

坪内　非常に抽象的でわからないですねえ。

西郷　言葉はわかるけど、どこがどうそうなのかということがなかなか具体的に、ぜんぜんだされていない。

坪内　正岡子規がおもしろいことといっているんですけども、どうも俳句というのはすぐ、読む人がなんとなく神秘で奥深いと思うと。が、それ嘘っぱちなんだと、実は。そんなことは。（笑）こんな小さな形式で、そんなに深遠なことだとか不思議なことがいえるわけがないんやから。

西郷　そんなに買いかぶるなと。（笑）

坪内　ぼくは子規がいっていることがものすごく嬉しいんですね。（笑）

西郷　子規がいっていることがね。（笑）子規はまあ俳句の神様ですもんね、ある意味じゃ。

坪内　近代ではそうなんですね。

西郷　だからその神様がいうんだから。（笑）

坪内　だから書かれていることに即してちゃんと読めという……。

西郷　これは一番の基本ですからね。

坪内　ところがどうしても自分のやっていることというのを深くすごいことだと思いたい意識がどこかにございますね、人間て。だから作者が書いてしまうと、どうしても俳句ってのはすごいもんだという発想をしてしまうんですね。

西郷　あのちょっと、ぼくは書き落としたことといま気がついたんでこの際いうんですが、〈金亀虫擲つ闇の深さかな〉というね、あそこでこの闇の深さっていうのは事柄としての闇の深さがありますよね。だけどぼくはあそこに書いてる中で〈無明の闇〉といういい方をしたんですが、なぜそれを〈無明の闇〉というふうにとらえたかということの説明をしてなかった。〈闇の深さかな〉といったときに、作者がたとえば、仮に事柄としての夜の闇の深さをうたっても〈闇の深さ〉というのはそれ自体が比喩になりうるでしょ。それをそのまま比喩としてとらえることもできますよね。比喩としてとらえることができるというところから、ぼくの解釈が始まるわけです。そこを書き落としていたんですが、すぐ飛躍して〈闇の深さかな〉が〈無明の闇〉の深さを思わせるというように一足跳びに跳びましたけども、なぜそうかというと〈闇の深さ〉というその言葉自体が比喩にもなりうるわけですよね。

詩歌と象徴主義

坪内　近代の詩歌の場合に、いわゆる象徴主義というのが非常に幅きかしていましたね。あれはその、先生の理論でいきますと……。

西郷　あのね、象徴、象徴で、なんでも象徴にしてしまうという、悪しき傾向が生まれてきましたねえ。もちろん象徴というのは文芸のもつ大事な一つの概念ですけども。なまけもんがよくやるんですよ。象徴という言葉をもってきて片づけちゃう。危険な傾向と思うんです。象徴というものが文芸にあることは否定しませんし、またとらえていいんですけども、多くの評者の文章読みますと、さっきの賛辞と同じで、象徴という言葉で、逃げちゃうんですね。自分が徹底的に表現に即して説明すべきところ説明しきれないもんだから、象徴という言葉で一足跳びにそこへもっていって逃げちゃうんです。そういう傾向が非常にある。それに対して警告を発しているんだと思う、象徴主義って否定的にいうのは。

そういうふうにすぐ片づけようとするからですねえ。実際に作品に象徴が意図されてるばあいもあるし、また読者がそれを象徴ととっているばあいもあって、それをなるほどと思うこともありますよね。ですけど、いまいったようななまけもんというか卑怯もんといっちゃ悪いけども、つい研究者としては、あるいは批評家としては、手続きをふんで文章に即して王手とかなくちゃいかんのを、そうじゃなくて象徴というのをすぐもってきて結論をつける。そこんところが問題。ぼく、ほとんど象徴という言葉使ってないでしょ。

坪内　はあ、使っておられません。

西郷　それは徹底的に表現に即してものをいってみようと思うところからです。ただ、いまさっき〈闇の深さかな〉というのは、ぼくは本文の中では〈無明の闇〉と意味づけましたねえ。これはまあいってみれば象徴としてとらえたっていう、言葉は使わなくても。ですからいまそこ気がついたんで補っていったんですよ。(笑)というのは、闇っていうのはたとえば子ゆえの闇に踏み迷うってないい方をするとか、もう闇という言葉が無明の闇という意味で、日本人の、歌やらなんやらいっぱい使われてきたんですよね。ですからこれを比喩としてとってもいいじゃないかという論理が成り立つと思うんです。作者もこの句を作っているとき、あるいは作ったあとで、この闇を単なる夜の闇というふうにだけはたぶん見てないだろうと思う。作者自身もね。

坪内　たしかに無明の闇というようなものに意識はのびているでしょうね。やっぱり俳句でもなまけものの論理というのはわかる。(笑)よくわかるという感じがするけど。

西郷　さっきおっしゃった過剰な賛辞。ほめりゃあ作者に文句いわれる筋もないし。作品の「てにをは」にこだわって、そこを説明するってことなしにやるでしょ。ああいうの、やっぱりぼくはなまけもんだと思うんですね。(笑) あとは象徴で片づけようとする。これも一種のなまけもんですね。象徴ってものをもってくると、なんとなくわかったようなわからんような感じになりますよね。

坪内　すごいことやってるような感じになって。おまけにね。(笑) 俳句でもある段階で、近代で非常に象徴主義っていうのが……。

西郷　正岡子規のいったのはやっぱりそれを危険視したんでしょうかね。

坪内　したんです。でもそのあと入ってくるでしょ、象徴主義が。俳句のあらゆることが象徴に結びついて、極端なことといえば朝顔を描いてもなんか宇宙の真理を象徴してるとかいうふうな論理になってしまう。だからほんとに矛盾の構造をちゃんととらえるっていうことは、小さなことかもしれないけど、ものすごい大事な大切なことなんだというふうなことが、小さいということが、すごいことなんだということがなかなかわからない。

西郷　まして短詩型ですからね。一字一句がぬきさしならぬ問題になってきますよねえ。

坪内　そのことを非常にこの『名句の美学』っていう本は示唆的にいろいろ教えてくださってるから、ありがたい本です。

武馬　坪内さんから〈ありがたい本〉というお墨つきもいただきましたし、話は尽きませんが、テープが尽きましたので、ここらで終わらせていただきたいと思います。長時間ありがとうございました。

おわりに

俳句の美というとき、人は、まず、蕉風俳諧における、わび、さび、しおり、かるみ……を想起するであろう。

また俳句の革新者・正岡子規は、俳句の美を〈意匠〉という語によって、次のように分類する。

勁健、優柔、壮大、繊細、雅撲、婉麗、幽遠、平易、荘重、軽快、奇警、淡泊、複雑、単純、真面目、滑稽、その他千種万様あるとする。

芭蕉のわび、さび……云々も、子規の意匠の〈千種万様〉も、それは美の範疇（カテゴリー）である。

本書において私が問題としたのは美のカテゴリーではない。すべての美が弁証法的構造をもつということの解明である。美の弁証法的構造とは、〈異質な矛盾するものが止揚・統合される弁証法的構造〉のことである。

かりに子規の意匠（美）の用語を借りて、私の美の構造を誤解をおそれず一言でいうとすれば、たとえば、勁健にしてかつ優柔、壮大にしてかつ繊細、雅撲にしてかつ婉麗、幽遠にして平易、荘重にして軽快、奇警にして淡泊、複雑にして単純、真面目にして滑稽……ということになろう。あるいは、異なる組み合わせを考えてもいい。たとえば、勁健にして婉麗、幽遠にして奇警……といった具合にである。

つまり、いわんとすることは、本来、異質な矛盾するものがせりあがり、とけあって一つとなる――そこに独特な味わい、おもしろさ、趣きを見る。それが私のいう美の弁証法的構造ということである。

子規は〈雄壮当るべからざる勢あり〉の句の一つとしてたとえば、

夕立や草葉をつかむむら雀　　蕪村

を挙げる。

しかし、私をしていわしむれば、この句には、子規の分類した語を用いるならば〈軽快〉にして〈奇警〉なる味わいをも読みとれるのではなかろうか。ということは〈雄壮〉と〈軽快〉〈奇警〉は異質な矛盾するものであり、この句はその矛盾を止揚・統合したところに虚構世界を創出しているといえよう。

また芭蕉晩年の〈かるみ〉の典型と称される『猿蓑』の次の句、

いきながら一つに冰る海鼠哉

を子規の意匠として挙げた先ほどの分類のいずれに妥当するか特定することはこの句のゆたかな深い味わいを平板な一面的な浅いものにしてしまうであろう。私が本文に述べたとおりこの句には、異質な矛盾するイメージ、感情が屈折し重層して、しかも〈かるみ〉の境地を示すものとしてあると読むべきであろう。

一句の味わい（美）を美のカテゴリーによって類別してとらえることは、それこそ名句を味気ないものとしてしまうだけである。

ところで『名句の美学』（上・下）において、私はいくつかの章をたてて、美の弁証法的構造ということを論じてきた。

美の構造をあきらかにするにあたって、俳句が言葉の芸術、つまり文芸であり、したがって〈虚構の世界〉であることを、くり返し語ってきた。

ここで、あらためて虚構ということを、まとめて説明しておきたい。

西郷文芸学において虚構とは〈現実をふまえ現実をこえる世界〉であると定義した。それは現実と非現実を止揚・統合する弁証法的な構造をもつことでもある。言葉をかえていえば日常的な意味をこえて非日常的な深い意味を生みだす世界ということにもなる。

美というものが〈異質な（異次元の）矛盾するものを止揚・統合する弁証法的構造の認識、表現〉であるとするならば、文芸（俳句）における美は〈虚構された美〉（略して〈虚構の美〉

ともいう）ということでもある。

文芸の本質は虚構であり、虚構世界を創造するためのいろいろな虚構の方法がある。たとえば、対象を〈外の目〉と〈内の目〉の複眼的な見方でとらえる方法、つまり〈外〉と〈内〉という異質な角度からはさみうちにして対象をとらえるという視点の方法も、虚構の方法の一つである。上巻の第1章「俳句は一人称の文芸か」において、「〈内の目〉〈外の目〉――共体験のドラマ」、「見る我と見られる我」という節をたてて述べたことは、視点の方法による虚構化を説いたものである。

第2章の「虚構としての俳句」の章は「卑俗・卑小・卑近なるものの超俗化」「日常の非日常化」という節に分けたが、これは説明の便宜上、そのように分けたのであって、すべて、そこにあげられた句は〈現実をふまえ現実をこえる虚構の世界〉であることにはかわりない。つまり、すべての名句が〈虚構された美〉であるというわけである。

第3章「矛盾の発見・止揚」の章も、やはり虚構としての俳句を矛盾の発見・止揚という弁証法的な見方でとらえたわけであって、第1章、第2章で挙げた俳句と別種のものというわけではない。説明の便宜上の区分にすぎない。

以上、第1章から第3章にいたるまでのすべての句を〈虚構された美〉という観点で分析・解釈してきたわけである。

したがって、たとえば、第3章の中の任意の句を第1章にもってきて説明することも可能であり、またその逆のことも可能であるということである。

ここに章節にわけたのは、読者に理解していただくための方便にすぎない。すべては〈虚構された美〉として理解していただけたらいいわけである。

下巻の第1章「かけことば的な声喩」の章も、また然り。声喩というものをかけことば的なものとしてとらえることで、異質な矛盾するものを止揚・統合する美の構造を発見することができるということは、言葉をかえていえば〈現実をふまえ現実をこえる虚構世界〉としてとらえるということに他ならない。

第2章「一語のはらむもの」の比喩も比喩するものと比喩されるものとの間に異質な矛盾する構造をみることで〈虚構された美〉を発見することになる。古語の使用もまた現実をふまえながら現実をこえる（古代へと転化する）虚構世界を構築する方法となる。甲斐とか唐崎とか特定の歴史的な意味をもつ地名を用いることで、これまた現実をふまえ現実をこえる虚構世界を築くことが可能となる。それはたとえば〈水打って広重の空はじまりぬ〉（楸邨）のようにある特定の人名を用いる場合もまた同様である。

活喩は、生なきものに生を見る（与える）ということによって、これも〈現実をふまえ現実をこえるもの〉となる。

否定態の表現は、否定が成立する前提としてあるものとのあいだに異質な関係が生ずることで虚構の世界と化す。

聴覚⇅視覚という転換の方法もまた、異質な異次元なものを止揚・統合する弁証法的な構造をとることで虚構された美を生みだすものとなる。

その他、本書は紙数の関係でとりあげなかったが誇張の方法、切れ字（切れ）による虚構化の方法など、さまざまな方法がある。

なお、第3章で特に「季語の可能性、創造性」の章をもうけたのは、季語の止揚もまた、虚構の方法となるからである。季語は、一般読者の常識としてあるものであり、にもかかわらず、それをふまえながらそれを超える作者独特の個別化、特殊化がなされた場合、一般・普遍と特殊・個別という異次元の間の矛盾を止揚・統合する美の弁証法的構造が見出されるからである。

くりかえすが上・下二巻とも各章節に区分したのはあくまでも説明の便宜上のものであって、すべての名句は〈現実をふまえて現実を超えた虚構の世界〉であり、そこに〈虚構された美〉〈虚構の美〉があることにおいて一つである。

さいごに下巻の後半は坪内稔典氏との対談を掲載した。門外漢の私としては、対談においても氏より多くのことを学ばせていただいた。三時間にわたる長丁場であったが、心地よい知的スリルを味わった一刻であった。あらためて氏に感謝申し上げたい。

補説

「美の弁証法的構造」仮説の基盤

——「虚構としての文芸の変幻自在に相変移する入子型重層構造」（西郷模式図）

本書『名句の美学』は、西郷文芸学における「美の弁証法的構造」仮説に基づいて分析・解明したものであるが、その土台となっている「虚構としての文芸の変幻自在に相変移《そうへんい》する入子型重層構造」（「西郷模式図」、あるいは「西郷モデル」と呼称。次頁参照）についてはまったく触れていない。本書初版当時はまだ仮説の段階であった。この「西郷模式図」が明確なものとして確立したのは、本書刊行のほぼ十年後のことであった。このたび、上下巻合本として再刊される機会に、本書の基本的仮説「美の弁証法的構造論」をささえる「西郷模式図」について簡単に紹介しておきたいと思う。

「西郷模式図」は、二元論的世界観に基づく内外の主要な文学理論を批判的に止揚したもので、最新の**相補的世界観に基づく理論体系**であり、すべての文芸ジャンル（物語・小説のみならず詩・短歌・俳句など、すべて）の研究に普遍的に適用しうるものとなっている（ちなみに、

虚構としての文芸の変幻自在に相変移する入子型重層構造（西郷模式図・モデル）

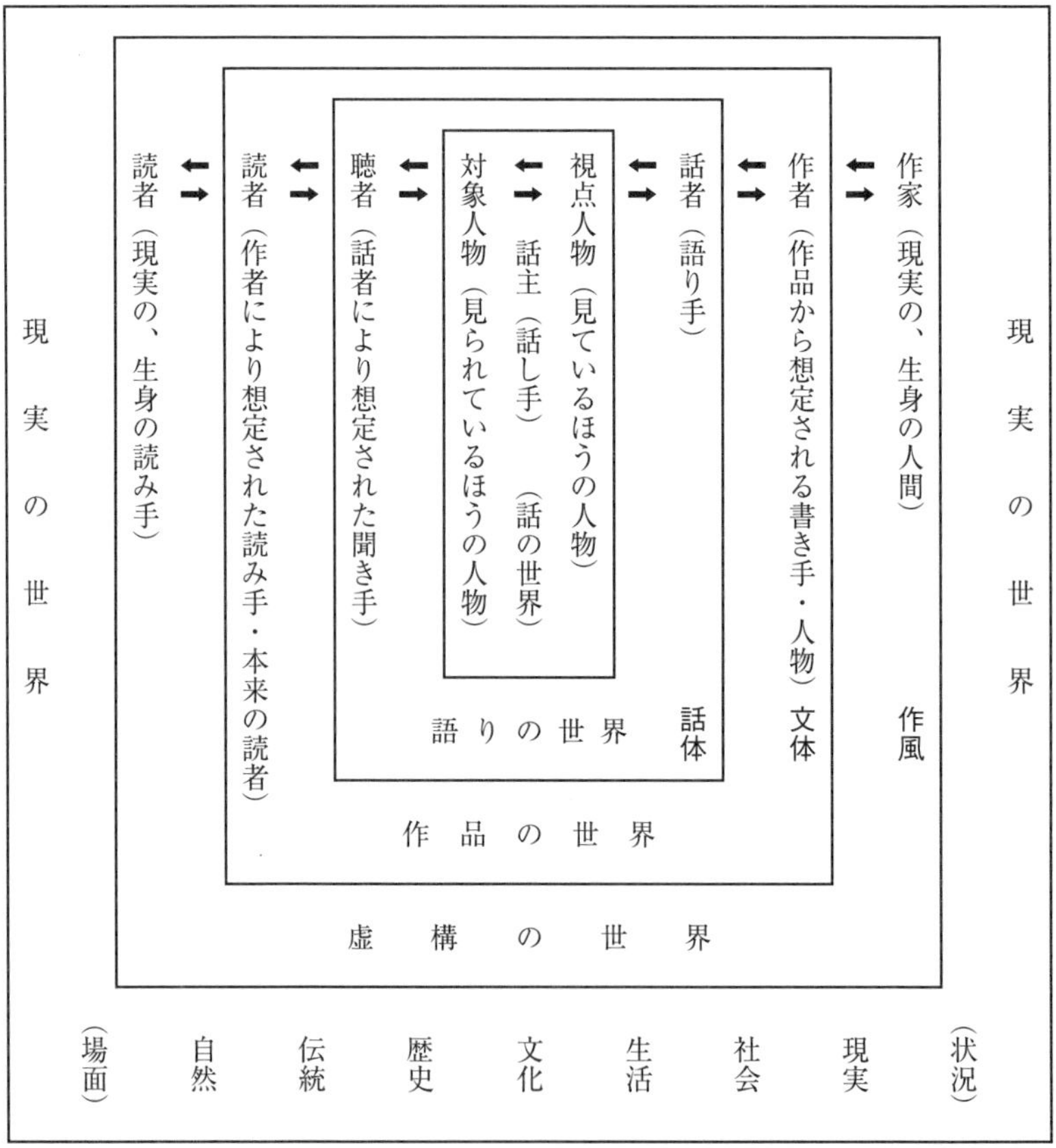

補説

1）「視点と対象」の「対象」には，「対象人物」と「対象事物」とがあります。模式図には「対象人物」のみが記入されています。

2）話者（語り手）の語り方を「話体」と言います。話主（話し手）の話し方も同じように「話体」と言います。話主の「話」も，すべて話者が語ることになるからです。人物の科白に鍵括弧「　」をつけなくても間違いではないというのは，科白を話すのは話主でも，それを聞き手に語るのは，話者（語り手）だからです。

西郷模式図については、国語教育学会を代表する著名な研究者八氏によるシンポジュウムにおいて基本的に評価・認定されたものである。『文芸教育』誌82〜86号参照・新読書社刊）。

紙数に限りがあるので、とりあえず、日記を例にとって、西郷模式図とそれに基づく「虚構としての文芸」の分析のあり方を、おおまかに理解していただこう。

「日記」の構造分析

たとえば、日記の今日の日付の頁に、

「わたしって、なんてまぬけな人間かと思う。」


と、書いたとする。

書き手・作者は、もちろん「わたし」である。「わたし」が「わたし」のことを振り返って、「まぬけ」と思い、「まぬけ」とつぶやいたことを、そのように日記の頁に書き記した、としよう。つまり作者も話者（語り手）も視点人物（見ている方の人物）も対象人物（見られている方の人物）も、すべて「わたし」ということになる。もちろん、このつぶやき（ひとりごと）を聞いている聞き手（聴者）も「わたし」である。

さらに、日記の読者（作者により想定された読み手）もまた、言うまでもない作者の「わたし」自身である。ここが一般の文章や、文芸作品とは違う。言うまでもなく、文芸の場合、読者は作者以外の他者である（ただし、作者は自分の作品の最初の読者とも言えるが）。

以上のことを、西郷模式図にあてはめながら位相を明らかにすると、現実の生身の人間である「わたし」が、この日記の「作者」に変身（相変移と言う）し、その「作者」が設定した話者（語り手である「わたし」）が、視点人物（見ている方の人物・「わたし」）の目を通して見た対象人物（見られている方の人物・「わたし」）のことを聴者（聞き手の「わたし」）に語ったこと（ひとりごと）を、作者により想定された読者（日記の作者自身の「わたし」）にむけて書き記した……ということになる。くだくだしい言い方になったが、厳正・綿密に分析するとなれば、以上のような「まわりくどい表現」になる。しかし、慣れると、観念的に一瞬に構造分析（それぞれの位相を明らかにする）をやってのけられよう。

さて、この構造分析を俳句の場合に当てはめると、どうなるか。日記と比較しながら見ていただきたい。

	日記の場合
作家（俳人。現実の、生身の人間）	わたし
作者（この句の書き手）	わたし
観点――文体	
話者（語り手）	わたし

視点――話体

視点人物（見ている方の人物）　わたし
対象人物（見られている方の人物）　わたし
（対象事物――見られている事物）
聴者（聞き手）　わたし
読者（作者により想定された読み手）　わたし
読者（現実の、生身の読み手）　わたし

先ほどの日記の場合で言うならば、作家も、作者も、話者も、視点人物も、対象人物も聞き手・聴者も、作者により想定される読者も、現実の読者も、すべて「わたし」ということになる。ところが、もし「わたし」の日記を他者（たとえば妻）が盗み読みしたとすれば、妻は「作者によって想定された読者」ではなく、「想定外の読者」、つまり「現実の、生身の読者」ということになる。実は、まさにそのことを「地で行く」興味深い小説がある（日記体の小説と言う）。

谷崎潤一郎の小説『鍵』（一九五六）が、そうである。精神的にも肉体的にも衰え、死の予感さえ覚える五十六歳の大学教授である夫（わたし）は、四十五歳になっても豊満な肉体をもつ妻郁子への思いを捨てきることができない。そこで作者（わたし）は、日記に、性を享楽できる放恣な女に妻を仕立て上げたいと書き、その日記を入れた引き出しの鍵をわざと落としておく。その鍵を拾って夫（わたし）の日記を見た妻は……（作品論を展開するわけではないので、内容紹介はここでとどめる）。

本来、日記というものは、先に説明したとおり「作者により想定された読者は、作者自身」のはずである。しかし、この小説の日記の場合、作者の夫（わたし）により「想定された読者」は、作者自身ではなく、妻である。肝心なことは、作者（わたし）は日記である以上、あくまで、「想定された読者は、作者自身（わたし）である」という擬態をとって書かねばならない。しかし作者が実際に読者として想定しているのは自分ではなく他者（妻）である。この奇妙な、ちぐはぐな関係が、独特にして絶妙な文体を醸成しているというわけである。ここが作家（作者ではない。作者は老齢の大学教授の「わたし」である。念のため）谷崎潤一郎の構想による、まさに作家の「虚構の方法」ということなのだ。

西郷模式図に基づき、この小説『鍵』を分析すると、作家谷崎は、この小説を構想するにあたり、小説の主人公として老境にある教授を「作者として設定」した（作家谷崎が、日記の作者老教授に「変身」した、と言ってもいい）。西郷文芸学では、そのことを「作家谷崎が、日記の作者・老教授に相変移した」と言う。したがって、老教授という人物形象（像）は、実は作家谷崎の形象と老教授の形象の複合（オーバーラップ）した「複合形象」（人物像）となる。

さらに、作者の「わたし」は、「わたし」を視点人物（見ている方の人物）として設定、さらに「わたし」と「妻」とを対象人物（「わたし」から見られている方の人物）として設定した、ということである。（「わたし」自身も、実は「わたし」によって見られている存在でもあることに注意）。

ここで、話を俳句に転じよう。俳句においても、日記の場合のような例も含み、実に多様なあり方がある。しかし、いかなる場合でも、すべて、この西郷模式図によって、分析・解釈が可能となる。いや、厳密な分析の上にこそ、ゆたかな、深い解釈も可能となる。曖昧な分析の上に構築された解釈は結局「砂上の楼閣」でしかない。

まず、芭蕉の次の句を見ていただきたい。

馬ほくく我を絵に見る夏野哉　　芭蕉　　（上巻60頁）

山本健吉は〈馬上の自分を客観化している〉と言う。山本の評は、私の言う〈見る我〉〈視点人物〉と〈見られる我〉（対象人物）という考え方に近い。上田誠も〈自己を他化する〉と言う。〈自分の姿を、一幅の絵として眺めて見る〉と言う。

諸家の批評にあるように、〈見る我〉と〈見られる我〉は、西郷文芸学における〈視点人物〉と〈対象人物〉ということであり、〈内の目〉の〈同化体験〉と〈外の目〉の〈異化体験〉による美の構造として、本書上巻において詳しく説明したとおりである。

「馬ほく〳〵……」の句は、〈見る我〉（視点人物）と〈見られる我〉（対象人物）の関係がストレートにつかめる例であるが、たとえば次のような場合も原則的には同じである。名句として評価の高い虚子の次の句について分析を試みよう。

金亀虫擲つ闇の深さかな　　高浜虚子

まず、上巻の該当する本文（86頁）を一通りお読みいただきたい。

ここで肝心なことは、〈闇の深さ〉と〈金亀虫〉のみを対象化してはならない、ということである。〈擲《なげう》つ〉主体である「作者」（わたし）を、「視点人物」でもあり、また「対象人物」でもある「わたし」として重層的に受け取るべきである。作家・俳人の虚子は、この句の作者・虚子に相変移し、さらに、作者の「わたし」をも視点人物の「わたし」として、かつ忘れてならないことは、さらに、その「わたし」をも対象人物として構想しているということである。いや、そのようなものとして読者はとらえるべきである、と主張するものである。念のために付言するが、これらの観念上の「操作」をいちいち作家虚子が意図的に、操作的に行っている、と言っているのではない。読者が、作品の分析・鑑賞・批評に当たって、以上に述べたようなことを、一瞬のうちに、観念的に「操作」することを、求めているということである。

以上のことを、西郷模式図にまとめれば、

作家　虚子の「わたし」（現実の人間）
作者　虚子の「わたし」（この作品の書き手）
話者　作者・虚子の相変移した語り手
視点人物　虚子の「わたし」、あるいは、話者が想定した人物の「わたし」
対象人物　視点人物の「わたし」は、対象人物の「わたし」でもある。
　　対象事物は〈金亀虫〉と〈闇〉
聴者（話者により想定された聞き手・ここでは「わたし」でもある）
読者（作者により想定された読み手）
読者（現実の読み手）

　この句を味わうにあたり、忘れてならぬことは、深い闇に金亀虫を擲ち、その密かなしじまに耳傾けているであろう視点人物でもあり、かつ対象人物でもある「わたし」の存在である。そのことを踏まえるからこそ、私は次のように書き留めた。

　……この卑小な卑近、卑俗な題材が、〈擲つ闇の深さかな〉と詠まれたとき、この日常の世界は一瞬にして深遠なる非日常の超俗の世界と化す。この〈闇〉は、夜の闇であるばかりではない。人間存在の無明の闇を垣間見せるものとなった。

私が、「夜の闇」だけでなく「人間存在の闇」にまで言及したのは、作者の「わたし」だけでなく、「模式図」に基づき、視点人物の「わたし」、さらには対象人物の「わたし」までをも設定し、意味づけを行ったことの結果ということである（蛇足ながら、視点人物・対象人物の「わたし」は、必ずしも作家その人と特定してはならない。また、たとえ「彼」という第三者であっても、作家の「わたし」が変身・相変移した「彼」として解釈を進めることになる）。

さらに自由律俳句に例をとろう。

うしろすがたのしぐれてゆくか　　種田山頭火　（上巻73頁）

小室善弘は〈うしろすがた〉を〈自分で自分を客観的に眺める思いがある〉〈自分をうしろから自画像として描いている〉〈もうひとりの自分に自分を眺めさせる〉と注しているが、他の評者にも共通する。

この句の場合も、自己の対象化（「わたし」を作者でもあり、話者でもあり、また視点人物、対象人物でもあるという見方）は、比較的容易になしうる。しかし、句によっては、そのことがただちには直感しがたいものももちろん多々ある。たとえば、

鶏頭の十四五本もありぬべし　　　正岡子規　（上巻146頁）

この句は、いわゆる写生、属目の句ではない。この〈鶏頭〉は、作者の眼前にはない。作者「わたし」の観念の想像空間に屹立する〈鶏頭〉である。その〈鶏頭〉にひたと対峙し、〈十四五本も〉と、直截に断定し、〈ありぬべし〉と言い切っている「わたし」。その「わたし」（対象人物）を見ている「わたし」（視点人物）を、まさにそのようなものとして語っている「わたし」（話者）がいる。その話者の「わたし」の語ることばを、〈鶏頭の十四五本もありぬべし〉と書き留めた作者の「わたし」（正岡子規）がいる。

正確・綿密に分析すると、以上のような「くだくだしい」ものとなるであろう。しかし、先ほども述べたように、観念の中でのかかる複雑・綿密な操作は、一瞬のうちになされる。その結果として、「鶏頭の句」についての筆者の私の文章（分析・解釈）は書かれたのである。

次に、すべての俳句を、たとえ属目の句と言えども、すべて「虚構」（模式図の構造）としてとらえる上で重要な概念について簡略に述べておきたい。

「話者の話体と作者の文体」の構造＝虚構

語り手・話者の語り方を「話体」と名付ける（便宜的にカタカナ表記とする）。また書き手・作者の書き方を「文体」と名付ける。
読者が直に作品（句）に触れて、そこに見ているものは、作者の文体である。しかし、読者が、紙に記された「句」を読むというのは、実は、話者の話体を踏まえ、かつ、それを超えた（止揚した）文体をとらえ、読んでいるのである。一つの興味深い実例を挙げよう。飯田蛇笏のよく知られた句（昭和五年作）である（下巻54頁）。

をりとりてはらりとおもきすすきかな

話者（語り手の「わたし」）は、ひらがなや漢字で語っている（詠んでいる）わけではない。仮にそれを表記の上で表すとすれば、すべてをカタカナ書きにするしかないだろう。つまり、

ヲリトリテハラリトオモキススキカナ

とでも表現するしかない。それを、作者（書き手の「わたし」）は、たとえば次のように漢字交じりひらがな書きで表現する。

折りとりてはらりとおも芒かな

これは自選第一句集『山廬集』（昭和七年）における作者の文体（書き方）である。第二句集『霊芝』（昭和一二年）では、

折りとりてはらりとおもきすすきかな

と、「折り」だけが漢字表記として残り、これが『蛇笏俳句選集』（昭和二四年）のとき、すべてひらがな表記にあらためられた。

をりとりてはらりとおもきすすきかな

この**推敲の過程は、話者（わたし）の話体を踏まえながら、作者（わたし）の文体が変遷したということである。**もちろん、そのことの結果として、この句は名句として高い評価を受けるものとなった。

小室善弘は〈曲線のやわらかさがいかされ、たおやかなすすきの風姿が、いっそうあざやかになった〉と評している。

この句について、推敲の過程を分析するに当たって、西郷模式図による「話体と文体」とい

う概念なしには的確な分析は困難な、あるいは不可能なものとなるであろう。

表記（カタカナ・ひらがな・漢字）も、記号（句読点や「」（）？・その他の記号）も、改行などの処置もすべて作者の文体の問題で、話者の話体の問題ではない。推敲過程での三句の話体はいずれも「ヲリトリテハラリトオモキススキカナ」と同一話体であるが、文体が漢字表記による変遷により芸術的により優れた名句になった、と言えよう。

「舌頭に千転せよ」と芭蕉は言う。その芭蕉の名句とされる

閑さや岩にしみ入蝉の声

の句が、推敲に推敲を重ねてなったものであることは周知のところである。つまり、推敲とは、話体から文体への推移に見られる虚構化ということである。

五・七・五という世界最短の詩形ながら、何故かくも深い世界をそこに垣間見ることができるのか。それは西郷模式図に拠って見るとおり、わずか五・七・五という短詩形でも、イメージと意味が、作家―作者―話者―視点人物―対象人物（事物）―聴者―読者（想定される）―読者、という位相を変幻自在に相変移（ゆきつもどりつ）するということによって、まことに複雑、玄妙な構造の世界を現出することが可能となるからである。この深い意味を創出する構造を「虚構の構造」と言い、その方法を「虚構の方法」と言い、その世界を「虚構の世界」と

言う。名句の世界は、深い意味を生み出す「虚構の世界」である。したがって読者が、この構造に基づき、変幻自在に相変移することでこそ、名句は名句として読者の前に現前するのである。私が「読者も虚構する」と言い、「名句は生まれる」という所以のものである。読者の主体的参加なしには、名句も唯の単文に過ぎない。名句とは、作者と読者の共作と言えよう。

美と真実ということ

本書刊行後、ある文学教育の研究者から、西郷は「美と真実」と言いながら、「真実」についての言及がないという批判が寄せられた。確かに私は上巻の「おわりに」に、「いいわけがましいが、本書は〈美〉ということに焦点をしぼったために〈真〉のほうに言及するところがきわめてすくない結果になってしまったが、」と書いている。おそらくこの言葉が「誤解」を生んだのではないだろうか。私としては、「真」について、文芸学的に、理論的に論じていないと言ったつもりであった。しかし〈美と真〉については、すべての句において、言及していると言える。先の引用の文に続けて、私は次のように書いている。「名句といわれるものは、対象の〈真〉を見事にとらえているものである。対象にむかいあった人間の心の〈真実〉をまざまざと反映しているものである」。本書において、私は、どの句についても〈美〉について理論的に解明しながら、同時に、〈真〉についても言及していたつもりである。ただ、〈真〉について理論的な解明まで、しなかっただけのことである。そもそも名句というものは、真を美として表現したものである。したがって、美について語るとすれば、当然、表裏一体に真について語らざるを得ない。ただ、〈真〉について理論的な解明を省いただけのことである。

ところで、〈美〉というものは、ピンからキリまであると言えよう。美と醜のあいだに一線を劃すことはできない。ときに、グロテスク・醜さえも美となる。また、ある人にとっては美でも、他の人にとっては美として体験されないということは、いくらでもある。美とは客観的なものではない。まさに主体的なものと言えよう。「読者が名句を生む」と私が主張するのは、そのことである。

追記

このたびの『名句の美学』再刊を切っ掛けに、文芸学の観点より、芭蕉のいわゆる「取り合わせ」論を踏まえながら、季語・季題論、有季・無季論、自由律論、一句一章論、切れ字論、などを一括統合し、俳句という日本独自のジャンルの神髄に迫る試論をまとめてみたいと考えている。いわば本書の中心的理論である「美の弁証法的構造」仮説の基盤ともなるものである。五・七・五という世界最短の詩形が成立する条件・あるいは可能性とは何か。なぜ季語というものがあるのか、しかし、にもかかわらずなぜ無季俳句というものが、また自由律俳句というものが擡頭してきたのか。切れ字、切れ、ということが、なぜ問題となってくるのか。俳句にとって、これらの基本的、本質的問題を、ひとまとまりに、一つの原理で、一挙に解明した著作は管見の限り見られない。

俳句という世界最短の文芸のジャンルが成立する基本的条件とは何か。

おおまかに概括すれば、まずは、日本という島国の、中緯度に横たわる火山列島としての条件、また海洋気象のもたらす条件、つまり「旬」（十日）ごとに微妙に変化する気象・風土、それに順応する日本人の生活様式、それらを背景にしてありえた特殊な日本文化の多様性、などを踏まえることなしには解明できないであろう（たとえば、雨期と乾期しかない風土、四季の変化の定かでない風土では、とうてい考えられないことである）。

さらに日本語の特質を踏まえての解明が必要となる。主語を立て、主語が他の格を支配する欧米諸国の言語と異なり、日本語は、主語を必要としない。「てには」の有ることによって語順を自在に変えられる（たとえば、中国語で語順を変えると意味がまったく変わってしまう。印欧語もまた然り）。さらに、母音によって構成される日本語においては、五・七・五という音数律をもってリズムを形成することが可能となり、世界最短の詩形を誕生させたのである。さらには、漢字、ひらがな、カタカナと自在に使い分けられる日本語の表記法も、俳句という独自のジャンルを生み出す一つの不可欠な条件と言えよう。

もちろん、これだけの説明では納得していただけぬだろうが、いずれ具体的に文例を引いて、俳句という文芸ジャンルにのみ特有のこれらの諸問題を一挙に解明・詳説するつもりである。これらの諸条件はすべて相互に緊密に絡み合ったものであり、したがって「一挙に」解明することが可能であり、また当然かく有るべきものでもある。

……と、まあ結論が先にあるという奇妙な事態にあるのだが、なんとかこの結論に向けて筆を進めてみることに……と、いうことで筆を擱く。

著者紹介

西郷竹彦

1920年，鹿児島生
文芸学・文芸教育専攻
元鹿児島短期大学教授
文芸教育研究協議会会長
総合人間学会理事
著書　『文学教育入門』（明治図書）
『虚構としての文学』（国土社）
『文学の教育』（黎明書房）
季刊『文芸教育』誌主宰（新読書社）
『実践講座　絵本の指導』全５巻責任編集（黎明書房）
『西郷竹彦文芸教育著作集』全23巻（明治図書）
『法則化批判』『続・法則化批判』『続々・法則化批判』（黎明書房）
『名詩の美学』（黎明書房）
『子どもと心を見つめる詩』（黎明書房）
『西郷竹彦文芸・教育全集』全36巻（恒文社）
『増補 宮沢賢治「やまなし」の世界』（黎明書房）
『宮沢賢治「二相ゆらぎ」の世界』（黎明書房）

増補《ぞうほ》・合本《がっぽん》　名句《めいく》の美学《びがく》

2010年７月10日　初版発行

著　者　西《さい》郷《ごう》竹《たけ》彦《ひこ》
発行者　武馬久仁裕
印　刷　株式会社　チューエツ
製　本　株式会社　澁谷文泉閣

発行所　株式会社　黎《れい》明《めい》書《しょ》房《ぼう》

460-0002 名古屋市中区丸の内３－６－27　ＥＢＳビル
☎〈052〉962-3045　ＦＡＸ〈052〉951-9065　振替・00880-1-59001
101-0051 東京連絡所・千代田区神田神保町1-32-2　南部ビル302号
☎〈03〉3268-3470

落丁本・乱丁本はお取替します。　ISBN978-4-654-07616-1